KB065133

# 바다 위 코끼리 열차

# 바다 위 코끼리 열차

2019년 4월 15일 초판 1쇄 인쇄
2019년 4월 18일 초판 1쇄 발행

**지은이** 물빛항해
**발행인** 이 종 주

**기획 편집** 이은정 송영경
**경영 지원** 배진경
**마케팅** 김정수

**발행처** (주)로크미디어
**출판등록** 2003년 3월 24일
**주소** 서울시 마포구 성암로 330 DMC첨단산업센터 318호
Tel (02)3273-5135 Fax (02)3273-5134
**홈페이지** rokmedia.blog.me
E-mail romance@rokmedia.com

값 9,000원

ISBN 979-11-354-2366-6 03810

*Elephant train above sea*

# 바다 위 코끼리 열차

물 빛 항 해 장 편 소 설

바다 너머에는 뭐가 있는지 궁금했어.
그때 바다가 속삭였지.
이리 와, 내 품으로. 그러면 그 너머를 보여 줄게.

ROCOCO

# Contents

## 1장.
## 코끼리 열차가 들어오다

· 1 ·

코끼리 열차는 오전 10시부터 오후 4시까지 2시간마다 한 번씩 운행되었다. 공원 정문 앞의 열차 승강장에서 출발해 야외 음악당, 식물, 숲속 산책길 입구, 미술관, 마지막으로 미니 놀이동산을 지나 승강장으로 돌아오는 코스였다.

오전 10시 5분 전, 어니는 공원 승강장에 서서 그날의 첫 열차를 기다렸다.

평일 오전이라 그런지 승강장에는 무료한 시간을 보내기 위해 나온 노인 서너 명과 아기를 안고 나온 젊은 엄마들 몇이 서성일 뿐이었다. 엄마들은 자기들끼리 모여 하하호호 즐겁게 수다를 떨고 있었다.

어니는 사람들 사이에 얌전히 서서 코끼리 열차가 들어오길 기다렸다. 조금이라도 키가 커 보이길 바라며 신은 굽 높은 샌들에 깔끔하게 올려 묶은 머리, 전문적이고도 똑 부러진 여자의 느낌을 주기 위해 입은 하늘하늘한 7부 소매 블라우스와 단정한 스커트에도 불구하고, 스물일곱 살 그녀는 여전히 자그마하고 제 나이보다도 한참은 어려 보였다.

아직 6월 중순이었지만 햇살은 벌써부터 한여름처럼 따갑게 쏟아졌다. 어니는 눈썹 위에 손 그늘을 만든 채 열차가 보이나 고개를 기울였다.

공원의 커다란 분수가 뿌리는 물보라 사이로 코끼리 열차가 다가오는 게 보였다. 물방울에 반사된 무지개가 열차 위로 아치문처럼 떠 있었다. 어니는 메고 있던 숄더백을 고쳐 메며 빙그레 미소를 지었다.

코끼리 모양의 전기 자동차가 끄는 10칸짜리 열차는 분수를 돌아 천천히 승강장 앞으로 다가왔다.

거대한 귀를 펄럭이는 코끼리가 허공으로 훌쩍 뛰어오르는 환상이 어니의 눈앞에 자연스레 펼쳐졌다. 굵은 다리가 무지개를 사뿐히 뛰어넘더니 어니를 향해 뿌우, 긴 코 울음을 울었다.

멍하니 몽롱한 미소를 띤 채 서 있던 어니는 빠앙! 기차의 경적 소리에 화들짝 정신을 차렸다.

어니가 넋 놓고 있던 사이에 열차가 승강장에 들어왔다가 다시 출발할 준비를 하고 있었다.

"앗!"

그녀는 후다닥 열차에 올랐다.

3인용 의자가 마주 보고 있는 구조의 칸으로 들어서자마자 열차가 움직이기 시작했다. 휘청거리며 자리에 주저앉고 보니, 맞은편 의자에 남자가 비스듬히 기대 잠들어 있었다.

3인용 의자에 대각선으로 길게 앉아 캡 모자로 얼굴을 가린 채 잠든 남자. 진작 알았다면 다른 칸에 탔을 텐데. 어니는 길게 뻗은 남자의 발을 피해 자리를 다시 잡고 앉으며 생각했다.

열차가 출발하자 차양 아래 창문 없이 활짝 열린 공간으로 상큼한 바람이 불어왔다. 어니는 열차 밖으로 팔을 내밀고 손을 펼쳤다. 손가락 사이사이 바람이 지나가는 게 느껴졌다.

조금 긴장하고 있던 마음이 느긋하게 풀어지며 슬며시 웃음이 났다. 햇살이 어니의 가냘픈 팔 위로 하얗게 반짝였다.

열차가 왼쪽으로 방향을 틀더니 야외 음악당 승강장으로 들어섰다. 맞은편에 앉은 남자의 고개가 열차의 움직임을 따라 천천히 기울어지며 모자가 흘러내렸다. 볼을 간질이는 바람을 향해 눈을 감고 있던 어니가 그 미묘한 움직임에 고개를 돌렸다.

모자가 스르륵 미끄러져 어니의 발치로 떨어졌다. 무의식적으로 모자를 향해 손을 뻗던 어니의 동작이 주춤 멈췄다.

"아⋯⋯."

남자의 얼굴 위로 바람이 지나가고, 햇살이 지나가고, 다시 그늘이 지나갔다. 어니는 남자의 얼굴에서 시선을 뗄 수가 없었다.

20대 중후반쯤? 긴 속눈썹이 그늘을 드리운 눈매와 반듯한 콧날, 선이 선명한 입매에 햇살에 그을린 피부. 어니의 심장에 살랑 바람이 일었다.

잠자는 숲속의 미녀를 처음 본 왕자가 이런 기분이었을까? 잠든 남자를 바라보는 어니의 시야 속으로 거대한 궁정이 솟아오르더니, 남자는 그대로 왕자가 되어 대리석 받침대 위에 비스듬히 누운 모습으로 바뀌었다.

사랑을 갈구하는 마녀를 거절한 죄로 영원한 잠에 빠진 왕자. 어니는 드레스 자락을 휘날리며 백마를 타고 왕자에게 달려가, 그의 저주를 풀어 줄 셈으로…….

어니의 고개가 살짝 기울었다. 그 순간 거짓말처럼 남자의 감긴 눈이 떠졌다.

검은 눈동자가 어니의 동그란 눈동자와 마주쳤다. 어니는 고개를 기울인 채 남자의 검은 눈동자를 멀뚱히 바라보았다.

검고 깊어서 마치 주술이라도 거는 것 같은 눈동자였다. 어니는 그 눈동자에 갇히기라도 한 것처럼 몸이 굳어졌다.

말끄러미 어니를 올려다보던 남자의 눈동자 속으로 미묘한 표정이 지나갔다. 그 감정이 뭔지 미처 파악하기도 전에 남자의 눈동자가 짓궂게 반짝였다.

"키스라도 하게?"

"네?"

남자의 갑작스런 질문에 화들짝 놀란 어니는 자신의 자세를 깨닫고는 "아, 아니. 모자……."라며 당황한 몸짓으로 발치의 모자를 향해 손을 뻗었다. 그 서슬에 숄더백이 바닥으로 떨어지며 가방 안의 물건이 쏟아졌다.

"앗!"

필기구와 노트, 화장품 가방과 소설책이 남자의 운동화 위로 흩어졌다. 어니가 후다닥 몸을 웅크리며 물건들을 가방에 쓸어 담았다. 그사이 느긋한 동작으로 모자를 집어 푹 눌러쓴 남자가 어니가 미처 챙기지 못한 쪽지를 주워 들었다.

가방을 챙겨 자세를 바로잡던 그녀는 남자가 들고 있는 쪽지를 발견하고는 손을 내밀었다. 오늘의 약속이 적힌 쪽지였다. 남자가 피식 웃더니 어니에게 쪽지를 내밀었다.

"오늘이 월요일인가?"

쪽지를 받아 들던 어니는 남자의 물음에 멀뚱히 그를 쳐다보았다.

남자는 나른하게 기지개를 쭉 켜더니 열차 밖을 내다보았다. 열차는 막 야외 음악당 승강장을 벗어나 곧게 뻗은 메타세콰이어 나무 사이를 지나고 있었다. 긴 나무의 그림자가 기차 선로처럼 그의 얼굴 위를 차례로 스치며 지나갔다.

"태국에는 요일마다 상징하는 색이 있다더라고."

남자가 불쑥 어니를 돌아보며 말했다. 어니는 멀뚱히 남자를 바라보았다. 이 남자가 무슨 의도로 이 말을 하는 건지 알 수가 없었다.

고민하듯 고개를 기울인 어니를 바라보던 남자가 피식 웃었다. 그러더니 천천히 방향을 틀며 식물원이 있는 언덕배기를 오르는 차 밖으로 몸을 내밀었다.

"덥겠네. 오늘도."

하늘을 흘깃 올려다보며 혼잣말처럼 중얼거린 남자가, 아직 멈추지도 않은 열차에서 훌쩍 뛰어내렸다.

"어!"

놀란 어니가 열차 밖으로 고개를 내밀었다. 남자는 가벼운 동작으로 몸을 풀듯 기지개를 쭉 켜더니 산책로를 따라 걷기 시작했다.

열차가 속도를 내며 언덕을 오르는 동안 남자는 산책로 곁의 야외 소풍장 쪽으로 걸음을 옮기고 있었다.

어니는 고개를 내밀고 멀어져 가는 남자를 바라보았다. 나무 사이로 남자의 모습이 사라지기 직전, 얼핏 그 역시도 이쪽을 돌아보는 것이 보였다. 빙그레, 남자의 얼굴엔 미소가 어려 있었다.

그 미소가 따뜻한 바람처럼 어니를 스쳐 지나갔다.

식물원을 지나 숲속 산책길 승강장에서 내린 어니는 그 자리에 서서 쥐고 있던 쪽지를 다시 들여다보았다.

「숲속 작은 찻집. 10시 30분. 차를 마실 것.」

"흠."

어니의 미간에 주름이 잡혔다.

이 단순한 내용의 메모를 벌써 몇 번째 들여다봤는지, 쪽지는 꾸깃하니 모서리가 닳아 있었다.

고개를 들자 나지막한 산으로 연결된 등산로 입구와 빨간색 지붕을 인 찻집이 보였다. 찻집 입구의 작은 벤치 곁에 나무를 깎아 만든 팻말이 서 있었다.

'숲속 작은 찻집'

팻말에 흘려 쓴 글씨는 투박하고 소박했다.

'면접이긴 한데, 의뢰인은 안 나올 거야. 차 한 잔 마시고 가라고 할 텐데, 차를 마시고 있으면 합격 여부가 문자 메시지로 와. 그 기준이 뭔지는…… 모르겠어.'

자서전 대필 아르바이트 자리를 소개해 주면서 인희가 한 말이었다.

누구의 자서전인지는 모르겠지만, 거물인 것 같다고. 딱히 경
력을 따지지는 않는데, 면접 자체를 통과하기가 어렵다고. 인희
는 경력 하나 없는 어니에게 '한번 해 봐.' 제의를 하며 설명했다.

"언니가 하지 않고요."

어니의 말에 인희는 어깨를 으쓱하며 대답했다.

"나도 차만 마시고 돌아왔어. 차를 마시고 있는데, 문자가 오더
라. 저희가 찾는 사람이 아닙니다. 죄송합니다, 하고."

업계에서는 이미 여러 유명인들의 자서전 대필가로 손꼽히는
인희조차도 차만 마시고 돌아왔다는 자리를 자신이 통과할 리 없
었다. 어니의 표정을 읽었는지 인희가 웃으며 덧붙였다.

"지금 한다 하는 대필 작가들 다 떨어졌어. 그쪽에서 원하는 게
전문 대필 작가가 아니란 뜻일 거야."

"저는 대필 쪽은 아무것도 몰라요. 아시면서."

"보수가 얼만 줄 알아? 5천."

인희가 어니를 향해 살짝 윙크를 하며 말했다.

5천만 원. 그 돈이면 한동안 취직 걱정 없이 글을 쓸 수 있을
터였다.

솔깃해하는 어니의 표정을 본 인희가 빙그레 웃었다. 그녀는
가방에서 수첩을 꺼내 장소와 시간을 적더니 그 페이지를 뜯어
어니에게 내밀었다.

"해 봐. 혹시 알아?"

그녀의 말이 아니더라도 어니는 쪽지의 내용을 보자 재미있을
것 같았다. 무슨 지령문 같았다. 스파이가 된 기분이려나.

어니는 쪽지를 받아 들며 가볍게 고개를 끄덕였다.

어니는 다시금 쪽지를 들여다보고는 휴대전화로 시간을 확인했다. 10시 25분을 막 넘어서고 있었다.

"손해 볼 것 없잖아."

어니는 결심을 다지듯 조그맣게 중얼거리며 쪽지를 꽉 움켜쥐었다. 그러곤 작은 화분들이 옹기종기 모인 찻집 입구를 자박자박 걸어 투명한 찻집 문을 밀며 들어섰다. 딸랑, 울리는 풍경 소리 사이로, "어서 오세요." 나긋한 목소리가 어니를 맞았다. 단아한 미모의 여성이 막 앞치마를 두르던 참이었다.

"안녕하세요?"

어니는 예의 바르게 인사를 건네며 카운터로 다가갔다. 차를 마시라고 했으니 차를 주문해야 할 텐데, 어니는 벽에 걸린 차림표를 눈으로 훑으며 대체 무슨 차를 마셔야 하는 거지? 생각했다.

히비스커스, 목련꽃, 금어초, 천일홍, 국화, 도라지꽃, 노랑 코스모스, 팬지, 맨드라미, 비단향꽃무.

차림표에는 다양한 꽃 이름이 주루룩 적혀 있었다. 어니는 차림표를 골똘히 바라보다 주변을 둘러보았다. 햇살과 꽃향기가 가득한 실내엔 4인용 테이블 네 개와 유리벽을 따라 설치된 창가 자리가 다섯 개 있었다. 꽃 가게가 아니라 찻집이 맞아 보이는데…….

어니는 다시금 차림표를 바라보았다. 그녀를 바라보고 있던 찻집 주인이 빙그레 미소를 지었다.

"꽃차예요."

"아…….."

그러고 보니 찻집 주인의 뒤쪽으로 말린 꽃잎이 든 유리병들이 빼곡한 선반이 보였다. 찻집 주인이 꽃차에 대한 설명이 적혀 있는 메뉴판을 내밀었다.

"오늘 같은 날씨엔 히비스커스를 차게 마셔도 좋아요. 비타민 C가 풍부한 데다 맛도 새콤해서 기력 회복에 도움이 되거든요. 새콤한 게 싫으시면 도라지꽃차도 괜찮고. 이건 단맛이 나요."

"그럼 도라지……."

꽃차의 사진과 함께 꽃차의 효능이 적혀 있는 메뉴판을 넘겨보며 주문을 하려던 어니가 문득 입을 다물었다.

"도라지꽃차로 드릴까요?"

"아, 아뇨. 잠깐만요."

메뉴판을 들여다보던 어니의 눈에 빨주노초파남보 색색으로 곱게 우러난 차 사진이 들어왔다. 그 사진을 보자 어니는 열차에서 만났던 남자의 말이 떠올랐다.


'태국에는 요일마다 상징하는 색이 있다더라고.'


어니도 아는 말이었다. '그 나라는 커다란 코끼리를 타 볼 수 있다는구나. 요일을 상징하는 색도 있고.' 어린 어니에게 할머니가 곧잘 하시던 말씀이었다.

"오늘은 월요일. 월요일은 노란색."

조그맣게 중얼거리던 어니가 찻집 주인을 바라보았다.

"노란색 꽃차도 있나요?"

어니의 질문에 찻집 주인이 빙그레 미소를 지었다.

"금어초, 국화, 목련꽃차는 노란색으로 우러나요."

"아……. 그럼 목련꽃차로 주세요."

주인이 가볍게 고개를 끄덕였다.

"가져다 드릴게요. 앉아 계세요."

그러곤 말린 꽃잎이 들어 있는 유리병을 향해 몸을 돌렸다.

어니는 1인용 창가 자리에 자리를 잡고 앉았다. 창밖으로 코끼리 열차 승강장을 알리는 푯말과 찻집으로 들어오는 진입로가 한눈에 보였다. 텅 빈 진입로 위로 햇살이 반짝거리고 있었다.

"꽃 향이 강한 차예요. 향을 즐겨 보세요."

주인이 어니 앞에 차를 내려놓으며 말했다.

"감사합니다."

어니의 인사에 주인이 미소를 지었다. 은은하면서도 따뜻한 미소였다. 그녀가 미소를 지을 때마다 어떤 이미지가 떠올랐는데, 그게 뭔지 정확히 집어낼 수가 없었다.

뽀얀 도자기 찻잔 안에서는 하얀 목련꽃 한 송이가 천천히 잎을 펼치는 중이었다. 은근하면서도 부드러운 꽃 향이 살금살금 퍼지고 있었다.

꽃이 피는 찻잔을 들여다보며 어니는 빙그레 미소를 지었다. 할머니가 살아 계셨다면 분명 이 차를 좋아했을 터였다.

목련꽃을 좋아했던 할머니. 어쩐지 목련꽃차의 향이 할머니의 냄새처럼 느껴졌다.


차를 다 마실 동안 문자는 오지 않았다.

코끼리 열차를 타고 올라왔던 길을 타박타박 되짚어 내려가며 어니는 휴대전화를 들여다보았다. 왜 연락이 없는 걸까? 차를 마시고 있으면 연락이 온다고 했는데, 아예 난 심사의 대상도 되지 못했던 걸까?

골똘히 생각에 빠진 채 걸음을 내딛던 어니는 문득 주변의 그늘이 짙어진 것을 느끼고는 고개를 들었다. 어느새 메타세콰이어 가로수 길로 접어드는 중이었다. 나무 사이로 살랑살랑 불어오는 바람이 느껴졌다.

고민하고 있던 어니의 표정에 순식간에 발그레한 미소가 떠올랐다. 거대한 나무의 터널이 낯선 세계로 연결되는 통로라도 되는 것처럼 어니의 심장을 두근거리게 만들었다.

유쾌한 기분으로 나무 사이를 걸어 내려오던 어니의 눈에 오른쪽으로 펼쳐진 소풍장 입구가 보였다. 열차 안의 남자가 사라진 곳이었다.

넓은 잔디밭에 잎이 큰 나무가 그늘을 드리운 소풍장을 어니는 고개를 빼고 둘러보았다. 나무 사이사이 그늘막을 친 채 소풍을 즐기는 사람이 몇 있을 뿐 남자는 보이지 않았다. 남자를 다시 볼 거란 기대를 한 것도 아니었으면서 우습게도 조금은 섭섭했다.

갑자기 휴대전화가 찌르르 울렸다. 대필 의뢰인에게서 온 문자 메시지였다.

[목련의 향은 우아하지요. 다시 연락드리겠습니다.]

이거 합격했다는 건가? 문자를 들여다보며 고개를 기울이던 어니는 휴대전화를 가방에 밀어 넣었다. 뭐 연락 준다니까 기다려 보면 알겠지.

어니는 가볍게 어깨를 으쓱하고는 남자가 그랬던 것처럼 나른하게 기지개를 쭉 켰다. 온통 초록빛으로 반짝이는 공원의 상큼한 공기가 어니의 폐 속으로 밀려들었다.

※ ※ ※

다시 준다던 연락은 다음 날이 되도록 없었다.

어니는 휴대전화를 멀뚱히 바라보다 흠, 한숨을 뱉었다. 저희가 찾던 사람이 아닙니다, 라고 했으면 기다리지나 않지. 왜 연락이 없는 거야?

기대를 하지 않았으면서도 막연히 기다리고 있는 자신이 어이없어서 어니는 휴대전화를 눈에 띄지 않게 한쪽으로 슬쩍 밀었다. 그 순간 드르륵, 휴대전화가 진동했다.

"엄마야!"

갑작스런 진동에 놀란 어니가 후다닥 휴대전화를 낚아챘다. 대필 의뢰인이었다. 휴대전화를 당황스러운 눈으로 내려다보던 어니가 후우, 심호흡을 뱉으며 전화를 받았다.

- 유어니 작가님?

사무적이면서도 어딘지 따뜻한 느낌의 중년 남자 목소리였다.

"네."

- 내일 시간 괜찮으십니까?

"내일이요?"

- 어려우십니까?

"아, 아니요. 괜찮아요."

- 그럼, 약속 장소와 시간을 문자로 보내 드리겠습니다.

그 말과 함께 전화가 끊어졌다. 에? 어니는 갑작스레 끊어진 전화기를 붙들고는 멀뚱하니 들여다보았다. 뭐 이렇게 할 말만 하고 끊지? 그 순간 문자 메시지가 들어왔다.

[내일. 오전 11시. 평해 그룹 본사 로비.]

"평해 그룹?"

어니가 설핏 미간을 찌푸렸다. 평해 그룹이라면 외식업과 호텔 체인, 해운업으로 손꼽히는 대기업이었다.

의뢰인이 평해 그룹 관련인이란 건가? 어니는 골똘히 머리를 굴려 보다 인터넷으로 평해 그룹을 검색해 보았다. 뭐든 미리 사전 정보를 좀 챙길 필요가 있었다.

다음 날 어니는 약속 시간보다 30분 일찍 평해 그룹 본사 건물 앞에 도착했다. 따가운 초여름 햇살을 하얗게 반사시키고 있는 건물은 미래도시의 일부처럼 거대하고 웅장하고 묘하게 아름다웠다.

세계인이 뽑은 '도시를 아름답게 만드는 건물 30선'에 뽑힌 적도 있다고 인터넷에서 보긴 했지만, 실제로 보니 그 느낌이 사진과는 또 달랐다. 사진보다 훨씬 입체적이면서도 화려한 느낌이랄까.

어니는 건물 앞에 세워진 추상적인 조형물 그늘에 서서 문자 메시지를 다시 확인했다.

무슨 스파이 놀이도 아니고, 덜렁 본사 로비라니.

어니는 흠, 짧게 한숨을 뱉고는 본사 정문을 바라보았다. 맑은 초록빛 유리문은 보고 있는 것만으로도 시원한 느낌이었지만, 건물 내부는 잘 보이지 않았다.

그늘 아래 서 있어도 더운 날씨였다. 아직도 시간은 30분 가까이 남아 있었지만 어니는 크게 심호흡을 한 후 건물로 향했다. 어차피 기다릴 거, 로비 안에서 기다려도 되겠지.

유리문을 밀고 로비로 들어서자 시원한 냉기가 어니의 몸을 휘

감았다. 로비와 회사 내부를 분리한 게이트 옆에는 안내 데스크가 있었고, 경비원 둘이 나란히 서서 이야기를 나누고 있었다.

로비 오른쪽엔 은행이, 왼쪽에는 오픈형 카페가 있었다. 어니는 잠깐 고민하다 카페로 향했다. 서류를 펼쳐 놓고 이야기를 나누고 있는 직원 몇이 보일 뿐 카페는 조용하고 한가로웠다.

"아이스 아메리카노 작은 걸로 주세요."

차가운 커피를 받아 든 어니는 시럽을 듬뿍 넣었다. 긴장 같은 건 전혀 하지 않고 있다 생각했는데, 의외로 긴장하고 있었던 건지 달달한 게 자꾸만 생각났다.

쌉싸래하면서도 달달한 커피를 종이빨대로 마시며 로비가 한눈에 보이는 위치에 자리를 잡고 앉았다. 조용하고 넓고 환한 로비에는 초현실주의 미술작품 몇 점이 걸려 있었다.

말간 하늘에 격자무늬의 열린 창이 있고 그 사이로 알록달록한 세상이 펼쳐져 있는 그림. 복잡한 도시 위로 사람들이 비처럼 쏟아지는 그림. 사과로 만든 세상 속에 개미가 구불구불 기어 다니는 그림.

커피를 쪽쪽 빨아 마시며 눈으로 그림을 훑던 어니는 개미들이 그림 밖으로 줄지어 내려오는 모습을 떠올렸다.

'초현실주의 그림이 실제로 살아나는 거야.'

어니의 상상력이 멋대로 이야기를 만들기 시작했다.

'도시 위로 쏟아지던 사람들이 개미 등을 타고 로비를 돌아다니며 사냥감을 찾는 거지. 그럼 저기 있는 경비원 아저씨들이 그들을 막을 수 있을까?'

어니는 심각한 표정으로 경비원들의 덩치를 눈으로 살폈다.

'두 마리, 아니면 세 마리쯤? 경비원들이 버틸 수 있는 건 고작

그 정도일 거야. 그럼 그 사이에 이 카페에 있는 사람들은 어디로 피해야 하지?'

어니는 미간을 모은 채 자못 심각하게 상황을 분석하며 커피를 쪽 들이켰다. 어느새 커피를 다 마셔 빨대에서는 쪼로록! 바람이 새는 소리가 났다. 어니는 얼음 조각 하나를 빨대로 꺼내 먹으며 주변을 둘러보았다.

'여기 어딘가 피할 곳이⋯⋯.'

그러다 자신을 바라보고 있는 남자와 눈이 마주쳤다. 어니가 앉아 있는 테이블 바로 건너편에 앉아 있던 남자는 뭔가 재미난 구경거리를 보듯 어니를 쳐다보다가 눈이 마주치자 빙긋 웃었다. 말간 얼굴에 상큼함이 팔랑팔랑 떨어지는 미소였다.

관심이라도 있는 건가? 하고 착각하기 딱 좋은 시선에 어니는 무의식적으로 와드득, 입안의 얼음 조각을 깨물며 뒤를 돌아보았다.

아무도 없었다. 어니는 설핏 미간을 모으며 남자에게로 다시 시선을 옮겼다. 남자는 재밌다는 듯 싱긋 웃더니 손목시계를 들여다보았다.

약속이 있나 보네, 생각하던 어니가 화들짝 놀라 시계를 들여다보았다. 어느새 11시가 가까워져 있었다.

어니는 부랴부랴 자리를 털고 일어나 머그컵을 치우고 로비 안내 데스크로 향했다.

'뭐라고 해야 하는 거지? 약속이 되어 있다고 하면 되려나? 아니 잠깐만. 평해 그룹 로비라고 했지, 평해 그룹 직원이라곤 안 했잖아.'

어니는 안내 데스크로 향하던 걸음을 멈추고는 주변을 두리번거렸다. 시간은 11시 정각이었다.

"유어니 작가님?"

갑작스러운 목소리에 돌아보자 카페의 상큼 미소남이 어니를 내려다보며 서 있었다.

"네…….'

얼떨떨한 어니의 대답에 남자가 활짝 미소를 지었다. 하얗고 투명한 피부와 어울리는 짙은 갈색 눈매가 부드럽게 휘어졌다.

"평해 그룹 본사 홍보팀 대리 진연호입니다."

그가 지갑에서 명함을 꺼내 건넸다.

"아, 안녕하세요?"

"작가님이신 줄 알았으면 진작 말을 거는 건데 그랬네요."

연호의 말에 어니가 멀뚱하게 그를 올려다보다 그가 카페를 눈짓으로 가리키자 뒤늦게 "아아." 조그맣게 중얼거렸다.

"사실은 아까부터 말을 걸어 볼까, 고민했거든요."

"왜……요?"

"무슨 생각을 하고 있나 궁금해서요."

뭔 소리야? 어니의 여전한 멀뚱거림에 연호가 빙긋 웃으며 덧붙였다.

"표정이……. 뭐랄까……. 스릴러 영화를 보고 있는 것 같다고 해야 하나? 하여간 긴장감이 넘쳐요."

연호의 말에 어니는 민망한 표정으로 이마를 문질렀다. 연호는 이내 활짝 웃으며 짝 소리 나게 손을 마주쳤다.

"자, 그럼 이제부터 회사를 구경시켜 드리죠."

"네?"

어니의 당황에도 연호는 즐거운 듯 미소를 지으며 호주머니에서 손님용 출입증을 꺼내 어니에게 내밀었다.

차 마시기에 이어 회사 구경이라……. 어니는 출입증을 받아 들며 흠, 가볍게 숨을 뱉었다. 대필 작가를 구하는 게 맞는 걸까? 슬슬 의심이 들면서, 대체 이 남자는 대필과 어떤 관계가 있는 건지 궁금해졌다.


"드세요."

구내식당 창가 자리에 마주 앉으며 연호가 말했다. 어니는 북 적거리는 실내를 둘러보다 이쪽을 쳐다보는 사람들의 시선과 마주치고는 재빨리 식판으로 눈길을 돌렸다.

"많이 드세요."

"맛있게 드세요."

식사를 끝내고 나가던 여직원들이 연호를 발견하고는 굳이 테 이블을 빙 돌아 인사를 건네며 지나갔다. 연호는 그 모든 인사에 활짝 눈웃음을 지었다.

자신의 미소 띤 얼굴이 어떤 힘을 발휘하는지 아는 남자 같았 다. 어니는 공연히 따라 웃고 싶게 만드는 그의 미소를 바라보다 이 미소를 어디서 봤는데, 싶은 생각이 들었다.

웃을 때마다 살짝 말려 올라가는 입꼬리 끝이라든가, 날카롭게 살아나는 턱 끝이라든가, 설핏설핏 어떤 인상이 떠올랐는데 그게 정확히 뭔지 꼬집어 낼 수가 없었다.

"어때요?"

"네? 뭐가요?"

생각에 빠져 있던 어니가 연호의 질문에 멀뚱히 되물었다. 연호가 피식 웃었다.

"무슨 생각이 그렇게 많아요?"

"네?"

"지금도 딴생각하고 있었던 거죠?"

"아…… 그게……. 그런 건 아니고요."

"식당 밥이요. 어때요? 먹을 만해요?

어정쩡하게 대답하는 어니를 보며 연호는 빙그레 미소를 띤 채다시 물었다.

"아, 밥. 그러니까…… 좋아 보여요. 맛은 음…… 지금부터 먹어 보고 말씀드릴게요."

"하하하. 그래요. 어서 드세요. 장담하지만 맛있을 거예요."

소리 내 웃는 연호를 보며 어니는 뜬금없이, '이 남자는 참 잘 웃는구나.' 생각했다.

식당에 오기 전 최신식 시설로 꾸며진 사무실을 살펴보고, 추상화가 걸린 복도를 지나 회사의 발자취를 한눈에 살펴볼 수 있는 기념관에 들러 설명을 듣고, 사원들의 쉼터로 꾸며진 멀티 공간까지 쭉 둘러보는 내내 그는 웃었다.

하하 웃고, 피식 웃고, 싱긋 웃고, 빙그레 웃고, 웃는 게 자신의 일인 것처럼 얼굴에 웃음이 머물고 있었다.

어니는 그의 웃는 얼굴이 어쩐지 마음에 들었다. 보는 사람도 밝아지는 웃음이었다.

식판 위의 평범해 보이는 백반은 정말로 맛있었다. 두부가 도톰한 된장국에 잡곡이 잔뜩 들어간 밥. 들기름 향이 가득한 나물 몇 가지와 생선 조림. 특별하지 않은 음식들이었지만 밖에서는 먹기 힘든 든든함이 느껴지는 맛이었다.

"평해 그룹이 도시락 배달에서부터 시작됐다던 설명이 이해가 되네요."

"맛있을 거라고 했죠?"

어니의 말에 연호가 빙긋 웃으며 말했다. 어니도 따라서 싱긋 웃었다. 자꾸만 웃는 사람 앞에 있었더니 자신도 덩달아 웃음이 많아지는 기분이었다.

"다 먹었으면 이제 차 마시러 갑시다."

"차요?"

어니의 물음에 연호는 식판을 들고 자리에서 일어서며 따라오라는 듯 고갯짓을 했다.

흠, 대체 이게 대필과 무슨 상관이 있는 거지? 어니는 혹시나 하는 마음으로 휴대전화를 들여다보았지만 그사이 들어온 메시지는 전혀 없었다.

차를 마신다고 해서 로비의 카페로 갈 줄 알았는데, 연호는 어니를 건물의 중간 높이에 마련된 옥외 정원으로 데려갔다. 하늘정원이란 팻말이 붙은 문을 열자 새로운 세상이 나타났다.

파란 하늘 아래 넓게 펼쳐진 잔디밭과 그 사이로 구불구불 뻗은 자갈길. 어마어마한 넓이의 정원이었다.

"와!"

어니가 짧게 탄성을 질렀다.

"우리 회사의 또 다른 자랑이죠."

연호는 어니를 데리고 정원을 가로지르며 말했다.

넓은 옥외정원은 한낮의 더위에도 삼삼오오 식후의 산책을 즐기고 있는 직원들이 많았다.

"회사가 이러면 정말 열심히 일하고 싶어질 것 같아요."

완벽하게 관리된 정원수 사이를 거닐며 어니가 말했다. 아닌

25

게 아니라 정말로 멋진 공간이었다. 건물의 높낮이를 따라 층층이 펼쳐진 정원에는 미니 골프장도 있었고, 농구장도 있었고, 차양을 친 멋진 벤치와 언제든 신을 벗고 앉아 쉴 수 있는 데크도 있었다. 조각이 아름다운 분수대에선 쉼 없이 물이 솟았다.

"그런 회사를 만드는 게 회장님의 목표시죠."

연호는 어니를 투명한 돔형의 공간으로 데려가며 말했다. 건물 바깥으로 살짝 휘어져 나간 공간은 도시를 한눈에 감상할 수 있는 전망대였다.

어니의 눈이 휘둥그레 벌어지더니 연호보다 앞서 화다닥 전망대 안으로 달려갔다.

"와!"

유리벽에 찰싹 달라붙어 발아래 펼쳐진 도시를 내려다보며 어니가 짧게 탄성을 질렀다. 전망대 입구의 자판기에서 차가운 캔커피를 뽑아 그녀의 곁으로 다가온 연호가 음료를 내밀었다.

"고소공포증은 없나 봐요."

"전 높은 곳이 좋아요."

캔 커피를 건네받으며 대답한 어니는 음료의 뚜껑을 따며 농담처럼 덧붙였다.

"키가 작아서 그런지 높은 곳에 올라오면 설레요."

어니의 대답에 연호는 새삼스러운 눈길로 그녀를 쳐다보았다. 평균보다 살짝 작은 키인 건 알겠는데, 그렇다고 대놓고 자기가 키가 작다는 말을 하는 사람은 처음 보았다.

어니는 또다시 유리 너머를 바라보며 뭔가를 집어 들어 어딘가로 옮기는 시늉을 하고 있었다. 아마도 길 건너 시야를 방해하는 건물을 눈앞에서 치우고 있는 중인 것 같았다.

보고 있으면 심심할 새가 없는 여자였다.

"이렇게 내려다보고 있으니까 어쩐지 세상이 좀 만만해 보이네요. 장난감 같아서 그런가."

건물을 치워 버린 게 만족스러운지 싱긋 웃던 어니가 연호를 올려다보며 말했다. 그녀의 말간 눈동자에 어린 미소가 햇살에 반짝였다.

"다음은 뭐죠?"

"다음?"

어니의 갑작스러운 질문에 연호가 되물었다.

"의뢰인이 이 회사 분인 건 알겠어요. 평해 그룹의 시작을 느끼게 하는 식당, 평해 그룹의 현재를 느끼게 하는 사무실과 실내, 평해 그룹의 미래를 상징하는 여기 정원. 평해 그룹의 모든 걸 보여 주셨으니까요. 그럼 이제 뭘 하면 되는 거죠?"

그녀의 질문에 연호는 빙그레 웃었다.

이 여자가 세 번째였다. 강 비서의 연락으로 회사를 구경시켜 준 사람이. 세 명의 사람 중 이 여자가 가장 어렸고, 가장 별났고, 가장 비전문가처럼 보였다. 그럼에도 연호가 무얼 보여 주고 있는지, 핵심을 짚고 있었다.

연호는 웃음 띤 얼굴로 음료를 마셨다. 그러곤 대답했다.

"오늘의 일정이 끝났으니, 곧 연락이 갈 거예요."

"아…… 연락."

어니는 고개를 끄덕였다. 그렇지. 연락이 오겠지. 당연히.

"오늘 즐거웠어요."

"네?"

갑작스러운 연호의 말에 어니가 그를 올려다보았다.

27

"회사 일로 어니 씨를 안내한 거지만, 그래도 재미있었어요."

"저도 재미있었어요. 진 대리님 덕분에."

어니가 생긋 웃으며 인사를 건네자 그는 또다시 빙그레 미소를 지었다. 웃음이 잘 어울렸다. 그의 맑은 얼굴과도. 완벽하게 가꿔진 이곳 하늘정원과도.


회사 앞 버스 정류장에서 버스를 기다리는데 휴대전화가 울렸다. 대필 의뢰인이었다.

어니는 시끄러운 자동차 소리를 피해 정류장 바깥의 나무 그늘로 자리를 옮기며 전화를 받았다.

－ 안내는 잘 받으셨습니까?

어제의 중년 남자 목소리가 전화기 너머로 물었다.

"네."

－ 회사는 어떠셨습니까?

"멋진 곳이었어요. 누구나 일하고 싶어지는 곳이랄까."

－ 흠.

어니의 간단한 대답에 전화기 너머에서 더 나은 대답을 기다리듯 짧은 숨소리가 들렸다. 그 숨소리를 들으며 그녀는 건물을 올려다보았다. 저 위, 공중 정원의 전망대가 우아하게 휘어져 어니를 내려다보고 있었다.

"직원들이 회사를 즐기며 일하는 게 보였어요. 무엇보다 이 회사에 다니면 세상이 좀 만만해 보이지 않을까 싶었어요. 그래서 세상을 향해 마음껏 달려들 수 있는 용기가 생긴다고 해야 하나? 건물도, 직원도, 회사 분위기도 모두 좋은 곳이었어요."

어니의 대답에 전화기 너머로 낯선 웃음소리가 희미하게 들렸다. 통화 중인 중년 남자의 웃음소리가 아닌, 그 공간에 같이 있는 다른 누군가의 웃음소리인 것 같았다.

스피커폰인가?

– 완벽해지기 위해 늘 직원들에게 필요한 것이 없는지 묻고, 그걸 반영하기 위해 노력하는 회사니까요.

"그렇게 들었어요."

목소리에서 전해지는 자부심에 어니는 막연히 고개를 끄덕이며 대답했다.

– 좋습니다. 그럼 공원 이야기를 해 볼까요?

공원? 어니는 갑작스러운 화제 전환에 슬쩍 미간을 모았다.

– 그제 다녀가셨던 '코끼리 숲 공원'이 개인 사유지인 건 알고 계십니까?

알고 있다. 평해 그룹 회장의 개인 사유지를 공원으로 꾸며 무료 개방한 건, 대기업의 사회환원 사업의 바람직한 예 중 하나로 자주 거론되니까.

"평해 그룹, 진평해 회장님의 사유지라고 들었어요."

– 맞습니다. 회장님께선 공원 역시 회사처럼 완벽해지길 원하시죠.

남자의 목소리에는 자부심이 어려 있었다.

– 코끼리 숲 공원이 완벽해지려면 뭐가 필요할까요?

"지금보다 더 완벽해지려고요?"

그녀의 되물음에 전화기 너머로 웃음을 삼키는 희미한 숨소리가 들렸다. 이번에도 다른 사람의 소리였다.

– 이미 완벽하다면 이런 질문을 드리지도 않았겠지요. 내일 오후 6시까지, 숲속 작은 찻집으로 공원에 대한 감상과 공원이 완벽해지는 데 꼭 필요한 것에 관한 글을 자필로 써 오시기 바랍니다.

"자필이요?"

어니의 목소리가 조금 커졌다. 이메일도 아니고, 워드 프로세서도 아니고, 자필로, 직접?

– 글씨는 그 사람에 관해 많은 걸 알려 주죠.

"분량은요?"

– 원하시는 만큼. 내일 오후 6시. 기대하겠습니다.

남자는 언제나처럼 할 말이 끝나자 인사도 없이 전화를 끊었다. 어니는 미간을 모으며 휴대전화를 내려다보았다.

이게 무슨 도깨비놀음인지 알 수가 없었다. 의심스러운 눈초리로 휴대전화를 노려보던 어니가 빌딩을 돌아보았다.

"평해 그룹 회장님 자서전인 건가?"

따가운 햇살을 반사하고 선 거대한 건물이 어니를 멀거니 내려다보는 것 같았다.


"으아아아! 뭘 쓰라고!"

어니는 쥐고 있던 연필을 집어 던지며 그대로 책상 위에 엎드렸다. 펼쳐 놓은 연습장 위에 완벽한 공원, 이미 완벽, 공원의 느낌? 코끼리 열차, 꽃미남, 꽃차, 찻집, 6시 따위의 단어들이 어지럽게 적혀 있었다.

어니는 엎드린 채 연습장을 눈으로 훑으며 흠, 한숨을 뱉었다. 뭔 대필 작가 하나 뽑는 절차가 이리 복잡한지.

어니는 던졌던 연필을 다시 집어 들고는 코끼리 열차라는 글자 위에 동그라미를 그렸다. 연달아 열차 안의 남자가 떠올랐지만 후다닥 머리를 흔들어 그를 지운 어니는 글자 아래 코끼리 숲 공원이라고 적었다.

"코끼리를 좋아하는 건가?"

막연히 중얼거리던 그녀는 곁눈질로 시계를 보고는 화들짝 놀라 자세를 고쳐 잡았다. 어느새 낮 12시가 지나고 있었다. 뭐라도 써야 할 시간이었다. 어니는 연습장에 흩어져 있는 단어들을 힘껏 노려본 후 새로운 페이지를 펼쳤다.


그날 오후, 어니는 4시의 코끼리 열차를 타기 위해 공원 승강장에 서 있었다. 서류 봉투가 구겨질까 신경 쓰여 가방을 자꾸만 들여다보던 어니는 코끼리 열차의 경적 소리에 고개를 들었다. 열차가 들어오고 있었다.

신경 쓰이던 서류 봉투가 순식간에 어니의 머릿속에서 사라지고, 뜬금없이 즐거운 기분이 들었다. 다가오는 코끼리 얼굴의 넓적한 귀라든가, 까맣고 동그란 눈이라든가, 금방이라도 코 울음을 뺄 것 같은 코 같은 것들이 어니의 상상력을 자극했다.

어니는 빙그레 미소를 지으며 승강장에 들어선 코끼리 열차에 올랐다. 운전석 바로 뒤, 코끼리 귀가 날개를 펼친 좌석에 앉은 어니는 창틀에 턱을 괴고는 열차가 출발하기를 기다렸다.

코끼리 열차가 야외 음악당을 향해 출발했다. 어니의 입꼬리가 활짝 길어졌다.

스치는 바람결에 음악 소리가 묻어 왔다. 음악과 바람과 햇살이 한꺼번에 쏟아졌다.

마치 새로운 공연 장소를 향해 이동하고 있는 서커스단 단원이 된 기분이었다. 어니의 귓속으로 기차에 연결된 동물 우리 속 코끼리 소리가 들리는 것 같았다. 잠든 곰의 콧김 소리도.

'오늘 밤엔 노숙을 하는 거지. 길가에 기차를 세우고. 기왕이면

캠프파이어도 하면 좋겠다. 그럼 나는 거기다 고구마를 구워……. 그건 좀 더우려나.'

어니는 혼자 생각에 빠져 조그맣게 하하, 웃었다.

"……이! 어이!"

갑작스런 목소리가 어니의 몽상을 흐트러트렸다. 화들짝 놀란 눈으로 고개를 들자 코끼리 열차를 운행하고 있던 운전기사가 운전석에서 몸을 틀어 어니를 돌아보고 있었다.

"어?"

그 남자였다. 며칠 전 코끼리 열차에서 자고 있던 남자.

"안 내려?"

남자의 말에 어니는 당황스런 눈길로 주변을 둘러보았다. 열차는 어느새 숲속 산책길 입구에 서 있었다.

"아! 내, 내려요!"

"가방."

당황해 허겁지겁 내리는 어니를 향해 남자의 목소리가 다시 날아왔다.

"가, 감사합니다!"

어니는 놓고 내릴 뻔했던 가방을 챙기며 남자를 향해 꾸벅 고개를 숙였다. 남자가 피식 웃더니 코끼리 열차를 출발시켰다. 어니는 멀어져 가는 코끼리 열차를 멀뚱히 바라보았다.

얼마나 허둥거렸는지 아직도 얼떨떨한 기분이었다.

"직원이었나? 그나저나, 나 여기서 내리는 건 어떻게 알았지?"

어니는 나무 사이로 사라져 가는 코끼리 열차를 바라보며 멀뚱히 중얼거렸다. 피식 웃던 남자의 얼굴이 물 위에 어리는 햇살처럼 아롱아롱 어니의 마음에 잔상을 남겼다.

나무 너머 저 어디선가 빠앙! 코끼리 열차의 경적 소리가 들렸다. 어니는 가볍게 어깨를 추스르며 숲속 작은 찻집으로 향했다.

꽃 향이 가득한 공간으로 들어서자 주인이 가볍게 눈인사로 맞아 주었다. 이틀 전에 잠깐 봤을 뿐인데도 얼굴을 기억하는 듯한 눈빛이었다.

"저……."

어니가 가방에서 서류 봉투를 꺼내자 주인이 빙그레 미소를 지었다.

"늦어도 내일까진 연락이 갈 거예요."

서류 봉투를 받아 들며 주인이 대답했다. 어니는 꾸벅 고개를 숙인 후 찻집을 나왔다.

저녁 시간으로 넘어가는 중이었지만 여전히 햇살이 강하고 따가웠다. 어니는 휴대전화를 꺼내 화면을 들여다보고는 다시 가방에 집어넣었다.

연락이야 올 때 되면 알아서 오겠지. 이번에야말로 떨어질 거라고, 그런 답변을 뽑아 줄 리는 없을 거라고 어니는 막연히 생각하며 나무 그늘을 따라 천천히 공원을 내려갔다.

❈ ❈ ❈

서재의 거대한 안락의자에 비스듬히 기대앉은 진평해 회장은 손가락으로 톡톡 책상을 두드렸다. 넓은 책상 위에는 세 묶음의 자필 리포트가 놓여 있었다.

"자네는 누구로 할 텐가?"

진평해 회장이 책상 건너편에 서 있는 강설우 비서실장을 건너다보며 물었다.

"어차피 마음 정하셨으면서 뭘 물으십니까?"

"내가?"

삐딱하게 되묻는 진 회장을 향해 강 비서실장이 세 묶음의 리포트 중 오른쪽 끝에 있는 리포트를 슬쩍 밀었다. 고작 세 장짜리 리포트는 나머지 리포트들에 비해 월등히 얇았다.

"제가 다른 사람이 더 적임자라고 해도 듣지 않으실 거면서."

진 회장은 강 비서가 밀어 놓는 종이를 바라보며 클클 웃었다.

"글씨체가 마음에 들어."

"그건 핑계신 거 다 압니다."

"잘난 척하지 않는 것도 마음에 들고."

"그것도 핑계시고."

"내용도 마음에 들어."

"별 내용 없었습니다만."

말끝마다 태클을 거는 강 비서를 진 회장이 히죽 웃는 얼굴로 바라보았다. 그러더니 얇은 리포트를 집어 들고 페이지를 획 넘겨 한 부분을 읽기 시작했다.

"평해 그룹 본사 건물이 초현대적건물의 정점이라면, 코끼리 숲 공원은 자연주의 공원의 정점이 되면 좋겠습니다. 더 보태지 말고, 더 꾸미지 말고, 언제든 자연을 느끼고 싶을 때 부담 없이 찾을 수 있는 곳이 되면 좋겠습니다."

"완벽한 공원을 위한 제안은 하나도 없습니다. 그냥 쉽게, 누구나 할 수 있는 말이지요."

"맞아. 하지만 다른 둘은 이 쉬운 말을 하지 않았지. 동물원을 만들자. 식물원을 키우자. 컨설턴트들이 할 수 있는 말은 할 줄 알지만 말야."

"거 보십시오. 마음 정하신 거 맞으면서."

강 비서가 피식 웃으며 말하자 진 회장은 또다시 클클 웃었다.

"이러니 자네 휴가를 보내기 싫은 거야. 나보다 내 마음을 더 잘 아니까."

"이제 와 무를 순 없습니다. 이미 예약 끝났습니다."

강 비서가 단호하게 대답했다. 진평해 회장은 누가 뭐래? 하고 툴툴거리며 눈앞의 얇은 리포트를 다시 훑어보았다.

동글동글하면서도 반듯한 글씨체. 창의적이면서도 따뜻한, 이해력과 이해심이 동시에 느껴지는 글씨체였다.

거의 90퍼센트, 이 사람이 적격자였다. 마지막 10퍼센트. 그것도 통과하려나.

진평해 회장은 종이를 톡톡 두드리며 강 비서를 바라보았다.

"연락하겠습니다."

진 회장의 눈길에 담긴 의미를 파악한 강 비서가 가볍게 고개를 숙여 보이며 대답했다.

＊ ＊ ＊

아직 오전 9시도 되지 않은 시간이었지만, 날씨는 벌써부터 더워지고 있었다.

휴대폰 내비게이션 화면을 다시 확인한 어니는, "에고." 자기도 모르게 앓는 소리를 냈다.

눈앞에 하얗게 달궈지고 있는 오르막길은 끝이 없어 보였다. 이런 언덕배기 꼭대기에 살면 공기는 좋겠다만, 대체 차 없는 사람들은 어떻게 다니라는 건지.

대필 의뢰인으로부터 집으로 최종 면접을 보러 찾아오라며 주소를 받았을 때만 해도, 이렇게 무지막지하게 걸어야 할 거라곤 상상도 하지 못했다. 이제 와 택시를 타자니, 그것도 뭔가 억울하고.

"이럴 줄 알았으면, 좀 편한 신을 신고 오는 건데. 에잇."

어니는 불퉁하니 입을 내민 채 툴툴거렸다. 작년 세일 때 사 뒀던 구두는 지금 입은 여름 정장과는 잘 어울렸지만 길이 들지 않아 슬슬 발이 아파 오는 중이었다.

어니는 벌써 한참을 걸어온 길과 눈앞의 오르막길을 번갈아 바라보고는 근처 편의점으로 들어갔다. 물이라도 마시고 올라가야 할 것 같았다.

편의점 음료 코너에 들러 물을 꺼내 계산대로 향했다. 뭔가를 기다리는 표정으로 문밖만 내다보던 여직원이 어니의 물을 계산해 주고는 다시금 문을 바라보았다.

물병을 들고 밖으로 나가려던 어니는 막 들어서던 사람과 길이 얽혀 주춤 걸음을 멈췄다.

"먼저 지나가세요."

"어라."

말을 하며 한쪽으로 물러서던 어니는 상대의 반응에 고개를 들었다.

"어!"

그 남자였다. 코끼리 열차의 운전사.

그나저나 왜 여기에? 여기 사는 건가? 어니는 당황스러운 눈길로 남자를 올려다보았다.

"여기 서 있는 걸 보니 통과했나 보네. 시험."

남자가 피식 웃으며 중얼거렸다. 슬쩍 웃는 입매가 묘하게 매력적이었다.

"축하할 일인지는 모르겠다만."

남자는 지나가는 말처럼 덧붙이며 어니를 지나쳐 계산대로 향했다.

"그게…… 무슨 뜻이에요?"

"택배 찾으러 오셨죠?"

어니의 질문은 편의점 직원의 질문에 묻혀 제대로 들리지 않았다. 반가움과 들뜬 감정이 고스란히 묻어나는 직원의 목소리에 어니는 계산대를 돌아보았다. 조그마한 택배 상자를 손에 쥔 직원의 얼굴에 저절로 번져 가는 웃음이 가득했다.

남자는 근처 아이스크림 냉동고를 들여다보며 건성으로 택배를 향해 손을 뻗었다.

"택배 인수증 좀 보여 주세요. 본인인 건 아는데, 그게…… 그냥 절차라서요."

직원이 붉어진 얼굴로 더듬더듬 말을 거는 것을 보던 어니는 일단 편의점 밖으로 나왔다. 직원이 기다리던 사람이 택배를 찾으러 온 이 남자인 것을 깨닫자 어쩐지 이 짧은 시간을 방해하기 미안해졌던 것이다.

문밖 간이 테이블, 파라솔 아래 서서 물을 마셨다.

'여기 단골인가 보네. 이 근처 사는 걸까? 그나저나 내가 테스트를 받고 있다는 걸 어떻게 안 거지? 열차 운전사가 아니고 관계자?'

어니는 열차 운전사가 알고 보면 자신에게 전화를 하던 그 남자가 아닐까 잠깐 상상했다. 자신의 일거수일투족을 지켜보며 테스트에 어떻게 반응하나 지켜보는 사람.

"안녕히 가세요!"

낭랑한 목소리가 편의점 밖까지 들리더니 남자가 문을 밀고 나왔다. 한 손에는 택배 상자를 다른 한 손에는 막대 아이스크림 두 개를 들고 나오던 남자가 어니를 보자 아이스크림 한 개를 가볍게 던졌다.

얼떨결에 아이스크림을 받아 든 어니가 이거 뭐? 하는 표정으로 남자를 바라보았다.

"원 플러스 원. 두 개 먹음 이 시려."

남자는 택배 상자를 옆구리에 끼더니 아이스크림을 뜯어 물고는 근처에 세워 둔 오토바이로 향했다.

"아, 저……."

어니의 부름에 남자가 돌아보았다.

"혹시…… 의뢰인이세요?"

"그럴 리가."

남자가 픽 웃으며 대답했다. 그러곤 아이스크림을 뚝뚝 베어 물며 오토바이 시트를 열고 택배 상자를 던져 넣었다. 물결무늬가 그려진 오토바이는 비싸 보이지는 않았지만 흔하게 보이는 타입도 아니었다.

남자는 순식간에 아이스크림을 먹고는 쓰레기를 편의점 쓰레기통에 던져 넣었다. 그러곤 오토바이의 시동을 걸었다.

"걸어가면 한 8분? 그 정도 걸릴 거야."

남자는 여전히 멀뚱히 서 있는 어니를 향해 덧붙이듯 한마디를 하더니 오토바이를 타고 떠났다.

"의뢰인은 아니지만 의뢰인을 아는 사람이란 뜻이군."

어니는 멀어져 가는 오토바이를 보며 중얼거렸다. 남자의 '그럴 리가'란 말투에는 '어떻게 그런 사람이 나일 수가 있어?'라는 느낌이 담겨 있었다. 게다가 자신이 어디로 가야 하는 건지도 알고 있고.

어니는 흠, 짧게 한숨을 뱉으며 아이스크림을 뜯었다. 날씨가 더워서인지 아이스크림은 벌써 노곤노곤하게 늘어질 준비를 하고 있었다.

어니는 아이스크림을 입에 물고는 천천히 오르막을 오르기 시작했다.

발은 아팠고, 햇살은 따가웠고, 아이스크림은 질척거렸다. 그래도 기분이 괜찮았다. 걸어서 8분이라고 했으니, 곧 도착할 터였다.

'무지막지'하게 걸을 걸 각오했는데, '무지' 정도만 걸어도 될 것 같은 기분이었고, 휴대폰 내비게이션으로 볼 때보다 거리가 훨씬 가까워진 기분이었다.

어니는 질척거리는 아이스크림을 입안에서 녹여 먹으며 씩씩하게 걸음을 옮겼다.


거대한 철문 앞에 서서 어니는 심호흡을 했다. 주소를 확인하고 길 건너 담장 그늘에서 잠깐 시간을 보내긴 했지만, 막상 초인종을 누르려고 하자 어쩐지 긴장이 되었다. 철문에 돋을새김된 코끼리 무늬를 흘깃 바라본 어니는, "아자!" 조그맣게 외쳤다. 그러곤 초인종을 눌렀다.

– 유어니 씨?

"네."

– 딱 맞춰 오셨군요. 들어오십시오.

잠금 해제 소리가 들리더니 철문이 부드럽게 열렸다. 열린 문 사이로 넓은 잔디밭이 펼쳐졌다.

어니는 잔디밭 사이로 난 돌길을 따라 조심스럽게 걸음을 옮겼다. 아까부터 불편하던 발은 이제 뒤꿈치와 새끼발가락이 걸음을 옮길 때마다 뜨끔뜨끔 쓰리기 시작하는 중이었다.

'편의점에서 일회용 밴드를 사 오는 건데.'

스스로를 한심해하며 어니는 천천히 주변을 둘러보았다.

들판처럼 넓은 잔디밭에는 몇 백 년은 가뿐히 넘었을 것 같은 거대한 감나무 한그루가 서 있었다. 사방으로 풍성하게 뻗은 가지가 만든 그늘 아래 평상이 놓여 있었고, 평상 위에 한창 지기 시작한 감꽃이 흩어져 있었다.

담장을 따라서는 유실수와 화려한 꽃나무들이 가득했다. 차고인지 창고인지 모를 건물 곁에는 농구 골대도 보였다.

"시간을 잘 지킨다는 건 장점이지. 어서 오시게."

갑작스러운 목소리에 주변을 두리번거리던 어니가 고개를 들었다.

3층짜리 건물, 2층 테라스에 짧은 백발의 노인이 앉아 어니를 내려다보고 있었다.

"안녕……하세요?"

햇살 때문에 얼굴이 선명히 보이지 않아, 어니는 어정쩡한 자세로 인사를 했다.

"이쪽입니다."

언제 온 건지 어니의 곁에 중년의 남자가 서 있었다.

남자는 어니에게 2층으로 연결된 계단을 손짓하며 앞장서 계단을 올랐다. 남자를 따라 계단을 오르며 어니는 이 사람이 전화 목소리의 주인공이구나, 생각했다.

50대 중반쯤 되어 보이는 남자는 목소리의 느낌 그대로 어딘지 따뜻한 인상이었다.

"그래, 오는 데 힘들지는 않았고?"

2층 테라스로 막 올라서자 노인이 물었다. 노인은 테라스를 따라 올린 등나무 그늘 아래 흔들의자를 놓고 앉아 어니를 물끄러미 바라보고 있었다. 어니는 대답 대신 가볍게 고개를 숙여 다시 인사를 건넸다.

"아침부터 많이 덥네. 거기 앉게나. 벌써부터 그늘이 좋은 날씨야."

노인이 어니에게 맞은편 의자를 권했다. 남자가 앉기 편하게 의자를 빼 주었다.

"감사합니다."

"강 비서야, 마실 거."

노인의 말에 강 비서라 불린 남자가 어니를 바라보았다.

"따뜻한 것, 찬 것. 어느 쪽으로 드릴까요?"

"이것도 테스트인가요?"

노인이 클클 웃음을 터트렸다.

"95퍼센트."

노인의 말에 강 비서가 '벌써 넘어가셨네.' 중얼거리더니 어니를 향해 말했다.

"아닙니다. 차 말고 커피나 음료수도 있으니 원하시는 게 있으면 말씀하세요."

"차가운 보리차……도 있나요?"

95퍼센트가 무슨 뜻이지? 생각하던 어니가 얼떨결에 대답을 하다 아차 싶은 표정으로 강 비서를 바라보았다. 하지만 강 비서는 그저 가볍게 고개를 끄덕이더니 테라스와 연결된 실내로 들어갔다.

"보리차라……. 평범한 듯 평범하지 않은 대답이군. 인상적이진 않지만, 기억엔 남을 것 같은 대답이야."

재미있다는 듯 노인이 빙그레 웃으며 중얼거렸다. 그 웃는 모습이 익숙했다. 어디선가 본 적이 있는 얼굴이었다.

'그러니까 텔레비전 뉴스라든가, 며칠 전 인터넷으로 검색했던 평해 그룹 기사 같은 곳…….'까지 생각하던 어니는 불쑥 깨달았다. 어니의 속내를 들여다보듯 물끄러미 바라보고 있는 이 노인이 평해 그룹의 실질적인 소유자, 진평해 회장이라는 것을.

"회장님이 의뢰인이시군요."

어니는 진 회장의 시선을 마주 바라보며 조그맣게 말했다. 진평해 회장이 싱긋 웃었다.

"알고 있었던 것 같은 얼굴인데."

"막연히 그렇지 않을까, 생각하긴 했어요."

"눈치가 빠른 것도 어떤 면에선 장점이지."

진 회장은 뭐가 재미있는지 혼자 클클 웃었다. 언제 온 건지 강 비서가 어니의 앞에 보리차를 내려놓았다. 움직일 때 인기척이 거의 나지 않는 사람이었다.

"감사합니다."

"인사성이 밝은 것도 장점이고."

강 비서에게 묵례를 건네는 어니를 보며 진 회장이 중얼거렸다. 그러더니 탁 소리가 나게 흔들의자의 손잡이를 두드렸다.

"자, 그럼 이제 마지막 테스트를 해 볼까?"

막 보리차를 향해 손을 뻗던 어니가 고개를 들었다. 진 회장이 기대에 찬 듯 자리에서 일어섰다. 그러곤 따라오라는 듯 가볍게 손짓을 하며 앞장서 열린 문으로 들어갔다. 어니는 가져다준 보리차에는 손도 대 보지 못한 채 회장을 따라갔다.

유명 그림이 걸려 있는 복도를 지나, 화려한 장식장이 가득한 홀을 지났다. 어니는 마지막 테스트라는 말에 긴장한 것도 잠시, 장식장을 채운 진귀한 골동품들에 시선을 뺏겼다.

전통 도자기들, 화첩들, 자개 장식들은 물론이고 유명 박물관 사진에서나 본 것 같은 물건들이 장식장마다 빼곡했다. 진 회장은 자랑스러운 표정으로 슬며시 어니를 돌아보다 그녀의 휘둥그레진 눈과 감탄하는 듯한 표정이 마음에 든 듯 빙그레 미소를 지었다.

마치 집을 구경시키듯 느릿느릿 걸어 아래층으로 내려간 진 회장이 복도 끝, 커다란 문을 열고 들어갔다. 그를 따라 방으로 들어서던 어니는 순간 걸음을 멈췄다.

"와!"

그녀의 입에서 저절로 짧은 감탄사가 터졌다.

레이스 커튼 사이로 들이치는 은은한 햇살 아래 책이 가득한 공간이 나타났던 것이다. 2층까지 통으로 뚫린 넓은 방은 천장부터 바닥까지 빼빽하게 책이 들어차, 마치 책으로 벽을 쌓은 공간 같았다.

"들어가시죠."

조용히 따라오던 강 비서가 문간에 멈춰 선 어니에게 말했다.

어니는 천장 꼭대기까지 들어찬 책들을 올려다보며 천천히 방으로 들어섰다.

"난 이곳을 좋아하지. 여기 앉아 책이 꽂혀 있는 책장을 가만히 바라보고 있다 보면 저절로 똑똑해지는 것 같거든."

웃음기 섞인 말투로 진 회장이 농담을 했다. 그러더니 분위기를 환기시키듯 가볍게 손을 마주치며 말했다.

"자! 그럼 이제 시험을 시작해 보자고."

책이 가득한 공간에 들어서서인지, 어니는 시험이란 말에도 더 이상 긴장이 되지 않았다. 오히려 이제는 무슨 테스트를 하려는 건지 호기심마저 일었다.

"이 곳엔 정확히 8만 9천 백 열권의 책이 꽂혀 있어. 멋대로 뽑아 들고 나갈 사람이 없으니 정확할 거야. 이 중에 딱 한 권. 가장 마음에 드는 책을 골라 봐요."

"제 마음에 드는 책이요?"

"그렇지. 재미있어서 마음에 들든, 심오해서 마음에 들든, 유어니 양이 가장 마음에 드는 책으로 딱 한 권만 골라서 가져와요."

아무 책이나? 딱 한 권이라고? 어니는 그 말의 뜻을 생각해 보듯 미간을 모았다.

"강 비서야, 지금 몇 시냐?"

"9시 57분입니다."

"12시 반에는 점심을 먹어야 하니, 12시까지. 2시간 하고 3분이겠군. 그 시간 안에 선택하면 된다네. 간단하지?"

즐거워 보이는 진 회장과 달리 어니는 멍한 표정으로 책장을 돌아보았다. 팔만 몇 권이라고? 갑작스레 그 숫자가 어마어마한 크기로 불어나는 기분이었다.

"혼자 느긋하게 찾아보게. 저쪽, 책상에 버튼 보이나? 뭔가 필요한 게 있으면 누르시고. 강 비서가 와서 도와줄 거야. 그럼, 마지막 5퍼센트. 기대하겠네."

진 회장이 어니를 향해 빙긋 미소를 짓더니 서재를 나갔다.

"언제든 부르십시오."

강 비서가 어니를 향해 가볍게 눈인사를 건네더니 회장을 따라 서재를 나가며 문을 닫았다.

"팔만 권 중에 한 권……."

남겨진 어니는 책장을 바라보며 중얼거리다 조그맣게 웃음을 터트렸다. 웃긴 건 아닌데 웃음이 났다. 아침부터 햇살 따가운 언덕배기 부잣집을 찾아와 도서관 같은 서재에 서서 책을 고르고 있다니. 이 상황이 꼭 꿈을 꾸고 있는 것 같은 기분이었다.

어이없는 웃음을 삼키며 책장 가까이 다가가다 멈칫 걸음을 멈췄다. 의뢰인을 만난 긴장으로 잠깐 둔해졌던 발뒤꿈치의 통증이 새삼 찌릿하게 느껴졌다. 구두를 벗자 새끼발가락과 발뒤꿈치에 발갛게 물집이 잡히기 시작한 게 보였다.

"에고. 아파라."

어니는 책상 곁에 신을 벗어 놓고 맨발로 서재를 둘러보기 시작했다.

굽이 높고 폭이 좁은 구두를 벗자 살 것 같았다. 바닥에 깔아 놓은 카펫의 감촉을 발바닥으로 느끼며 어니는 책장에 꽂힌 책들을 쭉 훑어보기 시작했다.

이 많은 책을 다 읽긴 한 걸까? 아무 책이나 뽑아 의미 없이 주루룩 넘겨 보며 생각하던 어니가 고개를 들어 책장 꼭대기를 올려다보았다. 정말 책이 많긴 많았다. 책 상태도 깨끗했고, 읽은 흔적이 전혀 없어 보이는 책들도 꽤 있었다.

어니는 책장에서 성큼 물러서서 가만히 책장을 바라보다가 그자리에 쪼그리고 앉았다. 치마가 반쯤 말려 올라가자 아예 다리를 쭉 뻗고 바닥에 주저앉았다. 대체 무슨 책을 선택해야 할지 알수가 없었다.

진 회장이 원하는 게 뭘까? 어니는 물끄러미 책장을 노려보았다. 그러면 책이 저절로 그녀에게 손짓을 하기라도 할 것처럼.

한참을 그러고 있던 어니는 결국 한숨을 쉬며 그대로 벌렁 누워 버렸다.

"아, 모르겠다."

그 순간 풋, 웃는 소리가 들렸다. 화들짝 놀란 어니가 후다닥 몸을 일으켰다.

"포기냐?"

그녀의 뒤쪽 저 위 어딘가에서 목소리가 들렸다. 고개를 들자 높은 곳의 책을 꺼내기 위해 중간중간 마련 해 둔 복층식 난간에 남자가 서 있었다.

"어!"

그 남자였다. 오토바이를 타고 사라진 열차 운전사.

"왜 또 여기에? 언제부터 거기 있었어요?"

"테스트 시작 전부터."

"시작 전부터? 그런데 왜 조용히 있었어요?"

남자가 양손을 들어 보였다. 한 손엔 책이, 다른 손엔 전구가 들려 있었다.

"전구를 갈러 왔다가, 책 읽느라고."

남자가 쥐고 있던 책을 책꽂이에 꽂으며 말했다. 그러고는 책장 기둥에 설치된 장식형 전등의 전구를 갈기 시작했다.

"여기서 일해요?"

"뭐, 그렇다고 해야 하나……."

"코끼리 열차 운전사가 아니고요?"

"그것도 일부는 맞고."

무슨 대답이 저래? 시간제 알바인 건가? 어니는 남자의 대답에 슬쩍 미간을 모으며 생각했다. 그사이 남자는 전등을 다 갈았는지 뒷정리를 하고 이동식 계단을 내려왔다.

"책 안 골라? 시간이 1시간…… 15분쯤 남은 것 같은데."

손목시계를 확인하며 남자가 말했다.

"무슨 책을 골라야 할지 고민 중이에요. 아. 그건 그렇고, 왜 자꾸 반말이에요?"

"할 만한 사이니까."

"할 만한 사이? 그쪽과 내가요?"

"모르면 됐고."

"흠. 우리 아는 사이에요?"

어니가 새삼스럽게 남자를 쳐다보며 물었다. 이런 얼굴을 기억하지 못할 리가 없는데…….

이 남자에겐 잘생긴 걸 넘어서 상대로 하여금 이미지를 각인시키는 뭔가가 있었다. 분위기랄까, 느낌이랄까. 사람을 설레게 하는 뭔가가 있었다. 기억 못 한다는 게 더 이상한 얼굴이었다.

어니는 기억 속을 헤집으며 미심쩍은 표정으로 남자를 바라보았다. 가뜩이나 작은 키에 구두까지 벗은 상태라 남자와 시선을 맞추려면 고개를 제법 들어야 했다.

"딱히…… 그렇다고 말하긴 어려운 사이지."

"반말은 해도 되는 사인데, 아는 사이는 아니다? 뭔 대답이 그래요? 그럼 나도 해도 되나? 반말."

"그러시든가."

남자가 피식 웃으며 말했다. 그 개의치 않는다는 표정이, 무심한 듯 입꼬리를 한쪽으로 슬쩍 당기며 흘리는 미소가 은근히 매력적이었다.

"책, 고르는 거 도와줘?"

"아니요. 아, 그게 아니라, 아니!"

무의식적으로 높임말로 대답하던 어니가 후다닥 말을 정정했다.

"그게, 그러니까……. 호의는 고마운데, 이건 내 테스트니까. 혼자 할게."

말하고 보니 또 너무 단칼에 거절한 것 같은 미안함에 어니가 어정쩡하게 덧붙였다.

남자가 또다시 싱긋 웃었다. 아까보다 조금 더 웃음이 깊어진 것 같은 건, 눈매 때문일까? 남자의 긴 눈매가 입꼬리와 함께 가늘어졌다.

"그래. 수고해."

남자가 어니를 향해 가벼운 눈인사를 던지더니, 수명이 다 된 전구들을 챙겨 서재를 나갔다. 그가 남긴 미소가 서재 안에 희미하게 떠도는 것 같았다.

남자가 닫고 나간 문을 바라보던 어니는 그의 이미지를 털어내듯 가볍게 고개를 저었다. 남자가 말하던 반말을 해도 되는 사이란 게 뭔지도 궁금하고, 그가 대체 뭘 하는 사람인지도 궁금했지만, 일단은 그게 중요한 게 아니었다.

책. 단 한 권의 책. 그걸 어떤 것으로 하느냐가 더 급한 일이었다. 어니는 다시금 책장을 노려보기 시작했다.

갑자기 문이 왈칵 열렸다. 화들짝 놀라 돌아보니 그 남자였다.

"받아."

남자가 뭔가를 던졌다. 얼떨결에 두 손을 내밀어 받자, 남자는 다시 문을 닫고 사라졌다.

일회용 반창고 상자였다. 아침 햇살 아래 헉헉거릴 때는 아이스크림을 던져 주더니, 이번엔 반창고를 던져 주는 남자라.

"내가 원숭이냐. 던져서 주게."

반창고 상자를 내려다보며 어니가 중얼거렸다. 뽀로통하게 중얼거리긴 했지만 말끝에 이상하게 웃음이 어렸다. 그녀는 남자가 사라진 문을 바라보며 반창고 상자를 슬쩍 움켜쥐었다.


집무실 책상 위에 어니가 책을 내려놓았다. 진 회장은 책이 아닌 어니의 표정을 물끄러미 바라보았다.

"편해 보이네. 마음에 드는 한 권의 책을 잘 골라 온 모양이야."

"잘 고른 건지는 모르겠지만, 제가 좋아하는 책인 건 확실해요."

생긋 미소가 어린 얼굴로 대답하는 어니를 바라보며 진 회장이 고개를 끄덕였다.

"좋아하는 걸 확실히 아는 것. 그것 역시도 장점이지. 그래, 수고했네. 돌아가는 길은 강 비서가 알려 줄 거야."

어니는 고개를 숙여 인사를 하고 강 비서를 따라 집무실을 나왔다.

"결과, 연락드리겠습니다."

현관을 나서며 강 비서가 말했다.

"네. 안녕히 계세요."

인사를 하고 몸을 돌리던 어니가 문득 생각난 듯 마당 한가운데 서 있는 감나무를 가리켰다.

"아. 저 감나무요. 수령이 어떻게 되나요?"

"350년쯤 되었다고 들었습니다."

어니는 고개를 끄덕이며 나무를 바라보았다.

와, 350년. 조선시대부터 살던 나무라니. 어니의 눈이 반짝였다. 사연 가득한 나무의 이야기가 저절로 머릿속에서 날개를 펼치는 것 같았다.

"알려 주셔서 감사합니다. 안녕히 계세요."

강 비서에게 다시금 인사를 건넨 후 어니는 감나무를 바라보며 씩씩하게 마당을 나왔다. 뒤꿈치와 발가락은 더 이상 아프지 않았다. 조금, 아주 조금 불편하긴 했지만, 그 불편함이 그렇게 나쁘진 않았다.

✳ ✳ ✳

"《사막의 밤 고양이》라. 베스트셀러지, 아마? 이 책, 읽어 봤나?"

진평해 회장이 어니가 놓고 간 책을 집어 들며 물었다.

"뭐, 언제 책 읽을 시간이나 주셨습니까?"

막 어니를 보내고 돌아온 강설우 비서실장이 대답했다.

"이번 휴가 때 가져가서 읽어 보게. 재밌다더군."

"읽어 보셨습니까?"

"아니. 돋보기 쓰고 읽으려니 머리가 아파서."

진 회장의 대답에 강 비서가 피식 웃었다.

"비웃었냐?"

"그럴 리가요."

"아주 요새 많이 건방지다."

"30년 만의 휴가라 들떠서 그런 겁니다."

한 마디도 그냥 넘어가는 법이 없지. 진 회장은 강 비서를 향해 쯧, 혀를 찼다. 그러거나 말거나 강 비서는 평소처럼 단정한 목소리로 덧붙였다.

"오늘 중으로 읽고, 정리해서 올리겠습니다."

"아냐. 됐어. 자네는 휴가 때 읽어. 내가 먼저 읽을 거니까."

"알겠습니다."

"참, 아까 보니 현관에서 무슨 대화를 하는 것 같던데."

창밖을 보고 있었던 것인지 진 회장이 창문을 향해 눈짓을 하며 물었다.

"감나무의 수령을 물어봐서 알려 줬습니다. 그런데……."

"그런데?"

"350년쯤 되었다고 알려 줬더니 눈빛이 변하더군요. 재미난 장난감을 발견한 아이 같다고 해야 하나. 생기 넘치게 반짝거리는 모습이 인상적이었습니다."

강 비서의 말을 듣던 진 회장이 빙그레 미소를 지었다. 그러더니 서랍에서 돋보기안경을 꺼내 쓰며 책을 펼쳤다.

"99퍼센트로군. 그럼 슬슬 마지막 1퍼센트를 확인해 볼까?"

✳ ✳ ✳

"스승!"

지친 걸음으로 어니가 버스에서 내리는데 우렁찬 목소리가 달려들었다.

"에휴."

주변 사람들의 시선이 자신에게 쏠리자 어니가 인상을 찡그리며 한숨을 뱉었다. 거의 190센티미터에 달하는 거대한 덩치의 남자는 그러거나 말거나 히죽 웃으며 어니에게로 뛰듯이 다가왔다.

"이런 데서 우연히 만난거 보니 우리 완전 운명?"

"그럴 리가 있겠니?"

어니가 다가오는 남자, 하제를 피해 집이 있는 방향으로 걸음을 옮기며 건성으로 대답했다.

"하하. 어디 갔다 와요?"

"알려고 들지 마. 알면 다칠지도 몰라."

"그깟 다치는 게 대수겠어요? 스승에 대해서 알게 된다는데."

하제가 긴 다리로 성큼성큼 어니를 따라잡더니 그녀의 얼굴 가까이 고개를 숙이며 말했다. 어니가 그를 흘깃 올려다보더니 못 말린다는 듯 고개를 내저었다.

"더워. 떨어져서 걸어."

"에이. 제가 이렇게 그림자도 만들어 주잖아요. 스승은 제 그림자 속에서 걸으면 돼요."

하제가 해맑게 웃으며 어니를 내려다보았다.

"그런 건 네 여자 친구에게나 하셔."

"그니까 스승한테 하는 거잖아요."

52

"에고. 순진하던 하제가 그립다, 이제."

어니가 고개를 저으며 중얼거렸다.

하제를 알게 된 건 대학 1학년 과외 아르바이트에서였다. 열여덟, 순해 보이던 녀석은 이제 스물다섯, 군대까지 제대한 대학생이 되어 어니의 꽁무니를 따라다니는 중이었다.

그때만 해도 어니의 말이라면 토 하나 달지 못하고 히죽이 웃기만 하던 녀석이었는데 이제는 능글능글 어니의 말을 받아넘기기 일쑤였다.

어니는 아파트 단지를 끼고 골목으로 방향을 틀며 길게 한숨을 뱉었다. 실실 웃으며 하제가 그녀를 따라 골목으로 들어섰다.

"집에 안가?"

"스승 바래다주고 가려고."

"사양하마."

"스승. 더운데 제가 팥빙수 사 드릴까요?"

"거부한다."

"그럼, 좀 이르지만 같이 저녁 먹을까요?"

"거절이야."

"그럼 술?"

지치지도 않는지 하제가 끝없이 질문을 하자 어니가 걸음을 멈췄다.

"기말고사 기간 아냐?"

"제 스케줄을 다 알고 계시네요."

하제가 방긋 웃었다. 그 웃는 얼굴에는 아직 녀석의 열여덟 귀엽던 시절의 느낌이 남아 있었다. 몸무게로 따져도, 덩치로 따져도 어니의 세 배에 가까운 녀석인데 어니는 그때의 이미지 때문인지 하제가 여전히 막냇동생 같았다.

"예전에 내가 너, 시험 잘 보면 뭐 해 줬지?"

"햄버거 사 주셨죠. 항상."

"이번에도 학점 잘 나오면 햄버거 사 줄게."

"햄버거 말고 술."

하제가 대답을 종용하듯 손가락으로 오케이 사인을 들어 보이며 말했다.

"오냐. 술. 그러니 이만 조용히 사라져 주겠니?"

"약속하셨습니다!"

어니가 못 말린다는 듯 고개를 저으며 몸을 돌렸다.

"들어가십시오!"

바래다준다던 녀석이 술 약속 하나에 금방 씩씩한 인사를 남기며 뛰어갔다. 어니는 아파트 단지로 달려가는 녀석의 뒷모습을 흘깃 돌아보고는 골목 안쪽의 다세대 주택으로 향했다.

4층짜리 다세대 주택의 2층. 어니는 외부 계단을 올라 낡은 철문과는 어울리지 않는 전자키를 열고는 집으로 들어갔다.

방 하나에 화장실 하나, 손바닥만 한 거실 겸 주방이 딸린 집으로 들어서며 어니는 구두부터 벗어 던졌다. 그러곤 씻지도 않고 바닥에 대자로 드러누웠다.

집을 비운 시간은 고작 예닐곱 시간도 되지 않았지만 어쩐지 길고 긴 여행을 마치고 돌아온 것 같은 기분이었다.

"안 되겠지?"

어니는 천장을 보고 누운 채 중얼거렸다. 대필 의뢰인이 말하던 단 한 권의 책을 최근 자신이 가장 감동 깊게 읽었던 책으로 선택한 건 후회 없었지만, 다른 사람의 자서전이나 위인전을 선택하지 않은 이상 자신을 뽑아 줄 것 같진 않았다.

"다시 취직을 해야 하려나."

머릿속으로 통장 잔고를 헤아려 보던 어니는 길게 한숨을 뱉었다. 아직 몇 개월 생활의 여유는 있었지만, 슬슬 불안해지던 중이었다.

어릴 때부터 꿈꾸던 동화작가 일에 도전해 보겠다는 목표로 어니는 작년 말에 회사를 그만두었다. 딱 1년. 그동안 원 없이 시도해 보고, 그래도 안 되면 다시 취직을 하겠다는 생각이었다.

모아 놓은 돈과 퇴직금이면 1년은 그럭저럭 버틸 수 있을 것 같았는데, 의외로 이리저리 새는 돈이 많았다.

늘어져 바닥의 차가운 기운에 몸을 식히던 어니가 발딱 일어섰다. 이렇게 마냥 늘어져서야 될 일도 안 될 것 같았다. 내일 걱정은 내일에게 맡기고 지금 당장은 밥부터 먹어야겠다 싶었다.

아침도 제대로 안 먹었는데, 점심도 굶은 상황이었다. 잊고 있던 허기가 밥 생각과 함께 밀려들었다. 어니는 쭈욱 기지개를 켜고는 자리에서 일어섰다. 멋대로 흩어진 가방을 챙겨 드는데, 가방의 반쯤 열린 틈으로 일회용 반창고 상자가 보였다.

반창고를 보자 서재의 등을 갈던 남자가 떠올랐다. 검은 눈동자와 여운이 남는 미소.

"반말을 해도 되는 사이란 건 어떤 사이인 거지? 나보다 나이가 많다는 건가?"

어니는 반창고를 꺼내 들며 중얼거렸다.

다음에 다시 볼 수 있을지 없을지 알 수 없었지만 어니는 다음에 보면 그게 어떤 사이인지 꼭 물어봐야겠다고 막연히 생각했다. 그러곤 반창고 상자를 선반 위, 어니가 좋아하는 물건들을 올려놓는 곳에 놓아두었다.


낯선 번호로 전화가 걸려 온 건 그날 한밤중이었다.

그때 어니는 휴대전화로 그녀의 엄마인 수애의 SNS에 접속해 댓글을 달던 중이었다. 시골에서 과수원 농사를 짓고 있는 수애는 요즘 SNS에 자신의 일상을 올리는 걸 즐기는 중이었다.

새참으로 동네 아주머니들과 잔치국수를 해 먹었다는 사진 아래 '레시피 공유 좀.'이라고 댓을 달던 어니는 갑작스레 울리는 진동에 놀라 전화기를 떨어뜨릴 뻔했다.

밤 12시가 다 되어 가는 시각. 누군가에게 전화가 오기에는 지나치게 늦은 시간이었다.

어니는 휴대전화 화면에 뜬 낯선 번호를 바라보다 조심스럽게 통화 버튼을 눌렀다.

"여보세요."

– 자고 있었나?

카랑한 노인의 목소리가 전화기를 통해 울렸다. 누구지? 어니가 미간을 모으는데 그녀의 대답을 기다리지도 않고 상대는 곧장 다음 말을 이었다.

– 인상적이더구먼. 이 책, 사막의 밤 고양이. 그렇고 그런 베스트셀러가 아니라, 진심이 담겨 있는 책이었어. 진심에 감동할 줄 아는 건 장점이지. 그런 책을 단 한 권의 책으로 선택할 줄 아는 용기도 장점이고.

"아……. 회장님."

– 뭐야? 몰랐나? 귀가 어둡구먼.

뭐가 재밌는지 진평해 회장이 혼자 클클 웃으며 중얼거리더니 역시나 어니의 반응은 기다리지도 않은 채 말을 이었다.

– 내일 11시까지 집으로 오게.

"댁으로요?"

– 내일 보자고.

"아, 네……."

어니가 얼떨떨한 목소리로 대답했지만 이미 전화는 끊어진 후였다. 그녀는 끊어진 전화기를 내려다보다가 고개를 갸우뚱 기울였다.

"대필 일을 준단 건가?"

가늠이 되지 않는 대화였다. 짧게 지나간 번개처럼, 뭔가 순식간에 지나가 버린 통화였다.

어니는 전화기를 내려놓고는 멍한 표정으로 앉아 있다 갑자기 벌떡 자리에서 일어서 곧장 현관으로 향했다. 그러곤 신발장을 열고 몇 켤레 없는 신발 중에서 굽이 높으면서도 오르막을 오르기 편한 신을 골라 꺼내 놓았다.

현관 앞에 놓인 편한 신발 한 켤레를 보자 내일 순조롭게 대필 작업 계약을 하고, 매일 그 언덕배기를 오르내리게 될 것 같은 기분이 들었다. 어니는 만족스럽게 싱긋 웃으며 침대로 향했다.

• 2 •

다음 날 10시 50분에 어니는 진평해 회장의 집 문을 통과했다. 문을 들어서자마자 보이는 거대한 감나무를 향해, "안녕!" 하고 반가운 인사를 건넸다.

바람 한 점 없는 마당에 커다란 그림자를 드리운 감나무가 감꽃을 툭 떨어뜨렸다. 마치 자신에게 보내는 인사 같아서 어니는 히죽 미소를 지으며 현관으로 향했다.

현관에서 멀지 않은 곳에 열차 운전사가 쪼그리고 앉아 자전거를 고치고 있었다. 어니는 조금은 반가운 기분에 그에게 다가갔다.

"오늘은 자전거 수리?"

남자가 고개를 들다 햇살을 등진 어니가 눈부신지, 눈을 가늘게 떴다.

"회장님 마음에 든 모양이지? 재주 좋네."

"재주는 그쪽이 좋은 것 같은데. 자전거도 고쳐?"

"체인이 늘어져서."

별거 아니라는 듯 남자가 가볍게 어깨를 으쓱해 보이며 말했다. 어니는 남자가 고치고 있는 자전거를 흘깃 바라보았다.

"그런데…… 반말을 할 만한 사이라는 건 어떤 사이인 거야?"

자전거에서 다시 남자에게로 시선을 옮기며 어니가 물었다. 남자가 햇살을 피해 자세를 고쳐 앉더니 피식 웃었다.

"반말이 합의된 사이?"

"만난 적 없다며."

"만난 적이 없다고는 안 했는데."

"그럼 만난 적이 있는 거야?"

"어디까지를 만남이라고 정의하냐에 따라 다르겠지."

남자의 대답에 어니가 미간을 찡그렸다. 이게 무슨 선문답인지. 그녀 표정 속에서 생각을 읽기라도 한 듯 남자가 피식 웃더니 어니의 뒤를 바라보았다.

"기다리는데 안 가 봐?"

남자의 시선을 쫓아 돌아보자 강 비서가 현관문을 열어 놓은 채 기다리고 있었다. 어니는 후다닥 몸을 돌려 강 비서에게로 다가갔다.

　"안녕하세요?"

　"들어가시죠. 기다리십니다."

　가볍게 목례를 건넨 강 비서가 앞장서 집으로 들어갔다.

　강 비서를 따라 현관으로 들어가며 슬쩍 남자를 돌아보았다. 남자는 어니의 발을 쳐다보고 있다가 아닌 척 자전거로 시선을 옮겼다.

　어니는 자신의 신발을 내려다보았다. 굽은 여전히 높았지만 오래 신은 티가 나는 신이었다. 여기저기 차여 흠집이 가득한 구두 앞코를 잠깐 내려다본 어니는 가볍게 어깨를 추스르며 강 비서를 따라 실내로 들어섰다.

　집무실로 들어서자 테이블 소파에 앉아 있던 진 회장이 손짓을 했다.

　"거기 앉게."

　꾸벅 인사를 한 어니가 회장이 가리키는 자리에 앉았다. 진 회장의 앞에 계약서가 놓여 있었다.

　"회고록을 써 본 적이 있나?"

　진 회장의 질문에 어니는 테이블에 놓여 있는 계약서를 잠깐 바라보다 대답했다.

　"아니요. 없습니다."

　"잘됐군."

　진 회장의 말에 어니는 의아한 눈길로 그를 바라보았다.

　"내가 원하는 건 시중에 나와 있는 그렇고 그런 회고록이 아니거든."

회장이 강 비서에게 손짓을 했다. 강 비서가 집무용 테이블에서 《사막의 밤 고양이》 소설책을 들고 왔다. 진 회장은 그 책을 어니 앞에 내려놓았다.

"내가 원하는 건 그 책 같은 거야. 인생 선배의 실패와 성공을 다룬 교훈 서적이 아니라 그 책처럼 흥미진진, 재미있는 이야기 책이라고."

"이야기……책이요?"

"내 인생이 줄거리다 생각하고, 그걸로 소설을 써 달란 말이지."

의외의 말에 어니는 당황했다.

"뭐 어렵게 생각할 것 없어. 출간할 목적으로 쓰는 글이 아니라 나 재밌자고 쓰는 글이야. 그러니 부담 갖진 말고."

"회장님의 인생을 소설처럼 각색해 달란 말씀이신가요?"

"그렇지. 내 인생이 담겨 있고 내가 주인공인 소설. 가능하겠나?"

어니는 천천히 고개를 끄덕였다. 어쩌면 이쪽이 자서전 대필보다 어니에게 더 맞는 글쓰기일지도 몰랐다.

"언제까지 완성하면 되나요?"

어니의 질문에 진 회장이 만족스럽게 미소를 지었다.

"나 죽기 전까지."

"네?"

"대신 최대한 빨리 완성해 주면 추가 보너스를 주지."

진 회장이 킥킥 웃으며 말하더니 자신 앞에 놓여 있는 계약서를 어니 앞으로 밀었다.

"구체적인 내용은 읽어 보게. 궁금한 건 물어보고."

어니는 계약서를 당겨 읽어 보았다. 어려운 내용은 없었다. 진평해 회장의 인생 이야기를 듣고, 그 이야기를 소설화한다는 내용이었다. 내용에 대한 침묵동의서와 완성본에 대한 권리 포기각서도 있었다.

"대필의 기본 사항인 건 알지만, 확실히 해야지."

"회장님 인생에 관해, 이야기에 필요한 부분이라면 언제든 질문할 수 있다는 내용을 추가해도 되나요?"

어니의 질문에 진 회장이 재미있다는 듯 피식 웃으며 강설우 비서실장을 향해 말했다.

"그러게. 강 비서야, 내용 추가해 줘. 필요하다면 한밤중이라도 상관없으니 언제든 물어보게. 내 직통 번호도 적어 주고. 그 번호, 비싼 거야. 아무나 알려 주는 거 아니라고."

"감사합니다."

어니는 회장에게 인사를 건네며 강 비서를 바라보았다. 강 비서는 계약서에 만년필로 추가 사항을 직접 적어 넣어 회장에게 건넸다. 진 회장이 그 부분에 자신의 지장을 찍었다.

"더 원하는 게 있다면 언제든 말하게. 내가 제법 말이 잘 통하는 인간이거든."

어니는 계약서를 다시 한 번 더 꼼꼼히 읽어 본 후 가방에서 펜을 꺼내 서명했다. 진 회장이 만족스러운 듯 짝 손을 마주치더니 어니에게 손을 내밀었다.

"재밌게 써 보게."

막상 사인을 하자 잘할 수 있을까 불안함이 밀려들었다. 그럼에도 어니는 회장이 내민 손을 잡으며 조심스럽게 대답했다.

"네. 재미있게 써 보겠습니다."

진 회장이 어니의 손을 꾹 쥐었다 놓으며 빙그레 미소를 지었
다.


인터뷰 일정과 세부 사항들을 조율하고, 작업에 대한 이런저런
이야기를 나누다 보니, 12시가 훌쩍 넘어가고 있었다.

"점심 먹으러 가지."

벽시계를 흘긋 바라본 진 회장이 자리에서 일어섰다.

진 회장을 따라가자 넓은 식탁만 덩그러니 놓인 공간이 나왔
다. 하얀 식탁보 위에 놓인 화병엔 해바라기가 다복하게 꽂혀 있
었다.

"편하게 앉아. 아, 이쪽으로."

진 회장이 자신과 가까운 자리를 가리키며 먼저 자리에 앉았
다. 어니가 자리에 앉자 진 회장이 고개를 슬쩍 기울이며 말했다.

"그 자리가 좋아. 감나무가 제대로 보이거든."

아닌 게 아니라 정면 통창으로 마당이 한눈에 들어왔다. 마치
풍경화처럼 넓은 잔디밭에 서 있는 감나무가 창문을 가득 채우고
있었다.

"저 감나무에 매해 감이 수천 개가 열려. 그걸로 회사 우수 사
원 선물도 하고, 여기저기 기부도 한다네."

"나무가 마음에 들어요. 정말로 큰 어른 같은 느낌이에요."

"나는?"

"네?"

"나는 큰 어른처럼 안 보이나?"

"아……."

당황한 어니를 보며 진 회장이 킬킬거렸다.

"신경 쓰지 말아요. 농담하시는 거니까."

갑작스러운 목소리에 돌아보자 늘씬한 여자가 막 식당으로 들어오는 중이었다. 어니와 비슷한 또래로 보이는 여자는 슬리퍼에 트레이닝복 차림이었지만 그럼에도 어딘지 모델 같은 우아함이 있었다.

"안 나갔냐?"

진 회장이 물었다.

"점심 먹고 나가요. 이 아가씨예요? 할아버지의 작가님이? 꽤 어리네. 아직 학생?"

여자가 어니의 맞은편에 자리를 잡고 앉으며 물었다.

"동갑이야. 너랑."

자전거를 고치던 남자가 식당으로 들어오며 대답했다.

"진짜? 삼촌이 그걸 어떻게 알아?"

여자가 남자를 향해 물었다. 남자는 가볍게 어깨를 으쓱해 보이며 여자의 옆에 가서 앉았다.

어니는 당황한 눈으로 자리에 앉는 남자를 바라보았다.

삼촌이라고? 그러니까 열차 운전사이자 등 관리인이자 자전거 수리공인 저 남자가 이 집의 직원이 아니라 이 집의 가족이란 거야?

"그러고 보니 유 작가, 해송대 출신이지? 강유가 유 작가 한 해 선배겠구먼."

"선배?"

당황한 어니의 물음에 남자가 피식 능구렁미 넘치는 미소를 지었다. 저 미소는, 그러니까 이미 알고 있었단 건가?

63

"자자, 인사들 하지. 이쪽은 오늘부터 내 모험담을 담당할 유어
니 작가. 저쪽은 내 막내아들 진강유, 손녀 진연하."

"으흠. 할아버지 이야기를 담당하다니, 힘들겠네. 수고해요."

"이 녀석이!"

연하의 말에 진 회장이 버럭 소리를 질렀다. 연하는 애교스럽
게 씨익 웃어 보이더니, "아, 배고파." 딴청을 부렸다.

강유는 뭔가 재밌어하는 표정으로 어니를 슬쩍 바라보았다.

막내아들? 진 회장의? 게다가 선배? 선배니까 반말을 한 거였
나? 내가 그 대학 출신인 건 어떻게 안 거지? 회장님이 가진 내
이력서를 본 건가?

꼬리에 꼬리를 무는 생각들로 머리가 복잡해져 가는데, 식당
문이 열리고 음식이 들어왔다. 1인분씩 차려진 한정식이었다.

"갓 지은 따끈한 밥만큼 좋은 건 없지. 많이 들게, 유 작가."

"아, 네."

딴생각에 빠져 있던 어니가 화들짝 정신을 차리며 숟가락을 들
었다.

"아, 유 작가. 차 있나?"

"아니요. 없습니다."

"그래? 그럼 매일 왔다 갔다 힘들겠는데. 글 쓰는 동안 들어와
있을 텐가?"

"네?"

진 회장의 갑작스러운 제안에 막 국물을 뜨던 어니의 숟가락이
허공에서 멈췄다.

"방은 많아. 글이 완성될 때까지 아예 들어와서 지내도 된다 이
말이야."

"아, 아닙니다. 며칠 인터뷰와 자료 수집을 하고 나면 그다음부턴 필요할 때만 들르거나 연락드리게 될 거예요."

"글 쓰는 걸 자주 확인하고 싶어서 그러는 거니까, 부담 갖지 말고."

진 회장의 말에 어니는 순간 당황했다.

"그게 더 부담이지. 할아버지는 참."

연하가 중얼거리자 진 회장이 그녀를 향해 인상을 찡그렸다.

"그게 무슨 부담이라고. 내가 뭐 매일 본다는 것도 아니고. 그냥 잘 되어 가나 가끔 확인이나 하겠다는 건데. 안 그래? 유 작가?"

"들어오는 건 좀…… 그렇고요. 글이 진행되는 대로 자주 보고드리겠습니다."

어니가 조심스럽게 대답했다.

"들어오는 게 부담스러우면, 이렇게 하지. 글이 완성될 때까지 매일 출퇴근하는 걸로."

"매일이요?"

"작업 공간을 주겠네. 원한다면 숙식도 가능하고. 언제든 왔다 갔다 가능하지만, 되도록 작업은 여기 와서 하는 걸로 하자고."

진 회장의 말에 어니는 할 말을 잃었다. 거절은 씨알도 먹히지 않을 것 같은 단호함이 진 회장의 말투 속에서 느껴졌다.

"강유."

진 회장의 갑작스런 부름에 조용히 밥만 먹고 있던 강유가 고개를 들었다.

"넌 작가님 기사 노릇 좀 하고."

"바쁩니다."

한 치의 망설임도 없이 강유가 대답했다.

"괜찮아요. 혼자 다니는 게 편해요."

어니도 재빨리 대답했다.

"어차피 10월까진 할 일도 없잖아."

어니에겐 가만있으라는 듯 가볍게 손을 내저으며 진 회장이 그를 향해 말했다.

"10월 이후를 허락해 주신다는 뜻?"

"글쎄. 그건 봐서."

"그럼 저도 봐서죠."

"거래를 하시겠다?"

진 회장의 말에 강유가 씨익 웃었다. 그 중간에서 어니는 "혼자 다닐 수 있다니까요." 조용히 중얼거렸다. 하지만 아무도 어니의 말에는 관심이 없는 것 같았다.

"네 녀석의 꿈을 걸고 할 거래는 따로 있으니, 그건 됐고. 그럼 기사 노릇 한 건당 5만 원. 어때?"

"평해 그룹 스케일이 고작?"

"싫음 관둬. 할 사람 따로 구하면 되니까."

"정말로 괜찮아요, 저는!"

어니가 조금 크게 말했지만 진 회장도 강유도 그녀를 돌아보지 않았다. 건너편에 앉아 있던 연하가 못 말린다는 듯 고개를 저었다.

"좋으실 대로 하세요. 근데 제 꿈을 걸고 할 거래라는 건 뭡니까?"

"알고 싶으면 기사를 하든가."

"됐습니다."

강유가 딱 잘라 대답하더니 자신의 음식으로 시선을 옮겼다. 진 회장은 뭔가 생각이 있는 듯 강유를 바라보며 흠, 짧게 숨을 뱉었다. 그러더니 어니를 향해 말했다.

"유 작가는 아무 걱정 말고 어서 들어요."

"……네."

애초에 걱정 같은 건 하지도 않았던 어니는 속으로 비어져 나오는 한숨을 삼키며 조용히 대답했다. 어쩐지 연하가 말한 '힘들겠네'의 의미를 알 것 같은 기분이 들었다.


어니가 현관을 나설 때는 완전히 진이 빠진 상태였다. 진 회장은 어니에게 뭐든 최고의 것을 갖춰 주고 싶어 했다. 최고의 책상, 최고의 공간, 최고의 분위기.

서재의 책상을 사용하는 것에 겨우 합의를 하고 돌아 나오며, 어니는 과연 이 계약이 잘한 결정일지 고민했다. 책상, 공간, 분위기에 딱 어울리는 최고의 이야기를 자신이 쓸 수 있을까? 걱정이 되기 시작했던 것이다.

마당으로 나오자 강유가 보였다. 그는 감나무 아래에 놓인 평상에 앉아 태블릿PC를 들여다보고 있었다. 연초록 나무 그늘이 그의 머리 위로 흘러내리고 있었다. 진지한 눈매의 그는 미소 띤 얼굴과는 또 다른 느낌으로 어니의 시선을 당겼다.

그의 곁에 책 몇 권이 쌓여 있는 것을 보니 뭔가 자료를 찾고 있는 것 같았다.

"선배시라고요?"

어니가 그에게로 다가가며 물었다. 강유가 고개를 들더니 가볍게 어깨를 으쓱해 보였다.

"반말이 합의된 사이라는 게 선후배 사이란 거였어요?"

"아닌데."

"그럼요?"

"다시 말, 높이기로 한 거야?"

강유는 어니의 물음에 대답하는 대신 빙그레 웃으며 되물었다.

"아니, 뭐…… 선배라니까……."

어니는 민망한 듯 삐죽거리며 중얼거렸다. 그러다 문득 생각난 듯 집을 돌아보았다. 문밖으로 나온 사람이 없는 걸 확인한 어니가 강유 쪽으로 고개를 기울이며 작은 목소리로 말했다.

"있잖아요. 그 기사라는 거, 좀 해 주면 안 돼요?"

강유가 어니를 의아한 표정으로 바라보다 뒤늦게 물었다.

"왜?"

"자꾸만 강 비서님을 붙여 주시려고 하셔서."

"강 비서님보단 내가 더 좋다?"

강유가 입꼬리를 씨익 끌며 농담처럼 말했다. 어니가 눈썹을 삐딱하게 끌어 올렸다.

"더 만만하다, 일걸요."

"그거 섭섭하네."

어니의 말에 강유가 피식 웃으며 중얼거렸다.

"회장님께 제 기사를 해 준다고만 해 주세요. 실제로 하실 필요는 없고 말만. 시간 약속 잘 지켜 알아서 다닐 테니까요."

"아하. 그냥 방패막이가 되어 달라?"

"좋잖아요. 건당 5만 원, 돈도 벌고."

"하면 하는 거고, 말면 마는 거지, 하는 척은 나랑 안 맞는데."

강유가 팔짱을 끼며 말했다.

"흠, 사실 기대도 안 했어요."

어니가 짧게 한숨을 뱉으며 중얼거렸다. 뭐 하나 쉬운 게 없었다. 좀 전까지도 집까지 데려다주겠다는 걸 거절하느라 없는 일정까지 만들어 낸 참이었다. 내일도 진 회장과 출퇴근에 대해 입에 땀나게 논의할 걸 생각하니 답답한 마음에 해 본 말이었다.

"너무 쉽게 포기하네."

"뭐, 회장님이 모르실 것 같지도 않고."

어니의 말에 강유가 피식 웃었다.

어니는 흠, 한숨을 뱉으며 고개를 들었다. 푸른 감나무 이파리가 어니의 머리 위에서 그늘을 드리우고 있었다. 잎사귀 사이사이 여린 레몬 빛 감꽃이 부끄러운 듯 숨어 있었다.

"여기다 작업실을 만들어 달라고 할 걸 그랬나?"

감나무를 올려다보는 어니의 눈가에 슬그머니 미소가 어렸다. 강유의 시선이 멈칫 그녀의 눈가에 머물렀다. 나뭇잎 사이로 내리는 햇살이 그녀의 얼굴에 빛의 조각이 되어 춤추고 있었다.

"갈게요."

어니는 강유에게 가볍게 눈인사를 건넨 후 몸을 돌렸다. 강유가 자신을 바라보고 있다는 걸 알았지만 어니는 돌아보지 않았다.

대문을 나서자 길게 뻗은 내리막길이 한눈에 들어왔다. 굽 높은 신은 오르막보다 내리막에서 조금 더 힘들었다. 어니는 토끼몰이를 할 때는 산 아래에서 위로가 아니라 위에서 아래로 몰아야 한다던 할머니의 옛날이야기가 떠올랐다.

뒷다리가 긴 토끼나 뒷굽이 높은 자신이나 똑같네, 생각하며 어니는 실없이 피식 웃었다.

따릉!

갑작스런 차임벨 소리에 어니가 옆으로 물러서며 돌아보았다.

"어!"

자전거를 탄 강유가 그녀의 곁으로 다가왔다.

"타."

강유가 가벼운 고갯짓으로 자전거의 짐받이를 가리켰다.

"기사, 거절한 거 아니에요?"

"자전거 점검차 나온 거야."

어니는 의심스러운 눈길로 강유를 바라보았다. 아까는 짐받이 같은 건 없었던 것 같은데. 어니의 시선이 자신을 스쳐 짐받이를 향하는 걸 본 강유가 "거기 버스 정류장 근처 가게에서 물건 받을 것도 있고."라고 덧붙였다.

"아, 그렇구나."

미심쩍은 듯한 시선으로 어니가 막연히 대답했다. 그 시선을 바라보던 강유가 "싫음 말고." 툭 뱉듯 말했다. 그러더니 자전거를 출발시킬 준비를 했다.

짐받이를 일부러 달았든 아니든 아무렴 어때? 어니가 가볍게 어깨를 으쓱했다. 내리막길을 총총거리며 내려가는 것보단 자전거를 얻어 타는 게 더 재미있을 것 같긴 했다.

"내리막길 자전거라니, 스릴 넘칠 것 같네."

강유가 어니를 돌아보았다. 어니가 싱긋 웃더니 짐받이에 편하게 올라앉았다.

"출발해요!"

어니가 안장 아래쪽을 꽉 움켜쥐며 말했다. 강유가 어이없다는 듯 피식 웃더니 가볍게 자전거의 페달을 밟았다.

자전거가 내리막길을 따라 달리기 시작했다. 자전거 바퀴 끝에 매달린 그들의 그림자가 빠르게 땅을 지치며 따라왔다.

속도가 만들어 낸 바람이 그를 스쳐 어니의 볼을 쓰다듬었다. 그를 품은 바람에선 희미하게 바다 냄새가 났다. 뜨거운 여름의 열기를 가득 품어 은빛으로 부서지는 바다의 냄새. 어니의 심장이 두근두근 날뛰기 시작했다.

설레고 떨리는 심장, 그럼에도 그녀는 유쾌했다. 그녀의 입술이 즐거움으로 활짝 벌어졌다.

"야호!"

조그맣게 속삭이듯 어니가 외쳤다. 그 작은 목소리를 들은 강유의 입가가 저절로 씨익 길어졌다. 따가운 햇살이, 부푼 바람이 달리는 자전거를 따라 달렸다.

걸어서 내려왔다면 넉넉히 20분은 걸리는 거리가 순식간에 사라졌다.

강유는 버스 정류장 근처에 자전거를 세웠다. 어니는 아쉬운 듯 자전거에서 내리며 짐받이를 툭 두드렸다.

"고마워요. 덕분에 재밌었어요."

"반말해도 된다고 했던 것 같은데."

강유의 말에 어니가 동그란 눈으로 그를 올려다보다 빙그레 웃었다.

"뭐, 그렇게 원한다면."

강유가 못 말린다는 듯 피식 웃으며 고개를 저었다. 그러더니 불쑥 말했다.

"내일은 바래다주지 않을 거야. 발 편한 신, 신고 다녀."

그러곤 버스 정류장 근처에서 받을 짐이 있다고 하던 말과는

71

달리, 자전거를 돌려 왔던 길을 되돌아갔다. 어니는 멀어져 가는 강유의 뒷모습을 바라보다 자신의 신을 내려다보았다.

"이거 편한 건데."

중얼거렸지만, 굽이 높긴 했다. 어니는 가볍게 어깨를 으쓱이며 고개를 들었다. 자전거가 오르막길로 막 접어드는 중이었다. 자전거 바큇살에 반사된 햇살이 어니에게 윙크하듯 반짝이다 사라졌다.

❊ ❊ ❊

"알다시피 강 비서가 휴가를 간다."

진 회장이 강유를 바라보며 입을 열었다. 강유는 천천히 눈썹을 끌어 올렸다.

뭔가 불안했다. 강 비서가 휴가를 간다는데 느긋해 보이는 진 회장의 표정도, 그런 이야기를 자신에게 한다는 것도, 좋은 징조는 아니었다.

"그동안 네가 내 비서 노릇 좀 해야겠다."

그럼 그렇지. 강유는 그럴 줄 알았다는 듯 더 듣지도 않고 자리에서 일어서며 말했다.

"바쁩니다."

"내 비서 노릇을 잘 하면, 허락해 주마."

강유가 천천히 눈을 깜박였다.

"허락? 진심이세요?"

"네 형도 막아 주고."

강유는 다시 자리에 앉았다. 이번에는 진 회장이 그럴 줄 알았다는 듯 빙그레 미소를 지었다.

"거래할 만하지?"

강유는 그 미소에 다시금 불안감이 솟았다. 대체 비서 노릇을 어떻게 시킬 생각이기에 모르쇠로 일관하던 자신의 꿈을 허락한다는 건지. 강유는 지금 이 상황이 함정은 아닌지 심각하게 의심해 보기 시작했다.

"의심할 것 같아서 계약서를 써 놨다. 읽어 봐."

진 회장이 킬킬 웃으며 종이를 내밀었다. 강유는 계약서를 꼼꼼하게 살폈다. 글 사이에 숨겨진 함정이 있을 수도 있었다. 고작 한 달간의 비서 노릇에 그동안 관심도 없던 자신의 꿈을 밀어주겠다니, 뭔가 있는 게 틀림없었다.

"바람직하군. 사인을 한다는 건 책임을 져야 한다는 뜻이니까 잘 살펴봐야지."

진 회장이 빙그레 웃으며 말했다. 강유가 삐딱한 표정으로 진 회장을 쳐다보았다.

"설마 아들한테 사기치겠냐. 뭐 없다. 비서 노릇, 오직 그거 하나야."

"강 비서님 없어도 비서 팀이 있는데 왜요?"

"그건 전문 비서 일이고. 내 개인적인 일들을 강 비서처럼 해줄 사람이 필요하다 이 말이야."

"흠."

강유가 짧게 한숨을 뱉었다. 강 비서처럼 자신이 진 회장의 일을 보필할 수 있을 리가 없었다. 강 비서는 진 회장과 30년을 동고동락한 사이였다. 그 누구보다, 어쩌면 죽은 진 회장의 부인보다도 더 가까운 사이일지도 몰랐다.

하지만 자신의 10월 이후를 허락해 주겠다는데, 게다가 자신을 회사 경영에 참여시키려고 혈안이 되어 있는 형을 막아 주겠다는데, 한 달쯤의 비서 노릇이야 얼마든지 할 수 있었다.

　강유는 자신을 빙그레 웃으며 바라보는 진 회장을 흘긋 바라보고는 펜을 꺼내 계약서에 서명을 했다.

✽ ✽ ✽

　"계약했다고?"

　부엌에서 차가운 레몬차를 만들어 들고 나오던 인희가 놀란 눈으로 되물었다. 어니가 민망한 표정으로 고개를 끄덕였다.

　"어머! 진짜 잘됐다. 그럴 것 같았어. 전문 대필가를 뽑는 느낌이 아니었다니까."

　"잘할 수 있을지 모르겠어요."

　인희가 건네는 레몬차를 받아 들며 어니가 중얼거렸다.

　"네가 적임자니까 뽑힌 거야. 걱정 마. 잘할 테니까."

　어니를 향해 확신을 주듯 인희가 고개를 끄덕였다.

　"기간은?"

　"정해진 건 없고, 잘만 써 달래요."

　"혹시 진평해 회장이니?"

　인희의 말에 어니가 놀란 눈으로 그녀를 바라보았다. 어니의 표정을 본 인희가 피식 웃더니 고개를 끄덕였다.

　"어쩐지."

　"어떻게 알았어요?"

　"거기 코끼리 숲 공원의 찻집. 진 회장님 딸이 직접 운영하잖아."

74

"가게에 있던 사람이 진 회장님 딸?"

"몰랐어?"

"몰랐어요. 진 회장님이랑 닮은 것 같진 않던데."

어니는 숲속 작은 찻집의 주인을 떠올리며 중얼거렸다. 차향과 어울리던 여자는 강단 있고 고집스러워 보이던 진 회장과 달리 은은하고 따뜻해 보였었다.

"분위기가 다르지? 유명해. 재벌 2센대 평범한 회사원이랑 결혼해서 찻집 운영하며 조용히 산다고."

"아……."

"게다가 테스트가……. 그런 테스트 할 사람 진 회장밖에 없지 싶었어. 그 사람 괴짜로 유명하거든."

어니는 막연히 고개를 끄덕였다. 진 회장과 보낸 오늘 하루로 충분히 그 말의 의미를 알 것 같았던 것이다.

"암튼 진짜 잘됐다. 그 일 끝내면 한동안 다른 걱정 없이 글만 쓸 수 있겠네."

"잘 끝내면 그럴 수 있을 거예요."

레몬차를 홀짝이며 어니가 대답했다. 상큼하고 시원한 레몬의 향이 은근히 기분 좋았다.

"공모전이 올해 말이라고 했나?"

"네."

"자서전 빨리 안 끝내면 빠듯하겠네."

"여유 있을 것 같아요. 초고는 끝내 놓은 상태라. 근데, 이거 직접 담았어요?"

어니가 레몬차가 들어 있는 컵을 들여다보며 말했다.

"어. 왜?"

"진짜 맛있어요."

어니가 레몬차의 향을 새삼 음미하며 대답했다.

"좀 덜어 가. 잔뜩 만들었어."

"아니에요. 자서전 완성할 때까지는 출퇴근해야 해서 집에서 먹을 시간도 없을 것 같아요."

"출퇴근하면서 쓰래?"

어니가 슬쩍 웃으며 고개를 끄덕였다. 인희가 고개를 젓더니 말했다.

"가끔 그런 사람들이 있긴 해. 이 일 하다 보면 진짜 별난 사람들 많거든. 전에 언젠간 자기가 부르는 대로 받아 적으란 사람도 있었어."

"진짜요?"

인희는 지금 생각해도 어이가 없다는 듯 피식 웃었다. 인희의 웃음을 바라보던 어니가 조심스러운 말투로 입을 열었다.

"가끔 언니가 왜 자기 글을 쓰지 않나 궁금해져요. 언니 필력이면 뭘 써도 성공할 것 같은데."

"나는 너 같은 상상력이 없거든."

"상상력……이요?"

의아함으로 되묻는 어니에게 그녀는 아무렇지도 않은 듯 대답했다.

"내가 글을 좀 써. 나도 알아. 문장이 막힘이 없지. 어떤 문장이든 원하는 대로 조립할 수 있고, 생각나는 대로 글을 직조할 수 있어. 그래서 학창 시절에는 내가 작가가 될 줄 알았어. 선생님도, 가족들도 다들 그렇게 믿었지."

"그랬는데요?"

"그런데 쓰고 싶은 문장이 없는 거야. 생각나는 글귀도 없고."

인희는 레몬차를 한 모금 마시더니 조용히 말을 이었다.

"나는 글만 잘 썼던 거야. 이야기를 만드는 능력은 없고. 뭔가 써 볼까 하고 종이를 펼치면 머릿속도 그 하얀 종이처럼 백짓장이 되는 거지. 나에겐 대필이 맞아. 남이 만들어 놓은 이야기를 적당히 잘 직조하는 것. 그게 내 재능이거든."

"아닐 수도 있잖아요. 아직 쓰고 싶은 이야기가 생각나지 않은 걸 수도 있잖아요."

어니가 조심스럽게 꺼낸 말에 인희가 빙그레 웃었다.

"그래, 그럴 수도 있지. 그럼 그때 가서 도전해 보면 되지 뭐. 하지만 난 지금의 나에게 만족해. 남의 인생을 매끄럽게 정리하는 이 일이 재밌기도 하고."

그렇게 말하는 인희의 표정은 편안해 보였다.

"하지만 넌 아냐, 유어니. 넌 대필가가 아니라 작가가 되어야 할 사람이야. 그러니까 이번 일 빨리 끝내고 네 이야기를 써."

"작가가 되어야 할 사람……이라고요?"

"너에겐 이야기가 있잖아. 상상으로 가득한."

인희가 싱긋 웃으며 말했다. 그 확신에 찬 미소를 바라보며 어니는 스스로에 관해 생각했다. 작가가 되어야 할 사람. 내가? 정말?

어니에게 있어서 동화작가는 확실한 꿈이었다. 그래서 올 한 해, 꿈을 위해 노력해 보기로 한 거고. 하지만 작가가 되어야 할 사람이란 건, 꿈과는 다른 영역이었다. 꿈처럼 막연한 것이 아닌 확고한 숙명 같은 것.

어니는 인희의 말을 되뇌며 천천히 레몬차를 마셨다. 입안에서 새콤하면서도 달콤한 레몬 맛이 느껴졌다. 막연한 꿈같은 맛이 아닌, 선명하면서도 확실한 숙명 같은 맛.

어니는 정신이 번쩍 드는 그 숙명 같은 레몬차가 좋아질 것 같았다.

"언니, 나 이거 조금만 싸 주세요."

뜬금없는 어니의 말에 인희가 "뭐?" 되묻더니 이내 하하, 웃음을 터트렸다.

"그래. 갈 때 담아 줄게. 아! 저녁도 먹고 가. 오늘 남편, 야근이야."

빈 병을 찾기 위해 자리에서 일어서며 인희가 말했다. 어니는 "네에." 씩씩하게 대답하며 남은 레몬차를 마셨다. 그 짙은 숙명의 맛을 깊게 음미하면서.

밤 9시를 살짝 넘겨 어니는 인희의 집을 나섰다.

인희가 살고 있는 아파트 단지 앞 건널목에 서서 어니는 길 건너를 바라보았다. 8차선 도로 건너엔 하제가 살고 있는 아파트 단지가 있었고, 그 옆으로 대형 상가가 즐비했다. 상가 사이 골목길로 들어서면 어니가 살고 있는 조용한 주택단지가 나왔다.

어니는 그 숨어 있는 것 같은 주택 단지가 좋았다. 좁은 골목과 오래된 집들은 그 자체로 그녀에게 이야기를 들려주는 것 같았다.

신호가 바뀌자 어니는 건널목 바닥의 하얀 선을 골라 밟으며 길을 건너기 시작했다.

어니가 즐기는 행운 테스트였다. 건널목의 이쪽에서 저쪽까지 아무런 방해 없이 하얀 선만 밟으며 건너는 데 성공하면 그날은 좋은 일이 있을 거라는 자신만의 테스트.

하얀 선만 밟으며 건너는 건 쉬운 일이었지만 아무런 방해를 받지 않는 건 생각보단 어려운 일이었다. 건널목을 건너는 사람들과 부딪치지 않으면서 도로 공사로 하얀 선이 지워진 곳을 지나지 않아야 하고, 차선을 무시하고 정차한 차와 신호를 무시하고 지나가는 차들을 만나지 않아야 했다.

이미 하루가 끝나는 시간이었지만 어니는 오늘의 행운을 테스트할 겸 씩씩하게 하얀 선을 밟으며 건널목을 건넜다.

아파트 단지와 상가가 밀집한 지역이라 길을 건너는 사람이 많았다. 그럼에도 다들 어니에게 길을 비켜 주기라도 하듯 그녀의 앞길이 활짝 열려 있었다.

심지어 가게에 들르기 위해 건널목 앞에 세우곤 하는 승용차들과 배달 차량들도 오늘은 어니의 앞길을 피해 세워져 있었다.

어니가 마지막 하얀 선을 밟으며 양 주먹을 꽉 움켜쥐었다.

"앗싸!"

사소한 행운 테스트였지만 정말로 좋은 일이 있을 것 같은 기분이 들었다.

"어!"

눈앞의 빵집에서 막 강유가 문을 열고 나오는 중이었다. 어니는 여전히 주먹을 쥔 채 강유가 가게를 나와 성큼성큼 걸어가는 걸 멀뚱히 바라보았다. 인간 세상에 잘못 내려온 특별한 존재처럼 그에게서만 빛이 나는 것처럼 보였다.

강유는 사람들 사이를 지나, 길가에 세워 둔 오토바이로 다가가더니 헬멧을 푹 눌러썼다. 그러곤 빵집 마크가 붙어 있는 하얀 비닐 봉투를 오토바이 시트 안에 집어넣고는 그대로 오토바이를 타고 떠났다.

어니는 멀어지는 오토바이를 오래 바라보았다. 그러다 아직도 자신이 주먹을 쥐고 있다는 걸 깨닫고는 천천히 손을 내렸다.

'옥선 빵집'

그가 나온 빵집은 단팥빵으로 인근에서 유명한 곳이었다.

"단팥빵 하나 사러 여기까지 온 건가?"

어니는 강유가 사라진 도로를 다시 돌아보았다. 그의 잔상이 도로에 남은 것처럼 어니의 시야 위에서 어른거렸다.


다음 날부터 어니는 진평해 회장의 자서전 기초 조사를 시작했다. 진 회장과 이야기의 구체적인 방향, 분위기, 다뤄야 할 큰 주제를 정하고, 강 비서가 정리해 준 회장의 일대기를 읽었다. 진 회장의 일정에 맞춰 인터뷰를 녹음하고 에피소드들을 정리하는 동안 어니는 막연히 이야기의 흐름이 보이기 시작했다.

그 나흘 동안 어니는 강유를 한 번도 보지 못했다. 대신 연하는 가끔 볼 수 있었다.

"아직 하네요. 도망갔을 줄 알았는데."

연하는 늘 트레이닝복 차림에 대충 묶어 올린 머리 꼴로 어슬렁어슬렁 돌아다니다 어니를 만나면 빙그레 웃으며 말을 붙였다.

"할 만해요. 재미도 있고."

어니 역시 자신의 작업실로 정해진 서재로 들어가다가도 그녀를 만나면 살갑게 대꾸를 했다.

"할아버지한테 기사 대신, 차라리 택시비를 달라고 했다면서요?"

어니는 조금 민망한 표정으로 어깨를 으쓱해 보였다. 아예 정식으로 기사를 붙여 주겠다는 진 회장에게 이리저리 핑계를 대는 데도 지친 어니가 어제 결국은 진 회장에게 그렇게 말했던 것이다.

연하는 어이없다는 듯 하하 웃음을 터트렸다.

"마음에 들어요. 그쪽."

웃음 끝에 연하가 말했다. 그러더니 어니를 향해 손을 내밀었다.

"친구 하자고 하면, 해 줄 거예요?"

어니는 그녀가 내민 손을 멀뚱히 바라보다가 그녀의 얼굴을 올려다보았다.

"키가 몇이에요?"

"키?"

"그쪽 키."

"175쯤? 왜요?"

"그냥. 친구의 키 정도는 알고 있고 싶어서."

어니가 연하의 손을 잡으며 대답했다. 연하는 어니의 뜬금없는 말에 갸웃한 표정을 짓더니 이내 못 말린다는 듯 고개를 저었다.

"할아버지가 왜 그쪽을 뽑았는지 알 것 같네."

"칭찬으로 들을게."

그녀의 반말에 빙그레 웃으며 반말로 대답하는 어니를 보며 연하는 싱긋 미소를 지었다.

"여자들끼리 손잡고 뭐 하나?"

갑작스런 목소리에 어니와 연하는 동시에 고개를 돌렸다. 연호가 느긋한 자세로 서 있었다.

"이 시간에 어쩐 일이야?"

연하가 시큰둥하게 물었다.

"할아버지 호출. 어니 씨, 또 보네요?"

연호 역시 연하에겐 시큰둥하게 대답하더니, 금방 웃는 얼굴로 어니에게 인사를 건넸다.

"진 대리님?"

어니는 이 남자가 여긴 어쩐 일이지? 생각하다 문득 진평해 회장의 가족관계가 떠올랐다. 진 회장의 손자 진연호, 손녀 진연하. 종이에 적힌 쌍둥이 남매의 이름을 보면서도 그저 막연히 어디서 들어 본 이름이네, 생각했던 것 같았다.

"아, 그 진연호가 이 진연호……."

들릴 듯 말 듯 중얼거리는 어니의 말을 들었는지 연호가 풋 웃음을 터트렸다.

"그 진연호가 진평해 회장님 손자 진연호를 말하는 거라면 이 진연호와 같은 사람이 맞습니다."

"뭐라는 거야."

연하가 연호를 보며 고개를 저었다.

"넌 안 나가냐?"

"나갈 거야. 신경 꺼."

연하는 어니의 어깨를 툭 두드리더니 고개를 숙여 속삭였다.

"쟤랑 말 섞지 마. 바람둥이야."

"다 들린다."

연호가 연하를 향해 인상을 찡그리며 말했다.

"귀는 쓸데없이 밝아."

연하가 삐죽이듯 중얼거리더니 어니에게 "수고해." 한 마디를 남기고는 복도를 돌아 자신의 방으로 사라졌다.

"매일 출퇴근한다던데 오늘에서야 만났네요."

연하가 사라지자 연호가 어니에게 다가오며 말했다.

"여기 사세요?"

"저기."

연호가 천장을 가리켰다. 어니는 연호의 손가락을 따라 천장을 올려다보았다.

"위층이 내 방이에요."

어니가 그렇구나, 하는 표정으로 고개를 끄덕였다.

"할 만해요?"

"뭐, 그럭저럭이요."

"할아버지랑 잘 지낸다는 말 들었어요."

"이게 잘 지내는 건가……."

매일 책상을 새로 짜 주겠다는 진 회장을 말리고, 아침에 기사를 보내겠다는 걸 거절하고, 심지어 글을 한 줄 쓸 때마다 잘돼 가냐는 질문을 받는 게, 잘 지내는 게 맞나? 생각하며 어니는 막연히 중얼거렸다.

"할아버지 의견에 한 번도 고분고분 예, 한 적 없다면서요. 그런데도 무사한 걸 보면, 잘 지내는 거 맞아요."

"아……. 그렇게까지 반동분자는 아니에요."

어니는 공연히 민망해져서 손끝으로 이마를 문지르며 중얼거렸다. 그 말이 재밌다는 듯 연호가 하하 조그맣게 웃었다.

"반동분자야말로 우리 집에 가장 필요한 존재죠."

여전히 웃음기 어린 얼굴로 말하며 연호는 흘깃 손목시계를 들여다보았다.

"가 봐야겠어요. 한집에 있으니 또 볼 수 있겠죠. 수고해요."

그러곤 어니를 향해 미소 어린 눈인사를 남기고 돌아섰다. 서너 발짝 복도를 걷던 그가 갑자기 생각난 듯 다시 돌아왔다.

"아, 맞다. 나 바람둥이 아니에요. 걔 말 믿지 말아요."

그러곤 가벼운 윙크를 남기고 복도를 돌아 사라졌다. 남겨진 어니는 멀뚱한 표정으로 그가 사라진 복도를 바라보다 피식 웃고 말았다.

평해 그룹 본사에서 만났을 때처럼 그는 여전히 잘 웃었다. 그 웃는 모습이 어쩐지 마음에 들었다. 강유와는 조금 다른 의미로.

어니는 존재감 강한 강유의 미소를 잠깐 떠올렸다. 대체 어딜 간 거지? 뜬금없이 그의 부재를 궁금해하며 그녀는 서재로 걸음을 옮겼다.


다음 날, 어니는 낮 2시의 코끼리 열차를 기다리며 공원 승강장에 서 있었다.

아침에 일어나 보니, 진평해 회장으로부터 낮 2시 반에 공원 미술관으로 오라는 문자 메시지가 와 있었던 것이다.

"새벽 2시?"

문자 메시지를 보낸 시간을 확인한 어니는 고개를 절레절레 저었다.

진 회장은 뭔가가 생각나면 그게 몇 시든, 그 장소가 어디든, 전혀 개의치 않고 움직이는 것 같았다. 그래서 현재의 위치까지 올 수 있었던 걸까?

어니는 그 부분을 메모지에 체크해 정리하고 있던 자서전 자료 사이에 끼워 넣었다.

곧 장마가 시작될 시기였다. 벌써부터 한낮은 여름같이 후끈거렸다. 어니는 따가운 햇살을 피해 승강장 그늘에 서 있었다.

멀리서 코끼리 열차가 들어오는 게 보였다.

어니는 자신도 모르게 코끼리 열차의 운전사를 보기 위해 고개를 뺐다.

빠앙!

짧은 경적과 함께 코끼리 열차가 승강장에 들어와 멈췄다. 열차운전사는 모르는 사람이었다. 어니는 어쩐지 섭섭해진 기분으로 열차에 올랐다.

열차는 햇살에 달궈진 공기가 갇혀 후텁지근했다. 어니는 가볍게 손부채질을 하며 운전사의 뒷모습을 바라보았다.

'바쁜가?'

본격적으로 일을 시작한 이후로 어니는 강유를 전혀 볼 수가 없었다. 며칠 전, 빵집 앞에서 지나가는 그를 본 게 마지막이었다. 딱히 의식한 건 아니었지만 그가 궁금하긴 했다. 넓은 집의 복도를 지나다가, 마당의 감나무 곁을 지나다가, 서재에서 일을 하다가 문득 안 보이네, 생각했다.

열차가 움직이기 시작했다. 열기를 품은 바람이 그녀를 스치며 지나갔다. 어니는 자전거를 타고 내리막을 달려 내려오던 날의 바람이 떠올랐다. 바다 냄새가 나던 바람. 햇살이 가득 담긴 바람.

어니는 자신의 신발을 내려다보았다. 굽이 있는 하얀 캔버스 운동화는 보기에도 발이 편해 보였다. 어니는 흠, 짧게 한숨을 뱉으며 천천히 움직이는 열차 밖의 풍경으로 시선을 옮겼다.

공원 전시관 앞에서 내린 어니는 주변을 둘러보았다. 이쪽으로 온 건 처음인 것 같았다. 녹음이 우거진 나무숲 사이에 거대한 드럼통같이 생긴 전시관이 서 있었다.

마치 숲속에 던져 놓은 거인의 술통같이 생긴 전시관 앞에는 노란색 리본으로 꾸민 안내판이 서 있었다.

'배와 바다와 구름의 이야기'

유명 화가의 유화 전시회였다. 실내로 들어서자 시원한 공기가 어니를 감쌌다. 평일 낮 시간이어서인지 실내는 관람객이 별로 없었다.

어니는 넓은 전시실을 천천히 둘러보았다. 진 회장은 실내의 가장 안쪽 거대한 바다 그림 앞에 서 있었다. 어니가 조용히 다가가자 진 회장은 그림에서 눈을 떼지 않은 채 말했다.

"바다를 떠난 지 수십 년이 지났지만 말이야. 여전히 배를 타던 시절의 꿈을 꾼다네."

어니가 진 회장의 시선을 좇아 그림으로 시선을 옮겼다.

하늘을 향해 솟구치듯 출렁이는 파도의 그림은 해와 달과 구름이 어우러져 몽환적이면서도 뜨거운 열기를 뿜고 있었다.

"한 번이라도 바다에 마음을 던지고 나면 거길 완전히 벗어나기가 쉽지 않은 모양이야."

그림이 뿜어내는 열기에 압도된 채 어니는 진 회장의 말을 들었다.

진 회장이 대답 없이 조용한 어니를 돌아보았다. 그녀는 발그레하게 홍조 띤 얼굴로 그림에 넋을 놓고 있었다.

"유 작가도 바다에 마음을 던진 적이 있나 보구먼."

혼잣말처럼 진 회장이 말했다.

그 전시관에서 어니는 진 회장이 배를 타던 시절의 이야기를 들었다.

젊은 시절 요리사로 원양어선을 탔던 진 회장이 그때 만들던 음식을 기초로 도시락 사업을 시작한 게 지금의 평해 그룹의 시작이었다.

이미 자료를 통해 알고 있던 내용이었지만, 온통 출렁이는 바다 그림 사이에서 듣는 배 위에서의 에피소드들은 어니에게 색다르게 다가왔다.

"차나 한잔 하지."

전시관을 나오며 진 회장이 말했다. 나무 그늘을 따라 코끼리 열차를 타고 왔던 길을 어니와 진 회장이 천천히 되짚어 걷기 시작했다.

"이 공원을 완벽하게 만들기 위해 필요한 게 뭔가라는 질문에 유 작가가 했던 말을 가끔 생각한다네."

어니는 자신이 뭐라고 했더라, 혼자 생각했다. 급하게 써서 내느라 정확히 기억나진 않았지만, 대충 지금 이대로가 완벽하다고 했던 것 같긴 했다.

"이미 완벽하니 더 보태지 말라던 그 말. 난 말이야. 뭔가를 늘 보태고 더하면서 살았거든. 유 작가 덕에 새로운 시각으로 공원을 보게 됐달까. 자네는 참 장점이 많은 친구야."

"가, 감사합니다."

진 회장의 갑작스런 말에 어니는 당황스러움과 민망함을 느꼈다. 진 회장은 감사 따윈 됐다는 듯 손을 내저었다.

마침 '숲속 작은 찻집'이 눈앞에 나타났다. 찻집 앞에 오토바이가 서 있었다. 물결무늬가 그려진 오토바이를 보자 어니는 뜬금없이 불쑥 반가움을 느꼈다.

"잘 지냈냐?"

"오셨어요?"

진 회장과 어니가 찻집으로 들어서자 찻집 주인이 계산대 밖으로 나오며 인사를 건넸다. 어니는 자신도 모르게 찻집 안을 둘러보았다. 등산객으로 보이는 손님 셋이 차를 마시고 있을 뿐 오토바이의 주인은 보이지 않았다.

"산책 나오셨어요?"

가까운 테이블에 자리를 잡는 진 회장을 향해 찻집 주인이 물었다.

"좀 걸었지. 벌써 덥구나. 나 시원한 거 다오. 유 작가도 시원한 걸로 마시고."

주변을 둘러보던 어니가 "아, 네." 대답하며 진 회장의 맞은편에 앉았다. 찻집 사장이 어니를 향해 가볍게 눈인사를 건넸다.

"백련을 차갑게 냉침 해 놓은 게 있어요. 갈증 해소에 도움을 주죠."

"그걸로 주세요."

어니의 대답에 찻집 주인이 살짝 미소를 짓고는 안으로 들어갔다. 강유와 닮은 미소였다. 그래서 낯이 익었나?

첫 테스트 때 찻집 주인의 미소를 보며 누군가 생각나는 미소라고 생각했었는데, 아마도 코끼리 열차에서 잠깐 스치듯 봤던 강유의 미소와 찻집 주인의 미소가 닮아서였던 모양이다.

어니의 시선이 저절로 창밖으로 향했다. 창밖의 오토바이가 햇살을 받고 있었다. 그때, 찻집 앞에 자동차가 멈춰 서더니 차에서 강 비서와 강유가 함께 내렸다.

햇살 아래 선 강유가 이쪽으로 고개를 돌렸다. 말간 창문을 사이에 두고 그의 시선이 어니에게 인사를 건넸다. 뜬금없이 뺨이 빨개지는 기분에 어니는 화다닥 시선을 돌렸다.

때맞춰 찻집 문이 열리며 강 비서가 가게로 들어왔다.

"벌써 시간이 이렇게 됐나?"

진 회장이 강 비서를 보더니 중얼거렸다.

"곧 출발하셔야 합니다."

"차 한 잔도 마음대로 못 마시네."

진 회장이 툴툴거리더니 자리에서 일어섰다. 어니가 따라 일어서자 진 회장이 손을 저었다.

"유 작가는 차 마시고 들어가. 강유, 작가님 좀 모셔다 드리고."

뒤따라 들어온 강유에게 진 회장이 말하더니 강 비서와 함께 찻집을 나갔다. 어니는 어정쩡한 자세로 진 회장에게 인사를 했다.

강유가 짧게 한숨을 뱉더니 어니의 맞은편에 털썩 앉았다.

"언제 가?"

"뭐?"

어쩐지 반가워져 인사를 건네려던 어니는 다짜고짜 물어보는 강유의 말에 당황했다.

"모셔다 드려야 하니까."

"아아. 혼자 갈 수 있어. 괜찮아."

"알아. 그래도 모셔다 드리라잖아."

강유의 말에 어니가 눈을 깜박였다. 말 잘 듣는 캐릭터는 아니었던 것 같은데.

"건당 5만 원, 받기로 한 거야?"

"아니. 그보다 더 큰 걸 받기로 했거든."

어니가 으흠, 콧소리를 내며 고개를 끄덕였다.

"그래서 언제 갈 거냐니까?"

"차, 마시고."

툭툭 뱉듯 말하는 그의 말투에 어니 역시 뱉듯이 대답했다. 딱히 친한 사이라곤 할 수 없었지만, 그래도 인사조차 없이 틱틱거리는 그를 반가워한 게 억울했다.

어니의 대답에 강유가 팔짱을 끼며 등받이에 몸을 기댔다. 마침 찻집 주인이 차를 들고 왔다.

"테이블 주인이 바뀌었네. 언제 왔어?"

"좀 전에. 그 차는 뭐야? 시큼한 맛 나는 거면 안 먹고."

강유가 진 회장 몫의 찻잔을 가리키며 물었다. 찻집 주인이 피식 웃었다.

"시큼하고 상큼하고 쓰면서도 달달한 맛? 그냥 마셔. 드세요."

찻집 주인이 어니에게 살가운 미소를 남기고는 돌아갔다. 강유는 자신의 앞에 놓인 차를 의심스러운 눈으로 노려보더니 조금 맛을 보고는 인상을 찡그렸다.

"이럴 줄 알았어. 하여간 입맛하고는."

어니는 저절로 찡그려지는 강유의 미간을 보며 자신도 모르게 풋 웃었다. 어니의 웃음에 강유가 자신의 찻잔을 어니에게 슬쩍 밀었다.

"먹어 봐. 웃음이 싹 사라질걸."

어니가 그를 멀뚱히 올려다보다 슬쩍 그의 차를 한 모금 마셨다. 시큼하고 쓴맛에 정신이 번쩍 들며 저절로 미간이 찡그려졌다. 강유가 킥킥거리며 웃었다. 어니 역시 덩달아 피식 웃었다.

웃음이 머물다 간 공간 위로 고요가 찾아왔다. 그 공간, 햇살이 드는 창가, 둘의 미소가 나란히 떠돌던 공간에 틱틱거리던 감정이 스러지고 친근한 감정이 스며들었다.

"일은 잘돼 가?"

강유가 편한 표정으로 물었다.

"회장님과 강 비서님이 주시는 자료의 충돌이 큰 것 빼면 잘돼 가는 것 같아."

"자료의 충돌?"

"강 비서님은 객관적 사실에 기반한 자료를 주시고, 회장님은 주관적인 사실에 기반한 자료를 주시고. 그 사이의 갭이 크네."

안 봐도 알겠다는 듯 강유가 고개를 끄덕였다. 그사이 자신의 찻잔을 만지작거리던 어니가 지나가는 말투로 물었다.

"어디…… 갔다 왔어?"

"궁금했어?"

"그럴 리가. 그냥 안 보여서."

"그게 그거지."

"그게 그거는 아닌 것 같긴 한데. 암튼, 그래서 어디 갔다 온 거야?"

"꼭 추궁하는 것 같네."

강유가 씨익 웃으며 말했다.

"추궁이라니! 한 번에 대답을 안 하니까 그렇지. 아, 됐어. 궁금하지도 않았는데 뭐."

대답 없이 말꼬리만 돌리는 그를 보며 어니가 불퉁하게 말했다.

"미리 정리해 놓을 일이 있어서 지방에 좀 갔다 왔어."

비어져 나오는 웃음을 삼키며 강유가 말했다. 어니가 미간을 모은 채 그를 바라보았다.

"물어보면 대답하지 않고, 됐다니까 대답하고. 청개구리과야?"

잠깐 "청개구리라……."라고 중얼거리며 뭔가를 생각하는 것 같던 강유가 이내, "그럴지도 모르겠네."라고 대답했다.

어니는 멀뚱하니 그를 바라보다 가볍게 고개를 저었다.

이 남자는 정말, 대화를 하면 할수록 정신이 어수선해지는 기분이었다.

어니는 찻잔에 이슬이 맺히고 있는 백련차를 집어 들고는 조금 맛을 보았다. 부드럽고 연한 백련꽃차는 얼핏 밍밍하면서 심심한 것도 같았다.

어니는 잠깐 그 맛을 음미하다 한 번에 남은 차를 쭈욱 마셨다. 그러고는 강유를 빤히 바라보았다.

"왜?"

"차, 다 마셔야 가지. 안 마셔?"

강유가 멀뚱한 표정으로 어니를 보더니 자신의 앞에 놓인 찻잔으로 시선을 옮겼다. 그러더니 피식 웃었다.

"마신 걸로 하자."

강유가 자리에서 일어섰다.

"재미없네."

어니가 따라서 자리에서 일어서며 중얼거렸다. 강유가 불퉁한 표정의 어니를 보더니 흠, 짧게 한숨을 뱉었다. 그러곤 눈앞의 찻잔을 집어 들어 한 번에 쭈욱 들이켰다. 그의 얼굴이 오만상으로 일그러졌다. 황당한 눈길로 자신을 쳐다보는 어니를 흘깃 본 강유가 입술을 꾹 다물더니 앞장서 찻집을 나갔다.

"푸웃."

카운터의 의자에 앉아 있던 찻집 주인이 조그맣게 웃음을 터트렸다. 강유를 따라 나가던 어니가 찻집 주인을 돌아보자 그녀는 웃음을 참듯 손으로 입을 가리며 어니에게 손을 흔들었다. 어니가 따라 생긋 웃으며 인사를 하고는 찻집을 나섰다.

 "진짜 마시란 건 아니었는데."

 입안에 쓰고 시큼한 맛이 남았는지 쩝쩝 입을 다시고 있는 강유에게 어니가 말했다.

 "마시고 싶어서 마신 거야."

 강유는 말에 어니는 피식 웃으며 메고 있던 가방을 뒤졌다. 글을 쓰다 가끔 입이 심심할 때 먹는 젤리가 어디 있을 터였다.

 "찾았다."

 손바닥만 한 젤리 봉지를 찾아낸 어니가 강유에게 그걸 내밀었다.

 "됐다."

 강유가 필요 없다는 듯 고개를 젓더니 성큼성큼 공원을 걸어 내려가기 시작했다. 어니는 찻집 앞에 서 있는 오토바이를 흘깃 보고는 후다닥 그를 쫓아갔다.

 "오토바이는?"

 "왜? 타고 싶어?"

 "아니."

 "근데?"

 "아. 말을 말자."

 어니는 삐죽거리는 표정으로 젤리 봉지를 뜯었다. 작은 과일 모양의 젤리를 하나 집어 입에 넣고는 강유에게도 뜯은 봉지를 내밀었다. 못 이기는 척 그가 젤리를 한 개 집는데, 어니가 그 손에 젤리 봉지를 밀어 넣었다.

그러곤 그를 앞질러 공원을 성큼성큼 걸어 내려갔다. 오후로 기울어지는 시간이어서인지 해의 열기는 한풀 꺾인 것 같았다. 어니는 후텁지근하게 불어오는 바람을 맞으며 설핏 뒤를 돌아보았다.

강유가 느긋한 걸음으로 젤리를 한 개씩 씹으며 따라오고 있었다.

"젤리 먹었으니까 젤리 값!"

"뭐?"

"세상에 공짜가 어딨어?"

어이없다는 듯 강유가 어니 곁으로 성큼 다가왔다.

"이거 사기, 강매 아닌가?"

젤리가 한 개 남은 봉지를 들어 보이며 강유가 말했다. 그러거나 말거나 어니는 해맑게 웃었다.

"반말이 허락된 사이란 게 뭔지 말해 주는 게 젤리값."

"하!"

어이없어하는 강유를 어니가 활짝 웃으며 올려다보았다. 장난기가 서린 눈동자에 햇살이 반사되어 작은 보석처럼 반짝였다. 강유가 그 미소를 물끄러미 바라보더니 흠, 짧게 숨을 뱉었다. 그러더니 지나가는 말투로 조그맣게 말했다.

"'말 놓으세요, 선배님.'이라고 했어. 네가."

"내가? 언제?"

"대학 때."

그의 말에 어니가 멀뚱한 표정으로 눈을 깜박였다. 대학 때? 만났나? 만난 기억이 없는데.

어니는 그를 올려다보며 갸우뚱 고개를 기울였다. 물끄러미 어니를 바라보는 검은 눈동자가 웃음을 담고 있었다. 깊고 따뜻한 눈매였다. 기억 못 할 눈빛이 아니었다. 같은 대학이 아니라 길 가다 우연히 스쳐 지나갔더라도 마음에 흔적을 남길 눈빛이었다.

"무슨 과야?"

"기계공학과."

같은 과는 아니었다. 당연히 아니겠지. 어니는 머릿속 기억을 더듬듯 잔뜩 미간을 모은 채 물었다.

"흠. 우리가 만난 적이 있는 거야?"

강유가 피식 웃더니 한 개 남은 젤리를 휙 던져 입에 넣었다. 그러곤 빙그레 웃으며 말했다.

"사기, 강매당한 젤리값은 여기까지."

어니는 할 말을 잃고 강유를 바라보았다. 강유는 빈 봉지를 구겨 쥐고는 성큼성큼 어니를 앞질러 걸음을 옮겼다.

"대학 때, '말 놓으세요, 선배님.'이라고 했다고? 진짜? 대체 언제? 어?"

어니가 후다닥 그를 쫓아가며 물었지만 강유는 싱글싱글 웃을 뿐 대답하지 않았다.

"젤리 하나 더 줄까?"

"충분해. 이미."

"에잇!"

어니의 반응에 강유가 하하하 웃음을 터트렸다.

둘은 공원 입구의 주차장에 도착할 때까지 툴툴거리고 킬킬거렸다. 어니가 지하철역으로 향하자 강유가 그녀를 불렀다.

"이쪽. 집까지 모셔다 드리랬잖아."

어니는 그의 손짓을 따라 주차장 쪽을 돌아보고는 고개를 저었다.

"됐어. 그냥 갈게."

"그럼 나야 좋고."

강유의 말에 어니가 고개를 끄덕이며 몸을 돌리자 강유가 어니의 가방을 슬쩍 잡아당겼다. 휘청거리며 어니가 강유를 돌아보았다.

"왜?"

"전에 말했지? 하면 하는 거고, 말면 마는 거지 하는 척은 안 한다고. 여기까지 왔으니 타고 가."

"타고 가면 말해 줄 거야? '말 놓으세요, 선배님.'이라고 어쩌다 말하게 됐는지?"

강유가 피식 웃었다.

"아니."

"그럴 줄 알았어. 타고 갈래. 앞장서."

"안 탄다더니, 갑자기? 왜?"

"안 타고 가는 걸 더 좋아하는 것 같아서."

강유가 어니의 대답에 풋, 짧게 웃음을 터트렸다. 그러더니 못 말린다는 듯 고개를 저으며 주차장으로 들어갔다. 그 뒤를 총총히 쫓아가며 어니도 히죽 미소를 지었다. 잠깐 사이에 그와 부쩍 친해진 것 같은 기분이 들었다. 그 기분이 솔직히 나쁘지 않았다.

✳ ✳ ✳

파도가 밀려든다. 파랗게 밀려왔다 하얗게 부서지는 파도에 발을 담근 채 어니는 하늘을 올려다본다. 하늘에도 파도가 출렁인다. 그 하늘에 손을 뻗는다. 작다. 아이의 손이다. 손이 푸른 하늘 속에 잠긴다.

"어니야!"

누군가 부른다. 어니가 고개를 돌리자 커다란 그림자가 어니에게 미소를 짓는다.

"아빠!"

따뜻한 웃음소리가 어니에게 활짝 팔을 벌린다. 모습이 보이지 않는 그림자, 얼굴이 보이지 않는 웃음소리.

어니는 웃으며 그에게 달려간다.

그 순간 잠에서 깼다.


어니가 천천히 눈을 깜박였다.


'어니야!'


자신을 부르던 목소리가 아직도 귓가에 맴도는 것 같았다.

그게 진짜 아빠의 목소리였을까? 아빠에 대한 기억이 거의 없는 어니는 잠깐 궁금해졌다. 그게 아빠의 목소리라면 자신의 무의식은 그걸 기억하고 있었던 걸까.

어니는 휴대폰을 끌어다 시간을 확인했다. 새벽 5시를 막 넘어서는 중이었다.

다시 멍하니 누운 채 꿈을 떠올려 보려 했지만, 이미 꿈은 어둠 속으로 사라져 버렸다. 끝없이 반복해서 밀려오던 파도의 이미지만이 희미하게 남아 있을 뿐.

어니는 흠, 한숨을 뱉었다. 어제 공원 전시관에서 봤던 바다 그림 때문에 아빠의 꿈을 꾼 모양이었다.

다시 잠을 청해 보려 했지만, 이미 잠자긴 그른 것 같았다. 10여 분쯤 이리저리 뒤척이던 어니는 결국 자리를 털고 일어났다.

안 오는 잠을 억지로 자느니 일을 하는 게 나을 것 같았다.

냉장고에서 물을 꺼내 마신 후 쭈욱 기지개를 켰다. 그러곤 책상에 앉았다.

진평해 회장의 일대기를 정리해 놓은 자료를 바탕으로 어니는 이야기의 큰 얼개를 엮기 시작했다. 어제 들었던 배를 타던 시절의 에피소드는 이야기 초반에 꽤 신나는 모험 이야기로 바꿀 수 있을 것 같았다.

어니의 머릿속에서 저절로 이야기들이 춤을 추는 것 같았다. 그 떠오르는 이야기들을 노트북 위에 빠르게 정리하기 시작했다. 어쩌면, 생각보다 빨리 이 일을 끝낼 수 있을지도 모르겠다고 어니는 생각했다.


강 비서가 서재로 들어오더니 작은 상자를 내려놓았다.

"신문 기사, 자료 사진, 그 외 이런저런 스크랩들입니다."

"많네요."

어니가 상자 속을 들여다보며 말했다.

"가장 필요하다고 생각되는 자료는 저번에 다 드렸고, 이건 부수적인 거니 혹시 필요하면 찾아보시면 됩니다."

"감사합니다."

"뭘요. 아, 아시는지 모르겠는데, 제가 내일부터 한동안 자리를 비웁니다."

상자 속을 들여다보던 어니가 강 비서를 올려다보았다.

"출장 가세요?"

"휴가죠."

"좋으시겠어요."

어니가 생긋 웃으며 말하자 강 비서가 짧게 고개를 끄덕였다.

"좋은진 모르겠지만, 설레긴 하네요."

50대 점잖은 이미지의 아저씨가 설렌다고 말하자 어니는 어쩐지 웃음이 났다.

"제가 없는 동안 회장님을 잘 부탁드립니다."

"푹 쉬다 오세요."

강 비서가 서재를 나가고 혼자 남은 어니는 상자 속을 뒤적여 보았다. 낡은 신문 스크랩북들과 오래전 회사의 사보들, 이런저런 연설문과 회사 행사 사진을 모아 놓은 사진집들이었다.

어니는 사진집을 펼쳐 보았다. 흑백 사진 속에 젊은 시절의 진 회장이 가득했다.

"지금이랑 다르네."

젊은 시절의 진 회장은 지금보다 훨씬 날카로워 보였다. 냉정하고 차가운 눈빛의 잘생긴 젊은이와 지금의 능글거리는 괴짜 노인은 같은 듯 다른 사람처럼 보였다.

사진첩을 덮어 정리하는데 사진집 사이에 대충 끼워져 있던 사진 봉투가 툭 떨어졌다. 봉투를 열어 보자 흐리고 낡은 흑백 사진 세 장이 들어 있었다.

거대한 원양 어선 사진, 감나무가 늘어진 벽돌집의 사진, 상아를 깎아 만든 손가락만 한 코끼리상 사진.

서툰 사진사가 찍은 건지 제대로 초점이 맞는 사진이 한 장도 없었다. 어니는 사진을 다시 봉투에 넣고 정리했다. 그러곤 정리된 상자를 책상 아래 내려놓았다.

그날 오후, 어니는 새벽에 쓴 이야기를 정리해 출력했다. 진평해 회장에게 보여 주고 이런 식으로 이야기를 이어 가면 될지 확인받을 생각이었다.

큰 글씨로 이야기를 뽑아 회장의 집무실로 찾아갔지만 회장은 자리에 없었다. 여기에 없으면 2층 테라스의 흔들의자에서 시간을 보낼 때가 많았다. 2층 테라스로도 찾아갔지만 그곳에도 진 회장은 없었다.

"바쁘신가?"

따가운 햇살에 눈을 찡그리며 테라스로 나왔다. 이번 주부터 장마가 시작된다는 일기예보를 보긴 했지만, 하늘은 구름 한 점 없이 맑았다.

어니가 햇살 아래서 잠깐 심호흡을 하고는 다시 집으로 들어가려는데 "어때요?" 묻는 강유의 목소리가 마당에서 들렸다. 어니는 공연히 반가운 마음에 난간으로 다가가 마당을 내려다보았다.

강유가 현관 옆 잔디밭에 서서 누군가와 통화를 하고 있었다.

"멜린다는 괜찮아요? ……제가 갈 때까지 잘 봐 주세요. ……아뇨. 이번 일만 끝내면 멜린다랑 떠날 겁니다."

'멜린다? 떠나?'

순간 뭔지 모를 당황스러운 감정이 어니의 뱃속을 슬쩍 긁고 지나갔다.

"……그럼요. 허락하시기로 하셨어요. ……네. 멜린다에게 제 안부나 전해 주세요."

강유가 전화를 끊었다. 어니는 그의 얼굴에 어린 미소를 보았다. 애정이 묻어나는 미소, 미래의 어느 날을 꿈꾸는 듯, 나른하게 퍼지는 행복감.

어니는 주춤 난간에서 물러섰다. 통화가 끝나면 인사를 건네려던 어니는 갑자기 그에게 말을 걸고 싶던 기분이 사라졌다.

잠깐 그대로 서 있던 어니가 몸을 돌려 실내로 들어갔다. 이상하게 섭섭했다. '이번 일만 끝내면 멜린다랑 떠날 겁니다.'라던 그의 말이 귓가에서 계속 뱅뱅 돌았다.

'애인인가? 같이 떠나는 걸 허락받으려고 회장님이 시키는 일을 얌전히 하고 있는 거였고?'

머릿속이 어수선했다. 그 알 수 없는 어수선한 감정과 이유 없는 섭섭함에 어니는 당황했다.

'뭐야, 나. 관심 있었나? 왜 섭섭해?'

어니는 자신의 감정에 당황해 멀뚱하니 복도에 멈춰 섰다.

"에잇! 뭐 관심이야 있을 수도 있지. 잘생겼잖아. 됐어, 됐어. 애인 있는 거 알았으니! 이제 관심 끄면 돼."

어니는 복잡한 머릿속을 털어 내듯 고개를 저으며 긴 복도를 걸어 아래층 서재로 향했다.

서재 문을 열자 언제 온 건지 강유가 서 있었다. 이곳에서 그를 볼 거라 미처 생각지 못한 어니는 문간에서 당황한 표정으로 멈칫거리다 서재로 들어섰다.

"어디 갔다 와?"

강유가 친근하게 말을 붙였다.

"회장님 뵈러."

어니의 목소리는 평소보다 조금 딱딱하게 나왔다. 그가 어니를

빤히 바라보았다. 어니는 그 시선을 무시하듯 외면하며 책상에
흩어져 있는 자료들을 정리했다.

"회장님은 낮잠 중이셔. 뵈려면 1시간쯤 있어야 할 거야."

"그렇군."

"급한 일이야?"

"아냐."

어니의 단답형 대답을 가만 듣고 있던 강유가 미간을 슬쩍 모
았다.

"무슨 일 있어?"

"무슨 일?"

"짜증나는 일이라든가."

어니가 고개를 들었다. 강유는 책장에 가볍게 기댄 채 팔짱을
끼고 그녀를 바라보고 있었다.

"왜 그렇게 생각하는데?"

"짜증난 것 같은 말투라."

어니는 그의 말에 당황했다. 내가 짜증을 냈다고? 왜? 짜증낼
일 같은 건 아무것도 없었다. 그에게 애인이 있다는 걸 안 게 짜
증낼 일은 아니니까. 하지만 그렇지 않다고 말하기엔 분명 자신
이 짜증을 내고 있는 것 같긴 했다.

"그러네. 짜증내고 있네. 웃기게."

어니의 대답에 강유가 그녀를 물끄러미 바라보며 물었다.

"왜 짜증났는데?"

그녀는 알지 못했고, 그래서 대답할 말도 없었다. 어니는 대충
어깨를 으쓱해 보이며, 뽑아 놓은 원고를 책상 서랍에 넣었다.

"후배."

어니의 생각을 읽어 보려는 듯 가만히 바라보던 강유가 그녀를 불렀다. 어니가 고개를 들자 그가 뭔가를 던졌다. 얼떨결에 받고 보니 젤리가 들어 있는 작은 봉지였다.

"뭔진 몰라도 먹고 기분 풀어."

어니는 손 안에 놓인 젤리를 바라보다 강유에게로 시선을 옮겼다.

"젤리값, 줘야 해?"

"아니. 사실은 뇌물이야."

"뇌물?"

"강 비서님 내일부터 휴가야."

"알아."

"휴가 동안 내가 임시 비서고."

"그런데?"

"그러니까 그동안 되도록 귀찮은 일 만들지 말라고."

강유의 말에 어니가 눈을 깜박거렸다. 그러다 하! 짧게 헛웃음을 흘렸다.

"기분 좋아지라고 주는 선물이 아니라, 죽은 듯 얌전히 살라는 뇌물이란 거군."

"기분 좋아지라고 주는 뇌물이자 지금처럼 즐겁게 일하라고 주는 선물이지."

강유가 씨익 웃으며 중얼거렸다.

"고작 젤리 봉지 하나로?"

"모자라면 하나 더 주고."

강유가 호주머니에서 젤리를 한 봉지 더 꺼내며 말했다. 그 능청스러운 표정에 어니는 그만 풋 웃음이 터졌다.

"좀 낫네."

강유가 따라서 씨익 웃으며 중얼거렸다. 어니는 조금 민망한 표정으로 그를 쳐다보다 흠흠, 헛기침을 하며 손을 내밀었다.

"아직 한 봉지 더 안 줬어."

강유가 책장에서 몸을 떼더니 성큼 다가와 어니의 손 위에 젤리 봉지를 내려놓았다.

"또 짜증나면 말해. 젤리 정도는 언제든 뇌물이자 선물로 줄 수 있으니까."

어찌 보면 농담처럼, 달리 보면 막냇동생 어르는 큰오빠처럼 그가 말했다. 그러곤 싱긋, 다정한 미소와 함께 "수고해." 한 마디를 덧붙이더니 서재를 나갔다.

남겨진 어니는 그가 사라진 서재 문을 바라보다 젤리 봉투로 시선을 옮겼다. 어제 어니가 그에게 줬던 젤리와 같은 상표였다. 일부러 이걸 사 온 걸까?

어니는 양손에 쥔 두 개의 젤리 봉지를 바라보다 봉지 하나를 뜯었다. 알록달록한 과일 모양 젤리들이 쏟아졌다. 어니는 그중에서 사과 모양 젤리들만 골라냈다.

강유가 잘못한 건 아무것도 없었다. 애인이 있다는 사실을 말해 주지 않은 것 외엔.

사실 애인이 있다는 걸 어니에게 알려 줄 이유 같은 건 더더욱 없긴 했다. 어니도 다 알았다.

알지만 그럼에도 어니는 사과 모양 젤리들만 따로 모아 가만히 바라보았다. 그러다 하나를 집어 입에 넣었다. 달았다. 이유 없이 솟구치던 짜증이, 뜬금없이 찾아왔던 섭섭함이 천천히 사라졌다.

"괜찮네. 사과의 맛이."

어니는 그가 건네준 사과 젤리를 한 입에 털어 넣고 꼭꼭 씹었다.

## • 3 •

"내가 사람 보는 눈이 있다니까."

진 회장은 어니가 쓴 앞부분의 이야기를 만족스러워하며 말했다.

자신이 쓴 글을 재밌게 읽는 진 회장을 보자 어니는 기분이 좋았다. 저절로 이야기의 뒷부분들이 꼬리에 꼬리를 물고 떠올랐다.

집으로 돌아오는 길 내내 어니는 써야 할 이야기에만 집중했다. 더 이상 강유에 대한 생각은 하지 않았다. 그러다 보니, 자기도 모르게 생겼던 그에 대한 관심은 어느새 모조리 증발해 버린 것 같았다.

도로 공사 탓에 퇴근길은 끔찍할 정도로 밀렸지만 어니는 그 사실을 인식하지도 못했다.

그녀의 머릿속에서는 낮에 사무실에서 보았던 흑백 사진 속, 거대한 원양어선이 바다를 항해 중이었다. 그녀의 시선이 머문 버스 창밖으로는 짙푸른 바다가 넘실거렸고, 그 위로 진평해 회장이 타고 있는 원양어선이 참치 떼가 가득 든 그물을 끌어 올리는 중이었다.

누군가 갑자기 어니의 어깨를 툭툭 쳤다. 넋 놓고 창밖을 내다보던 어니가 화들짝 놀라서 고개를 돌렸다.

"스승!"

언제 온 건지 하제가 자신의 곁에 서 있었다.

"놀래라!"

어니가 뒤늦게 숨을 뱉으며 중얼거렸다.

"무슨 생각을 그리해요?"

"언제 탔어?"

"좀 전에요. 어쩐지 이 버스를 타고 싶더라니. 역시 운명!"

하제가 넉살 좋게 웃으며 말했다.

"시험은 끝났어?"

"방학했지요. 시험 무지하게 잘 봤으니, 술 사 줄 준비 하고 계세요."

"지금 사 줄까?"

"진짜? 와! 스승. 사랑합니다."

하제가 금방이라도 어니를 덥석 끌어안을 듯 다가들며 말했다.

"취소한다."

"하하하. 얌전히 있을게요."

금방 순한 양처럼 거대한 덩치의 하제가 자세를 바로잡았다. 어니는 못 말린다는 듯 고개를 저으며 피식 웃었다.


"이게 뭐예요?"

하제가 툴툴거렸다.

"싫음 말고."

어니가 편의점에서 맥주 두 캔과 봉지 과자를 사서 나오자 하제가 불퉁한 표정을 지었다.

"싫은 건 아니고. 에잇! 스승, 제가 치킨 살까요?"

하제가 편의점 바로 옆 치킨 가게를 쳐다보며 말했다. 도로까지 나와 펼쳐져 있는 치킨집 테이블엔 벌써부터 손님들이 제법 시끌시끌한 중이었다.

"아니. 그건 성적 나오는 거 봐서."

"아하."

또 한 번의 술 약속이 생긴 게 기쁜지 하제는 금방 히죽거리는 표정으로 편의점 앞 테이블에 자리를 잡았다. 어니는 하제에게 맥주 캔을 건네며 맞은편에 자리를 잡았다.

"방학에 뭐 할 거야?"

"고민 중이에요. 원래는 해외 배낭여행을 계획 중이었는데, 창업한 선배가 자기 회사 와서 같이 일하자고 하더라고요."

"너도 곧 졸업이지?"

어니가 맥주 캔을 따며 물었다.

"코스모스 졸업이라, 아직 1년 남았어요."

"슬슬 취직 생각해야겠구나. 이래저래 고민이 많겠다."

어니가 막연히 고개를 끄덕이다 마주 앉은 하제를 새삼스러운 눈길로 쳐다보았다.

"그나저나 취직이라니. 언제 이렇게 큰 거야? 꼬맹이 하제가."

"아, 스승. 제가 꼬맹이였던 적은 없죠. 말은 바로 해야지."

"말하는 거 보니, 아직 꼬맹이구나. 마셔."

하제의 캔을 턱짓으로 가리키며 어니가 말했다. 하제가 킥킥거리며 자신의 캔을 땄다.

6월의 말, 잔뜩 길어진 해가 이제야 슬슬 넘어가고 있었다. 어스름이 깔리기 시작하자 상가를 따라 펼쳐진 테이블들이 본격적으로 시끌거리기 시작했다.

"스승, 요새도 글 써요?"

꿀꺽, 한 모금에 맥주 캔의 반을 들이켠 하제가 물었다. 과자를 집어 먹던 어니가 멈칫, 하제를 올려다보았다.

"글?"

"동화…… 같은 거…….."

"내가 글 쓴다는 말, 너에게 했었나?"

하제가 씨익 웃었다.

"제가 스승에 대해서 모르는 게 있는 줄 알아요?"

"모르는 게 많았으면 좋겠네."

"어쩔 수 없어요. 사랑하면 저절로 상대에 대해선 다 알게 되니까요."

하제가 두 모금으로 비워 버린 빈 캔을 내려놓으며 말했다. 어니가 못 말린다는 듯 고개를 저었다.

"전에요. 스승이 무슨 리포트에 필요하다고 나한테 설문 조사 부탁했던 거 기억나요?"

"내가 그랬나? 아…….."

어니가 대학 3학년, 하제가 대학 1학년 때, 어니가 하제에게 간단한 설문 조사를 부탁했던 기억이 났다. 마케팅 수업 리포트에 사용할 자료를 수집하기 위해서였다. 젊은 남성을 타깃으로 한 고가의 취미생활 용품을 골라 그에 알맞은 마케팅 계획을 수립하는 리포트였다.

주변에 있는 젊은 남자라곤 과 동기들과 하제뿐이었던 어니는 그에게 부탁해 공대 남학생들에게 설문조사를 부탁했었다.

"제가 그 설문지 전해 주려고 카페에서 만났잖아요."

"그랬나?"

"그때 스승은 글을 쓰고 있었어요."

"내가?"

"공책에다가 뭔가를 열심히 적고 있다가 저를 보자 그걸 덮었는데⋯⋯. 제가 사실⋯⋯ 스승이 자리를 비웠을 때 그걸 몰래 조금⋯⋯ 읽었어요."

하제가 어니의 눈치를 보며 조심스럽게 말했다.

"아아."

어니는 민망한 표정으로 슬쩍 미간을 모았다.

"아. 그게. 안 봐야 하는 건 알았지만, 손이 저절로⋯⋯."

"거기다 노트를 놓고 간 내 잘못이지 뭐."

"죄송해요. 여튼, 제가 이 이야기를 하는 이유는요. 그때 스승이 쓴 글이 가끔 생각나서요."

뜻밖의 말에 어니는 말없이 하제를 바라보았다.

"뭔가 황당한 동화 같았는데, 이상하게 가끔 기분이 꿀꿀하거나, 취직 때문에 머리가 복잡할 때마다 불쑥 생각나더라고요."

그때 쓰고 있던 글이 뭐더라? 어니는 하제의 말을 들으며 막연히 생각했다.

대학을 졸업하기 직전 두어 편의 동화를 완성해 출판사에 보낸 적이 있긴 했다. 모조리 퇴짜를 맞았고, 그래서 어니는 꿈을 접고 취직을 했었다. 아마도 그때 퇴짜 맞은 글 중 하나일 터였다.

어니는 맥주를 조금 마시곤 하제를 향해 빙긋 웃었다.

"글, 쓰고 있어. 잘될진 모르겠지만. 열심히 해 보려고."

하제가 씨익 웃었다.

"그러니까 너도 올 여름방학에 뭘 하고 싶은 건지, 네가 진짜 하고 싶은 게 뭔지 먼저 생각해 봐."

"역시 스승은 스승이십니다."

"알면 됐어. 그러니 앞으로 내 그림자도 밟지 않도록 조심하고."

"하하하. 스승, 나 한 캔만 더 마셔도 돼요?"

"딱 한 캔만 더야. 더는 안 돼."

어니가 자리에서 일어서며 말하자 하제가 해맑게 웃으며 어니를 쳐다보았다. 가게로 들어가려던 어니가 문득 생각난 듯 하제를 돌아보았다.

"아. 너, 기계공학과지?"

"옙!"

"혹시 선배 중에 진강유라고 알아?"

"강유 선배요? 당연히 알죠. 기공과 자격증 마스터."

"자격증 마스터?"

어니의 되물음에 하제가 방긋 웃으며 "술부터."라고 말했다.

"으이그."

어니는 고개를 저으며 편의점 안으로 들어갔다.

\* \* \*

아침부터 날씨가 꾸물거렸다. 금방이라도 비가 쏟아질 것처럼 구름이 하늘을 무겁게 내리누르고 있었다. 후텁지근한 열기로 공기는 끈적끈적하게 몸에 들러붙었다.

우산을 챙겨야지 생각해 놓고 정작 집을 나올 때 우산을 놓고 나온 어니는 걱정스레 하늘을 올려다보며 부지런히 걸음을 옮겼다. 진평해 회장의 집까지 올라가는 오르막 중간에 비를 만나면 피할 곳 없이 쫄딱 비를 맞아야 할 판이었다.

"배신하지 말자, 하늘. 나도 너 배신한 적 없잖아! 그지?"

어니는 타이르는 것도 아니고, 협박하는 것도 아닌 어중간한 말투로 중얼거리며 하늘을 올려다보았다.

갑자기 작은 빗방울이 그녀의 이마 위로 톡 떨어졌다.

"이 배신자!"

어니가 하늘을 향해 눈을 흘기며 말했다. 그 말에 응답이라도 하듯 투투툭 빗방울이 쏟아지기 시작했다. 어니가 다급한 걸음으로 조금 떨어진 편의점으로 달려갔다.

"으. 진짜."

편의점 차양 아래로 뛰어든 어니가 손으로 옷자락에 맺힌 빗방울을 털었다. 잠깐 맞은 비가 축축하게 옷 속으로 스며들었다.

빗줄기가 제법 거세졌다. 어니는 가방의 물방울을 털며 쏟아지는 비를 쳐다보았다. 곧 그칠 것 같기도 하고, 계속 쏟아질 것 같기도 했다.

"우산을 사야 하나……."

어니는 편의점을 돌아보다 편의점 직원과 눈이 마주쳤다.

직원은 문가에 서서 비가 쏟아지는 길을 내다보고 있었다. 강유를 좋아하는 것 같던 직원을 보자 어니는 어제 하제에게 들었던 강유에 대한 이야기가 떠올랐다.


"그 형, 좀 독특했어요. 나쁜 쪽 아니고, 좋은 쪽으로. 과 동기고 선배고 그 선배 도움 안 받은 사람 거의 없었을걸요. 인기도 많아서 타 과에서 그 형 보려고 여학생들이 공대 주변에 진을 치고 있기도 했고. 그때 좋았는데."

그때를 생각하는지 하제의 얼굴에 히죽 미소가 어렸다.

"어련하실까."

어니의 말에 하제가 씨익 웃더니 말을 이었다.

"취미가 자격증 따기인지 시간 날 때마다 기술, 기계 관련 자격증이랑 무슨 운항 관련 자격증 시험 보러 다니더라고요. 들리는 말에 자격증이 수십 개는 넘는다고도 하고. 아르바이트도 시시때때로 바꿔 가며 하던데 그런 것치곤 꽤 있는 집 아들 같기도 했어요. 아, 일설에 어디 재벌 아들이란 루머도 있긴 했죠."

그러더니 갑자기 무슨 비밀 이야기라도 하듯 어니 쪽으로 고개를 기울이며 속삭였다.

"굉장히 유명한 재벌의 숨겨진 혼외자란 루머도 있었고요."

그러더니 지금 이 말이 가장 신빙성이 있다고 생각하는 듯 혼자 고개를 끄덕였다.

"뭐 하여간 재능도 있고, 인기도 있고, 못하는 것도 없고 하다 보니, 스타트업 준비하는 선배들이 그 형 영입하려고 혈안이 되고 그랬어요."

하제는 다 마신 맥주 캔을 우그러뜨려 편의점 입구의 쓰레기통에 농구하듯 던져 넣었다. 그러고는 턱을 괸 채 어니를 보며 말을 이었다.

"그러다 2학기 좀 지나서, 가을인가 겨울인가 그때 갑자기 휴학하더라고요. 나중에 저 제대해서 복학하고 잠깐 같이 다녔을 텐데 별로 못 봤죠. 근데 왜요?"

"아, 아니. 그냥. 누가 물어봐서."

어니의 말에 하제가 건성으로 고개를 끄덕이더니 갑자기 뭔가 생각난 듯 어니를 쳐다보았다.

"아! 맞다. 옛날에 그 형이 스승에 대해 물어본 적이 있는데."

"나에 대해?"

하제가 고개를 끄덕이며 대답했다.

"그때 언제더라. 아! 스승네 단대 체육대회! 그때 스승이 과대표로 무슨 경기 출전했잖아요."

했다. 많이. 여자가 적은 과라 싫어도 여자부 경기엔 의무적으로 출전할 수밖에 없었다.

"그때 혼성 농구 경기하는 거 지나가다 보고 내가 막 응원했거든요."

"아아."

어니는 그날이 불쑥 떠올랐다. 남자 네 명에 여자 한 명씩 껴서 하는 농구 시합 중에 들리던 우렁찬 "스승! 파이팅!"이란 목소리. 사자후에 가깝던 소리에 놀라 공을 놓쳤던 기억.

어니가 한숨을 폭 쉬며 고개를 끄덕였다. 그때란 말이지.

"그때, 강유 형이 근처에 있다가 나한테 묻더라고요. 스승 아냐고."

"그래서?"

"그래서 안다고 했죠. 내 여자 친구라고."

"뭐?"

어니가 황당한 표정으로 하제를 바라보았다. 하제가 뭐 잘못됐나요? 묻는 듯한 표정으로 씨익 웃었다.

"스승은 스승이라는 걸 너에게 좀 더 각인시키는 건데 그랬다."

"에이. 뭐 스승은 스승이죠. 누가 몰라? 하지만 미래는 모르는 거죠."

실실거리는 하제를 보며 어니는 먹고 있던 과자를 획 던졌다. 녀석은 씨익 웃으며 어깨를 맞고 떨어진 과자를 주워 먹었다.

"앞으로 우리, 스승과 제자의 연을 끊고 남남이 되어 각자도생의 길로 가는 게 어떻겠니?"

"스승과 제자의 연을 끊는 순간, 연인으로 공식 출발일걸요."

"이게! 봐줬더니 아주 끝이 없어."

하제의 운동화를 퍽 걷어차며 어니가 말했다. 그래 봤자 녀석은 꿈쩍도 하지 않은 채 실실 웃기만 했다.

대체 그 이야기의 어디쯤에 '말 놓으세요, 선배님.'이란 대사가 들어가는 걸까. 어니는 쏟아지는 빗줄기를 바라보며 생각했다.

비는 그칠 것 같지 않았다. 어니는 편의점으로 들어가 캔 커피를 하나 샀다. 이렇게 된 거 비 구경하며 커피나 마셔야지, 그래도 비가 그치지 않으면 그때 우산을 사든가 해야겠다고 생각했다.

캔 커피를 계산하는데 편의점 문이 열리며 강유가 들어 왔다.

"아!"

어니가 놀라기도 전에 편의점 직원이 먼저 놀란 것 같았다.

"어, 어서 오세요."

"여기서 뭐 해?"

직원의 인사와 어니를 향한 강유의 질문이 동시에 날아왔다. 직원이 어니를 돌아보았다.

"아……. 비가 와서."

괜히 직원의 눈치를 보며 어니가 대답했다. 눈치 볼 일이 아무것도 없다는 건 알았지만 어쩐지 어니는 신경이 쓰였다.

"전화하지. 모시러 오라고."

강유가 씨익 웃으며 계산대로 다가왔다. 그러더니 직원에게 휴대폰을 꺼내 보여 주었다.

"택배 인수증."

넋 놓고 둘을 바라보던 직원이 허둥지둥 창고 쪽으로 달려갔다.

"비가 오셔서…… 아, 아니. 비가 와서…… 오실 줄 모르고……."

직원이 허둥거리며 창고 안에서 소리를 질렀다. 그러더니 작은 택배 상자를 들고 뛰어왔다.

"여, 여기요."

강유가 가볍게 묵례를 하더니 몸을 돌려 편의점을 나가려다 어니를 돌아보았다.

"안 가?"

"먼저 가. 커피 한잔 하고 갈게."

그와 다정하게 우산을 쓸 걸 생각하니 뭔가 껄끄러웠다. 편의점 직원의 시선은 둘째 치고 뜬금없이 멜린다가 신경 쓰였다.

우산 하나 같이 쓰는 게 뭐 대단한 일이라고, 라고 생각은 했지만, 어쨌거나 멜린다를 떠올리는 순간 마음속에 껄끄러움이 앙금처럼 고였다.

강유가 어니의 모습을 훑어보더니 아직도 물기가 맺혀 있는 머리카락을 보았다.

"어서 와. 우산도 없는 것 같은데."

그가 어니를 향해 빨리 오라는 듯 고개를 까딱였다. 친근한 사이처럼. 우산을 사야겠다고 고민하고 있던 자신이 어쩐지 우스워 보일 정도로 스스럼없이.

저쪽은 아무렇지도 않은데 혼자 의식해서 껄끄러워하다니. 어
니는 손끝으로 이마를 쓱, 문지르다 문으로 향했다.

강유가 커다란 파라솔형 우산을 펼쳤다.

크고 넓은 파란 우산이었다. 펼친 우산 안에 구름 위를 항해하
는 배가 그려져 있었다.

"와!"

편의점 문을 통해 이쪽을 바라보고 있던 직원과 본 적도 없는
멜린다가 신경 쓰여 바싹 몸을 움츠리고 있던 어니의 입에서 짧
은 감탄사가 터졌다.

우산 안은 그대로 아늑한 구름 속이 된 기분이었다.

그와 발을 맞춰 진 회장의 집으로 향했다. 사방에서 빗방울들
이 물의 너울이 되어 둘 사이를 휘돌았다. 그에게서 나는 뜨거운
여름바다의 향기가 한층 짙게 느껴졌다.

비가 우산을 두드렸다. 투투투툭. 빗방울의 리듬을 따라 어니
의 심장이 천천히 박자를 맞췄다.

강유가 어니 쪽으로 살짝 우산을 기울였다. 어니가 기울어지는
우산대를 다시 밀어 중심을 바로잡았다.

강유가 하하, 조그맣게 웃었다.

그의 웃음소리가 비에 둘러싸인 좁은 공간에서 은은하게 울렸
다. 그 낮고 부드러운 웃음소리가, 그에게서 전해지는 여름의 열
기와 햇살 산란하는 바다의 냄새가 좁은 우산 안에 가득했다.

그를 의식하지 않기 위해 어니는 머리 위의 구름과 구름 사이
를 항해하는 배에 정신을 집중하려 했지만 쉽지는 않았다.

어니는 두근거리면서도 난감해지는 묘한 기분에 천천히 입술

을 깨물었다.

온종일 비가 내렸다. 집 안은 쥐 죽은 듯 조용했다. 어니는 서재 창가에 서서 감나무를 바라보았다. 감나무 주변에 감꽃들이 정신없이 흩어져 있었다. 감꽃의 시기는 오늘 비와 함께 끝날 것 같았다.

아무 생각 없이 멍하니 창가에 서 있다 보니 마음이 차분해지는 것 같았다. 아침나절 내내 어니를 흔들던 난감한 기분이 서서히 가라앉았다.

그리고 어느 순간, 감나무에 사는 작은 요정들이 감나무 가지에 걸터앉아 빗속으로 감꽃을 휙휙 집어 던지는 모습이 떠오르기 시작했다.

저절로 어니의 얼굴에 미소가 어렸다. 노크 소리가 나고 문이 열리는 것도 모른 채 어니는 감나무를 바라보았다.

"어이! 후배! 어이! 유 작가님!"

화들짝 놀라 어니가 돌아보았다. 강유가 문가에 서 있었다.

"아. 네. 아니, 어! 왜?"

"회장님 호출."

"어. 갈게."

강유가 피식 웃더니 문을 닫고 사라졌다. 새삼 심장이 쿵 뛰어서 어니는 흠, 한숨을 뱉었다. 감꽃 요정이 더 필요해. 어니는 고개를 저으며 진 회장의 집무실로 향했다.

어니가 집무실로 들어섰을 때 진 회장은 창밖을 물끄러미 바라보고 있었다.

"찾으셨어요?"

"그래, 불편한 데는 없고?"

어니는 생긋 웃었다. '불편한 데는 없고?'는 진 회장의 일상 용어였다. 유 작가, 불편한 데는 없고? 혹시, 필요한 거는 없고? 유작가, 불편한 거 있음 말하게.

"없습니다. 감사합니다."

어니의 대답에 진 회장이 가볍게 고개를 끄덕였다.

"단팥빵 먹을 텐가?"

"네?"

뜬금없는 진 회장의 말에 어니가 되물었다.

"비 오는 날엔 역시 단팥빵이지."

진 회장이 호출 버튼을 눌렀다. 잠시 후에 노크 소리가 들리더니 강유가 들어왔다. 그가 그 공간에 들어선 것만으로도 어니는 심장이 콩 울렸다.

"단팥빵 좀 사 와."

"비 옵니다만."

강유가 미간을 모으며 대답했다.

"그러니까! 비 올 땐 단팥빵이지."

"전엔 쨍쨍하고 끈끈하니 단팥빵이라고 하셨으면서."

"덥고 끈적거릴 땐 당연히 단팥빵이고."

진 회장의 말에 강유는 떼굴 눈을 굴리며 고개를 저었다.

"유 작가는 혹시 다른 거 뭐 먹고 싶은 건 없고?"

"아, 팥빙……. 아닙니다. 없어요."

진 회장의 갑작스러운 질문에 무의식적으로 대답하려던 어니는 강유와 시선이 마주치자 재빨리 입을 닫았다. 인상을 찡그린

118

채 자신을 바라보는 강유에게 팥빙수라고 할 수가 없었다.

"비 오니까 운전 조심하고."

"운전 조심하라고 잔소리하느니, 나갈 일을 안 만들겠습니다."

강유의 투덜거림 따위 들리지도 않는 듯 진 회장은 "아, 박하사탕도 한 봉지."라고 말했다. 강유는 고개를 저으며 방을 나갔다.

강유가 방을 떠나고도 강 회장은 한동안 말이 없었다. 강 회장이 불렀다면 뭔가 이유가 있을 텐데, 고작 단팥빵 이야기를 하려고 불렀을 리가 없었다.

어니는 의자에 앉아 집무실 창문을 때리는 빗방울을 보며 강회장이 입을 열기를 기다렸다. 아침부터 지금까지 빗줄기는 조금도 가늘어지지 않고 계속해서 퍼붓고 있었다.

'운전하기 힘들겠네.'

어니는 막연히 강유를 떠올리며 생각했다.

"바다에서 비를 만나면 말이야."

불쑥 진 회장이 입을 열었다. 딴생각에 빠져 있던 어니가 자세를 고쳐 앉으며 작업용 녹음기를 꺼냈다.

"굉장히 이상한 기분이 들어. 바다도 하늘도 온통 시커멓고 사방 어디를 둘러봐도 물밖에 없거든. 물속에 완전히 들어앉아 있는 기분이 든달까. 바다 위가 아니라 바닷속에 처박혀 있는 기분이란 말이야. 이렇게 온종일 비가 와서, 창밖이 제대로 보이지 않을 때면 가끔 내가 아직도 배를 타고 있는 게 아닐까? 하는 생각을 한다네."

진 회장의 시선은 여전히 창밖에 고정되어 있었다.

지금이 아닌 과거의 어느 날을 보고 있는 듯한 시선이라고 어니는 생각했다. 한동안 말이 없던 진 회장이 회전의자를 돌려 어니를 바라보았다.

"그 녹음기 잠깐 끄겠나?"

어니가 녹음기를 끄고 자세를 바로 했다.

"지금부터 하는 이야긴 한 번도 들은 적이 없을 거야. 강 비서도 모르는 이야기니까."

진 회장이 회전의자에 깊이 몸을 묻더니 이야기를 시작했다.


알다시피 나는 열다섯부터 배를 탔어.

가난하고 배운 것 없는 고아가 할 수 있는 일이라곤 몸 쓰는 일밖에 없었고, 부둣가에서 잡일을 하던 내가 할 수 있는 가장 그럴듯한 일이 배를 타는 거였거든.

주방 보조로 배를 타기 시작해 5년, 나는 제대로 일을 할 줄 아는 요리사이자 선원이 되었지.

여기까진 아는 이야기일 테고.

그 스무 살 가을에 나는 새로운 배를 구하던 중이었어. 보조라는 딱지를 떼고 정식 요리사 자리를 찾던 중이었지. 선원은 늘 부족했고, 그래서 일자리 구하기도 제법 수월했지만, 정식 요리사로 채용되기엔 애매한 경력이자 나이인 탓에 쉽게 자리를 구할수가 없었지.

사실 급할 것도 없었어. 고작 스무 살, 젊고 젊은 시절. 사방에넘쳐 나는 게 시간인 시기였으니까.

나는 젊고, 봐서 알겠지만 잘생겼고, 무엇보다 호주머니엔 돈도 제법 있었지.

그 가을에 나는 한 항구도시에서 배를 구하고 있었어. 어느 항구도시든 비슷비슷한 느낌이지만 그곳은 유독 활기가 넘쳤어. 나는 그곳의 활기에 기꺼이 몸을 던질 생각이었고.

그런데 그 활기에 몸을 던지기도 전에 나는 한 여자를 만났어.

어니가 고개를 들었다.

'여자라고? 진 회장에게 죽은 부인 말고 다른 여자가 있었다고?'

진 회장은 여자 문제에서만은 깔끔했다. 부인 외에 다른 여자의 이야기는 가십으로라도 떠돈 적이 없었다.

어니는 자세를 고쳐 앉으며 진 회장이 이야기를 이어 가길 기다렸다.

비가 부슬부슬 내리던 날이었지. 그 왜 여우 시집가고 호랑이 장가가고 한다는 날처럼 해는 쨍쨍한데 비가 툭툭 떨어지는 그런 날.

나는 항구를 벗어나 동네 구경을 하던 중이었어. 항구거리를 살짝 비껴난 언덕배기에 즐비한 부잣집들을 구경하며 설렁설렁 걸었지.

붉은 벽돌담, 무늬가 새겨진 철문, 그 사이로 보이는 잘 다듬어진 정원. 언젠간 나도 이런 집에서 살아야지 막연히 생각하면서 휘파람을 불며 걸었어.

집집마다 감나무가 늘어져 있었고, 깊어진 가을에 어울리게 감이 익고 있었어.

햇살 아래, 비를 맞으며 서 있는 감나무의 주황빛 열매를 보고 있자니 먹고 싶더라고. 그래서 높은 벽돌담 위로 늘어진 감나무 줄기를 향해 손을 뻗었지.

늘어진 가지의 감을 막 따는데 감나무 줄기를 타고 올라가는 손이 보이더군. 그러더니 이내 가지로 기어오르는 여자가 나타났어.

여자는 낑낑거리며 감나무로 기어 올라가더니 널찍한 가지 위에 자리를 잡고 앉다가 나를 발견하고는 짧게 비명을 질렀어.

"앗!"

휘청 휘젓는 여자의 팔을 보며 나는 그녀가 떨어지는 줄 알았어. 하지만 여자는 재빨리 가지를 잡고 자세를 잡더라고.

"아하하."

여자는 민망한 표정으로 웃었어.

"아, 안녕하세요?"

그러더니 여자는 당황한 표정으로 인사를 건넸고, 나는 너무 놀라 멀뚱히 그녀를 바라보기만 했지. 여자는 대답 없는 나를 말똥거리는 눈으로 한참 내려다보고 있더니 갑자기 빙그레 웃었어. 그러더니 씩씩한 목소리로 말하더군.

"맛있어요, 그거."

그녀의 시선을 따라 고개를 드니, 내가 아직도 감을 움켜쥐고 있더라고. 금방이라도 감을 딸 것 같은 자세로 말이야.

"아······."

나는 감을 따야 할지 말아야 할지 잠깐 고민했어. 여자가 손을 뻗더니 자신의 머리 위에 달린 감 하나를 따서 나에게 던졌어.

"드세요."

나는 갑자기 웃음이 났어. 뭐 이런 애가 다 있지? 기품과 우아함이 어린, 말 그대로 부잣집 공주님처럼 생긴 얼굴을 하고는 발랄한 표정으로 감나무를 타고 올라 낯선 남자에게 감을 던져 주는 여자라니.

그녀에겐 내가 여태 봐 왔던 어떤 여자들에게서도 본 적 없는 맑음이 있었어. 마치 햇살이 반짝거리는 날의 빗방울 같은 맑음 이랄까.

나는 그 애가 던지는 감을 받아 들던 바로 그 순간에 그 애에게 반했던 것 같아.

진 회장의 눈동자가 그 옛날을 보고 있는 것처럼 아련하게 가 라앉아 있었다. 어니 역시 50년도 더 전의 이야기가 선명히 살아 나 그녀 앞에 한 장의 그림이 되어 나타나는 걸 보고 있었다.

그 여자는 열여덟. 아직 고등학생이었어. 지역 명문 고등학교 학생이자 그 동네 유지의 외동딸이었고. 난…… 난 초등학교도 제대로 졸업하지 못한 고아에 떠돌이 선원이었어.

상황이 그려지나?

그래, 뻔한 스토리야. 나는 그녀에게 작별을 고할 수밖에 없었 어. 그녀가 그의 가족을 버리게 할 순 없잖나. 그녀가 자라며 한 번도 겪어 보지 못한 환경으로 끌고 올 수도 없었고. 그러는 건 그녀에게 못할 짓을 하는 것 같았거든.

진심으로, 감나무를 기어오르며 낯선 이방인에게 감을 던져 주 던 여자를 생활에 찌든 평범한 여자로 만들고 싶지 않았어. 그래 서 떠났고, 잊었지. 깨끗하게.

진 회장의 목소리는 낮고 아득했다.

감나무 위의 여자를 상상하던 어니가 진 회장을 바라보았다.

멀어졌던 빗소리가 다시 가까워진 것 같았다.

"그런데 가끔, 비가 이렇게 온종일 내릴 때면 내가 아직도 배를 타고 있는 것 같은 기분이 들면서 불쑥 그 항구도시가 떠올라. 활기 넘치던 바닷가와 대비되던 고즈넉한 언덕배기. 해가 환한 대낮에 잊은 듯 흩뿌리는 빗방울과 주황빛으로 반짝이던 감들. 그리고 늘어진 감나무 위를 기어올라 와 감을 던져 주던 여자."

진 회장이 자세를 고쳐 앉았다. 회전의자가 내는 작은 끼익 소리가 침묵을 흩어 놓고 지나갔다.

진 회장이 힘없는 표정으로 조금 웃었다. 늘 활기 넘쳐 젊어 보이던 진 회장의 얼굴이 여든 하나, 제 나이로 보였다.

"비가 온종일 올 모양이야."

진 회장이 중얼거렸다. 그러곤 한동안 침묵이 이어졌다. 빗소리가 오래 창을 두드렸다. 지그시 눈을 감고 있는 진 회장은 미동도 없이 잠이라도 든 것처럼 앉아 있었다. 어니는 이야기가 끝난 것을 알았지만 움직이지 않았다.

"이야기를 들어 줘서 고맙네. 가서 쉬게."

불쑥, 진 회장이 말했다. 그러곤 회전의자를 돌려 창밖을 내다보았다. 어니는 천천히 자리에서 일어서서 진 회장의 뒷모습에 가볍게 인사를 남기고 집무실을 나왔다.

집 안이 온통 녹녹한 물속에 들어앉아 있는 듯한 이상한 기분이 들었다.

어니는 그 길을 천천히 걸어 서재로 돌아왔다. 진 회장의 이야기는 평범한 첫사랑 이야기였지만, 비가 와서인지 아니면 빗소리가 가득한 공간에서 들어서인지 몰라도 이상하게 어니의 심장을 두근거리게 했다.

어니는 멍하니 서재 창가로 다가가 밖을 내다보았다. 거대한 감나무가 쏟아지는 빗속에 그림처럼 서 있었다. 어니는 창문 위로 감나무의 가지를 천천히 쓰다듬었다.

감나무 요정들은 더 이상 보이지 않았고, 대신 감나무 가지에 올라앉아 머리 위의 감꽃을 따는 여자가 보이는 것 같았다.

❀ ❀ ❀

강유가 돌아왔을 때 진 회장은 낮잠을 자는 중이었다.

기껏 이 빗속에 내보내더니. 강유는 이럴 줄 알았다는 듯 쯧, 혀를 차며 서재로 향했다. 노크를 하고 문을 열었지만 서재는 비어 있었다.

"가방은 있는데……."

강유는 어니가 과연 어디에 있을까 잠깐 고민하다 식당으로 향했다. 비가 오니 밖으로 나갔을 것 같진 않고, 그렇다면 그녀가 갈 곳이란 빤했다.

아니나 다를까 그녀는 부엌에서 커피를 타려는지 포트에 물을 끓이고 있었다. 투명한 커피포트에서 물이 보글보글 끓는 모습을 물끄러미 들여다보고 있는 어니의 표정이 자못 심각했다.

자신이 들어온 것도 모른 채 커피포트만 노려보고 있는 어니를 강유 역시 물끄러미 바라보았다.

'대체 뭘 생각하고 있는 걸까?'

그녀는 볼 때마다 그의 호기심을 자극했다. 그녀의 시선은 대체 뭘 보고 있는 건지, 그녀의 머릿속엔 대체 무슨 생각으로 가득 찬 건지, 그녀의 눈빛을 볼 때마다 강유는 궁금했다.

커피포트에서 수증기가 솟구치기 시작하자 어니의 눈동자가 동그랗게 커지더니 히죽 혼자 미소를 지었다.

또 저런다. 자신만 볼 수 있는 세상을 보며 짓는 저 미소. 강유는 그 미소에 자신도 모르게 따라서 슬며시 웃었다. 그러다 그런 자신에 당황한 채 "흠, 흠." 헛기침을 했다.

어니가 깜짝 놀란 표정으로 돌아보았다.

"이거."

강유가 쥐고 있던 봉투를 가까운 테이블 위에 내려놓았다. 어니가 그게 뭐야? 묻듯 궁금해하는 표정으로 다가오더니 봉투 안을 들여다보았다.

"앗! 팥빙수! 어떻게 알았어? 팥빙수 먹고 싶어 하는 거?"

"다 들렸다, 아까."

"헤헤헤. 그랬어?"

어니가 눈꼬리를 접으며 웃었다. 능청스런 그녀의 표정에 강유는 고개를 저으며 돌아섰다.

"어디 가? 같이 먹어."

"됐다."

"혼자 이거 다 먹으면 이 시려."

편의점 앞에서 강유가 했던 말투 그대로, 그녀가 말했다. 그가 돌아보자 히죽, 웃는 얼굴로 그녀가 빙수 그릇의 뚜껑을 열고 있었다.

"남겨, 그럼."

"와. 매정해."

어니가 가볍게 눈을 흘기더니 어깨를 으쓱하고는 숟가락으로 팥빙수 구석을 조금 파서 한입 떠먹었다.

"두 번은 안 권하는구나?"

"두 번 권해 줘?"

"아니."

그의 대답에도 어니는 강유 몫의 숟가락을 내밀었다.

"혼자 먹으려니 좀 심심한데⋯⋯."

농담인지 진담인지 모를 어투로 어니가 중얼거렸다.

거참, 꼭 저러지. 무시하고 지나갈 수 없게 하는 저 표정, 저 말투.

강유는 쯧, 짧게 혀를 차며 못 이기는 척 숟가락을 받아 들었다. 어니가 싱긋 웃더니 빙수 그릇을 강유 쪽으로 조금 밀었다. 그러곤 자신과 가까운 쪽의 팥빙수를 조심스럽게 파먹기 시작했다.

얼음 조금, 팥 조금, 과일 조금. 각각 조금씩 떠서 한 숟가락으로 먹는 어니를 강유가 물끄러미 바라보았다.

"안 섞어 먹네."

"아. 섞으면 맛도 섞여서. 얼음이 사라락 하는 맛도 안 느껴지고. 섞어 먹고 싶으면 그쪽은 섞어도 돼."

어니가 강유 앞쪽의 팥빙수를 가리키며 말했다. 얼음이 사라락 하는 맛? 강유는 피식 웃으며 어깨를 으쓱해 보였다. 뭐 어떤 식으로 먹든 그로서는 별로 상관이 없었다.

"비빔밥도 이렇게 먹진 않겠지?"

어니처럼 팥빙수의 재료들을 제각각 떠먹으며 강유가 물었다.

"이름이 비빔밥이잖아. 비벼야만 비빔밥."

"팥빙수가 팥섞어빙수면?"

"섞어 먹었겠지."

당연한 거 아냐? 되묻듯 어니가 강유를 바라보며 대답했다.

농담인 건지, 진담인 건지. 진지한 표정의 어니를 보며 강유는 피식 웃었다. 그러곤 정말로 얼음이 사라락 하는지 미간을 모은 채 눈꽃 같은 빙수의 맛을 음미했다. 사라락인지, 스르륵인지, 느낄 새도 없이 얼음은 달짝지근한 물이 되어 입안에 고였다.

"저기, 감나무 말이야."

어니가 시선을 창밖에 둔 채 불쑥 입을 열었다. 빙수를 삼키던 강유가 그녀의 시선을 따라 뿌옇게 빗물로 흐려진 창밖을 돌아보았다. 비에 젖어 더 생생해진 감나무가 창 너머로 흐리게 보였다.

"올라가 본 적 있어?"

"아니."

"저 위로 올라가면 어떤 기분일까?"

아련해지는 시선으로 천천히 턱을 괴며 어니가 중얼거렸다. 강유는 점점 깊어지는 어니의 눈빛을 물끄러미 바라보았다. 그녀의 시선이 여기가 아닌 다른 곳으로 천천히 이동하고 있었다. 저 눈빛이 머무는 곳은 대체 어딜까? 강유는 궁금했다.

갑자기 어니의 시선이 강유에게로 향했다. 또렷이, 선명하게 눈빛을 맞춰 오는 그녀 때문에 강유는 순간 멈칫했다. 심장도 따라서 멈칫하는 묘한 감각이 따라왔다.

"올라가 보고 싶지 않아?"

"글쎄. 굳이?"

그녀의 눈동자가 생기 넘치게 반짝거리는 걸 보며 강유는 막연히 대답했다.

"그럼 그 여자는 대체 왜 감나무에 올라갔던 걸까?"

"그 여자?"

"있어. 올라가 보면 알게 되려나."

"진짜로 올라갈 생각은 아니지?"

어니는 대답 없이 싱긋 웃었다. 강유는 미간을 슬쩍 모은 채 물끄러미 그녀를 바라보았다. 올라간다는 건지, 아니라는 건지. 그녀의 속을 알 수가 없었다.

"올라갈 생각이면 미리 말해."

"왜?"

"구경하게."

강유의 말에 어니는 장난처럼 고개를 끄덕였다. 그러곤 갑자기 뭔가 떠오른 듯 히죽 웃으며 팥빙수를 떠먹었다.

무슨 생각을 하는 걸까? 뭐가 재밌는 거지? 강유는 그녀를 미소 짓게 하는 생각들이 궁금했다. 예전에도 그랬다. 그녀의 시선이 가 있는 곳이 어딘지, 뭐가 좋아 혼자 활짝 웃는 건지, 공연히 궁금해지곤 했다.

강유는 갑작스레 자신의 눈앞에 나타나 그때처럼 호기심을 자극하는 그녀를 어떻게 대해야 할지 몰라 난감했다.

무작정 그 호기심을 향해 발을 내디뎠다간 분명코 곤란해질 게 뻔했다. 그걸 아는데도 자꾸만 다가가고 싶어지는 걸 어떡해야 할까.

강유는 그녀의 미소에서 시선을 옮겨 빙수의 사라락에 집중했다. 이쪽이 나을 터였다. 사라락은 자신을 곤란하게 만들 일이 없었으니까.

강유는 입안의 얼음 알갱이가 녹는 감각에 집중하며, 그녀의 미소를 억지로 외면했다.

7월로 접어들면서 일은 빠르게 진행되었다. 초반 이야기를 통과하고 나자 속도가 붙었는지, 손이 저절로 이야기를 만들기 시작했다.

어니를 방해하는 건 출퇴근을 힘들게 하는 더위와 텁텁한 선풍기 바람 아래서 잠을 자야 하는 상황밖에 없었다.

습도와 온도가 조절되는 서재에서의 생활이 익숙해지자 좁은 원룸으로 돌아오면 갑자기 열기 오른 한증막에 들어가는 기분이 들었다.

예전에도 이렇게 더웠었나, 어니는 체온으로 달궈진 바닥을 피해 이리저리 몸을 굴리며 밤새 생각하곤 했다. 그러곤 아침이면 시원한 버스에서 내려 뜨거운 언덕배기를 올려다보며 길게 한숨을 뱉었다.

"더워. 덥지만. 더워서. 덥구나. 더우니. 더운데. 어쩌라고, 여름인걸."

덥다는 말을 뱉을 때마다 몸속의 열기도 같이 빠져나간다고 스스로를 세뇌시키며 어니는 중얼중얼 언덕배기를 오르고 있었다.

장마라더니 가끔 잊은 듯 찔끔 내리는 소나기 외에는 비다운 비를 볼 수가 없는 나날이었다. 끈적거리는 열기가 온 세상을 집어삼킨 기분이었고, 때문에 출퇴근길은 더위에 눅진눅진 녹아드는 것 같았다.

햇살을 가리는 용도로 들고 있던 부채로 팔랑팔랑 바람을 일으키는데 뒤쪽에서 차가 다가오는 소리가 들렸다. 어니는 길가로 바짝 붙어서며 느릿느릿 걸음을 옮겼다. 스쳐 지나갈 듯하던 차가 어니의 곁에 멈춰 섰다.

운전석 창문이 열리더니 연호가 고개를 내밀었다.

"더운데 왜 걸어가요?"

"그러게요."

어니가 마치 남 일처럼 대답하며 어깨를 으쓱해 보였다.

"하하. 타요."

연호의 말에 어니가 씨익 웃으며 총총히 조수석으로 뛰어갔다.

"감사합니다."

안전벨트를 매며 씩씩하게 어니가 인사를 건넸다. 연호는 빙그
레 미소 띤 얼굴로 차를 출발시켰다. 넓고 편안한 시트는 둘째 치
고 시원한 실내의 공기에 어니는 저절로 만족스런 미소를 지었
다.

"그렇게 좋아하니, 매일 태워 주고 싶네요."

곁눈질로 흘긋 어니를 본 연호가 중얼거렸다.

"어쩌다 타야 좋은 거지, 매일 타면 좋은지 모를걸요."

"하하. 잘돼 가요?"

"음……. 아마도요."

어니는 차창 앞에 일렬로 늘어서 있는 작은 인형들을 바라보며
대답했다. 작은 캐릭터 인형들이 어니를 바라보며 고개를 까딱거
리고 있었다. 흔히 볼 수 있는 인형은 아니었다.

"시간의 요정 치코, 개구리 누와이, 캡틴 로이드, 늑대인간 쉬
드. 맞나요?"

어니가 인형들을 하나하나 짚으며 말했다. 틀린 게 아니라면
그녀가 좋아하는 동화책의 주인공들이었다.

"와! 그걸 알아보네요."

"이거 어디서 구했어요?"

"직접 주문 제작한 거예요. 그거 알아보는 사람 처음 봐요."

연호가 놀란 눈으로 흘깃 어니를 돌아보며 말했다.

"이 책들을 아는 사람, 저도 처음 봐요."

어니 역시 싱긋 웃으며 연호를 쳐다보았다.

"재미난 동화책들인데, 진가가 알려지지 않은 비운의 책이랄까."

"동감. 열렬히 동감."

"처음부터 느낌이 좋더라니."

연호가 빙그레 웃으며 말했다.

"무슨 느낌이요?"

"어니 씨랑 잘 맞을 것 같았어요. 여러 가지로."

무슨 의미지? 어니는 그의 말에 갸웃 고개를 기울였다. 어니의 표정을 백미러로 흘깃 본 연호가 피식 웃었다.

"제가 취향이 같은 사람을 알아보는 눈이 있거든요."

어니는 인형들로 시선을 옮기며 가볍게 고개를 끄덕였다. 어니처럼 인형들도 고개를 끄덕이고 있었다.

집의 지하 주차장으로 들어가는 문이 열리길 기다리던 연호가 문득 생각난 듯 입을 열었다.

"언젠가 그 책들을 다시 출간하는 게 내 꿈이에요."

지하 주차장 문이 열리고, 연호는 조용히 문 사이로 차를 몰았다. 인형들을 물끄러미 바라보고 있던 어니가 연호를 돌아보았다. 그의 목소리에서 어니는 희미한 열망 같은 것을 느꼈던 것이다.

자동차가 지하 주차장으로 들어가 멈췄다. 걸어갈 때는 까마득해 보이던 거리가 차를 타자 순식간이었다.

차에서 내리자 갤러리처럼 가꿔진 공간이 있었다. 깔끔하고 넓고 시원한 공간에 전시품처럼 놓인 여러 대의 차를 쭉 훑어보던 어니의 시야에 오토바이가 들어왔다. 파란 물결무늬가 있는 오토바이는 매끈한 자동차들 사이에서도 전혀 기죽지 않는 모습으로 서 있었다.

"이쪽으로."

연호가 어니를 불렀다.

"그날이 빨리 오면 좋겠어요. 응원해 드릴게요."

연호를 따라 1층으로 올라가던 어니가 불쑥 말했다.

"그날이요?"

"연호 씨의 꿈이 이루어지는 날."

잠깐 어니의 말뜻을 이해하지 못한 듯, 고개를 갸웃하던 연호가 뒤늦게 빙그레 미소를 지었다.

"아아. 고마워요. 그날이 오면 어니 씨에게 가장 먼저 그 책들을 보내 줄게요."

"앗싸."

어니가 조그맣게 중얼거리자 1층 홀로 연결된 문을 열던 연호가 '푸웃' 웃음을 터트렸다. 정말이지 어떤 반응이 돌아올지 알 수가 없는 여자였다.

"왜 둘이 같이 와?"

갑작스런 목소리에 두 사람이 동시에 고개를 돌렸다. 진 회장에게 가는 중이었는지 강유가 혈당 검사기를 든 채 서 있었다. 어니는 얼굴에서 웃음을 지우며 그에게 눈인사를 건넸다.

그녀는 최근 들어 강유가 자신을 피하고 있다고 느꼈다. 딱히 꼬집어 언제? 어떤 식으로? 라고 묻는다면 대답할 말이 없었지만, 그가 자신에게 일정한 거리를 두고 있다는 느낌이 계속 들었다.

어쩌면 애인 때문에 조심하는 건지도 모르겠다고 생각은 했지만, 그럼에도 그를 볼 때마다 이상하게 조금, 아주 조금 섭섭했다.

"미인을 햇살 아래 혼자 걷게 할 순 없잖아."

어니의 달라진 표정을 눈치채지 못한 연호가 싱글거리는 얼굴로 대답했다.

넉살 좋은 그의 말에 강유가 흠, 불만스레 한숨을 뱉으며 어니를 바라보았다. 빨갛게 열 오른 볼은 더위 때문일까, 연호 때문일까. 강유는 뜬금없이 궁금했다.

"태워 줘서 고마워요. 전 이만."

자신을 향한 강유의 시선에 어니가 슬쩍 서재 쪽을 가리키며 말했다.

"아. 어니 씨. 아침 먹었어요?"

연호가 그녀의 뒷모습에 대고 물었다.

"먹었어요."

"그럼 커피는?"

"좀 이따 마시려고요."

"좀 이따 말고, 지금 마시죠. 더위도 식힐 겸."

어니가 돌아보자 연호가 웃으며 식당 쪽을 가리켰다. 그의 곁에서 강유가 삐딱한 표정으로 둘을 번갈아 바라보고 있었다. 왜 그의 시선을 자꾸만 신경 쓰는 건지는 모르겠지만 어니는 괜히 그 시선에 걸음이 뻣뻣해지는 것 같았다.

"일단은…… 한숨 돌리고요."

그 자리를 벗어나기 위해 가방을 톡톡 두드리며 대답한 어니가 후다닥 서재로 향했다.

"그럼, 좀 이따 식당으로 와요. 커피 내려 놓을게요."

연호의 말에 돌아보지 않은 채 어니는 손가락으로 오케이 사인을 머리 위로 들어보였다. 그러곤 급히 서재 문을 열고 들어갔다.

책상 위에 가방을 내려놓고 노트북을 꺼내던 어니는 문득 동작을 멈추고 천천히 의자에 앉았다.

자신이 왜 강유의 시선을 의식하고 있는 건지 궁금했다. 관심은 이미 끊기로 했는데, 제대로 안 끊었던 건가? 마음먹은 대로 마음이 움직이는 게 아니라는 것쯤은 알긴 했다. 괜히 섭섭한 것도 그렇고, 그의 시선을 의식하는 것도 그렇고 마음이 정말로 제멋대로였다.

어니는 불퉁한 표정으로 노트북을 노려보다 잡생각을 털어 내듯 머리를 내저었다.

"에휴, 모르겠다."

가방에서 자료들을 꺼내며 노트북을 켰다. 조금 무리한다면 며칠 안에 초고를 완성할 수 있을 것 같았다. 어니는 최선을 다해 일을 빨리 끝내야겠다고, 그래서 이 어수선한 마음이 더 이상 제멋대로 움직이지 않게 이곳을 벗어나야겠다고 생각했다.

❋ ❋ ❋

"아버지가 뭐라시든 상관 안 해."

진 회장의 큰아들이자, 강유의 형인 강호가 단호한 말투로 말

135

했다. 그러거나 말거나 강유는 관심 없는 표정으로 창밖만 물끄러미 내려다보고 있었다. 뒤뜰의 연못 곁, 작은 정자에 어니와 연호가 나란히 앉아 커피를 마시고 있었다.

온종일 서재에 틀어박혀 있는 것 같더니, 잠깐 쉬러 나온 걸까. 연호와 대화를 나누고 있는 어니의 표정이 즐거워 보였다.

"내 말 듣고 있어?"

강호의 목소리가 조금 커졌다.

"나도 형님이 뭐라든 상관 안 합니다."

"멋대로 사는 거, 언제까지 봐줄 거라고 생각해?"

"그냥 형님이 회사 다 가지세요. 난 회사에 관심 없다니까. 연호 하나면 됐지. 뭘 나까지 회사에 끌어들이려고."

"이건 의무야. 관심의 문제가 아니고."

강호의 말에 강유가 짧게 한숨을 뱉으며 그를 돌아보았다. 다부진 체격에 날카로운 눈매를 가진 강호는 사진으로만 봤던 진 회장의 젊은 날을 생각나게 했다.

"아버지와 말 끝냈어요. 형님이 뭐라든 회사로 안 돌아갑니다."

"네 녀석이 회사 그만둘 때 말했잖아. 1년만 봐준다고. 그 기간 얼마 안 남았어."

담담한 그렇지만 단호한 강유의 말에 강호가 팔짱을 끼며 말했다.

"난 돌아간다고 말한 적 없습니다."

"돌아와야 할 거야. 거기가 네 자리니까."

"아버지께 말하세요. 그 문젠 아버지가 처리하시기로 이미 계약했습니다."

강유는 할 말 끝났다는 듯 다시 창밖으로 시선을 돌렸다. 강호는 녀석의 무심하듯 고집스러운 뒷모습을 말없이 바라보았다.

스무 살 차이 나는 동생은 어릴 때부터 명석했다. 결단력도 있었고, 추진력도 있었다. 뭘 하든 성과를 보였고, 실패를 하면 방법을 찾아내 성공할 때까지 달려드는 고집도 있었다.

강호가 볼 때 평해 그룹의 미래를 더 크고 화려하게 만들 사람은 자신보다 강유였다. 그런 녀석이 자신의 능력을 썩히고 있었다. 때문에 강호는 녀석을 볼 때마다 화가 났다. 안타깝기도 했고.

"이미 말했지만, 아버지가 뭐라시든 상관 안 하니까 강 비서님 돌아오시면 너도 돌아와."

거절은 씨알도 먹히지 않을 것 같은 말투로 강호가 말했다. 이럴 때 보면 진 회장과 말투도 닮은 것 같다고 강유는 생각했다. 강호는 그 말을 끝으로 방을 나갔다.

강유는 닫히는 문소리를 들으며 쯧, 혀를 찼다.

그가 아는 형은 책임감이 강한 사람이었다. 강호는 자신이 책임져야 한다고 생각하는 일은 물불을 가리지 않고 최선을 다했다. 그래서 진 회장은 안심하고 평해 그룹의 실질적인 경영권을 그의 손에 쥐어 줬고, 자신의 책임하에 들어온 회사를 강호는 최선을 다해 지키고 키우는 중이었다.

문제는 그 책임감이 강유에게까지 뻗어 있다는 거였다. 어릴 때는 그런 형이 든든했다. 하지만 열여섯이 넘으면서부터는 그 든든함이 갑갑해지기 시작했다.

"흠."

강유는 짧게 한숨을 뱉으며 창밖을 물끄러미 내다보았다. 어쨌든 강호 문제는 진 회장이 책임져 준다고 했으니, 일단은 신경 쓰지 않아도 될 터였다. 문제는 전혀 신경 쓸 일도 아닌 창밖의 여자였다.

어니가 정자에서 몸을 내밀고는 연못을 들여다보고 있었다. 연호가 그런 어니를 보며 웃고 있었다.

가까이서 보지 않아도 어니의 눈동자엔 미소가 어려 있는 게 보이는 것 같았다. 어딘지 모를 세상을 향한 그 미소. 호기심을 자극하는 그 눈웃음. 연호가 그런 어니를 물끄러미 바라보고 있었다.

"웃기네, 기분."

강유는 슬쩍 눈썹을 끌어 올리며 중얼거렸다. 뭐라 설명할 수 없는 기분이었다. 말갛게 닦아 놓은 거울 위에 흐리게 묻은 작은 얼룩을 보는 기분이랄까. '그깟 게 뭐?'라고 하면 정말 별것 아닌 건데 신경 쓰기 시작하면 자꾸만 거슬리는, 뭐 그런 것.

뭐가 거슬리는지도 모른 채 강유는 삐딱한 표정으로 창밖을 바라보았다. 그때 손목시계의 알람이 울렸다. 진 회장의 외부 일정 시간이었다.

"쯧."

억지로 창에서 시선을 돌리며 강유는 짧게 혀를 찼다. 그러곤 책상 위에 미리 준비해 둔 자료를 챙겨 방을 빠져나갔다.

＊ ＊ ＊

고개 한 번 들지 않고 노트북 자판을 두드리던 어니가 쭈욱 기지개를 켰다.

"으……."

등뼈를 따라서 뚝뚝 근육들이 비명을 질렀다. 뻐근한 뒷목을 가볍게 풀며 휴대폰을 집어 들어 시간을 확인하던 어니는 화들짝 놀라 자리에서 일어섰다.

"앗! 시간이 언제 이렇게 된 거야?"

벌써 밤 11시가 가까워져 있었다. 뜨거운 날씨 때문에 해가 지고 나서 집에 가야겠다고 생각했을 뿐인데 시간이 너무 많이 지나 있었다.

부랴부랴 쓰던 글을 정리하고 가방을 챙겼다. 그러곤 언제나처럼 진 회장의 집무실로 향했다. 퇴근 전에는 진 회장에게 보고를 해야 했다. 별일이 없다면 진 회장은 오후 시간에 집무실에서 그녀를 기다렸다.

집무실의 문을 노크 했지만 대답이 없었다. 살짝 문을 열어 보자 불이 꺼져 있었다.

"아! 맞다."

오후에 외부 일정이 있다는 문자 메시지를 받았었는데, 정신없이 글을 쓰느라 깜박했다. 어니는 휴대전화를 꺼내 문자 메시지를 다시 확인했다.

[회장님 외부 일정. 혹시 늦어지면 알아서 퇴근할 것.]

짧고 간결한 강유의 메시지. 지금이 '혹시 늦어지면'의 상황인지, 아니면 들어왔지만 어니가 아직도 글을 쓰고 있는 것 같아 방해하지 않기 위해 조용한 상황인 건지 가늠이 되지 않았다.

어니는 어쩔까 하는 표정으로 잠깐 서 있다 휴대폰을 꺼내며 현관으로 향했다.

[집무실 불이 꺼져 있어 그냥 갑니다. 내일 뵙겠습니다.]

진 회장에게 보낼까 잠깐 고민하던 문자 메시지를 강유에게 보내며 마당으로 나왔다. 시원한 실내와 다른 후텁지근한 밤공기가 어니를 감쌌다.

"하아."

뻐근한 몸을 풀며 깊게 숨을 마셨다. 온종일 잔디를 정리하는 소리가 들리더니, 마당 가득 짙은 풀 냄새가 가득했다. 텁텁한 공기 사이로 흘러 다니는 알싸한 풀 냄새. 어니는 자기도 모르게 씨익 미소를 지었다.

"낼 봐. 감나무 씨."

어니가 어두운 하늘을 향해 팔을 뻗고 있는 감나무를 향해 가볍게 손을 흔들었다.

"어?"

감나무 뒤로 얼핏 불빛이 보였다. 어니는 감나무 둥치 옆으로 고개를 빼죽 기울였다. 강유가 휴대전화를 들여다보며 별채에서 나오는 중이었다.

휴대전화 화면에서 고개를 든 강유의 시선이 본관 현관으로 향하다 어니에게서 멈췄다. 정원의 흐린 가로등 빛에 강유의 눈빛이 반짝였다.

"늦은 것 같은데."

그가 어니에게로 걸음을 떼며 말했다.

"그러네."

어니가 가볍게 고개를 끄덕이며 대답했다. 그 모습을 물끄러미 바라보던 강유가 차고를 향해 가볍게 고갯짓을 했다.

"가자. 데려다줄게."

"새삼 기사 노릇? 됐어. 좀 걷고 싶기도 하고."

"이 밤에?"

"온종일 노트북 화면만 들여다보고 있었더니 머리가 멍해."

어니의 대답에 강유가 뭔가를 잠깐 생각하는 것 같더니 어니의 발을 내려다보았다.

"신발 편해?"

그의 시선을 따라 어니도 자신의 신을 내려다보았다. 굽 높은 캔버스 운동화는 편했다. 어니는 앞코를 살짝 들었다 놓으며 고개를 끄덕였다.

"자전거 안 태워 줘도 될 만큼."

"잘됐네. 가자."

"어딜?"

"걸으러."

강유가 빙긋 웃으며 앞장서 걸음을 옮겼다. 대문이 아닌 정원을 돌아 뒤뜰로 향하는 그를 어니가 멀뚱하니 바라보았다.

"왜 그쪽으로 가는데?"

강유가 어니를 돌아보며 싱긋 웃었다. '재밌을 텐데.' 속삭이는 듯한 그의 미소가 어니를 당겼다. 버스 막차를 놓쳐도 후회하지 않을 것 같은 저 미소. 어니는 흠, 어깨를 추스르며 그에게로 걸음을 옮겼다.

어니가 자신을 따라오자 강유는 그녀와 보폭을 맞추며 뒤뜰을 가로질렀다.

"어디 가는데?"

"어둡고, 캄캄하고, 으슥한 곳."

"뭐?"

어니가 미간을 모으며 되물었다. 강유는 그런 어니를 놀리듯

141

피식 웃더니 성큼 앞장서 담장 아래 쪽문을 열었다. 있는 줄도 몰랐던 아치형 쪽문 뒤로 시커먼 어둠이 펼쳐졌다.

어니가 의심스러운 눈길로 강유를 바라보았지만 그는 쪽문 밖을 향해 앞장서라는 듯, 손을 펼치며 싱긋 웃어 보일 뿐이었다.

이 어둠 속으로 걸어 들어갈 수 있겠어? 놀리기라도 하는 듯한 그의 표정에 어니가 불퉁하니 입을 내밀었다.

"참, 이상하게 도전 의식 생기게 한단 말이야."

쪽문을 향해 성큼 걸음을 떼며 어니가 툴툴거리자 강유가 못 말린다는 표정으로 씨익 웃었다.

뒤뜰에서 흘러나온 불빛에 희미하게 나무둥치들이 보였다. 강유가 그녀를 따라 나오며 쪽문을 닫자 그나마도 어둠 속에 잠겼다.

어니는 휴대전화의 플래시를 켰다. 불빛 아래 드러난 장소는 아무리 봐도 숲이었다.

"와. 진짜 어둡고, 캄캄하고, 으슥한 곳이네."

"무섭지도 않아?"

등 뒤에 서 있던 강유가 어니의 귓가로 고개를 기울이며 음침한 목소리로 속삭였다. 갑작스레 다가온 그의 온기와 목소리에 그녀는 흠칫 놀라 어깨를 움츠리며 몸을 뺐다.

그는 어니를 내려다보며 장난스럽게 "으르렁." 소리를 냈다.

"아, 뭐야?"

그녀는 미간을 모으며 플래시로 그의 얼굴을 비췄다. 갑작스레 눈을 찌르고 드는 환한 빛에 강유가 인상을 찡그리며 손으로 빛을 가렸다.

"어디야? 여긴."

어니의 물음에 강유는 그녀의 손에 들린 휴대전화 불빛을 슬며시 옆으로 밀었다.

"걷고 싶다며."

"산책의 의미지 산행의 의미는 아니었는데."

"돌아갈까?

산속을 걷기엔 너무 늦은 시간이었다. 발아래가 희붐하게 보이긴 하지만 위험할 것 같기도 하고, 그냥 돌아가는 게 나으려나. 어니는 등 뒤의 쪽문을 흘깃 돌아보고는 다시금 강유에게로 시선을 옮겼다.

빙그레 장난스런 미소를 짓는 그의 얼굴을 보고 있자니 호기심이 일긴 했다. 이 밤에 왜 산속엘 데려왔는지, 대체 여긴 어디로 연결되어 있는 건지. 이성적으론 그냥 돌아가는 게 맞는 것 같았지만 문제는 늘 호기심이 그녀의 이성을 이긴다는 거였다.

"하아. 앞장서세요."

그녀가 한숨과 함께 중얼거리자 강유는 피식 웃더니 플래시도 없이 어두운 숲길을 걷기 시작했다. 어니는 발아래를 비추며 그를 따라 걸음을 옮겼다.

"플래시 꺼도 잘 보일 거야. 여름밤은 밝거든."

그가 어깨 너머로 그녀를 돌아보며 말했다. 플래시를 끄자 순식간에 주변이 캄캄해졌다. 어둠에 눈이 익기를 기다리며 그녀는 그 자리에 서 있었다.

그 잠깐의 순간, 어니는 숲을 느꼈다. 에어컨 바람과는 다른 상큼함이 가득한 공기와 사각거리는 밤의 숲 소리들. 나뭇가지가 부러지는 소리, 날벌레의 날갯짓 소리, 이름 모를 벌레들의 찌륵거리는 소리와 잊은 듯 스치고 지나가는 밤새의 울음소리.

사방에서 숲이 부풀어 오르며 어니의 상상도 함께 부풀어 올랐다.

어둠이 내린 숲에서 길을 찾는 공주. 나무 뒤에서, 잡풀 뒤에서 공주를 노리며 따라 걷는 늑대인간.

어니는 천천히 주변을 둘러보았다. 눈이 어둠에 익었는지 나무둥치들이 선명히 보였다. 저 앞에서 자신을 기다리며 서 있는 강유도. 그가 장난스럽게 으르렁거리던 게 생각났다.

"늑대인간."

어니가 조그맣게 중얼거리며 다시금 걸음을 뗐다.

"뭐?"

"아냐."

싱긋 웃는 그녀를 보며 강유는 짧게 고개를 저었다. 그러곤 얼른 따라오라는 듯 손짓을 하며 다시 걷기 시작했다. 반걸음 정도 뒤처진 채 어니가 그를 따라갔다.

그의 말대로 밝은 밤이었다. 겨울의 검은 밤이 아닌 여름의 파란 밤. 나무 그늘이 짙은 곳은 어두웠지만 달빛이 희뿌옇게 길을 밝혀 주고 있었다.

"그나저나 후배님."

어깨 너머로 슬쩍 어니를 돌아보며 강유가 입을 열었다.

"대체 뭘 믿고 날 따라오냐?"

무슨 의도로 묻는 거지? 어니는 멀뚱한 표정으로 그를 바라보다 당연하다는 듯 대답했다.

"나를 믿고."

"너?"

"선배가 나쁜 사람은 아니란 내 믿음을 믿거든."

144

"잘못된 믿음이면 어쩌려고?"

"잘못된 믿음이야?"

어니가 되물었다. 강유가 걸음을 멈췄다. 그의 얼굴 위로 나무 그늘이 드리워져 무슨 생각을 하고 있는 건지 제대로 보이지 않았다.

그때 귓가에서 모기가 웽 날아드는 소리가 들렸다.

"앗!"

어니가 손을 파닥이며 위치를 바꾸다 발을 헛디디며 살짝 비틀거렸다. 강유가 재빨리 그녀의 팔꿈치를 붙들었다.

"조심."

"아하하. 모기 때문에."

공연히 민망해진 어니가 헛웃음을 웃으며 중얼거렸다. 강유가 어이없다는 듯 짧게 고개를 저었다. 그러더니 그녀를 놓아주며 걸음을 옮겼다.

"가자. 발밑 조심하고."

아주 잠깐 그의 손이 떠난 팔꿈치가 허전하게 느껴졌다. 어니는 괜히 팔꿈치를 문지르며 그의 뒷모습을 바라보았다. 그의 넓은 어깨 위로 나무 그림자가 토닥토닥 지나갔다. 마치 이 녀석 나쁜 사람 아니야, 라고 다독거리는 것처럼 보였다.

"안다니까, 나도."

어니가 그림자를 향해 조그맣게 속삭이며 후다닥 그를 쫓아갔다.

"어!"

10여 분쯤 숲길을 걸어 내려오자 은백색 가로등 불빛이 보이

145

고, 그 아래 낯익은 표지판이 나타났다. 어니는 가로등 불빛에 드러난 표지판 글씨를 확인하고는 후다닥 주변을 둘러보았다.

"여기, 공원이네."

코끼리 숲 공원의 등산로 입구였다. 멀지 않은 곳에 불 꺼진 '숲속 작은 찻집'이 보였다.

"와. 신기해. 길이 왜 이렇게 연결되지?"

"신기할 것도 많다."

"공원 입구랑 집 입구랑 전혀 다른 곳에 있잖아. 그런데 뒷문 열고 나오니까 공원 등산로! 지금 꼭 공간 이동한 기분이랄까."

이 단순한 상황이 재밌는 건지, 그녀의 표정이 반짝거렸다.

"산 때문에 뱅뱅 돌아서 그렇지 지도로 보면 산 옆구리를 끼고 나란히 붙어 있거든."

강유의 설명에 어니는 막연히 고개를 끄덕였다.

"뭐 어쨌든. 버스 타는 것보다 지하철 타고 가면 더 가까운데. 잘됐다."

그러곤 총총거리는 걸음으로 공원을 앞장서 내려가기 시작했다.

"어이. 그것보다 기사 딸린 자가용이 더 좋지 않을까?"

"됐어. 됐어."

"진짜 이상한 데서 고집이다. 좀 타면 어때서?"

"익숙해질까 봐."

가볍게 어깨를 으쓱이며 대답하는 어니의 말에 강유는 그녀를 내려다보았다. 그의 시선을 느낀 듯 어니가 그를 올려다보았다.

"편한 건 금방 익숙해지잖아. 내 차가 생기기 전까진 지하철과 버스를 사랑해야 하는데 탈 때마다 툴툴거리게 되면 안 되니까."

강유를 올려다보며 별것 아니라는 듯 어니가 대답했다. 달이 밝은 밤, 그 밝은 달이 어니의 눈동자에 가득해 보였다. 강유는 피식 웃었다.

"누굴 생각나게 하는 말이네."

"누구?"

"잊을 수 없는 사람."

무심히 대답하는 강유의 눈빛이 어딘지 아련하게 느껴졌다. 어니는 멜린다를 떠올렸다. 그녀에 대한 이야기일까? 유쾌하던 기분이 조금 가라앉았다. 에이, 또 이런다. 어니는 가라앉는 기분을 떨치려 머리를 내저었다.

"왜 그래?"

"아, 아냐. 그냥. 어. 그러니까…… 모기가…….."

어니가 허둥지둥 중얼거렸다. 강유가 모기를 쫓듯 어니 주변으로 팔을 휘휘 저었다. 가까워진 그의 품에서 희미하게 햇살의 냄새가 났다.

그 순간 어니의 심장이 미묘하게 울렁거렸다. 그에게서 나는 이 은근한 햇살의 냄새가 그녀의 마음을 또다시 흔들었다.

'이게 문제였어.'

어니는 흘깃 그를 올려다보며 생각했다.

이글이글 타오르는 여름 한낮의 태양 냄새가 아닌, 낮 동안 태양에 달궈졌던 바위가 밤이 되어 풀어놓는 온기 같은 햇살의 냄새. 뜨거운 열기를 받아 하얗게 잘 마른 바닷가 모래밭이 품고 있는 바삭바삭한 햇살 냄새.

그에게서 나는 바다를 품은 햇살의 냄새들은 그녀의 외로운 시절을 달래 주던 냄새들이었다. 세상에 혼자인 듯한 순간들을 지

147

켜 주고 안아 줬던 해풍의 냄새와 닮은 그의 냄새.

이게 문제였던 거였다. 강유로부터 신경을 끄고 싶다고 아무리 되뇌어도 그에게서 나는 이 냄새가 자꾸만 어니를 흔들고 있었다.

확인 사살. 그러면 이 마음이 멈출까?

어니는 심호흡을 하며 그를 바라보았다. 그는 뭔가를 생각하듯 길 저쪽을 바라보고 있었다.

"혹시 말이야. 그 사람…… 멜린다야?"

조심스러운 어니의 질문에 강유가 시선을 돌렸다.

"뭐가?"

"아까 말한 그…… 잊을 수 없다던 사람."

어니의 말에 강유는 뭔가 생각하는 듯한 표정으로 그녀를 물끄러미 바라보더니 조용히 물었다.

"멜린다가 누군진 알고 묻는 거냐?"

"글쎄……. 선배 여자 친구?"

"내 뭐?"

예상 밖의 대답이라는 듯 강유가 되묻더니 뒤늦게 살짝 웃음을 터트렸다. 공원을 가득 채운 매미 소리 사이로 그의 웃음소리가 바람 소리처럼 지나갔다.

여자 친구가 아닌가? 왜 웃지? 어니는 멀뚱한 표정으로 그를 바라보았다. 강유가 여전히 웃음이 어린 얼굴로 그녀를 보며 물었다.

"음료수 마실래?"

그러곤 대답을 기다리지도 않고 길 건너 야외 음악당 안내판 곁의 자판기로 걸음을 옮겼다.

이미 늦은 시간이었다. 음료수나 마시며 느릿느릿 움직이기엔 지하철 막차 시간이 바짝 가까워져 있었다. 하지만, 그럼에도 어니는 그의 곁으로 다가갔다.

"내가 살게."

어니가 지갑을 꺼내며 덧붙였다.

"차비 대신. 혹시 막차 놓치게 되면 태워 줘."

"안 놓치면?"

"그럼…… 내가 쏘는 걸로 하지 뭐."

강유가 피식 웃었다. 그러더니 손목시계를 들여다보았다.

"막차 놓치려면…… 좀 놀다 가야겠네."

마치 장난처럼 말하니 어니가 돈을 집어넣어 불이 반짝이는 자판기에서 음료를 골라 뽑았다. 어니가 음료를 고르자 강유가 씨익 웃으며 야외 음악당으로 걸음을 옮겼다.

"왜 그쪽으로 가는데?"

"막차 놓치게 하려고."

"굳이? 일부러?"

"어. 굳이. 일부러."

"그래서 멜린다는…… 누군데?"

어니는 장난스럽게 웃는 그를 쫓아가며 물었다.

"잊을 수 없는 사람이기도 하고 여자 친구이기도 하고, 라고 해야 하나?"

강유가 느리게 대답했다.

　확인 사살. 원한 게 그거였는데 막상 그의 입을 통해 여자 친구라는 말을 듣자 어니는 묘하게 섭섭했다. 그 섭섭함을 외면하듯 음료수로 신경을 돌렸다. 캔의 뚜껑은 따질 듯 따질 듯 손톱 안쪽을 파고들기만 했다.

강유가 말없이 어니의 손에서 캔을 가져가 뚜껑을 따서 건네주
었다.

"고……마워."

그는 싱긋 웃으며 자신의 음료수를 따서 마셨다.

야외 음악당은 반원형의 계단식으로 만들어진 공연장이었다.
공연장을 둘러싼 나무 사이에서 밤새가 쏙닥거렸고 매미 소리는
끊어질 듯 끝없이 씨륵거렸다. 강유는 설렁설렁한 걸음으로 계단
을 걸어 내려갔다.

"편한 건 금방 익숙해진다."

불쑥 강유가 중얼거렸다. 음료수의 차가운 기운에 온 신경을
집중하고 있던 어니가 강유에게로 시선을 옮겼다.

"어머니가 자주 하시던 말씀이야."

"잠깐! 어머니?"

어니가 의아한 목소리로 되물었다.

잊을 수 없는 사람과 멜린다와 여자 친구에서 갑자기 왜 어머
니가 나오는 거지? 어니는 갸우뚱한 표정으로 계단을 내려가는
그의 뒷모습을 쳐다보았다.

무대까지 내려간 강유는 무대 턱에 편히 다리를 뻗고 걸터앉았
다. 그러곤 조용한 목소리로 입을 열었다.

"어머닌 지방 작은 극장의 매표소 직원이었어. 이미 알고 있겠
지만."

물론 안다. 그때 극장 근처에서 막 도시락 사업을 시작한 진평
해 회장과 만났다는 것도. 항해 때 간단히 만들어 먹던 주먹밥과
김밥을 포장도 없이 파는 게 고작이었지만, 나름 주변 잡역부들

에겐 인기가 있는 한 끼였다는 이야기도 함께 들었었다.

어니는 그가 갑자기 이 이야기를 왜 꺼내는지 몰라 의아했지만 그저 고개를 끄덕였다.

"표를 팔고 그날의 마지막 상영이 시작되면 어머닌 가끔 통로 구석에 서서 영화를 보셨대. 화면 속의 낯선 세계, 낯선 이야기가 좋아서. 잠깐이나마 그 낯선 세계에 빠져 현실을 잊고 싶어서 영화를 보고 또 보고 하셨다더라고."

강유의 목소리가 공연장을 휘돌아 어니에게로 날아왔다. 낮고 따뜻하고 편안한 목소리.

그는 목소리조차도 바다를 닮은 것 같다고 어니는 생각했다. 편안히 밀려왔다 조용히 밀려가는 파도 같은 목소리를 들으며 어니는 낡은 흑백 사진으로 보았던 강유의 어머니, 이양이의 얼굴을 떠올렸다.

착하고 순하게 생긴 이미지였고, 어딘지 모르게 사람을 편안하게 해 주는 분위기를 가진 사람이었다.

어니의 눈앞에 젊은 날의 이양이가 극장 구석에 서서 두 손을 모은 채 거대한 스크린을 바라보는 모습이 선명히 떠올랐다.

"그중에서도 특히 좋아했던 영화가 있었는데, 그 영화의 여자 주인공 친구로 멜린다라는 여자가 나왔대. 주인공은 아니었지만, 평범한 집안의 평범한 여자였고, 여자 주인공이 남자 주인공과 우여곡절을 겪으며 사랑을 찾아가는 동안, 평범한 남자와 평범하게 결혼해 여자 주인공의 삶을 응원해 주는 뭐 그런 역할이었다더라고."

멜린다?

뜻밖의 이름에 어니의 시선 속에 서 있던 이양이가 흐려졌다.

대신 그 자리에 강유가 선명히 들어왔다.

"어머닌 멜린다가 되고 싶으셨대. 여자 주인공의 화려한 삶 말고, 평범한 부모, 평범한 가정, 평범한 남편. 그 모든 평범이 모인 지극히 평범한 삶을 사는 그런 사람."

"평범한 삶……."

이양이는 진평해 회장처럼 고아였다. 어니는 이양이의 마음을 알 것 같았다. 평범한 삶이란 누군가에겐 가지고 싶어도 가질 수 없는 일이란 걸 어니는 알고 있었다. 어니의 삶 역시 마냥 평범하다고만 할 수는 없었으니까.

"멜린다는 어머니 필명이었어."

"필명? 글을 쓰셨어?"

어니의 목소리가 커졌다. 이양이가 글을 썼다는 이야기를 어니는 들은 적이 없었다. 진평해 회장의 가족사에 대한 이야기를 훑어보고, 다양한 정보를 모았었지만 그 어디서도 본 적이 없는 이야기였다.

"그러셨더라고. 아는 사람은 나밖에 없지만."

강유는 그때를 떠올리듯 가볍게 고개를 끄덕이며 입을 열었다.

"어머니의 낡은 추억 상자를 본 적이 있어. 아주 옛날에. 당시 살던 집에 창고 같은 다락방이 있었는데, 거기 올라가면 온갖 게 다 있었거든. 오래된 책들, 쓰지 않는 물건을 담아 둔 상자들, 버리기 아까운 고물들. 어릴 땐 거기 올라가서 자주 놀았어."

강유는 그곳을 여전히 선명히 기억하고 있었다.

부엌의 다용도실 벽에 붙어 있는 사다리를 타고 올라가면 조그마한 들창이 있는 좁은 공간이 나왔다. 오래된 물건들과 계절에 맞지 않는 잡동사니와 상자들을 쌓아 두는 곳이었다. 그곳에 올라가 들창으로 비쳐 드는 흐린 빛을 받으며 상자들을 둘러보다 보면 뭔가 그럴듯한 보물이 숨겨져 있을 것 같은 기분이 들어 강유는 늘 두근거렸었다.

그때를 떠올리는 강유의 시선이 음악당을 둘러싼 나무 사이 어딘가를 아득히 바라보았다. 달빛이 그에게 흘러내려 그의 시선을 더 깊게 만들고 있었다.

어니는 그의 이야기를 들으며 천천히 계단 같은 관객석에 앉았다.

"어느 날 그 잡동사니 사이에서 누렇게 변색된 자그마한 종이 상자를 발견했는데, 그 속에 그게 있었어."

"그거라면……."

"제목도 없이 표지 구석에 조그맣게 멜린다라고 적힌 노트 한 권."

강유가 천천히 어니에게로 시선을 옮기며 말했다. 떨어져 앉은 거리에도 불구하고 어니는 그의 눈동자 속에 어린 그리움을 볼 수 있었다.

이야기가 계속되길 기다리며 어니는 그의 시선을 피하지 않고 마주했다. 그의 시선과 어니의 시선이 공간 속에서 얽혔다.

"거기, 어머니가 꿈꾸는 어머니의 이야기가 있었어. 멜린다로 살아가는 이양이의 이야기라고 해야 하나?"

조그마한 노트에 볼펜으로 꾹꾹 눌러쓴 서툰 문장들. 강유는 다락방 들창 앞에 앉아 몇 장 되지 않는 그 이야기를 읽었다. 그때는 그게 뭔지 정확히 몰랐다. 그냥 있으니까 읽었고, 읽으면서도 이게 뭐지 싶었다. 그런데 이상하게 어머니가 돌아가시고 나자 그 이야기가 문득문득 생각났다.

한동안 침묵하던 강유가 음료수를 쭉 들이켰다. 그러더니 분위기를 환기 시키듯 어니를 향해 싱긋 웃으며 말했다.

　"그러니까 잊을 수 없는 멜린다는 우리 어머니!"

　"그 말은…… 여자 친구인 멜린다는 다른 멜린다란 거구나."

　그의 말을 가만 되짚던 어니가 속삭이듯 덧붙였다. 긍정도 부정도 없이 강유가 잠깐 입을 다물고 있었다. 그러더니 불쑥 물었다.

　"멜린다라는 이름, 어디서 들었어?"

　"선배 통화하는 소리를 들었어."

　"통화?"

　"이번 일만 끝나면 멜린다랑 떠날 거란 통화. 엿들을 생각은 아니었는데. 미안."

　어니는 솔직하게 대답했다.

　"뭐, 미안할 것까지야."

　별것 아니라는 듯 가벼운 말투로 그가 대답했다. 하지만 어니는 그의 얼굴에 미묘하고도 복잡한 표정이 지나가는 것을 놓치지 않았다. 저 표정의 의미가 뭘까?

　"너무 늦었다."

　강유가 슬쩍 손목시계를 들여다보며 말했다.

　멜린다랑 떠난다는 말에 대해 어떠한 설명도 없이 그가 말을 돌렸다.

　"괜찮아. 기사 딸린 승용차가 준비되어 있거든."

　막연히, 가라앉는 기분을 삼키며 어니가 대답했다. 강유가 피식 웃더니 자리를 털고 일어섰다.

　"댁으로 모시겠습니다."

마치 기사처럼 강유가 어니를 향해 깍듯하게 말했다.

어니는 대답 없이 강유를 바라보았다. 어머니인 멜린다와 여자친구인 멜린다가 다른 사람인 건 맞아? 떠난다는 말은 무슨 뜻인데? 어니는 목구멍 안쪽에서 뱅글뱅글 맴도는 질문들을 억지로 삼켰다. 그런 걸 궁금해하는 자신이 웃겼다. 이런 질문을 할 사이가 아니란 것쯤은 자신도 알고 있었다.

"왜?"

어니가 말없이 자신을 바라보고 있자 강유가 물었다. 어니는 고개를 저으며 자리에서 일어섰다.

"그냥 달도 밝고 별도 밝고 다 밝은데, 선배와의 대화는 밝지가 않구나 싶어서."

"무슨 말이야?"

"몰라도 돼요. 갑시다. 늑대인간이 달 보고 각성하기 전에."

어니가 엉덩이를 툭툭 털고는 앞장서 계단을 올라가며 말했다. 그녀의 말을 알아듣지 못한 강유는 눈썹을 끌어 올리며 어니를 바라보았다.

"늑대인간은 또 뭔데?"

"비밀."

이런 거라도 궁금해하라고. 만날 자신만 궁금하게 만드는 그에게 소심한 복수라도 하듯 어니는 가볍게 대답한 후 입을 꾹 닫고는 총총히 걸음을 옮겼다.

그녀의 뒤에서 고개를 갸우뚱하며 서 있던 강유가 하늘을 올려다보았다. 환한 달과 드문드문한 별. 늑대인간이 각성할 것 같은 달인지는 모르겠지만 내일도 여전히 더울 것 같은 하늘이긴 했다.

강유는 피식 웃으며 벌써 저만큼 앞서 걷는 어니를 쫓아갔다.

✳ ✳ ✳

한낮의 열기를 품은 바위는 밤이 되어도 따끈하다. 어니는 바위에 볼을 대고 엎드린다. 온기가 볼을 타고 전해져 차가워진 마음을 달래 준다.

찰박찰박……

파도가 방파제 끝에서 찰랑거리는 소리가 어니를 잠으로 끌고 간다.

'이대로 오래오래 잠들어 버리면 좋겠어.'

거대한 바위를 끌어안듯 엎드린 채 눈을 감은 어니가 생각한다.

어느 순간, 따뜻하던 바위가 끈끈하다. 따뜻한 걸 넘어서 덥다. 뒤척이며 돌아눕지만 여전히 후끈거리는 기분이다.

찰박거리는 물소리 사이로 희미하게 벨소리가 들린다. 어니는 미간을 찡그린다.

"하아. 더워."

막연히 중얼거리던 어니는 자신의 목소리에 놀라 눈을 뜬다.

전화벨이 울리고 있었다. 어니는 부신 눈을 비비며 주변을 두리번거렸다. 바위가 아닌 자신의 침대였다. 최근엔 더워서 침대 대신 방바닥에 내려가서 잤는데 어제는 침대에 엎드려 지난밤의 일을 생각하다 그대로 잠이 든 것 같았다. 온몸이 끈끈하게 땀이 차 있었다.

어니는 꿈의 흔적이 남아 여전히 멍한 머리를 흔들며 휴대전화로 손을 뻗었다.

[젤리비서]

어니는 멀뚱멀뚱 휴대전화 화면에 뜬 이름을 들여다보았다. 그녀의 눈을 붙들고 늘어지던 잠이 화들짝 도망갔다.

"왜? 왜 아침부터? 무슨 일 있나?"

강유가 아침부터 전화를 걸어 온 적은 없었다. 일정이 있거나 알려 줄 일이 있으면 전화 대신 문자 메시지가 오곤 했다.

어니는 "흠, 흠." 헛기침을 해 목을 가다듬었다.

"여보세요?"

그래 봤자 목소리는 잠긴 것처럼 낮게 깔렸지만.

– 어디야?

"집인데."

– 목소리 들으니 그런 것 같네. 알았어.

"뭘 알아? 왜? 무슨……."

묻는데 전화가 끊어졌다. 어니는 멀뚱한 표정으로 휴대전화를 내려다보았다. 뭐야? 대체. 진 회장 아들 아니랄까 봐 자기 할 말만 하고 끊는 거야? 어니는 뚱하게 생각하다 뒤늦게 휴대전화 화면의 시계를 보고는 눈을 비볐다.

"엄마야! 시간이 왜 이래?"

어니는 놀라 자리에서 벌떡 일어섰다. 9시가 넘어가고 있었다.

"이래서 전화가 온 거였나? 아! 왜 알람 소리를 못 들었지?"

허둥지둥 욕실로 달려가며 어니가 소리를 질렀다. 평소라면 진 회장의 집 대문을 통과하고 있을 시간이었다.

몇 분 만에 샤워를 끝낸 어니는 젖은 머리카락에서 물방울을 뚝뚝 흘리며 옷을 챙겨 입었다. 수건으로 물기를 대충 털어 말리면서도 한 손은 바쁘게 가방을 챙겼다.

그때 전화벨이 울렸다. 강유인가? 생각하며 어니가 시선만 휴대전화로 던졌다. 엄마, 수애였다. 주춤, 어니의 동작이 멈췄다. 이 시간에 전화를? 무슨 일이 있는 걸까? 이유 없이 전화를 하는 분이 아니라 어니는 걱정스러운 표정으로 통화 버튼을 눌렀다.

"엄마?"

– 잘 지내니?

"네. 잘 지내요. 무슨 일이세요?"

– 언제 내려올 건가 해서.

"무슨 일 있어요?"

시계를 흘끔거리며 어니가 물었다.

– 곧 할머니 기일이잖아.

어니의 시선이 시계에서 달력으로 옮겨 갔다. 아직 멀었던 것 같은데. 젖은 수건을 쥔 손으로 달력을 넘겼다. 할머니의 기일은 8월 말이었다.

"한 달도 더 남았잖아요."

어니의 대답에 휴대전화 너머로 잠깐의 침묵이 흘렀다. 그러더니 이내 조용한 목소리로 말했다.

– 미리 좀 내려오면 안 되니?

"정말 무슨 일 있는 거예요?"

– 덥잖아. 에어컨도 없고. 와 있으라고.

"요즘 좀 바빠요. 일하는 중이에요."

– 아르바이트 같은 거면, 관두고 와.

어니의 미간에 주름이 잡혔다. 어니는 입안으로 한숨을 삼키며 한 손으로 후다닥 가방 정리를 마무리하며 말했다.

"정말로 무슨 일 있는 거 아니면 끊을게요. 늦었어요."

– 무슨 일 하는데?

전화를 끊을 생각이 없는 듯, 수애가 물었다. 어니는 입술을 깨물며 잠깐 망설였다. 대필 일을 한다고는 말할 수 없었다. 글 쓰는 일이라고도. 대필이라고 하면, 그런 걸 왜 하니? 라고 할 터였고, 글 쓰는 일이라고 하면 내려와서 쓰라고 할 터였다.

"있어요. 매일 출근하는 일."

– 그게 뭔데?

"지금 좀 바빠요. 엄마, 나중에 다시 통화해요."

먼저 전화를 끊고 싶었지만, 그랬다간 수애의 잔소리를 한 바가지는 들어야 할 터였다. 어니는 전화기를 든 채 머리를 빗었다. 아직도 축축한 머리카락이 자꾸만 볼에 들러붙었다.

– 일단은 알았다만, 별일 아니면 정리하고 내려와. 더운 데서 괜히 고생하지 말고. 알겠니?

"알았어요. 정말 별일은 없는 거죠?"

– 별일이 있어야 전화하는 사이니? 됐다. 바쁘다며. 끊어라.

수애가 전화를 끊었다. 어니는 끊어진 휴대전화기를 잠깐 바라보았다. 별일이 없는데도 전화를 하는 수애는 낯설었다. 미묘한 표정으로 쯧, 혀를 차던 어니의 시선에 시계가 들어왔다.

"아! 늦었다! 늦었다!"

화들짝 놀란 어니가 후다닥 가방을 챙겨 집을 빠져나왔다.


나올 때가 된 것 같은데. 강유는 편의점 테이블에 앉아 골목을 바라보며 생각했다.

아무리 기다려도 어니가 나오지 않자 혹시 길이 엇갈렸나 싶어 전화를 했었다. 다행히 그녀는 아직 집이었다. 목소리를 보아하니 늦잠을 잔 모양이었다.

'집인데.'라고 말하던 그녀의 잠긴 목소리가 떠오르자 강유는 이상하게 웃음이 났다. 평소처럼 통통 튀는 목소리가 아닌 뭔가 연하게 풀어진 듯한 목소리는 얼핏 무방비하게 느껴지기도 했다.

더불어 아무렇지도 않게 집이라고 말하는 걸 보니 늦잠을 잤다는 것조차도 눈치채지 못한 것 같았다.

"괜히 전화해서 깨웠네."

사실, 그녀를 데리러 올 생각은 아니었다. 언제나처럼 새벽부터 일어나 전날 비서실에서 보내 준 진 회장의 일정을 확인하고, 신문의 헤드라인을 훑어보고 주요 소식을 정리할 때까지도 아무 생각이 없었다.

그랬는데 진 회장에게 보고를 하러 복도를 돌아 내려가다 창밖의 감나무를 보는 순간 불쑥, 그녀의 목소리가 떠올랐던 것이다.

'저 위로 올라가면 어떤 기분일까?'

그녀의 목소리와 함께, 어젯밤 차 안에서 틀어 놓은 음악에 맞춰 까딱까딱 박자를 맞추던 그녀의 발끝이 떠올랐다. 뒤이어 아침부터 30도가 넘는 폭염이 기승을 부리겠다던 신문 헤드라인도 생각났다.

강유는 딱히 데리러 가야지 생각했던 것도 아니었으면서 진 회장에게 일정을 보고하며 물었다.

"폭염이라는데 단팥빵 어떻습니까?"

"무슨 꿍꿍이냐?"

"덥고 끈끈할 땐 단팥빵이라면서요."

"네 녀석이 앞장서 그런 걸 챙길 리가 없잖냐."

"관두죠."

강유가 툭 뱉듯 말하자 진 회장이 물끄러미 그를 바라보았다. 그러더니 태블릿PC로 정리된 보고서를 슬슬 훑으며 말했다.

"갔다 와. 오면서 유 작가도 모셔 오고. 유 작가 집이 거기 근처지?"

강유는 대답하지 않았다. 진 회장이 강유의 무의식적인 생각을 읽은 걸까? 아니면 그냥 하는 말인 걸까. 강유는 알 수가 없었다.


골목 어귀에서 어니가 나타났다. 강유는 편의점으로 들어가 재빨리 얼음물을 사서 나왔다. 그사이에 어니는 편의점을 막 지나쳐 버스 정류장으로 뛰어가고 있었다.

"어이! 후배!"

달리던 어니가 설핏 고개를 돌리다 강유를 발견하고는 주춤 멈췄다.

"여기서, 뭐 해?"

가쁜 숨을 몰아쉬며 어니가 물었다. 아침부터 꽤나 서두른 모양새였다.

아직도 물기가 어린 머리카락, 뛰어오느라 발갛게 물든 뺨, 놀란 듯 동그랗게 뜬 눈. 따가운 아침 햇살을 받으며 자신을 올려다보는 어니의 얼굴이 새삼스레 강유의 시야 안에서 반짝였다.

"뭐야? 왜 그래?"

어니가 강유의 눈앞에서 장난스럽게 손을 흔들며 물었다. 자신도 모르게 멍하니 그녀를 쳐다보던 강유가 민망한 듯, '흠.' 헛기침을 하며 얼음물을 툭 던져 주었다. 얼떨결에 물병을 받아 든 어니는 손안의 냉기가 마음에 드는 듯 빙그레 미소를 지었다.

"뭘 그렇게 헐레벌떡 뛰어가?"

"늦어서. 늦잠을 자는 통에."

"출근 시간이 강제 조항도 아닌데, 뭘 그렇게 허둥거려?"

"회장님이 이걸 빌미로 차를 보내 준다고 하실까 봐. 그런데 여긴 무슨 일로?"

차가운 물병으로 붉게 달아오른 뺨을 식히며 대답하던 어니가 갑자기 눈을 동그랗게 떴다.

"아! 설마, 차를 보내 주신 거야?"

"단팥빵 사러 왔어. 더불어 박하사탕 한 봉지도."

"아침부터?"

"아침부터. 그 김에 같이 가려고 기다렸고."

골목 어귀에 세워 놓은 자동차 쪽으로 가볍게 고갯짓을 해 보이며 강유가 대답했다. 어니가 자동차를 돌아보더니 히죽이 웃었다.

"앗싸!"

"너무 좋아하는 거 아냐?"

"진짜, 편한 건 금방 익숙해지나 봐."

"날 보고 그렇게 좀 좋아해 주지."

"그런 대사는 선배 여자 친구한테나 가서 하세요."

어니가 앞장서 자동차로 걸어가며 말했다.

이것 참. 강유는 그녀의 뒷모습을 보며 짧게 혀를 찼다. 그녀의 오해를 바로잡아 줘야지, 생각하면서도 선뜻 입이 떨어지지 않았다. 그냥 그녀가 오해하게 두는 게 나을지도 몰랐다.

자신도 모르게 그녀에게 다가서는 자신을 막을 수 없다면, 그녀가 자신을 막게 두는 게 낫지 않을까?

"쯧."

그런 생각을 하는 자신이 마음에 들지 않았다. 아, 모르겠다. 정말. 강유는 짧게 머리를 내저으며 자동차로 향했다.

"어! 스승!"

우렁찬 목소리가 골목을 쩌렁쩌렁 울렸다.

"우와. 이런 시간에 만나다니! 역시 우린 운명!"

거대한 덩치의 남자가 만면에 웃음을 띤 채 어니에게로 뛰어가는 게 보였다. 강유의 미간이 저절로 구겨졌다. 뭐지, 저 녀석은?

"여행 안 갔어?"

"스승이 사 주는 술을 마시려다 보니 못 가겠더라고요."

"말 안 되는 거 알지?"

햇빛이 눈부신지 눈을 가늘게 뜬 채 그를 올려다보는 어니와 그런 그녀를 좋아 죽겠다는 표정으로 내려다보는 녀석. 녀석의 얼굴이 낯익었다.

"권…… 권하제."

강유가 조그맣게 중얼거렸다. 그래, 그 녀석이었다. 어니를 당당하게 자기 여자 친구라고 말하던 대학 후배 녀석.

"술, 언제 먹어요? 성적표 나왔는데."

"잘 나왔구나."

"흐흐흐. 스승. 정말 스승은 제 인생의 영원한 등불이라니까요. 스승 한 마디에 제 성적 나오는 거 보세요."

"날이 갈수록 점점 능글, 오글이냐?"

"뭐, 제 사랑이 점점 커져서 그런 거 아니겠어요?"

강유가 못마땅한 표정으로 둘을 바라보았다. 녀석의 표정을 보아하니, 어니에 대한 감정이 아예 장난은 아닌 것 같았다. 어니는 반쯤 몸을 돌린 상태라 정확히 표정이 보이진 않았지만, 둘이 꽤나 스스럼없는 사이처럼 보이긴 했다.

강유는 하제와 어니가 대학 때 사귀었다고 생각하진 않았다. 녀석이 어니를 자기 여자 친구라고 말했지만 농구장에서 이쪽을 올려다보는 어니의 표정만 봐도 알 수 있었다. 그건 어디로 보나 하제의 일방적인 감정이란 걸.

지금은 어떨까? 지금도 여전히 하제의 일방적인 감정인 걸까? 강유는 지금 둘이 함께 있는 모습을 보자 갑자기 주변의 기온이 두 배는 더 오른 것 같았다. 뜬금없이 더워진 열기를 느끼며 짜증스레 혀를 찼다.

"됐고. 아침부터 어디 가?"

"하하. 선배가 창업했다던 회사에 출근하는 중이에요. 스승은 어디 가는 중이에요?"

"일하러…….."

"데이트."

어니의 말을 자르며 강유가 대답했다. 어니와 하제의 시선이 동시에 강유에게로 향했다.

"어! 강유 형?"

"오랜만이다, 권하제."

강유가 성큼 어니 곁으로 다가가며 말했다.

"형이 왜 우리 스승과?"

164

"데이트를 하냐고? 할 만한 사이니까겠지?"

"뭐?"

어니는 어이없는 표정으로, 하제는 믿을 수 없다는 표정으로 강유를 쳐다보았다. 강유는 스스로의 유치함에 기가 막혀 하면서도 어니를 향해 다정히 웃었다.

"우리 아버지 만나기로 했잖아. 기다리시겠는데."

뭐지? 이 상황은? 어니가 어리둥절과 어이없음의 중간쯤 되는 표정으로 강유를 올려다보았다. 하제의 눈치를 보는 게 아닌, 이 인간이 대체 왜 이러나? 하는 표정. 여전히 하제의 일방적인 감정이다 이거지?

"오랜만에 봐서 반갑긴 한데, 오늘은 선약이 있어서. 어니가 술 사기로 했다니 그때 같이 한번 보든가."

강유가 싱긋 웃으며 말했다.

"스승."

강유의 말에 하제가 충격을 받은 듯 어니를 불렀다.

"어니야. 가야 할 것 같은데."

하제의 부름은 들리지도 않는 듯 어니가 강유를 올려다보았다.

"맞다. 기다리시겠다. 하제야, 미안. 나 먼저 가 볼게. 다음에 보자."

어니가 묘한 표정으로 자신을 빤히 보더니 하제를 향해 가볍게 말했다. 그러곤 조수석으로 걸음을 옮겼다. 강유가 성큼성큼 앞서 어니가 탈 수 있게 조수석의 문을 열어 주었다.

"또 보자."

강유가 하제에게 가볍게 말하고는 차를 돌아와 운전석에 올랐다. 사이드 미러 안에서 하제가 붉게 상기된 표정으로 둘을 바라보고 있었다.

강유는 어니가 한 소리 할 거라고 생각했다. 그딴 장난은 여자
친구에게나 하라든가, 아니면 더위라도 먹었어? 라든가. 하지만
어니는 뭔가 생각에 빠진 표정으로 가만히 앉아 있었다.

"기분…… 상했어?"

흘긋흘긋 어니를 바라보던 강유가 결국 입을 열었다.

"아니."

그러곤 또다시 침묵. 강유는 어니의 눈치를 살폈다.

전혀 자신답지 않았다. 남의 눈치를 살피는 자신이라니. 하긴
그렇게 따지면, 조금 전 하제 앞에서 한 행동도 전혀 자신답지 않
긴 했다.

"모르겠네. 도통."

어니가 중얼거렸다. 깨진 침묵이 반가워 강유가 후다닥 대답했
다.

"뭐가?"

"선배가 왜 그렇게 말했는지. 꼭 질투하는 애인처럼 굴었잖
아."

"아……."

강유는 잠깐 대답할 말을 잃었다. 이것도 자신답지 않긴 했다.
대답할 말을 잃은 적이 있긴 했나? 강유는 민망한 표정으로 운전
대를 톡톡 두드렸다. 그러다 불쑥 대답했다.

"질투한 건 맞아. 애인은 아니지만."

어니가 미간을 모으며 강유를 바라보았다. 뭔 소리야? 놀리
나? 햇빛을 받아 갈색으로 보이는 그녀의 눈동자 위로 온갖 생각

들이 지나가는 게 백미러로도 보였다.

정말이지, 저 눈빛이 문제였다. 늘 다양한 생각들이 헤엄쳐 다니는 눈빛. 낯설고 새로운 세상을 품고 있는 듯한 그녀의 눈빛.

곧 떠날 걸 생각하면 그녀에게 다가가는 게 이기적이란 생각이 들다가도 말똥말똥 말간 눈으로 쳐다보는 그녀를 보면, 강유는 그냥 마음이 시키는 대로 무작정 그녀의 세상에 발을 담그고 싶어졌다.

"이런 장난, 선배 여자 친구가 좋아하지 않을 것 같은데."

답을 찾듯 한참 강유를 바라보던 어니가 조용히 말했다. 마치 경고하듯 목소리에 미묘하게 날이 서 있었다.

"장난 아닌데."

"장난 아니면, 정말로 질투했다고? 왜?"

어니의 질문에 강유는 잠깐 침묵했다.

관심이 있어서, 좋아하니까. 뱉고 나면 그다음부터는 아마도 직진일 터였다. 그래도 될까? 갈팡질팡. 늘 선명했던 강유의 인생이 그녀 때문에 복잡해지는 기분이었다.

어니의 시선이 뺨으로 느껴졌다. 햇살이 따가운 도로에 시선을 두고 있어도 그녀의 눈동자가 보이는 것 같았다. 그 시선 때문에 이성이 열기에 흔들리는 아스팔트처럼 흐느적거리는 기분이었다. 아아, 항복. 나도 모르겠다.

"네가 좋아서."

그녀를 쳐다보지도 않은 채 강유가 대답했다. 어니가 짧게 숨을 들이켜는 게 느껴졌다.

"왜? 왜 좋아? 좋을 이유가 없잖아."

당황한 목소리로 어니가 물었다.

"사람 좋아하는 데 이유가 어딨냐?"

"여자 친구는? 멜린다는?"

"상관 안 할걸. 내가 누굴 좋아하든."

"난 상관해. 애인 있는 사람이 좋다고 하는 건 무조건 반칙이야."

"애인 없으면 상관없는 거고?"

"애인 있잖아. 있으면서 없는 척하는 건 더더더 반칙이야."

"없으면서 있는 척하는 건? 그것도 반칙이야?"

"뭐?"

어니가 할 말을 잃고 강유를 바라보았다.

"없어. 애인 같은 거."

자신의 감정을 모르길, 그래서 자신이 무의식적으로 던져 놓는 감정들을 무시해 주길 바라던 게 우습게, 항복을 선언하자마자 진실들이 저절로 입 밖으로 튀어나왔다.

"그러니까 반칙 아냐. 내가 널 좋아하는 거."

강유가 흘깃 어니를 돌아보며 말했다.

"말도 안 돼. 그럴 리가."

"말도 안 되는 건 아닐걸."

그녀의 반응에 강유가 피식 웃으며 대답했다. 현실은 달라진 게 하나도 없는데, 그저 마음이 흘러가는 대로 따라가겠다고 생각한 것만으로도 갑자기 모든 게 쉬워진 것 같았다.

어느새 차는 주차장 안으로 들어서는 중이었다. 강유의 눈을 따갑게 흔들어 대던 햇살이 편안한 조명으로 바뀌었다. 문을 통과한 것만으로도 시야가 편해진 게 꼭 자기 마음 같았다.

차를 세운 강유가 어니를 돌아보았다. 그녀는 미간을 모은 채 강유를 흘끔흘끔 바라보고 있었다.

"긴장할 것 없어. 누가 뭐랬나? 그냥 좋아한단 것뿐인데."

강유가 싱긋 웃으며 말했다. 어니가 가볍게 고개를 끄덕이더니 강유를 바라보았다.

"맞아. 그냥 좋아한단 것뿐인데. 강아지도 좋아하고, 꽃도 좋아하고, 자전거 타는 것도 좋아하고, 평상에 누워 있는 것도 좋아하는 것처럼. 그냥 좋아하는 거!"

"뭐?"

강유가 어이가 없어 웃음을 터트렸다. 무슨 대화가 이렇게 흘러가는 건지.

"괜히 당황했네. 아, 회장님 기다리시겠다. 태워 줘서 고마워."

어니가 후다닥 차에서 내리더니 그가 내리는 걸 기다리지도 않고 서둘러 계단으로 향했다.

"그 좋아하는 게 그 좋아하는 게 아니잖아."

강유는 계단 문을 열고 사라지는 어니의 뒷모습을 보며 조그맣게 중얼거렸다.

＊ ＊ ＊

'네가 좋아서.'

강유의 목소리가 불쑥 찾아와 어니를 흔들었다.

"으아아! 그만 좀 생각나라고!"

노트북 모니터를 노려보던 어니가 빽 소리를 질렀다. 그가 운전하는 차를 벗어났음에도 그에게서 나던 희미한 햇살 냄새와 그의 나지막한 목소리가 자신을 따라다니는 것 같은 기분이었다.

"하아."

심장이 이상하게 쿵쿵거렸다. 어니는 노트북을 밀어 버리고 차가운 책상에 볼을 대고 엎드렸다. 그녀의 시야 끝에 얼음 물병이 들어왔다. 얼음은 거의 녹아 작은 알갱이가 되었지만, 여전히 물병 표면에는 물방울이 맺혀 흘러내리고 있었다. 어니는 손을 뻗어 물병 아래 고인 물을 끌어와 책상 위에 글을 썼다.

「좋아해」

글자들이 끊어졌다 연결되고 흐려졌다 짙어졌다.

"괜히. 사람 설레게."

좋아한다는 말의 의미를 정확히 알 수가 없었다. 자신에게 관심이 있어서 하는 말 같기도 하고, 그저 장난치는 것 같기도 하고.

어니는 책상 위에 그려진 글자들을 물끄러미 바라보았다. 그러다 마음속에서 그의 목소리를 밀어내듯 손가락으로 글자들을 문질렀다. 글자들은 형체 없는 물 자국이 되어 뭉개졌다.

✻ ✻ ✻

똑! 똑!

노크 소리에 어니가 고개를 들었다. 서재의 문이 빼꼼 열리더니 평소와 다르게 타이트한 정장 차림의 연하가 고개를 들이밀었다.

"뭐야. 아직도 일해?"

"어? 안 나갔어?"

"지금이 몇 신데? 나갔다 들어오는 중이지."

어니가 노트북 화면 구석의 시간을 확인하다 눈을 비볐다. 새벽 3시 반이 가까워진 시간이었다.

"시간이 언제 이렇게 된 거야?"

"들어오는데 서재 불이 켜져 있어서 설마 했다. 밤새웠어?"

연하가 근처의 소파에 털썩 주저앉으며 말했다. 어니가 민망한 듯 조금 웃으며 허리를 쭉 폈다. 등 뒤에서 두두둑 뼈가 맞춰지는 소리가 들렸다. 갑자기 피곤이 몰려오듯 하품이 났다.

"하암. 시간이 이렇게 된 줄도 몰랐어. 조금만 더 하면 될 것 같아서, 끝내고 가려고 했거든."

"밤새우면 늙어."

연하가 발이 아픈지 구두를 휙 벗어 던지더니 소파 팔걸이에 다리를 걸치고는 축 늘어졌다. 좁은 스커트가 반쯤 밀려 올라갔지만 개의치 않는 듯 블라우스 단추마저도 몇 개 풀었다.

"그러는 넌? 왜 이 시간에 들어와?"

어니가 되묻자 연하가 에휴, 길게 한숨을 뱉었다.

"어떤 미친 올빼미 때문에."

"올빼미?"

어니의 되물음에 연하가 갑자기 화가 난 듯 늘어졌던 자세를 발딱 일으켰다.

"아! 진짜. 그림만 잘 그리면 다야? 승질머리가 틀려먹었어. 미친놈. 얻다가 대고. 내가 그리 만만해? 어? 내가 지 그림에 반했지, 지한테 반했냐고!"

171

"아…….  그 화가?"

어니는 주먹을 움켜쥔 채 허공에 주먹질을 해 대는 연하를 멀 뚱히 바라보다 중얼거렸다.

연하와는 친구가 되어 볼까, 한 이후로 가끔 아침 커피 타임에 만나 별로 중요하지 않은 이야기들을 나누는 사이가 되어 가던 중이었다.

편안한 복장에 어슬렁거리는 폼으로 집 안을 돌아다니는 연하를 어니는 부잣집 한량 아가씨인 줄로만 알았었다. 물론 일하지 않는 자 먹지도 말라는 진 회장의 엄명에 의해 평해 그룹 산하의 갤러리 운영 직책을 갖고 있었지만, 명색만 그런 줄 알았던 것이다.

하지만 그녀와 친해지며 알게 된 건, 연하가 자신의 직업에 굉장히 열심이라는 것이었다. 직접 정보를 수집하고, 전시회를 기획하는 걸로도 모자라, 유명 작가들을 찾아가 전시회를 열자고 설득하는 일도 마다하지 않았다.

공원 미술관의 '배와 바다와 구름의 이야기'도 그녀의 기획이란 말을 듣고는 어니가 진심으로 감탄하기도 했었다.

최근엔 해외에서 유명한 한국의 젊은 작가전인가를 계획 중이 라며 떠오르는 신인 작가 하나를 쫓아다니는 중이라고 했었다.

"거만하기가 하늘을 찔러. 아 씨. 확 빼 버릴까?"

"이 전시회의 핵심이라며."

"지가 핵심이면 다야? 핵심이면 이래도 돼? 완전 싸가지. 또라 이. 미친놈."

갑자기 화르르 타오르는 연하를 바라보며 어니는 천천히 팔짱 을 꼈다. 아무래도 이야기를 들어 달라는 신호 같았다.

"왜? 무슨 일 있었어?"

"아, 글쎄 그놈이 나한테…… 아, 아냐. 아무 일도. 그냥 재수 없는 놈이 재수 없는 소릴 좀 했어."

어니는 연하를 물끄러미 바라보았다. 그 화가한테 관심이라도 있는 건가.

"아. 그렇게 쳐다봐도 말 안 해. 별거 아니라고."

"누가 뭐래?"

어니는 피식 웃으며 노트북으로 시선을 옮겼다. 조금만 더 손보면 초고를 완성할 수 있을 것 같은데, 영 속도가 나지 않았다.

"나보고 모델을 해 달래."

"뭐?"

"그 자식이, 그 화가 놈께서 내가 모델을 해 주면 전시를 허락하겠대."

"너한테 관심 있는 거 아냐?"

"좋아한대."

조금 전 화르르 하던 때와 달리 연하가 조그맣게 중얼거리는 목소리로 말했다. 그러더니 갑자기 어니를 향해 목소리를 키웠다.

"말이 돼? 날 언제 봤다고? 그러면서 나보고도 자기를 좋아하지 않냐잖아. 하아. 짜증나."

"그래서, 모델을 하기로 했어?"

"미쳤어? 아, 몰라. 진짜. 확 빼 버릴 거야. 그놈 없어도 돼. 더 잘나가는 작가를 찾으면 되지 뭐."

불퉁한 표정으로 버럭거리던 그녀가 갑자기 입을 다물었다. 그녀의 휴대전화가 울리고 있었다. 연하가 벌떡 자리에서 일어서더니 구두를 벗으며 내려놓은 핸드백에서 휴대전화를 꺼내 발신인을 확인했다. 그녀의 표정이 미묘하게 바뀌었다.

그러더니 후다닥 구두와 핸드백을 챙겨 들고는 어니를 쳐다보았다.

"나 올라갈래. 피곤해. 너도 자. 밤샘하면 늙어."

"그래. 올라가."

어니의 인사가 끝나기도 전에 연하는 맨발로 서재를 달려 나갔다. 어니는 닫힌 문을 바라보다 피식 웃고 말았다.

"귀엽네. 의외로. 그나저나……."

좋아한다라. 겨우 잊고 글에 집중하는 중이었는데.

"에휴."

어니는 집중력이 떨어진 시선으로 노트북 화면을 들여다보며 짧게 한숨을 뱉었다.


새벽, 감나무 아래에 선 강유는 서재를 물끄러미 바라보았다.

서재 책상 곁의 스탠드 불빛이 반쯤 열린 커튼 사이로 희미하게 비쳤다.

"좀 천천히 하지. 뭐가 그리 급해?"

조금 불퉁한 목소리로 강유가 중얼거렸다.

어제 오후 진 회장에게 글이 거의 막바지라 서재에서 밤을 새울 예정이라고 말한 어니는 별일 없으면 방해하지 말아 달라고 부탁했다고 했다.


'원하는 걸 똑 부러지게 말한다는 건 장점이지.'

진 회장은 흡족한 표정으로 말하며 공연히 서재에 들락거리지 말라고 엄명을 했었다.

그녀가 자서전 일을 빨리 끝내는 게 강유는 어쩐지 섭섭했다. 물론 그녀가 더 이상 이곳에 오지 않는다고 해도 자신이 찾아가면 된다는 것쯤은 알았다. 이제는 집 주소도 알았고, 전화번호도 알고 있으니, 예전처럼 다시 못 찾을 일은 없었다.

그럼에도 그게 쉽지 않을 거란 건 스스로도 알았다. 적어도 내년 이맘때까지는. 그때까지 어니가 기다려 줄까?

"흠."

강유는 짧게 한숨을 뱉고는 천천히 서재로 향했다.

가볍게 노크를 했지만 아무 대답이 없었다. 강유는 서재 문을 열고 들어갔다. 어니는 보이지 않고, 책상 위의 프린트기만 종이를 출력하고 있었다.

글이 완성된 것 같았다. 강유가 다가가자 프린트기가 마지막 종이를 뱉어 내고 잠잠해졌다. 종이 끝에 '끝'이란 글자가 선명했다.

"커피라도 마시러 간 건가?"

주변을 휙 둘러보는데 창가의 긴 소파에 그녀가 웅크리고 있는 게 보였다. 완성된 글이 프린트되는 동안 잠이 든 것 같았다.

강유는 그녀의 곁으로 다가가 잠든 어니의 얼굴을 내려다보았다.

"아무 데서나 자는 건 여전하네."

피식 웃으며 강유가 천천히 바닥에 앉았다. 그녀의 말간 얼굴이 그의 눈 속에 담겼다. 심장이 파다닥 물결쳤다. '집인데.' 말하던 무방비한 목소리만큼이나 무방비한 얼굴이었다.

강유가 어니를 처음 본 건 군대를 제대하고 복학한 해 봄, 중간
고사 기간이었다.

중앙도서관 열람실에서 빈자리를 찾아 헤매다 때마침 일어서
는 학생의 자리에 앉고 보니 그게 어니의 옆자리였다. 그녀는 양
팔 속에 얼굴을 파묻고 정신없이 자고 있었다.

딱히 눈길이 갈 만한 상황은 아니었다. 그녀보다 그녀와 자신
의 중간쯤에 놓여 있던 음료수가 더 기억에 남았던 걸 보면.

음료수에는 쪽지가 붙어 있었다.

「낯다랑취, 시험 잘 봐.」

그럼에도 그녀와의 첫 만남을 기억하는 건, 그녀가 흘리고 간
종이 한 장 때문이었다.

한창 공부를 하고 있는데, 자고 있던 어니가 떨어지는 꿈이라
도 꿨는지 화들짝 몸을 일으켰다. 강유가 얼핏 돌아보자 그녀는
'여기가 어디지?' 궁금해하듯 주변을 두리번거리다 후다닥 휴대
전화를 들여다보았다.

'아, 미쳤어. 미쳤어.'

시간을 확인하던 어니의 눈동자가 휘둥그레지더니 입속말로
미쳤어를 연발하며 책을 챙기기 시작했다. 다급한 손길에 책 사
이에서 종이가 떨어졌지만 그녀는 미처 눈치채지 못한 것 같았
다.

강유가 자신의 앞으로 미끄러져 나온 종이를 집어 들고 어니를

처다보았지만 그녀는 거의 뛰는 걸음으로 도서관을 빠져나가는 중이었다.

강유는 종이를 내려다보았다. 곰돌인지, 사람인지 알 수 없는 낙서들과 '소금 인형은 전투에서 이겼다'라든가 '바람이 날개를 만들어 줬어' 따위의 알 수 없는 글들이 적혀 있었다. 중요한 건 아닌 것 같아 옆으로 밀어 놓는데 귀퉁이에 동그라미를 친 글귀가 눈에 들어왔다.

「바다 너머에는 뭐가 있는지 궁금했어. 그때 바다가 속삭였지. 이리 와. 내 품으로. 그러면 그 너머를 보여 줄게.」

바다 너머. 강유는 그 단어를 물끄러미 바라보았다.

그의 옆자리에 다른 학생이 와서 앉았다. 자리에 앉아 책을 꺼내던 학생이 어니의 자리에 남겨진 음료수를 강유 쪽으로 조금 밀었다.

강유는 음료수와 종이를 번갈아 바라보다 종이를 자신의 책 사이에 껴 두었다.

그 별거 아닌 문장이 그에게 어니를 각인시켰던 것이다.

잠든 어니가 썰렁한지 몸을 조금 더 웅송그렸다. 강유가 서재 한쪽 서랍장에서 무릎담요를 챙겨 와 어니의 몸을 덮어 줬다. 그녀의 숨소리가 편안히 늘어졌다.

강유는 그녀의 작은 얼굴을 가로질러 흘러내리는 머리카락을 무의식적으로 넘겨 주었다.

그녀에게 1년만 기다려 달라고 해 볼까? 강유는 어니의 얼굴을 보며 생각했다. 한동안 어니의 얼굴을 바라보던 강유는 실내 온도를 적당히 조절해 준 후 서재를 나왔다.

❊ ❊ ❊

"생각보다 빨리 끝냈는데."

진 회장이 어니가 내려놓는 종이 뭉치를 보며 말했다.

"초고예요. 읽어 보시고 고치고 싶은 부분이나, 마음에 안 드는 부분이 있으면 말씀해 주세요."

"그러지. 수고했어. 며칠 쉬게. 연락할 테니."

진 회장이 묘한 표정으로 원고에 시선을 둔 채 말했다. 평소 부분적으로 완성된 원고를 읽거나, 어니가 진행 상황을 보고할 때와는 다른 표정이었다. 조금 더 복잡하고 조금 더 생각이 많아 보이는 표정이랄까.

어니는 진 회장에게 말없이 고개를 숙여 보이고는 집무실을 나왔다.

새벽에 서재에서 조금 자긴 했지만 피곤했다. 멍한 머리로 짐을 챙겨 집으로 향했다.

버스에서 내리는데 전화가 울렸다. 어니는 뻑뻑한 눈을 비비며 휴대전화를 꺼냈다. 하제였다. 전화를 받자 침묵이 이어졌다.

"여보세요."

– 어디예요?

어니의 목소리에 침묵하던 하제가 깔린 목소리로 물었다.

"집에 가는 길."

– 오늘 좀 볼 수 있어요?

"피곤한데."

어니의 대답에 또다시 침묵. 하제답지 않았다. 하지만 어니는 하제를 달래 줄 생각이 없었다. 녀석의 감정이 장난에서 조금 더 나아가고 있다는 것을 어니 역시 막연히 느끼고 있던 중이었다. 녀석이 오해하고 있다고 해도, 이쯤에서 선을 그어 줄 필요가 있었다.

"다음에 봐."

— 어떻게 된 거예요?

"뭐가?"

— 강유 형이랑 사귀는 거예요?

어니는 잠깐 고민했다. 그렇다고 대답해도 되려나.

— 대답 없는 거 보니, 사귈까 고민 중인 건가요?

"스승의 사생활을 너무 많이 알려고 들지 마."

대답 대신 어니는 말을 돌렸다. 하제가 잠깐 숨을 뱉는 게 느껴졌다. 그러더니 조용히 물었다.

— 스승, 한 가지만 말해 줘요. 그 형, 좋아해요?

해가 따가웠다. 잠이 모자란 머리도 멍했고. 그럼에도 하제의 질문이 어니의 머릿속에 선명히 꽂혔다.

"어, 좋아해."

의식하기도 전에 대답이 먼저 나왔다.

— 아…….끊을게요.

하제의 전화가 끊어졌다. 어니는 끊어진 휴대전화를 든 채 그 자리에 멈춰 섰다.

좋아하는 거구나. 내가 그 사람을. 무의식적으로 뱉은 대답이 자신의 진심이라는 것을 어니는 불쑥 깨달았다.

"맙소사!"

그게 진심이란 걸 깨닫는 순간 심장이 덜컹거렸다. 꼭 심장 안에서 덜 자란 꼬맹이가 재주넘기라도 하는 기분이었다.

"뭐. 좋아하는 게 뭐. 토끼도 좋아하고, 열차도 좋아하고, 봄바람도 좋아하잖아. 좋아하는 게 뭐."

공연히 중얼거리면서도 어니는 알았다. 그 좋아하는 게 그 좋아하는 게 아니란 걸.


"마셔."

'숲속 작은 찻집'의 주인, 강희가 강유 앞에 찻잔을 내려놓았다.

"뭐야?"

"오미자차."

"그냥 식혜나 수정과 같은 거 주면 안 돼?"

"주는 대로 마셔."

강유는 미간을 모은 채 오미자차를 조금 마시더니 떨떠름한 표정으로 입맛을 다셨다. 강희가 피식 웃더니 계산대로 돌아가 꽃차가 들어 있는 진열장을 살펴보았다.

"으. 언제 마셔도 적응 안 돼."

"그 아가씨랑은 잘돼 가?"

"무슨 아가씨?"

"자서전 쓰는 아가씨."

강유가 의아함과 당황이 섞인 눈길로 강희를 바라보았다. 그녀는 마른 천을 꺼내더니 꽃차 병에 앉은 먼지를 하나하나 닦기 시작했다. 그러며 무심히 덧붙였다.

"그 아가씨한테 관심 있는 거 아냐?"

"어떻게 알았어?"

강유는 순순히 대답했다.

"그 아가씨 한마디에 쓴 차를 단숨에 마시는 거 보고. 네가 그런 성격은 아니잖아."

"원래 그런 성격이거든."

"웃겨. 싫은 건 곧 죽어도 안 하려는 녀석이."

"내가 언제?"

"강호 오빠가 너 회사로 돌아오게 하려고 온갖 협박을 다 하는데도 눈도 깜박 안 하잖아."

강유는 입을 다물었다. 형이 그러는 이유를 자신도 모르진 않았다. 하지만 회사는 자신의 몫이 아니었다.

"그래서 그 아가씨랑 어떻게 되고 있는데?"

"어떻게 될 게 뭐 있어?"

강유가 조금 가라앉은 목소리로 말했다.

"왜?"

"왜 걔는 꼭 이런 타이밍에만 나타나는 걸까?"

"뭐? 세계 일주 땜에? 내년이면 돌아올 거잖아."

"누나 같으면 시작도 안 했는데, '나 떠나. 내년에 돌아와.' 그럼 기다려 줄 거야?"

강유의 물음에 강희가 빙그레 웃었다. 그러더니 계산대에 몸을 기대며 그를 바라보았다.

"난 기다렸어. 만난 지 일주일도 안 된 남자를."

"아아. 매형?"

"고작 네 번 만난 남자가 '알제리에 파견 근무를 나가야 합니다. 나가면 3년은 걸릴 것 같습니다. 기다려 주시겠습니까?'라고 했단 말이야. 무슨 자신감이었는지."

"그런데 왜 기다린 거야? 누나는. 고작 네 번 만난 남자를."

"기다리는 시간이 아깝지 않을 것 같았거든."

강유는 자세를 고쳐 앉았다.

"그게 무슨…… 뜻인데?"

그때를 생각해 보듯 강희가 희미하게 웃더니 강유를 향해 말했다.

"근거는 없는데 확신은 들었어. 지금 이 시간을 기다리고 나면 더 좋은 시간들이 올 것 같은. 지금 당장 이 사람을 사랑하는 건 아니라도, 이 시간을 보내는 동안 그 사랑이 숙성될 것 같은 느낌이랄까. 그래서 기다린 시간들을 보상하고도 남을 만큼 행복해질 것 같은 확신이 들었어."

"진짜 근거 없는 확신이네."

강유가 중얼거리자, 강희가 피식 웃었다. 그러더니 다시금 꽃차 병을 닦기 시작했다.

"그래, 맞아. 그런데 네 매형이 기다려 주시겠습니까? 묻던 그 진지한 목소리에 그런 확신이 들었어. 아. 이 남자, 기다려도 될 만한 사람이구나, 하는."

"기다려도 될 만한 사람……. 그런 사람은 어떻게 해야 되는 걸까?"

강유가 생각에 잠긴 듯한 표정으로 중얼거렸다. 병을 닦던 강희의 손이 멈칫 움직임을 멈췄다.

"진심……이구나, 너."

강유가 자리를 털고 일어섰다.

"내가 연호냐? 진심 아닌데 고민하게. 그만 갈게. 아버지가 찾을 때 됐어."

"잠깐. 마시던 거는 마저 마시고 가. 남기면 버려야 하잖아."

"누나가 마셔."

강유가 싱긋 웃더니 찻집을 나갔다. 강희는 멀어져 가는 강유의 뒷모습을 창 너머로 물끄러미 바라보다 시선을 돌렸다. 그 시선 끝에 거의 그대로 남은 오미자차가 들어오자 강희는 고개를 저었다.

"기다려도 될 만한 사람 같은데, 이미."


• 5 •


"마음에 들어."

진평해 회장이 집무실로 들어서는 어니에게 말했다. 초고를 완성한 지 이틀 만이었다.

어니가 인사를 하자 진 회장이 소파에 가서 앉으라는 듯 손짓을 했다.

"잘할 거라 생각은 했지만, 훨씬 재밌더군."

"감사합니다. 혹시 고치고 싶은 부분 있으면 말씀해 주세요."

"아, 아니. 그건 됐고. 대신……."

진 회장이 말을 끌었다. 할 말이 있는데, 어디서부터 이야기를 시작해야 할지 고민하는 듯한 표정이었다. 어니는 진 회장이 말을 꺼내길 기다리며 얌전히 기다렸다.

"흠."

짧게 한숨을 뱉은 진 회장이 서랍 속에서 책을 한 권 꺼내더니 잠깐 그걸 들여다보았다.

"전에 내가 한 이야기, 기억하나? 스무 살에 만난 여자 이야기."

"네."

어니는 낯선 이방인에게 감을 따 던졌다던 진 회장의 첫사랑 이야기를 떠올리며 고개를 끄덕였다.

진 회장이 쥐고 있던 책을 들고 소파로 오더니 테이블에 책을 내려놓았다.

《젊은 베르테르의 슬픔》

낡고 오래된 책이었다. 누렇게 변색된 책은 그 자체로 세월이 느껴질 정도였다. 진 회장은 맞은편에 앉아 말없이 첫 페이지를 넘겼다.

넘긴 페이지에 만년필로 쓴 글이 나타났다. 삭아 가는 종이 위에 남청색으로 번진 글씨는 반듯하고 단단해 보였다.

「자야 씨에게.

나는 당신의 베르테르이지만, 당신의 알베르트는 아닙니다.

미안합니다. 당신의 알베르트를 찾길 바랍니다.

당신을 사랑했습니다.」

어니가 천천히 글을 읽는 동안 진 회장 역시 글자를 눈으로 읽었다.

"그 여자에게 이 글을 남기고는 군대를 갔어. 차마 얼굴을 보고 헤어지자고 말을 할 수 없었거든. 제대를 하고 돌아왔더니 이 책이 돌아와 있더란 말이야. 나는 그 여자가 이별을 받아들이고 나를 완전히 잊기 위해 이 책을 돌려줬다고 생각했어."

진 회장이 소파에 몸을 깊이 묻었다. 그러더니 흠, 길게 숨을 뱉었다.

"책 맨 뒷장을 넘겨 보게."

어니는 진 회장을 쳐다보았다. 진 회장이 어서 넘겨 보라는 듯 가볍게 고개를 끄덕였다. 어니가 맨 뒷장을 넘기자 누런 종이 위에 정갈하고 깔끔한 글씨체로 적힌 글이 나타났다.

「당신은 베르테르도 알베르트도 아닙니다.

당신은 그냥 당신입니다.

나는 자신의 감정에만 몰두해 자살해 버린 베르테르도,

롯데를 제대로 이해하지 못한 채 결혼한 알베르트도 원하지 않습니다.

내가 원하는 건 그냥 당신입니다.

기다리겠어요. 영원히. 자야.」

"이건······."

"그래. 맞아. 답장이 있었어. 그걸······ 최근에야 알게 됐어."

담담한 것 같은 진 회장의 표정과 달리 목소리는 복잡하고 어수선했다. 어니는 자야 씨가 남겼다는 편지를 물끄러미 바라보고 있는 진 회장의 시선 속에 담긴 감정이 뭘까 생각했다.

"자서전에 이 이야기를 추가해 주게."

"아, 감나무 이야기부터 여기까지 모두 넣어 달란 말씀이신가요?"

아무도 모르는 이야기라고, 녹음도 못 하게 하더니 마음이 바뀐 건가. 어니는 의아한 표정으로 물었다.

"모두. 그래. 모두 넣어 줘. 대신, 그 여자가 그 이후 어떻게 살

185

았는지도 함께."

"음……. 그 자야 씨라는 분의 삶을 만들어 달란 건가요?"

"아니. 직접 조사해서 써 줘."

"네?"

어니는 당황했다. 직접 조사라니. 자신이 잘못 들었나?

"그 여자의 흔적을 직접 조사해서 이야기를 완성시켜 주게. 물론 추가 비용을 지불하겠네."

"자, 잠깐만요. 지금, 실제 그분의 삶이 어땠나 진짜로 찾아보란 말씀이신가요?"

"그 여자의 삶을 조사해서 이야기를 완성시키는 데 추가로 5천. 물론 조사비용은 별도로 하고."

"돈이 문제가 아니라요."

"이야기가 완벽하면 추가 보너스도 얹어 주지."

"그런 문제가…….."

"이 상태론 이 이야긴 미완성이야!"

진 회장이 단호하게 말했다. 그녀는 뭐라고 대꾸해야 할지 몰라 입을 꾹 닫았다.

자신이 정한 게 있다면 상대가 뭐라고 하든 상관없이 밀어붙이는 것. 그게 진 회장의 방식이란 걸 어니는 대필 일을 하며 절절히 느끼긴 했다.

그 단호한 추진력이 평해 그룹을 지금의 위치에 올려놓은 원동력이었지만, 한편으론 진 회장을 불편하게 느끼게 하는 요소이기도 했다.

어니의 답변을 기다리듯 진 회장이 물끄러미 바라보았다. 어니는 그 시선을 맞받으며 물었다.

"왜 저인가요? 그런 걸 조사하는 전문가들이 있는 걸로 압니다. 그런 사람들이 저보다 훨씬 능숙하게 그분의 삶을 찾아 드릴 수 있을 텐데요."

"알아. 나도. 전문가들에게 시키면 자네보다 빠른 시간 내에 더 많은 정보를 가지고 오겠지. 하지만 그 사람들은 상상력이 부족해. 자네와 달리."

"상상력이요?"

이게 뭔 뜬구름 잡는 이야긴지. 어니가 미간을 찡그리며 생각했다. 진 회장은 다른 설명 없이 피식 웃었다. 그러더니 소파에 더 깊이 몸을 파묻었다.

"거절하면 어떻게 되는 건가요?"

어니의 조심스러운 물음에 진 회장이 재미있다는 듯 빙그레 웃었다.

"뭐 어쩔 수 없는 거지. 이 이야긴 영원히 미완성인 채로 버려지겠지만. 걱정은 말게. 그래도 계약한 금액은 지급할 거야."

버려지다니. 어니는 입술을 잘근 깨물었다. 비록 진 회장의 삶을 각색한 거라곤 하지만, 자신이 최선을 다해 신나는 모험 소설로 만든 이야기였다. 그런데 버려진다니.

"자네가 시작한 이야기니, 자네가 완성해야지. 다른 사람은 손 댈 수 없어. 이야기를 완성시키게."

마치 어니의 마음을 들여다보듯 그녀를 물끄러미 바라보며 진 회장이 말했다.

"바로 답을 드려야 하나요?"

"신중한 건 좋은 점이지. 생각해 보고 연락 주게."

테이블 위에 놓인 책으로 시선을 옮기며 진 회장이 말했다. 어니 역시 그 시선을 따라 책을 내려다보았다.

「기다리겠어요. 영원히.」

펼쳐진 책에 꾹꾹 눌러 쓴 자야 씨의 글씨가 어니를 빤히 올려다보는 것 같았다.

현관을 나선 어니는 잠깐 고민하다 뒤뜰로 향했다. 낮 시간에 공원으로 내려가는 기분은 어떨까? 어니는 뒤뜰 구석의 문을 열고 숲으로 나갔다.

낮 시간의 숲은 밤 시간의 숲과는 달랐다. 화사하고 청량하고 습하면서 더웠다. 어니는 가방에서 부채를 꺼내 팔랑거리며 길의 흔적을 따라 걸었다. 나무 그늘 사이에 숨어 따라오는 늑대인간이 없는 게 어쩐지 섭섭했다.

그러고 보니, 좋아한다고 말한 이후로는 전혀 못 봤네. 늑대인간은 대체 어딜 간 걸까?

어니는 하늘을 올려다보며 생각했다. 나무 사이로 비치는 햇살이 눈부셨다. 부신 눈을 깜박이며 고개를 돌리는데 그가 서 있었다. 꺾인 길 저쪽 나무 사이로 강유가 성큼성큼 걸어오는 게 보였다.

"나타났다. 늑대인간."

어니가 조그맣게 중얼거렸다.

길을 돌아서던 강유가 놀란 듯 서 있는 어니를 발견하고는 주춤 걸음을 멈췄다. 이내 그의 얼굴에 빙그레 웃음이 어렸다.

"나타났네. 날다람쥐."

"뭐야? 선배도 내 생각 했던 것처럼."

"그 말은 너도 내 생각을 하고 있었다는 거네."

강유의 얼굴에서 미소가 깊어졌다.

"아, 아니. 선배도가 아니라 선배가. 선배가 내 생각을 했다고."

당황한 어니가 후다닥 말을 덧붙였지만 어쩐지 그 말이 통하는 기분은 아니었다.

"맞아. 네 생각 하고 있었어. 매일 혼자 다니던 길인데, 하루 같이 걸었다고 생각이 나더라고."

어니를 향한 시선을 거두지도 않은 채 그가 말했다. 마치 진심 같다고, 장난치는 게 아니라 정말로 진심을 말하는 것 같다고 어니는 생각했고, 그 순간 볼을 따라 열기가 솟았다.

"노, 농담은!"

어니는 붉어진 뺨이 더위 때문인 척 부채를 팔랑거리며 대답했다.

"농담 아닌데."

"근데 날다람쥐는 뭐야?"

"다람쥐를 닮았지만, 앞다리와 뒷다리 사이에 익막이 있어서 네 다리를 펼치면……."

"역시 놀리는 거였어."

강유의 말을 자르며 어니가 투덜거렸다. 강유가 씨익 웃더니 "어디 가?" 물었다.

"집."

"음……. 데려다줄까?"

"괜찮습니다아."

대답하며 어니가 걸음을 옮겼다.

"숲길이 위험하잖아."

"달밤이 아니라 괜찮아."

"햇살은 뜨겁고."

"코끼리 열차 타면 돼."

"주차장에 차도 세워 뒀는데."

"내 알 바 아니지."

"그럼, 단팥빵이라도 사러 가야겠군."

강유가 싱긋 웃으며 꺾인 길을 돌아서는 어니를 쫓아왔다.

"회장님이 기다리시지 않아?"

"오후까지 일정 없으셔."

어니는 고개를 저으며 성큼성큼 걸었지만, 강유의 보폭이 더 컸다. 그는 금방 어니를 따라잡고는 느긋하게 그녀와 걸음을 나란히 했다. 어니는 그를 흘긋 올려다보고는 짧게 고개를 저었다.

더운 날이었다. 뜨거운 햇살이 나무 사이를 비치고 스치며 흘러내렸다. 그와 걷는 걸음 소리가 박자를 맞춰 자박거렸다. 상큼하면서도 쌉싸래한 숲의 향기 사이로 희미하게 파도의 냄새가 났다. 어니는 곁눈으로 그를 올려다보다 자신을 내려다보고 있는 그의 시선과 마주치자 화들짝 고개를 돌렸다.

"자서전 쓰는 건 어떻게 되어 가? 완성⋯⋯한 것 같던데."

강유가 불쑥 물었다.

"미완성이야."

어니가 흠, 한숨을 뱉으며 대답했다. 어떡해야 할까. 어니는 생각에 잠겼다.

진 회장의 첫사랑 이야기는 자신도 궁금했다. 영원히 기다리겠다고 한 자야 씨는 그 이후에 어떻게 되었을까? 편지 그대로 영

190

원히 기다렸을까? 아니면 영원할 것 같던 사랑도 편지를 남겼던 책처럼 바래고 삭아 버렸을까.

궁금함과 동시에 알고 싶지 않기도 했다. 그냥, 이 첫사랑 이야기는 이렇게 조금은 애틋하게 남겨 두는 게 맞을 것 같기도 했다.

"선배. 선배는 누군가를 기다려 본 적 있어?"

"왜? 갑자기?"

강유가 복잡한 표정으로 되물었다.

"그냥."

"넌, 있냐?"

강유가 진지하게 물었다.

"난 안 기다려. 확답 없는 막막한 기다림 같은 거, 안 해."

"뭐가 그렇게 또 단호해?"

"답 없는 막막한 기다림 때문에 정작 바로 옆에서 기다리고 있는 사람을 못 알아보는 거 나는 싫거든."

어니가 조금 가라앉은 목소리로 대답했다. 강유는 어니의 목소리가 어쩐지 외롭게 느껴졌다. 기다림 때문에 아픈 적이 있는 걸까? 강유는 어니를 물끄러미 바라보다 조심스럽게 물었다.

"막막한 기다림이 아니라면 어때?"

"뭐?"

"끝이 있는 기다림이면? 예를 들면 1년만 기다려 줘, 같은 거."

어니가 물끄러미 강유를 올려다보더니 피식 힘없이 웃었다.

"그렇게 말했는데, 못 돌아오기도 하더라."

조용히 어니가 말했다. 마치 숲의 숨소리처럼 낮고 조용한 목소리였다.

"누가?"

"있어. 그래서 난 안 기다린다고. 기다림 앞에 확답은 없으니까."

속삭이듯, 그러나 단호하게 말한 어니가 흠, 길게 한숨을 뱉었다. 그녀의 한숨 소리가 강유의 심장을 헤집었다. 기다려 달라고 할 수 없는 건가. 강유는 쯧, 혀를 찼다.

갑자기 어니가 강유의 손목을 슬쩍 끌어당기더니 그의 손목시계를 들여다보았다.

"으악. 벌써 시간이. 이러다 코끼리 열차 놓치겠다. 그거 놓치면 이 땡볕에 걸어가야 해."

조금 전의 한숨이 거짓말인 것처럼 어니가 씩씩한 목소리로 말하더니 서두르는 걸음으로 등산로를 내려가기 시작했다.

강유는 어니의 손이 닿았던 손목을 다른 손으로 슬쩍 만졌다.

"정말 가지가지로 사람 신경 쓰이게 하네."

기다림에 대한 그녀의 대답도, 손목에 남은 그녀의 온기도 그의 신경을 흔들고 있었다. 사람을 좋아하는 게 이렇게 복잡한 일이었군. 강유는 새삼 연애의 달인인 연호가 존경스러워졌다.

✳ ✳ ✳

샤워를 하고 선풍기를 틀어 놓은 채 어니는 침대에 비스듬히 누웠다. 젖은 머리카락이 침대 밖으로 늘어져 선풍기 바람에 팔랑거렸다.

"뜬금없이 첫사랑의 과거를 쫓으라니. 하아."

어니는 길게 한숨을 뱉으며 천장을 노려보았다. 기다렸다는 듯이 싱긋 웃는 강유의 얼굴이 떠올랐다.

"거기서 나타나지 말라고. 나 머리 복잡하다고."

어니가 툴툴 중얼거렸다. 설핏 사라지는 것 같던 강유는 이내 코끼리 열차 창틀에 기대 어니를 지긋이 바라보는 모습으로 바뀌어 나타났다.

"하아. 이놈의 망상. 상황 파악 좀 하라고. 제발."

그녀의 망상 속 강유가 그녀의 말을 듣기라도 한 것처럼 하하, 웃었다. 그러더니 성큼 침대가로 뛰어내려 그녀 곁에 앉았다.

'어이, 날다람쥐. 그래서 바다 너머에 있는 게 뭔데?'

"뭐?"

어니가 미간을 모은 채 망상 속 강유를 바라보았다. 하지만 그는 대답 없이 그녀의 머릿속 깊이 사라져 버렸다. 어니가 천천히 몸을 일으켜 앉았다.

"날다람쥐, 바다 너머?"

뭔가 생각이 날 것 같았다.

어니가 후다닥 침대에서 내려와 책상 아래에서 박스를 꺼냈다. 어니의 온갖 습작들이 들어 있는 상자였다. 지난 어니의 흔적들이 차곡차곡 쌓여 천천히 삭아 가는 공간이랄까.

어니는 박스를 열고는 종이 묶음들을 천천히 뒤졌다. 드래곤 기사들과 꿈을 엮는 꼬마와 빗방울을 모으는 무지개의 흔적들 아래에서 어니는 찾던 종이를 발견했다.

대학 때, 한창 구상하던 이야기가 있었다. 결국은 출판사에 퇴짜 맞고 끝난 이야기였지만, 당시엔 정말 신나게 썼던 이야기였다. 그 이야기의 첫 설정이 적힌 종이였다.

「바다 너머에는 뭐가 있는지 궁금했어. 그때 바다가 속삭였지. 이리 와.
내 품으로. 그러면 그 너머를 보여 줄게.」

끼적거려 놓은 대사가 마음에 들어, 이걸 써 먹어야지 했는데
종이를 잃어버렸었다. 어디서 잃어버렸는지도 몰라 찜찜했었는
데, 몇 개월 후 이 종이를 다시 돌려받았다.

하제에게 부탁했던 마케팅 설문지에 이 종이가 붙어 돌아왔을
때 어니는 얼마나 놀랐던지.

종이 끝에 시원시원한 필체로 글이 한 줄 더 추가되어 있었다.

「날다람쥐 양. 그래서 바다 너머엔 뭐가 있는데?」

"날다람쥐……."

어니가 물끄러미 글자를 들여다보았다. 숲길에서 강유가 말한
날다람쥐가 이 날다람쥐인건가? 설마.

어니는 하제에게 돌아온 종이가 붙어 있던 설문지의 주인을 아
냐고 물었다.

'익명이잖아요. 당연히 모르죠. 왜요?'

'그냥……. 어, 취미…… 관련해서 더 물어볼 게 있어서.'

어니는 공연히 핑계를 댔다. 하지만 따지고 보면, 전혀 엉뚱한
핑계는 아니었다. 고가의 취미생활에 관한 설문 조사에 딱 맞는
취미가 적혀 있었으니까.

'취미가 뭔데요?'

'요트.'

하제의 표정이 바뀌었다.

'아, 알 것 같긴 한데…….'

'정말? 누군데?'

대답을 하려던 하제가 문득 어니를 바라보더니 짧게 헛기침을
했다.

'정확한 게 아니니까, 확실한지 제가 일단 알아볼게요.'

'고마워! 역시 든든한 제자님이셔.'

그리고 어떻게 됐더라? 아. 맞다. 하제가 누군지 찾긴 했다고
연락을 했었다.

'선밴데, 바쁘다고 궁금한 거 있으면 질문지 달라더라고요. 제가
전달해 드릴게요.'

'시간 많이 안 뺏을 거야. 누군데?'

'누구라면 스승이 알아요?'

하제의 말투에 묘하게 날이 섰다. 어니는 뭔가 자신이 불편한
부탁을 한 건가 하는 생각에 그냥 고개를 끄덕였다. 그리고 며칠
후에 질문지를 작성해서 줬다. 질문지 끝에 '바다 너머를 보게 되

면 알려 드릴게요.'라고 적었다.

그리고 며칠 후에 질문지를 돌려받긴 했다. 다른 내용 없이 질문에 대한 답변만 있었다. 그게 끝이었던 것 같은데.

그 요트가 취미라던 선배가 강유일까? 어니는 종이를 내려다보며 곰곰이 기억을 되새겨 보았다. 그럴 수도 있고, 아닐 수도 있었다. 날다람쥐라는 단어만으로는 알 수 없었다.

대학 때 과 선배 몇이 어니를 '경영학과 날다람쥐'라고 부르긴 했다. 그 별명을 강유가 알고 있었던 걸까?

"에잇! 진짜. 뭐든 한 번에 알려 주는 게 없어. 괜히 궁금하게."

어니는 툴툴거리며 선풍기 앞으로 다가갔다. 여전히 축축한 머리 때문에 한층 더 더운 것 같았다.

어니는 머리카락을 말리기 위해 등을 대고 앉았다. 머리카락이 바람에 정신없이 팔랑거렸다. 어수선한 머릿속만큼이나 어수선한 머리카락. 어니는 손가락으로 머리카락을 쓱쓱 넘기다 책상 위에 던져 놓은 커다란 집게 핀을 찾아 일어섰다.

책상 앞에 자서전 자료들이 여기저기 붙어 있었다. 한 달을 꼬박 매달린 일이었다. 어떤 부분은 자신이 쓰던 동화책보다 더 신나게 썼던 것 같기도 했다.

어니는 자료들을 물끄러미 바라보다 자료들 사이 공간에 좀 전에 찾아낸 종이를 붙였다. 그러곤 진 회장에게 전화를 걸었다.

"이야기를 완성시키겠습니다."

– 기다리던 답변이군. 내일 아침에 집으로 오게.

전화를 끊고 어니는 붙여 놓은 자료들을 바라보며 중얼거렸다.

"뭐, 탐정 놀이도 재미있을 거야. 아마도 경험도 되고."

## 2장.
## 코끼리 열차가 여행을 시작하다

• 1 •

"이건……."

진 회장이 반짝거리는 신용카드를 어니 앞으로 밀었다.

"한도 신경 쓰지 말고."

어니는 이건 또 무슨 종류의 시험이지? 의심스러운 눈길로 진 회장을 바라보았다. 진 회장은 평소보다 조금 들뜬 것처럼 보였다.

"조사에 드는 비용은 이걸로 계산하게. 아, 혹시 기사 필요한가?"

"괜찮습니다."

"기사가 부담스러우면, 연호를 붙여 주지. 강유 녀석은 아무래도 제 엄마 때문에라도 좀 그렇고."

"아니요. 정말로 필요 없어요."

"기사 겸 수행원으로. 여러모로 편할 거야."

"호의는 감사합니다만, 혼자 하는 게 아니라면 이 일, 안 할 거예요."

딱 부러진 어니의 대답에 진 회장이 킥킥거리며 웃었다.

"그래. 알았네. 그래서 어디서부터 시작할 셈인가?"

"처음 두 분이 만난 곳에서부터 시작할까 해요. 구체적인 건, 지금부터 생각해 보려고요. 그래서 말인데, 회장님이 알고 계신 정보를 모두 주세요."

어니의 말에 진 회장이 빙그레 웃었다.

"내가 사람 보는 눈이 있다니까. 항상 말하지만."

진 회장이 자못 마음에 든다는 듯 양손을 맞부딪히면서 중얼거렸다.


집무실에서 나온 어니는 서재로 향했다. 강설우 비서실장이 남긴 자료 중에 혹시 도움이 될 만한 것이 있는지 알아볼 생각이었다.

복도를 돌아서는데 서류를 들여다보며 걸어오는 강유가 보였다.

"아, 선배."

그가 고개를 들더니 어니를 보자 반가운 듯 싱긋 웃었다. 살며시 당겨지는 입꼬리에 어니의 심장이 뜬금없이 팔랑거렸다.

"물어볼 게 있는데……."

어니는 두근거리는 심장을 무시하며 입을 열었다.

"혹시 선배 취미가 요트야?"

어니의 질문에 강유가 질문의 의도를 생각해 보는 듯 느린 말투로 대답했다.

"정확히는 요트를 타고 바다 너머를 보는 거지."

"설문지 선배가 선배였구나."

어니가 새삼스러운 눈길로 강유를 바라보았다. 별다른 말을 나눈 사이는 아니었지만, 그래도 신기하긴 했다.

"어떻게 알았어?"

"선배야말로 어떻게 알았어? 그 설문지와 그 낙서 종이가 내 거란 걸."

"설문지는 하제가 자기 여자 친구 거라고 해서. 종이는······ 어쩌다 보니."

강유가 팔짱을 끼며 대답했다. 뭔가 재밌어하는 듯한 표정이 그의 얼굴에 어렸다.

"아, 그냥 말하는 건데. 하제랑 사귀는 거 아냐."

말하면서도 어니는 괜히 변명하는 것 같은 기분이 들어서 민망했다.

"사귄대도 상관없어."

"그냥 말한 거야. 오해하는 게 싫어서."

"오해할까 봐 걱정돼?"

강유가 빙그레 웃으며 물었다.

"아, 걱정은 무슨. 아니거든. 그냥 말한 거거든. 나의 사회적인 이미지에 흠집 생길까 봐."

"하하하. 알았어. 마음 놔. 후배님의 사회적 이미지를 생각해서 오해 안 할 테니까. 나도 오해할까 봐 미리 말하자면, 네가 누구랑 사귀든 상관없어. 진심으로."

그의 말에 어니는 불쑥 섭섭해졌다. 어니를 좋다고 하더니, 정작 그녀 마음 따위는 전혀 관심도 없다는 뜻처럼 들렸던 것이다.

"지금 누구를 사귀든 1년 후엔 나랑 사귀면 되니까."

강유가 빙그레 웃으며 덧붙였다.

"1년 후에 누가 선배랑 사귄대?"

"그렇게 되게 애써 보려고."

조금은 장난 같던 그의 눈빛이 어느새 진지한 눈빛으로 바뀌어 있었다. 그 흔들리지 않는 눈동자에 어니의 마음이 흔들렸다.

당황한 어니가 고개를 돌렸다. 강유가 싱긋 웃는 게 돌린 시선 바깥으로도 느껴졌다.

"바다 너머를 보게 되면 알려 준다더니, 여전히 바다 너머를 못 본 거야?"

당황을 삼키며 어니가 고개를 들었다.

"그거 적어 놓은 거 못 본 줄 알았는데."

"기다리겠다고, 전화번호 적어 뒀었잖아."

강유의 대답에 어니가 눈을 깜박였다. 추가 질문지에는 기다린다는 말도, 전화번호도 없었다. 분명.

"흠. 없었어? 전화번호?"

어니의 표정을 물끄러미 바라보던 강유가 쯧, 혀를 차며 물었다. 고개를 끄덕이던 어니는 불쑥 질문지의 귀퉁이가 찢겨 있던 게 생각났다.

하제가 "가방 끝에 물려서."라고 미안해했던 게 뒤늦게 떠올랐다.

"질문지가 찢어졌어. 그때 뜯겨 나갔었나 봐."

"예상했어야 했는데."

"뭐?"

"아니다. 내 실수야."

"뭐가 실수야?"

"직접 가져다주지 않은 실수. 전화만 기다렸던 실수. 좀 더 적극적으로 다가가지 않은 실수. 타이밍을 탓하고 있었던 실수."

어니는 갸우뚱한 표정으로 강유를 바라보았다. 대체 무슨 소리야?

"그렇지만 두 번 실수는 안 해. 결과가 나쁜 건 받아들이겠지만, 참아서 놓치는 실수는 안 하려고."

그의 목소리가 이렇게 깊었나? 말투에서 그의 의지가 느껴졌다. 어니는 정작 그 의지가 뭐에 대한 의지인지도 모른 채 심장이 뛰었다. 강유가 어니를 물끄러미 바라보더니 갑자기 싱긋 웃었다.

"못 알아들어도 돼. 곧 알게 될 테니까."

그러더니 진 회장의 집무실로 몸을 틀다 갑자기 생각난 듯 어니에게 말했다.

"아, 오후 일정이 어찌 될지 몰라 미리 말하는데 나 내일부터 이틀간 지방 갈 일이 있어서 못 볼 거야."

"그걸 왜 나한테 말하는데?"

"궁금해할까 봐."

"그럴 리가."

"하하. 청개구리과인가 보지. 물으면 대답 안 해도 안 물어보면 대답해 주는."

강유가 웃으며 진 회장의 집무실로 걸음을 옮겼다. 멀어지는 그의 뒷모습을 보며 어니는 갸우뚱 고개를 기울였다. 대체 뭐지?

이 상황은? 이해가 되는 상황은 아니었지만, 기분은 괜찮았다. 뜬금없이 웃음이 날 것 같은 기분이 들 정도로.

❋ ❋ ❋

다음 날 어니는 기차를 타고 곧장 해월항으로 향했다. 진 회장과 자야 씨가 처음 만난 바닷가 마을이 해월항이었다.

수십 년이 지난 일이었다. 그곳으로 간다고 해서 뭔가를 찾을 확률은 거의 없었다. 어니는 큰 기대 없이 기차를 탄 후 챙겨 온 자료집을 열었다.

별다른 자료는 없었다. 진 회장이 그녀와 만난 기간은 고작 3개월 남짓이었고, 그 기간 동안 두 사람이 만난 횟수 역시 손꼽을 정도였다. 진 회장이 어니에게 준 정보라곤 그녀를 만난 해와 그녀의 이름이 자야라는 것. 그녀가 해월여고를 다녔다는 것과 그녀의 아버지가 해월여고 교장이었다는 것 정도였다.

"모르겠다."

어니는 자료를 덮고는 창밖으로 시선을 돌렸다. 무성 영화처럼 풍광이 쉼 없이 스쳐 지나갔다.

젊은 시절의 짧은 만남을 여전히 마음에 담고 사는 건 어떤 기분인 걸까? 어니의 엄마, 수애 역시 그런 사람이었다. 어니는 창밖을 물끄러미 바라보다 휴대전화를 꺼내 수애의 SNS에 접속했다.

며칠 전에 지하수 물에 띄워 놓은 수박 사진을 올린 이후, 새로운 내용이 올라오지 않고 있었다. 어니에게 전화를 건 전날의 사진이었다.

"별일 없긴."

힘없는 목소리로 툭 뱉으며 어니는 휴대폰 화면을 닫았다.

수애는 지금쯤 새벽부터 밤까지 쉬지 않고 일을 하고 있거나, 아니면 할머니의 나무 아래 멍하니 앉아 있거나 둘 중 하나로 시간을 보내고 있을 터였다.

어니는 어제 인터넷으로 정보를 찾다 발견한 뉴스를 떠올리며 쯧, 짧게 혀를 찼다. 그 뉴스를 보자마자 그녀는 수애가 왜 전화를 했는지 알 수 있었다. 하지만 알았다고 해도 그녀가 해 줄 수 있는 일은 아무것도 없었다.

어니는 망막 위를 의미 없이 스쳐 가는 풍경을 멍하니 바라보다 눈을 감았다.

다 잊기 위해서 필요한 건, 망상 아니면 잠이었다. 어니는 잠을 청했다. 해월항까지 3시간 반. 그동안은 다 잊기로 했다. 한숨 자고 일어났을 때 이 기차가 새로운 세상에 도착해 있다면 얼마나 좋을까. 어니는 막연히 생각하며 잠이 들었다.

❋ ❋ ❋

"아이스 아메리카노 나왔습니다."

"감사합니다."

얼음이 잘그락거리는 유리잔을 받아 든 어니가 바다가 한눈에 들어오는 테라스로 나왔다. 실내와 달리 더위가 어니에게 끈끈하게 달라붙었다. 금방이라도 녹아내릴 것 같은 열기가 쏟아지는 날씨였다. 어니는 차양이 길게 그늘을 드리운 의자에 앉아 바다를 바라보았다.

"오랜만입니다, 바다 씨."

어니는 마치 건배를 건네듯 커피 잔을 바다를 향해 들어 보이고는 한 모금 마셨다.

진평해 회장이 자야 씨를 만난 바닷가 항구 도시는 몇 년 전부터 해양 스포츠와 관광지로 유명세를 치르고 있는 중이었다. 항구 전체는 새로 지은 건물들로 화려하게 반짝였고, 더위를 피해 건물 안으로 몰려든 관광객들이 음식점과 카페마다 넘쳐 났다.

해월항에 도착하자마자 진 회장이 알려 줬던 언덕배기 주택가를 찾으려 했지만 그 주변 일대는 이미 대규모 아파트 단지로 변해 있었다.

어니는 커피를 마시며 열기가 일렁이는 도로와 햇살을 반사하고 있는 바다를 멍하니 바라보았다. 바다를 보자 강유가 생각났다. 은빛 햇살이 출렁이는 바다와 햇살의 냄새를 가진 그는 잘 어울렸다.

"남자 생각 할 때가 아니라고! 일단 해월여고를 가 봐야 하나? 아니면 주민 센터?"

어니는 차가운 커피 잔을 두 손으로 움켜쥔 채 중얼거렸다.

"놔. 놓으라고!"

갑자기 겁먹은 듯한 여자의 목소리가 들렸다. 어니는 고개를 기울여 테라스 밖을 내다보았다. 건물 옆 어디쯤에서 나는 소리 같았다.

"뭐? 헤어져? 누구 맘대로? 딴놈 생겼냐? 어?"

거친 남자의 목소리가 뒤따라왔다.

"그런 거 없어. 이미 헤어져 놓고 왜 이래! 꺄악!"

여자의 비명 사이로 거친 욕설과 폭력의 소리가 들렸다. 어니가 화다닥 자리에서 일어섰다.

"누, 누구 없…… 아악!"

비명과 신음이 섞인 여자의 목소리가 가까이서 들렸다. 소리가 나는 쪽으로 달려가자 건물과 건물 사이의 좁은 골목에 덩치 큰 남자가 여자의 멱살을 쥐고 흔들고 있었다.

"내 사랑을 무시해? 내가 너 없으면 죽는다니까 내가 우스워? 어?"

"그, 그런 거 아냐. 살려 줘."

"뭘 살려 줘. 내가 널 죽이기라도 하냐? 어? 날 나쁜 놈 만드니 좋아? 좋냐고!"

남자의 손이 가차 없이 여자의 얼굴로 날아갔다. 어니는 재빨리 주변을 둘러보았다. 더운 날이라 거리에 사람이 별로 없었다. 하지만 여자의 비명 소리가 들린 듯 근처 가게에서 몇 명의 사람이 나와 보는 중이었다.

"살려 주세요. 경찰 좀……. 꺄악!"

여자가 어니를 보자 남자의 손을 뿌리치며 다급히 외쳤다. 남자가 빠져나가려는 여자의 머리채를 움켜쥐며 어니를 돌아보았다. 어니와 눈이 마주친 남자가 희번덕이는 눈으로 어니를 노려보았다.

"야. 가라. 어? 처맞고 싶지 않으면 꺼지라고!"

살기가 느껴지는 남자의 눈을 보자 덜컥 겁이 났다. 어니가 도로 쪽으로 한 발 물러서자 남자는 다시 여자의 뺨을 후려쳤다. 둔탁한 충격음에 어니의 심장이 공포로 파르르 떨렸다. 심호흡을 하며 물러선 어니는 휴대전화기를 꺼내 경찰에 신고를 했다.

그러곤 도와줄 사람이 없는 걸까, 주변을 둘러보았다. 가게 밖으로 나온 사람들은 멀찍이 서서 더 다가오지도 않은 채 이쪽을 바라보고만 있었다. 욕설과 비명이 공간을 휘돌고, 여자의 신음이 날카롭게 어니의 귀를 파고들었다.

경찰은 왜 이렇게 안 와? 어니는 잔뜩 일그러진 얼굴로 양방향 도로를 노려보았다.

"난 네가 어떤 모습이든 사랑할 수 있어. 하지만 딴놈들도 그럴까? 다시는 헤어지잔 말 안 나오게 해 주지. 어디 그 얼굴이 망가져도 다른 놈 만날 수 있는지 보자. 네 얼굴이 망가져도 사랑해줄 사람을 만날 수 있을지 보자고."

광기 서린 남자의 목소리에 어니는 입술을 잘근잘근 깨물었다. 그러다 입을 앙다물며 골목 쪽으로 성큼 다가갔다.

"놔주세요. 곧 경찰이 올 거예요."

어니가 목소리에 바짝 힘을 주며 말했다. 그래 봤자 겁먹은 듯, 떨리는 목소리긴 했지만.

"뭐?"

살기 어린 눈동자가 어니를 돌아보았다.

"뭐랬냐? 경찰? 아 놔. 이게 미쳤나. 그냥 가랬지? 어?"

남자가 여자를 거칠게 팽개치며 어니에게로 다가왔다. 그의 손에 들린 커터 칼이 햇살에 하얗게 반짝였다. 쓰러진 여자의 얼굴에서 피가 흐르고 있었다. 심장이 불규칙적으로 뛰기 시작했다. 어니는 입술을 깨물며 주춤 물러섰다.

"왜 남의 연애사에 끼어들어? 그냥 갈 길 가지, 왜 껴드냐고!"

험악한 기세로 남자가 어니에게로 손을 뻗었다. 무의식적으로 그 손길을 피하며 물러섰다. 몸이 움직이는 게 신기했다. 머리도, 몸도 이미 하얗게 굳어 버린 것 같은데 발만 제멋대로 뒷걸음질을 쳤다.

"이게 진짜!"

어니가 피하자 남자의 얼굴이 분노로 벌겋게 달아올랐다. 물러서는 어니에게 달려들며 칼을 휘둘렀다. 눈앞에 하얀 칼날이 지나간다 싶었는데 갑자기 남자가 자신의 얼굴을 감싸 쥐며 물러섰다.

"아. 씨! 어떤 놈이야!"

갑자기 날아와 남자의 얼굴을 가격한 생수병이 바닥을 뒹굴며 조금 남은 물을 바닥에 뿌렸다.

남자와 어니가 동시에 고개를 돌렸다. 화난 듯 일그러진 얼굴의 강유가 성큼성큼 다가오더니 어니를 자신의 뒤로 확 당겼다.

"하!"

남자의 눈이 희번덕 뒤집어졌다. 다짜고짜 칼을 쥔 손이 강유를 향해 날아왔다. 어니의 심장이 그대로 얼어붙어 비명조차도 나오지 않는 그 짧은 찰나, 강유는 다가오는 손을 휘어잡더니 그대로 그를 바닥에 메다꽂았다. 그러곤 팔을 꺾어 칼을 떨어트렸다. 남자가 거친 숨을 뱉으며 소리를 질렀다.

"쯧."

남자의 몸을 찍어 누르며 강유가 짜증스레 혀를 찼다. 기다렸다는 듯, 경찰의 사이렌 소리가 들렸다.


"무슨 생각으로 거길 끼어들어? 어?"

상황이 정리되고 경찰차가 떠나자마자 강유가 화난 목소리로 말했다. 떠나는 경찰차를 바라보며 안도감으로 길게 한숨을 뱉던 어니가 놀란 눈으로 그를 올려다보았다.

"죽으려고 작정했어? 미친놈을 보면 피했어야지!"

207

"경찰은 안 오고, 여자는 죽게 생겼잖아."

그를 올려다보며 마치 변명처럼 어니가 대답했다.

"너는? 네가 다칠 뻔했다고!"

"알아. 하지만 안 다쳤잖아."

"그때 내가 안 지나갔으면 다쳤어. 그 자리에 내가 없었으면 죽을 뻔했다고! 아무도 안 도와줘. 낄 데 안 낄 데 구분 안 돼?"

"왜 자꾸 소릴 질러? 누가 몰라? 나도 무서웠어! 겁났는데, 진짜로 무서워서 모르는 척 도망가고 싶었는데. 그렇지만 경찰은 안 오고, 그 여자는 죽을 것 같고!"

어니는 다짜고짜 소리를 질러 대는 그가 섭섭해져 저절로 눈물이 핑 돌았다.

"그때 선배가 나타나서 굉장히 반가워서, 안심되고 든든해서, 그렇지만 나 때문에 선배가 다치게 될까 봐 심장이 조마조마해서 정말 마음속이 하얗게 질리는 기분이었는데. 왜 소릴 질러! 왜!"

그를 외면한 채 어니가 다다다 쏘아붙였다. 그러지 않고선 그대로 엉엉 울음을 터트릴 것 같았다.

"아씨. 왜 날씨는 이렇게 더워."

눈가에 맺히는 눈물이 땀이라도 되는 것처럼 어니가 눈가를 쓱 문지르며 고개를 돌렸다. 뜨거운 한낮의 햇살이 둘 사이로 하얗게 쏟아졌다.

입을 다물고 있던 그가 입술을 잘끈 씹더니 들릴 듯 말 듯 "미안."이라고 말했다. 그의 목소리 끝이 미묘하게 떨렸다.

"소리 지를 생각은 아니었는데……. 심장이 멈추는 줄 알았어. 그 자리에 서 있는 게 너인 걸 아는 순간, 눈에 보이는 게 없었어. 미치는 줄…… 알았어."

어니의 시선이 그에게로 향했다. 그는 그 순간이 새삼 떠오르는 듯 눈을 꾹 감으며 입술을 짓씹었다. 그의 턱 끝에 울컥 힘이 들어가는 게 보였다.

정말로 놀랐구나, 선배도. 자신을 보고 그 순간에 엄청나게 놀랐구나. 미처 감추지 못한 그의 마음이 울컥이는 그의 턱 끝에서 느껴졌다. 그걸 깨닫는 순간 바짝 날이 서 있던 긴장감이 와르르 무너지며 참고 있던 울음이 왈칵 쏟아졌다.

"어, 아, 아니. 미안하다고. 소리 지를 생각 아니었다니까."

그녀의 눈에서 후두둑 눈물이 쏟아지자 강유가 당황한 목소리로 말했다.

"아씨. 땀이야······. 더우니까. 너무 더워서."

어니가 눈물이 뚝뚝 떨어지는 얼굴로 울음을 꿀꺽꿀꺽 삼키며 말했다. 어찌할 바를 몰라 하던 강유가 주저주저하며 그녀의 어깨에 조심스럽게 손을 올렸다.

"미안해. 네가 더 놀랐을 텐데."

서툴게 어깨를 토닥이며 강유가 말했다.

"조금만, 시간을 끌면······ 경찰이, 훌쩍, 올 거라고 생각했······단 말이야."

그 단순한 손길이 어니의 마음을 다독이고, 눈물을 다독이고, 울음을 다독이는 것 같았다.

"알아. 아는데 그래도 앞으론 아무 데나 끼어들지 마. 내가 없을 때는 특히 더."

그가 고개를 숙여 어니의 눈을 들여다보며 말했다. 그의 눈동자 속에 온갖 감정이 회오리치고 있었다. 그 눈동자가, 온전하게 그녀만을 담고서 일렁이는 그의 눈동자가 어니의 마음을 휘

감았다.

이런 시선이 필요했던 것 같았다. 그녀만을 생각해 주는 눈, 그녀의 마음만을 보는 눈.

울음이 천천히 잦아들었다.

어깨를 토닥이던 손이 조심스럽게 어니의 볼에 얼룩져 있는 눈물을 닦았다. 뺨에 닿는 그의 손이 얼음처럼 차가웠다.

"손이…… 왜 이렇게 차가워?"

"너무 놀라서. 피가 순식간에 빠져나가는 기분이더라."

그가 조용히 대답했다. 목소리는 담담했지만 그의 눈동자는 출렁였다. 그 순간을 또다시 보고 있기라도 하듯. 어니는 천천히 눈을 내리깔며 말했다.

"고마워. 도와줘서. 제시간에 나타나 준 것도. 걱정해 준 것도. 다."

어니의 목소리를 가만히 듣고 있던 강유가 갑자기 피식 웃더니 그녀의 볼을 살짝 꼬집었다.

"아야!"

"한 번만 더 사람 놀래켜라. 어? 덕분에 눈에 땀은 쏙 들어갔지? 시원해서."

그러고는 어니의 머리카락을 휙 흐트러뜨리며 말했다.

"가자. 다시 땀나기 전에. 많이 덥네. 정말."

"카페부터."

마음이 진정되자 울었던 게 민망했다. 어니는 무안한 표정으로 눈물 자국을 지우며 바로 옆 카페를 돌아보았다.

"가방…… 두고 왔어."

"여긴 웬일이야?"

카페의 테라스가 아닌 실내로 자리를 옮겨 앉으며 어니가 물었다.

"그건 내가 묻고 싶은 말인데. 여긴 무슨 일로?"

"자서전에 이야기를 조금 추가해야 해서. 자료 수집차. 선배는?"

"일이 좀 있어서. 언제까지 있을 예정이야?"

"글쎄……."

어니는 말꼬리를 끌며 커피 컵을 만지작거렸다. 차갑던 커피는 그사이 얼음이 다 녹아 밍밍하고 희끄무레한 물이 되어 있었다.

"무슨 자료를 찾는 건데?"

"그러니까……."

어니는 잠깐 고민했다. 네 아버지의 첫사랑을 찾으러 왔단다, 라고 말할 순 없었다.

"회장님의 젊은…… 음, 청춘의 시절을 좀 추가하려고 한달까."

"첫사랑이라도 찾아? 뭘 그리 주저주저해?"

강유의 말에 어니가 눈을 동그랗게 떴다가 어색하게 미소를 지었다.

"거짓말은 못하는구나."

그는 아무렇지도 않은 표정으로 피식 웃었다. 어색해한 자신이 오히려 무안해서 어니는 또다시 어색하게 웃었다.

"뭐, 암튼. 여기 동네가 너무, 너어무 많이 바뀌었더라고. 어디서부터 시작해야 할지 감도 안 잡혀. 그래서 언제까지 있어야 할지 역시 감도 안 잡히네."

"도와줘?"

"괜찮아. 이미 도와줬잖아."

"그렇게 말하니 운명 같네."

"뭐가?"

"난 아무래도 널 돕기 위해 태어난 것 같단 생각이 문득 들어서."

강유가 장난스럽게 어니 쪽으로 고개를 기울였다.

"음……. 오늘 말고 도와준 적이……."

괜히 다가온 그의 미소가 설레서 어니는 의자에 자세를 고쳐 앉으며 그와의 거리를 살짝 벌렸다. 그의 눈동자 속을 들여다본 이후로 어니는 자꾸만 그를 의식하고 있었다. 그의 눈짓, 미소, 작은 움직임 모두 어니를 살짝살짝 흔들었다.

"모르면 됐고. 그래서 여기서 찾아야 할 자료가 정확히 뭔데?"

"옛날옛날 한 옛날에 이곳에 살던 어떤 사람에 대한 이야기."

"흠. 아버지 첫사랑이란 말이지?"

"너무 아무렇지도 않게 말하는 거 아냐?"

진 회장조차도 강유 대신 연호를 수행원으로 보내 줄 생각을 했었는데, 정작 강유는 정말로 아무렇지도 않아 보였다. 그가 팔짱을 끼더니 무덤덤한 표정으로 입을 열었다.

"팔십 넘은 노인, 까마득한 옛날 첫사랑 찾는 게 뭐 신경 쓸 일이라고. 그보다 그런 성격에 찾아볼 첫사랑이 있다는 게 더 신기하다."

"어머니가 아닌 다른 여자라는 거, 신경 안 쓰여?"

"내 아버지지만, 성격 별난 것도 알고, 권위적인 데다 상대방 말은 귓등으로도 안 듣는 사람인 것도 알아. 그렇지만, 어머니에게만은 늘 편하게 해 주려고 애쓰셨어. 평생 한눈 한 번 안 파셨고, 어머니가 지나가는 말로 한 말은 뭐든 다 들어주려고 하셨어."

그는 정말로 아무렇지도 않은 표정으로 어니를 바라보며 말했다.

"그 코끼리 공원도 어머니 앞으로 사 준 땅이었어. 어머니가 거길 공원으로 만들어 사람들이 누구나 현실을 잊고 싶을 때 와서 쉴 수 있는 공간이 되면 좋겠다고, 그저 지나가듯 한 말이었는데 그 말 듣자마자 공원으로 만드신 거지. 아버지는 다정하고 자상한 남편은 아니었지만 든든하고 의리가 있는 분이었다고 생각해."

강유가 조금 웃었다. 그러더니 덧붙였다.

"뭐 그런 분이 까마득한 옛날 첫사랑의 이야기를 추억하시겠다는데 신경 쓸 게 뭐 있나? 어머니 살아 계셔 바람피우겠다는 것도 아니고, 새살림 차리겠다는 것도 아닌데."

어니는 천천히 고개를 끄덕였다. 진 회장이 부인에 대한 이야기를 할 때, 어니는 늘 그 목소리나 눈빛에서 진 회장이 부인을 사랑하셨구나, 라는 느낌을 받았다. 편안함과 그리움이 섞인 그 목소리는 첫사랑을 이야기할 때와는 미묘하게 달랐다.

"어쨌든 어디서부터 시작해야 할지 모르겠다고?"

강유가 어니를 물끄러미 바라보며 물었다.

"아, 일단은 주민센터에 가 볼까 하고. 오래 사신 분들에 대한 정보를 좀 얻을 수 있지 않을까 싶어서."

굳이 설명할 필요가 없다는 걸 알면서도 어니는 그의 시선에 중얼중얼 설명을 했다. 그가 물끄러미 바라보면 자꾸만 뭐라도 이야기를 해야 할 것 같았다. 아니면 그 시선에 넋을 놓아 버릴지도 몰랐다.

"머리 모양을 바꿔 볼 생각 없어?"

"뭐?"

뜬금없는 강유의 말에 어니가 당황한 시선으로 그를 바라보았다.

"머리나 하러 갑시다."

"뭐야? 갑자기."

강유는 설명 없이 자리를 털고 일어섰다. 그리고 빨리 따라오라는 듯 슬쩍 고갯짓을 하며 앞장서 카페를 나섰다.

✳ ✳ ✳

신도시 빽빽한 건물들 틈바구니, 뒷골목을 이리저리 돌아서자 야트막한 비탈에 자리한 오래된 미용실이 나타났다. 따가운 햇살을 가리듯 갈대발이 걸린 창문 앞에 건물과 어울리지 않는 에어컨 실외기가 윙윙 돌아가고 있었다.

좁은 길을 막지 않기 위해 강유는 차를 미용실에 바짝 붙여 주차시켰다.

"진짜 머리를 하라고?"

차에서 내린 어니가 차문을 닫고 돌아오는 강유를 쳐다보자 그는 피식 웃더니 미용실 문을 열고 들어섰다.

"안녕하세요?"

"어머! 강유 아냐? 여긴 어쩐 일이야? 동재 아빠랑 여기서 만나기로 했어?"

창가 소파에 앉아 한가롭게 텔레비전을 보고 있던 50대 중반의 여자가 반갑게 자리를 털고 일어섰다.

"아니요. 머리 좀 하려고요."

"누가? 네가?"

"아니요. 여기."

강유가 어니를 슬쩍 당기며 말했다. 다분히 호기심이 가득 담긴 눈길이 어니에게로 향했다.

"안녕하세요?"

"누구실까? 아무튼 이리 앉아요."

어니가 강유를 쳐다보았다. 강유는 어니를 거울 앞 의자에 앉히며 장난스럽게 빙긋 웃었다.

"뭘 하시게?"

"그냥…… 좀 다듬어 주세요."

어니가 강유의 얼굴을 바라보며 주저주저 대답했다.

"그냥 다듬기만? 기왕이면 조금 짧게 다듬어 보는 건 어때요? 얼굴이 자그마하고 동글동글해서 단발을 하면 더 예쁠 것 같긴 한데, 날이 너무 덥네. 묶일 정도로만 다듬어서 컬을 넣어 보면 어떨까?"

미용실 사장이 능숙한 손길로 어니의 머리끈을 풀어내더니 머리카락을 이쪽저쪽으로 쓱쓱 쓸어 넘기며 말했다. 그러더니 의견에 대한 답을 구하듯 거울 속의 그녀를 바라보았다.

"지금보다 더 예뻐지면 곤란한데."

거울 속의 강유도 어니의 눈을 바라보며 중얼거렸다. 대체 무슨 생각인 거야? 궁금해하는 눈길로 강유를 바라보며 어니가 대답했다.

"그렇게 해 주세요. 선배가 얼마나 곤란해하는지 좀 봐야지."

미용실 사장이 둘을 번갈아 보다 하하 웃었다.

"둘이 어떤 사이냐고 물어보려고 했더니, 물으나 마나네. 강유 너 애인 있는 거, 동재 아빠도 알아?"

"그런 사이 아니에요."

어니가 화들짝 놀라 말했다. 미용실 사장이 갸웃한 표정으로 강유를 바라보았다.

"그런 사이가 되어 볼까 하고 제가 작업 중이죠."

뭐라는 거야? 당황한 어니의 표정이 재밌는지 강유가 싱긋 웃었다.

"아무리 너라도 바다의 벽을 넘기는 쉽지 않은 모양이지?"

"그래서 말인데, 형수님이 좀 도와주세요. 이 아가씨가 지금 옛날에 여기 살던 어떤 분에 대한 이야기를 듣고 싶어 하는 중이거든요. 그걸 좀 도와주시면 이 아가씨와 그런 사이가 되기가 조금 더 쉽지 않을까 하네요."

"옛날에 여기 살던 사람?"

미용실 사장이 어니를 돌아보았다.

"한 60년쯤 전에 해월여고 교장 선생님 댁이요."

대답을 하면서도 어니는 참 막연한 설명이네, 싶었다. 사장은 기억을 더듬듯 혼자 입속말로 "60년 전이면⋯⋯."이라고 중얼거렸다.

"저기 말하는 건가? 학 대문 권 교장 댁."

"학 대문이요?"

"지금은 아파트 단지가 들어섰는데 옛날엔 저 아래, 저 동네가 부자 동네였거든. 거기 집들이 다들 마당 딸린 벽돌 주택이고 그랬지. 문마다 소나무고 호랑이고 새겨져 있고. 거기 해월여고 교장 댁이 있었는데 문이 학 무늬라 다들 학 대문 권 교장 댁이라 불렀어."

어니는 문득 강 비서가 휴가를 가기 전에 주고 갔던 상자 속 사진이 떠올랐다. 사진첩 사이에 끼어 있던 흑백 사진 세 장, 그중에서도 감나무가 늘어져 있던 벽돌집 사진에 학 무늬가 들어간 대문이 있었다.

"맞는 것 같아요."

생각에 잠긴 채 어니가 대답했다.

"도와줄 사람이 있지. 잠깐만."

그러곤 소파 옆에 내려놓은 휴대전화기를 집어 들더니 어딘가에 전화를 걸었다.

"이런 데는 어떻게 알았대?"

어니가 강유를 올려다보며 물었다.

"맞지? 널 돕기 위해 내가 태어났다는 거."

"하! 그래. 그렇다고 할게요. 감사합니다, 선배님."

어니가 조금은 장난처럼 그렇지만 진심을 담아 그에게 고개를 숙였다. 강유가 빙긋 웃더니 어니의 입가에 걸린 머리카락 하나를 떼어 넘겨 주며 다정하게 말했다.

"일단 여기서 이야기 들으면서 머리 하고 있어. 그사이에 나는 어디 좀 다녀올게. 한 네다섯 시간쯤 걸릴 것 같아."

"아냐. 여기 알려 준 것만 해도 충분히 고마워. 선배 일하러 여기 온 거 아냐? 선배는 선배 일 하러 가. 더 도와주지 않아도 돼."

그 사소한 손길에 두근거리는 심장이라니. 어니는 미간을 찡그리며 대답했다.

217

"도와준다고 한 적 없는데. 밥 얻어먹어야지. 이렇게 도와줬는데 밥도 안 사 주려고?"

"서울 가서 사 줄게."

"여기 굉장히 맛있는 해산물 식당이 있거든. 거기서 사 줘."

그가 어니 쪽으로 고개를 조금 더 기울였다. 다가오는 그에게 놀라 어니가 후다닥 대답했다.

"아, 알았어. 갔다 와. 여기 있을게."

"진작 그럴 것이지. 이따 봐. 아! 그나저나 너무 예뻐지진 마. 못 알아보면 곤란하니까."

"으앗! 뭐래. 선배 이런 오글거리는 말을 막 막 막 하는 사람이었어?"

"하하. 갔다 올게. 갑니다."

미용실 사장에게도 인사를 건넨 강유가 어니와 가볍게 눈을 맞춘 후 미용실을 나갔다. 닫힌 문 너머로 운전석으로 향하는 그의 모습이 보였다. 곧 차가 출발하고 그 길 위로 햇살만 따갑게 쏟아졌다.

"나야말로 곤란하다고. 이렇게 자꾸만 다가오면."

어니는 짧게 한숨을 뱉었다.


미용실 사장의 엄마라는 할머니는 이 동네에서만 78년을 살았다고 했다. 이곳에서 태어나 이곳에서 학교를 졸업하고 동네 오빠와 결혼해 오롯이 이곳에서만 전 생애를 보냈다는 할머니는 어니가 자그마치 60년도 더 전의 해월여고 교장에 관해 물어보자 생각을 더듬듯 천장을 올려다보며 "어디 보자……."라고 말꼬리를 끌었다.

"엄마, 거기 학 대문 권 교장 댁 있잖아. 그 집."

"그 집에 딸이 있었는데 이름이 자야라고……."

사장과 어니의 말에 할머니는 고개를 천천히 끄덕였다.

"아, 거기. 그래. 권 교장 댁에 딸이 있었지. 이름이 자야가 아니고 순자인지 선자인지 그랬는데 다들 자야라고 불렀거든. 그런데 아가씨가 그 집 이야기는 왜?"

"그 자야 씨라는 분이 어떻게 살았나 궁금해하는 분이 계셔서요."

어니의 말에 할머니가 잠깐 입을 닫았다. 세월이 내려앉은 눈꺼풀 속으로 생각에 잠긴 듯한 할머니의 눈동자가 흐릿하게 가라앉았다.

"시간이 이렇게 지났는데도 여전히 그 집 이야길 하게 될 줄은 몰랐네."

"아시는 분이셨어요?"

"자야가 나 중학교 한 해 위 선배였지. 우리 어머니가 그 집에서 식모를 살았거든. 그래서 그럭저럭 알고는 지냈단 말이야. 그 뱃사람만 아니었다면 평탄하게 살았을 양반인데……."

"아, 맞다. 그 딸이 집 나갔다가 애를 데리고 돌아왔었죠?"

어니의 머리에 중화제를 뿌리던 미용실 사장이 할머니를 돌아보며 말했다.

"내가 얘기한 적 있었나?"

"나 열 몇 살 때, 그 집 어르신 두 분 다 돌아가시고 나서 그 딸이 재산 정리하러 한 번 왔었잖아요. 애를 데리고. 그때 온 동네가 수군수군, 시끌시끌해서 뭐 모르려야 모를 수가 있나."

"그래. 그랬지. 그 애 아빠가 누군지를 두고 말이 많긴 했어."

영원히 기다린다던 자야 씨도 결국 다른 누군가와 새로운 사랑을 시작했던 걸까? 어니는 그때의 이야기를 두서없이 나누고 있는 두 사람을 바라보다 조심스럽게 입을 열었다.

"그분 이야기를 좀 자세히 들어 볼 수 있을까요?"

할머니가 신을 벗고 편한 자세로 소파에 몸을 기댔다. 그러더니 지금이 아닌 먼 어느 날을 보고 있는 듯한 눈길로 이야기를 시작했다.

자야는 예뻤어. 하얀 얼굴에 새초롬하니 곱게 생긴 데다, 날씬하고 길쭉길쭉해서 교복을 입고 있어도 눈에 확 띄었어.

생긴 건 그리 고운데 의외로 성격은 또 화통했어. 싹싹한데 화끈하고 발랄한데 적극적이었지. 여자로 태어나지 않았다면 한가락 하고도 남았을 거라고, 여자로 태어난 게 아깝다고들 했었어.

가만있자, 그게 언제더라. 내가 한창 미용기술 배운다고 밤낮 없이 머리카락을 치우고 가위질을 연습하던 때니까 자야가 열여덟인가 열아홉쯤 됐겠네. 그때 어디서 훤칠한 뱃놈이 하나 나타났단 말이야.

뭐 항구 마을이라 뱃사람들이야 늘 볼 수 있었지만, 그 사람은 어디 있으나 눈에 띄었어.

젊고 잘생긴 데다 휘파람을 잘 불더라고. 나도 한 두어 번 봤는데 주변에서 흔히 보는 남자와는 좀 달라 보이긴 했어. 딱히 짚어 말하긴 어려운데 여자들로 하여금 낭만적인 상상을 불러일으키는 묘한 분위기가 있었단 말이야.

어떻게 된 건진 몰라도 어느 날 그 남자랑 자야가 몰래 만난다는 소문이 돌기 시작했거든. 둘이 나란히 해변가를 걷는 걸 봤다는 둥, 둘이 극장 뒷골목의 무슨 카페에서 음악을 들으며 웃고 있었다는 둥, 방파제 끝에 나란히 앉아 있는 걸 봤다는 둥.

말이 돌고, 권 교장이 자야와 등하교를 같이 하기 시작했어. 하교 후에는 집 안에서 한 발짝도 못 나가게 했고.

그러고 한 달이나 됐나, 어느 날 자야가 교장과 사모님 몰래 울 어머니한테 부탁을 하더래.

"이 쪽지 좀 전해 주세요. 아주머니를 곤란하게 할 내용은 전혀 없어요."

어머니는 고민이 됐대. 귀한 집 철모르는 아가씨가 떠돌이 뱃 사람을 좋아한다는데 이걸 도와주는 게 맞는 일인가? 왜 아니겠어. 우리 어머니도 딸 가진 부모데.

그 쪽지를 받고도 전달은커녕 고민만 하던 어머니가 어느 날 퇴근을 하는데 그 남자가 서 있더래. 겨울 찬 바람을 고스란히 맞으며 권 교장 댁 담벼락에 기댄 채 하염없이 앙상한 감나무를 올려다보고 있더라는 거야.

어머니는 못 본 척 남자를 지나쳐 가려고 했는데…… 근데 말이야. 흐릿한 가로등 빛을 어스름히 받고 서 있는 어깨가 너무 추워 보여서, 그 불빛에 드러난 눈동자가 너무 애달파 보여서 쪽지를 전해 줄 수밖에 없었다나 봐.

"그 쪽지에 뭐가 적혀 있었대요?"

얼음을 동동 띄운 믹스 커피를 어니에게 건네며 사장이 물었다. 할머니는 무의식적으로 자신의 무릎을 토닥토닥 주무르며 말했다.

"모르지. 네 할머니는 열어 보지도 않고 그냥 쪽지를 건네줬다고 했거든. 거, 나도 물 한 잔만 다오."

"나 같으면 열어 봤을 텐데. 무슨 내용일 줄 알고 열어 보지도 않고 건네줬대?"

사장은 정수기에서 냉수와 온수를 적절히 섞어 따라 할머니에게 건네며 중얼거렸다.

그사이 어니는 과거 사진 속의 진 회장을 떠올렸다. 지금의 능글맞은 괴짜 노인이 아닌, 차갑고 날카로워 보이던 젊은 날의 진 회장. 그 냉정한 얼굴에 서린 춥고 애달픔이라니. 쉽게 상상이 되지 않았다.

"열어 보지 않았지만 그냥 막연히 추측을 했지. 아마도 마을 회관에서 열렸던 행사에서 만나자는 게 아니었을까, 하고."

"왜 그렇게 추측했대요?"

자기 몫으로 타 놓은 냉커피를 들고 소파에 가서 앉으며 미용사가 물었다.


마을 회관에서 새로 취임한 은행장 축하 행사가 있었는데 자야가 거길 참석해야 했거든. 가족 동반으로. 그 남자를 만날 수 있는 기회였을 거라고 울 어머니는 추측하셨지.

하지만 무슨 일이 있었는지, 남자는 거기 나타나지 않았어. 대신에 며칠 지나 자야한테 소포가 하나 왔다더만. 그걸 받고 난 후 자야는 근 한 달을 거의 먹지도 않고 누워만 지냈대.

그때 생각이 나. 어머니가 당신이 쪽지를 전달한 것 때문에 그 사달이 난 건 아닌가 걱정스레 '어쩌면 좋아.' 중얼거리던 거. 어머니는 자야가 잘못될까 봐 매일 걱정이셨어.

학교고 뭐고 세상과 담 쌓은 듯 살던 자야가 한 날은 창가에 한참을 서 있더래.

죽을 챙겨 가져갔던 어머니가 물었대.

"뭘 보고 있어요?"

"감나무요. 곧 새순이 돋겠죠?"

"봄이 오면 그렇겠죠."

"그럼 다시 감도 익을 테고요."

"가을이 오면 당연히 그렇겠지요."

"좋겠어요. 감나무는. 그냥 참고 기다리기만 하면 되니까."

자야가 한숨을 쉬며 말했대. 어머니는 그 한숨 끝이 너무 슬프고 불안해서 불쑥 이렇게 말했대.

"저는 배운 게 없어서 뭐라 정확히 설명할 순 없지만, 사람도 감나무랑 다를 게 없는 것 같아요. 지금은 잎 하나 없이 앙상한 상태 같겠지만 참고 기다리면 새순이 돋을 때가 오고 감이 맺혀 익어 가는 때가 오더라고요. 감나무와 달리 그 시기를 모를 뿐이지만요."

어머니의 말에 자야는 가만히 감나무를 바라보고 있더래. 그러더니 갑자기 가져간 죽을 먹더라는 거야.

무슨 심경의 변화가 생긴 건지는 모르겠지만 어머니는 다행이라고, 정말로 다행이라고 말씀하셨어.

뭐 그 이후엔 우리 어머니가 그 집을 그만뒀고, 그래서 자세한 이야기는 몰라. 사실 가물가물하기도 하고. 너무 옛날 일이잖니.

권 교장이 자야를 대학에 보내려고 갖은 애를 다 썼다는 건 기억나. 하지만 자야는 대학에 가지 않았어. 당시에 은행장 아들이 자야를 마음에 두고 있었는데, 대학에 가지 않을 생각이면 그 은행장 아들이랑 결혼을 하라고, 권 교장이 엄청 자야를 괴롭혔지.

하지만 자야는 대학도 결혼도 다 무시하고 양장점에서 일을 시작했어. 결혼 대신 디자인 공부를 하겠다고 고집을 부렸다는 말도 있었어.

그 즈음에 나도 결혼을 해서 애 낳고 미용실을 열고, 그러다 보니 권 교장 이야기는 가물가물이야. 별 큰 사건이 없기도 했고. 있었다면 좁은 동네, 금방 시끄러워져서 모를 수가 없었을 거야.

그러다 자야가 스물여덟인가……. 맞을 거야, 스물여덟. 그때 권 교장이 결혼 날짜를 갑자기 잡았단 말이야. 지금이야 늦은 것도 아닌 나이지만 그때 처녀 스물여덟은 늦어도 너무 늦은 나이라, 걱정이 이만저만 아니었거든.

어릴 때 만난 뱃사람 때문에 아직도 저러고 있다고 수군거리는 말도 좀 있었고. 뭐 그러니 권 교장으로선 최후통첩으로 날짜를 잡은 모양인데…….

쯧. 자야가 혼삿날 며칠 앞두고 집을 나갔지. 공식적으로는 아파서 요양을 갔다고 했지만 아무도 안 믿었어. 그걸 누가 믿어.

뭐 결혼은 파투 나고, 권 교장은 학교를 그만두고. 그 이후 자야 소식을 아는 사람이 거의 없었어. 항간에는 부산 어디 의상실에서 일하는 걸 봤다고도 하고, 여수 어디에서 애를 데리고 가는 걸 봤다고도 하고. 뭐 그랬지만 정확한 소식은 아무것도 없었어.

그렇게 몇 년 후에 권 교장이 죽고, 며칠 안 돼 따라가듯 그 부인도 죽고. 어떻게 연락이 갔는지 자야가 애를 하나 데리고 돌아와서 싹 정리를 하고 떠났지.


"그러곤 다시 소식을 들은 적이 없어."

할머니가 잠긴 목소리로 말했다. 이야기가 끝나자 미용실엔 속삭이는 듯한 텔레비전 소리만 가득했다.

할머니는 무릎을 툭툭 두드리더니 물을 더 달라는 듯, 사장에게 컵을 내밀었다. 사장이 물을 다시 따라 주는 동안 어니는 자야 씨에 대해 생각했다. 자야 씨는 어디로 간 걸까? 그 아이는 누구일까? 자야 씨의 아이인 걸까?

본 적도 없는 자야 씨가 감나무에 걸터앉아 어니를 내려다보고 있는 기분이었다. 그 감나무에 기어올라 그녀 옆에 나란히 앉아 직접 이야기를 듣고 싶었다. 그녀의 이야기를 듣기 시작하자 남은 이야기가 정말로 궁금해지기 시작했다.

✻ ✻ ✻

"이럴 줄 알았어. 잘 어울린다. 그지?"

미용실 사장이 거울 속 어니를 바라보며 물었다. 어니 역시 거울을 들여다보며 머리를 가볍게 이쪽저쪽 돌려보았다. 그녀의 고갯짓을 따라 머리카락이 보기 좋게 찰랑거렸다.

"마음에 들어요."

사장이 싱긋 웃더니 뒷정리를 하기 시작했다. 때맞춰 어니의 휴대전화가 울렸다. 낯선 번호였다.

"여보세요?"

— 저 연호예요.

"아, 안녕하세요?"

— 할아버지가 어니 씨 기사 노릇 좀 하라시더라고요.

"아니에요. 회장님께 이미 괜찮다고 말씀드렸어요."

그 말이 안 먹혀 문제지. 어니는 고개를 절레절레 저으며 생각했다. 진 회장은 일단 일을 시작하면 자신이 중간에 그만두지 못할 거란 걸 아신 걸까?

– 괜찮지 않으면 안 돼요?

"네?"

– 요즘 회사 일이 엄청나게 많거든요. 차라리 어니 씨 기사 노릇 하는 게 더 재미있을 것 같은데.

"그렇게 재밌지 않아요. 딱히 기사가 필요한 상황도 아니고요."

– 그럼 기사 말고. 짐꾼은요?

그때 미용실 문이 열리며 강유가 들어왔다.

"끝났어?"

– 잠깐. 거기 강유 삼촌이랑 같이 갔어요?

강유의 목소리가 전화기 저쪽까지 들렸나 보다. 어니는 자신의 바뀐 머리를 바라보며 씨익 입꼬리가 길어지고 있는 강유에게 통화 중인 걸 알리듯 손으로 전화기를 가리키며 입을 열었다.

"아, 같이는 아니고. 여기서 우연히 만났어요."

– 혹시 거기. 해월항이에요?

"아⋯⋯."

전화기 너머로 연호가 킥킥 웃었다.

– 반응이 진짜 솔직하다니까. 거기 얼마나 더 있어요?

"아직은 잘⋯⋯."

– 알았어요. 거기서 봅시다.

"네? 뭘 보자고요? 여보세요? 여보세요?"

전화는 이미 끊어진 상태였다.

"아, 뭐야. 이 집안사람들은 왜 죄 자기 할 말만 하고 전화를 끊어?"

"왜? 누군데?"

강유가 불퉁거리는 어니를 보며 물었다.

"있어. 기사 필요하냐 묻는 사람들 중 하나."

"내 얘긴 아닌 걸로. 여튼 이야기는 잘 들었어?"

"어어. 무척. 그다음을 어디서 시작해야 할지 고민이지만."

"머리도 잘 된 거 같다. 무척. 곤란할 정도로."

말은 설렁설렁 농담 같았지만, 눈빛은 따뜻했다. 다정하기도 하고, 또…… 설명할 수 없는 열기 같은 것도 느껴졌다. 그 눈빛을 보면 어니는 고개를 돌릴 수가 없었다.

"흠, 흠. 미안한데 둘이 그렇게 마냥 눈으로 대화해요, 상태로 있을 거라면 월목 해변에나 가 봐."

사장이 빨아야 할 수건들을 빨래바구니에 던져 넣으며 말했다. 그러곤 놀리듯 둘을 향해 덧붙였다.

"어제부터 여름 해변 축제 중이야. 내일은 문브릿지 리조트에서 불꽃놀이도 한다니까, 그것도 보고. 없던 사랑도 저절로 샘솟을걸. 있던 사랑은 더 불붙을 테고."

"역시. 뭘 좀 아신다니까. 감사해요, 형수님. 들었지? 해변에서 축제 중이래."

"나 놀러 온 거 아닌데."

"누가 놀러 왔대? 저녁 사 줘야지. 정보원한테. 월목 해변에서."

"맛있는 해산물 식당 아니고?"

"그 식당이 거기 있어."

어니는 의심스러운 눈으로 그를 바라보았지만 강유는 하하 웃으며 어니의 짐을 챙겼다.


　본격적인 휴가 기간이었다.

　오후가 되자 오래된 도시의 좁은 도로는 더위를 피해 움직이는 휴가 차량으로 어디나 밀렸다. 어니는 느릿느릿 거북이걸음을 하고 있는 차 안에 앉아 창밖으로 펼쳐진 바다를 바라보았다. 오후 5시가 넘은 시간이었다. 그럼에도 태양은 여전히 이글거렸고, 바다는 잔잔하게 빛을 반사하고 있었다.

　"아버지의 첫사랑 이야기는 재미있었어?"

　강유가 조용한 어니에게 장난처럼 말을 걸었다.

　"흠. 사람을 사랑한다는 건 참 무서운 것 같아."

　"왜? 첫사랑이 아직 아버지 못 잊었대?"

　"그런 거 아니거든. 그냥, 아까 카페 앞에서 난동 부리던 남자 생각이 나서."

　사실은 자야 씨의 사랑에 대해서 생각하던 중이긴 했다. 그리고 어니의 엄마, 수애의 사랑도. 하지만 강유에게 굳이 그런 이야길 하고 싶진 않았다.

　"그 남자는 그 여자 얼굴을 망쳐서라도 옆에 두고 싶어 했잖아. 그렇게까지 해서 자기 곁에 두려는 그 남자의 사랑은 대체 어떤 사랑인 걸까, 생각하던 중이야."

　"그냥 미친놈이야. 사랑이 아니라. 소유욕, 집착, 광기에 빠진 미친놈."

　"사랑하니까 집착도 생기고 소유욕도 생기고 그래서 미치기도 하는 거잖아. 무섭게."

　"상대가 다치든, 아프든, 고통스러워하든 상관없이 오직 자신

228

의 감정이 가장 중요한 사랑. 그래서 상대를 망가뜨려서라도 자기 곁에 두려는, 자기의 감정적 만족이 가장 큰 사랑. 그게 사랑인가? 그놈은 그냥 마음이 덜 자란 미친놈이라니까."

"마음이 덜 자란…… 그렇구나."

그의 말을 되짚어 보던 어니가 고개를 끄덕이며 중얼거렸다. 문득 자신을 빤히 바라보는 그의 시선이 느껴졌다. 고개를 돌리니 강유가 씨익 웃으며 그녀를 바라보고 있었다.

"뭐야? 왜 그렇게 보는데?"

"궁금하지 않아?"

"뭐가?"

"마음이 잘 자란 사람은 어떤 사랑을 하는지?"

"어떤 사랑을 하는데?"

"나랑 사귀면 직접 보여 줄게. 마음이 잘 자란 사람의 사랑."

그가 유혹이라도 하듯 은근한 목소리로 말했다. 장난 같으면서도 진심 같은, 별 뜻 없는 것 같으면서도 마음이 담긴 듯한 목소리였다. 어니는 당황한 표정으로 그를 멀뚱멀뚱 바라보았다. 강유는 어서 대답하라는 듯 빙그레 미소를 지어 보였다.

"앞차 간다. 운전에 집중!"

그의 미소에 괜히 붉어지는 얼굴을 감추려 어니는 가다 서다를 반복하는 도로로 시선을 옮기며 말했다.

"기껏 용기 냈더니."

강유가 쯧, 혀를 차며 중얼거렸다.

"선배는 알면 알수록 점점 더 모르겠어."

"모르겠는 건 뭐든 물어봐."

"물어보면 대답해 줘?"

"뭐가 궁금한데?"

그가 너무도 선선히 대답했다.

"내가 언제 말 놓으세요, 선배님, 이라고 했어?"

어니의 질문에 강유가 풋, 웃음을 터트렸다.

"너 은근 집요하다. 점점 더 모르겠다는 게 그거야? 고작?"

"이건 시작이지. 난 가끔 선배가 일부러 쉽게 설명할 수 있는 걸 알쏭달쏭하게 말하는 게 아닌가 의심하고 있거든."

"설마."

"떡밥을 뿌리는 거지. 궁금하게. 자꾸자꾸 궁금하게 만들어서 선배 생각을 하게끔."

"그래서 내 생각 했어?"

"안 했어. 절대 안 했어."

어니가 불퉁한 표정으로 대답하자 강유가 하하 웃음을 터트렸다.

"봐 봐. 지금도. 내가 언제 말 놓으세요, 선배님, 이라고 했냐고 물었는데, 딴소리만 하잖아."

"대학교 공대 뒤의 호연못."

"호연못?"

호수라고 하기엔 너무 작고, 연못이라고 하기엔 너무 큰, 그래서 호연못이라 부르던 곳이 있긴 했다. 젊은 객기로 '내 사랑을 받아 줘.' 외치며 뛰어들거나, 시험을 잘 보게 해 달라고 기도하며 뛰어드는, 그래서 학생들로부터 알고 보면 목욕탕이라 불리던 곳.

"호연못 뭐?"

"분홍 토끼."

"와. 만날 스무고개……. 잠깐, 분홍 토끼?"

툴툴거리던 어니가 갑자기 입을 다물었다.

"기억나?"

강유가 싱긋 웃으며 물었다.


기억난다. 가을이었고, 축제 준비로 바쁠 때였다. 3학년 2학기
였던 어니는 축제보다 취업을 위한 학점 관리로 더 바쁜 때였고.

전날 거의 밤을 새우다시피 중간고사 대체 리포트를 준비했던
어니는 잠깐 비는 공강 시간에 호연못의 조용한 벤치에 앉아 눈
을 감고 쉬었다.

나른하게 늘어져 귓속으로 흘러드는 물소리와 눈 위를 간질이
는 나뭇잎 그림자를 음미하던 시간. 어니는 자신이 뗏목을 타고
물 위를 천천히 떠내려가는 것 같다고 생각했다.

'멋대로 흘러가던 뗏목이 아무도 모르는 낯선 강가에 멈추면
눈을 뜨는 거지. 한 번도 본 적 없는 이상한 나라에 도착한 거야.'

생각하며 어니가 눈을 떴다. 분홍색 토끼의 거대한 얼굴이 어
니를 물끄러미 내려다보고 있었다. 어니는 천천히 눈을 깜박였
다.

"나, 잠들었나?"

어니의 말에 토끼가 그녀의 볼을 꾹 찔렀다. 보들보들한 감촉
이 선명했다.

"아니네. 으앗! 뭐야!"

뒤늦게 어니가 자리에서 벌떡 일어섰다.

토끼가 한 발짝 물러서더니 "미안해요. 놀라게 할 생각은 아니
었는데."라고 말했다. 어니가 정신을 차리고 보니 토끼 인형 탈을

쓴 사람이었다.

"아, 아. 네."

어니가 얼떨떨한 표정으로 고개를 끄덕이며 다시 자리에 앉았다. 아직도 심장이 벌렁거렸다. 토끼가 어니를 가만히 바라보더니 탈을 벗으려는 듯 머리에 손을 댔다.

"자, 잠깐만요. 그거 잠깐만 더 쓰고 계시면 안 돼요?"

"네?"

"아, 아니, 그게……."

너무 잘 어울렸다. 호연못과 풀과 나무와 분홍 토끼라니. 어니는 조금 민망한 표정으로 말했다.

"분홍 토끼랑 대화를 해 보고 싶어서요."

어니의 말에 토끼가 푸핫, 웃음을 터트렸다. 그러더니 어니와 조금 떨어져 벤치에 나란히 앉았다.

"그래요. 대화를 해 봅시다. 무슨 대화를 해 볼까요?"

또 그렇게 순순하게 나오자 어니는 선뜻 무슨 말을 해야 할지 몰라 멀뚱히 토끼를 바라보았다. 커다란 분홍 머리 위로 늘어진 긴 귀가 만져 보고 싶게 귀여웠다.

"음……. 분홍 토끼로 사는 건 어떤 기분이에요?"

"뭐, 사람들의 주목을 좀 많이 받게 되죠. 애들은 특히 더 좋아해 주고. 나쁘진 않지만, 피곤하네요."

탈바가지에 가려져 목소리는 웅웅 울리는 것처럼 들렸지만 그럼에도 어니는 좋았다. 그 사람이 누구였든 상관없이. 위험한 사람만 아니면 됐고, 아마도 인형 탈을 쓰는 사람은 착할 거라는 근거 없는 믿음도 있었다.

"하얀 토끼가 아니라, 분홍색 토끼인 이유가 있나요?"

"음. 선택의 여지가 없었다고 하면 되려나."

"다행이네요. 하얀 토끼보다는 훨씬 특별해졌으니까."

그러더니 토끼의 동그란 뺨과 그 위로 늘어져 있는 기다란 귀를 가만 바라보았다. 갑자기 늘어진 귀를 목도리처럼 두르고 다니는 분홍 토끼의 이미지가 떠올랐다. 어쩌면 지금 쓰고 있는 동화 속 소금 인형의 친구를 만들어 줄 수도 있을 것 같았다.

"고마워요. 덕분에 막혔던 이야기를 어떻게 연결해야 할지 힌트를 얻은 것 같아요."

"이야기?"

"혼자서 바다 너머를 보는 건 너무 외로워서 어쩔까 고민 중이었거든요."

"바다…… 너머."

토끼가 혼잣말처럼 조그맣게 중얼거렸다. 어니는 자리에서 일어서며 아까부터 토끼 귀 끝에 스테이플러로 찍힌 채 팔랑거리는 종이를 뜯어 냈다.

- 배송되면 연락 바람. 기계공학과 **학번 JKU -

"이거."

토끼가 종이를 받았다.

"다음에 절 보게 되면 말씀하세요. 그 토끼가 이 토끼다, 라고. 커피라도 사 드릴게요."

어니의 말에 토끼가 탈을 벗을 듯 머리에 손을 올렸다. 화다닥 어니가 그 손을 말렸다.

"아, 지금은 말고. 오늘은 딱 완벽해요. 환상을 깰 순 없어요."

토끼가 탈속에서 푸핫 웃음소리가 들렸다.

"그럼 다음에 뵙겠습니다. 그땐 말 놓으세요, 선배님."

그러곤 꾸벅 인사를 하곤 행복한 표정으로 강의실로 달려갔다.


"그 토끼가 선배야? 진짜?"

"그러니까 우리 후배님은 나한테 저녁뿐만 아니라 커피도 사야한단 말이지."

좁던 도로가 넓어지기 시작하면서 밀리던 차량들의 속도도 빨라지기 시작했다. 정면보다 어니를 더 자주 쳐다보던 강유의 시선이 어쩔 수 없이 도로에 고정되었다.

"근데 선배는 왜 토끼 탈을 쓰고 있었던 거야?"

"아르바이트하느라고."

"아르바이트?"

"그때 학교 콘서트홀에서 어린이 뮤지컬 공연이 있었거든. 거기 안내 알바."

"재벌 집 막내아들이 그런 알바를?"

어니는 신기한 표정으로 그를 바라보았다.

"형님도 누님도 고등학교 졸업하자마자 회사에서 아르바이트를 시작했거든. 그래서 나도 당연히 그렇게 해야 한다고 생각했어. 그런데 회사는 졸업하면 싫어도 들어가야 할 테고, 요트를 연습하러 다니느라 장기 아르바이트도 하기 어려우니 그냥 이런저런 재밌어 보이는 단기 아르바이트를 한 거지."

"아. 요트. 와! 그러고 보니 선배랑 이래저래 자주 얽혔네. 왜 난 전혀 몰랐지?"

"타이밍이 안 좋았지."

강유가 덤덤히 말했다. 어니는 문득, 그가 진 회장 집무실 밖 복도에서 했던 말이 떠올랐다. '타이밍을 탓하고 있던 실수'라던 그 말. 그때 말한 타이밍이 이 타이밍인 건가?

"저녁 먹기 전에 잠깐 어디 좀 들렀다 가자."

"어디?"

"멜린다를 소개시켜 주려고."

그가 슬쩍 어니를 보며 말했다.

"어? 어어?"

어니의 눈이 화들짝 커졌다. 그러니까 어머니인 멜린다가 아닌, 여자 친구인 척했던 그 멜린다? 어니의 목소리가 너무 컸는지 강유가 킥킥 웃었다. 도로가에 '해월항 마리나 1.5km'란 안내판이 붙어 있었다.


차에서 내리자 후텁지근한 바닷바람이 불어왔다. 열기를 품은 바람이 어니의 머리카락을 부드럽게 흔들었다. 주차장 너머로 펼쳐진 바다에 비행기의 흔적이 남은 하늘을 배경으로 하얀 요트들이 줄지어 떠 있었다.

"혹시 멜린다가 요트 이름이야?"

어니가 물결에 천천히 흔들리고 있는 배들을 바라보며 물었다. 하늘을 향해 날을 세운 것 같은 계류장의 기둥들 사이로 갈매기 몇 마리가 날았다.

"글쎄."

기계 부품처럼 보이는 것들이 담긴 봉투를 자동차 트렁크에서 꺼내 챙긴 강유가 어니의 시선을 따라 요트들을 돌아보며 대답했다.

"또 봐 봐. 아주 습관이야. 호기심 떡밥 던지기."

"하하. 직접 보여 줄게."

그가 경쾌하게 웃으며 말했다. 뜬금없이 어니의 심장이 날뛰기 시작했다. 뜨겁고 습한 해풍과 뒤섞인 웃음소리가 어쩐지 즐겁게 들려서, 그 즐거움이 어니조차도 들뜨게 하는 것 같았다.

"강유."

주차장을 벗어나 계류장으로 들어서는데 국적을 알 수 없는 외모의 여자가 제법 큰 요트에서 내려 성큼성큼 다가왔다.

훤칠한 키에 탄탄한 몸매, 시원하게 틀어 올린 적갈색 머리카락에 햇볕에 그을린 황금색 피부. 이국적인 외모의 여자는 활짝 웃는 얼굴로 다가오더니 강유의 어깨를 친근하게 툭 쳤다.

"자기, 언제 온 거야?"

자기? 어니가 슬쩍 미간을 모으며 여자와 강유를 번갈아 바라보았다.

"너야말로 여긴 어쩐 일이야?"

강유의 얼굴에 반가움이 서렸다.

어어, 이것 봐라. 이 애인 이하 친구 이상의 묘한 친근감은 뭐지? 이 여자가 멜린다인 건가? 즐겁게 들뜨던 마음이 천천히 가라앉는 것 같았다.

"손님이 배에 두고 내린 게 있다고 해서, 챙기러 왔지."

어니가 상황을 파악하기 위해 둘을 번갈아 보다 여자와 눈이 마주쳤다. 여자의 눈동자가 어니를 향해 친근하게 웃어 보였다. 눈동자 색이 특이했다. 회녹색? 낯설고 신비한 눈동자였다. 여자가 거의 정확한 발음으로 물었다.

"이쪽은 누구?"

"내 애인."

"와우!"

"선배!"

여자의 눈은 놀람으로 커졌고, 어니의 눈은 당황으로 커졌다.

"이었으면 좋겠는 유어니 양."

강유가 어니를 향해 다정하게 웃으며 말했다.

"아. 혹시 그분이야? 자기가 전에 말했던?"

여자의 물음에 강유가 조금 민망한 표정으로 고개를 끄덕였다. 전에 말한? 전에 뭐라고 했는데? 어니는 질문을 가득 담아 강유를 빤히 올려다보았다.

"이렇게 보네요. 안녕하세요? 전 김 크세네니아예요. 니아라고 부르면 돼요."

악수를 청하듯 손을 내밀며 여자가 말했다. 멜린다가 아니구나, 어니는 생각하며 그녀의 손을 조심스럽게 맞잡았다.

"안녕하세요?"

어니의 인사에 니아가 활짝 웃으며 맞잡은 손을 가볍게 흔들었다. 크고 단단하고 힘이 넘치는 손이었다.

"강유랑 같은 요트 클럽에서 활동 중이에요."

"아⋯⋯. 친하신가 봐요."

"친한지는 모르겠지만, 나쁜 사이는 아닐 거예요."

니아가 강유를 흘긋 보며 농담처럼 대답하더니 어니를 가만히 내려다보며 덧붙였다.

"궁금했어요. 강유한테서 개인적인 이야기를 들은 게 처음이라."

"저도 궁금하네요. 무슨 이야길 한 건지."

어니가 강유를 슬쩍 쳐다보며 대답했다.

"별 얘기 안 했어."

강유가 어깨를 으쓱이며 말했다. 니아가 하하, 웃음을 터트렸다. 약간 허스키하면서도 씩씩한 웃음소리였다.

"자기가 눈치 보는 모습을 다 보네. 이렇게 귀엽게 생긴 아가씬 줄 알았으면 진작에 좀 캐물어 볼걸."

그러더니 어니에게 고개를 기울이며 물었다.

"오늘 어디서 자요?"

"네? 아, 아직."

"그럼 우리 집에서 자요. 요즘 성수기인 데다 해변 축제 기간이라 방 구하기가 어려울 거예요."

"아니에요. 괜찮아요."

"우리 펜션 해요. 여름엔 친구들이 많이 놀러 와서 일부러 방을 몇 개씩 비워 두거든요. 자고 가요."

"말씀은 고맙지만……."

"내 방도 부탁해."

강유가 어니의 말을 슬쩍 자르며 끼어들었다.

"자기는 멜린다랑 잘 거 아냐?"

"오늘은 아냐."

그의 말에 니아가 또다시 웃음을 터트렸다. 그러더니 짓궂은 표정으로 덧붙였다.

"방, 하나밖에 없어."

"아깐 몇 개씩 비워 둔대 놓곤?"

강유가 삐딱한 표정으로 물었다.

"저는 호텔로……."

어니가 후다닥 끼어드는데, "호텔도 방 없을걸. 여름 해변 축제 기간엔 방 못 구해." 강유가 어니를 보며 말했다.

"어디든 하나쯤은 있겠지. 안 되면 찜질방, 북카페, 터미널 대기실, 그도 저도 안 되면 바닷가 모래밭에 앉아 낭만이라도 씹어 보면 되니까."

"상처받는다, 나. 뭘 또 그렇게 정색하고 외박을 꿈꾸냐? 내가 뭘 어쩐대?"

강유가 황당한 표정으로 어니를 바라보는데 니아는 재미있다는 듯 싱글싱글 웃으며 말했다.

"어니 씨, 타고난 여행가네. 하하. 방 한 개 아니에요. 장난친 거야. 둘 다 와요."

"그럴 줄 알고 있었다. 우리 저녁도 먹을 거야."

"준비해 둘게. 언제 올 건데?"

"잠깐만. 내 의견은?"

두 사람의 대화를 듣고 있던 어니가 살짝 손을 들며 말했다.

"와요. 거절하지 말고. 바닷가 모래밭에서 낭만 찾는 것보단 펜션 옥상에서 낭만을 찾는 게 더 편안할 거예요."

"아……."

회녹색 눈동자가 어니를 물끄러미 바라보자 그녀는 거절을 할 수가 없었다. 강유랑 마냥 친해 보이는 니아의 집에 가는 게 썩 내키진 않았는데, 눈동자가 마치 주술이라도 부리는 느낌이었다. 꼭 마력이 가득 담긴 구슬 같달까.

어니는 딱히 거절을 하지도 못한 채 그녀의 눈동자를 빤히 바라보았다.

"가기 전에 연락할게."

강유가 어니의 시선을 차단하듯 시계를 보는 척 어니의 시선 앞에서 손목을 뻗으며 말했다.

"오케이. 오늘은 파티 해야겠다. 자기 이따 봐. 어니 씨도."

니아가 시원스런 미소를 남기곤 손을 흔들며 주차장으로 걸어갔다. 어니가 여전히 홀린 듯 그녀를 바라보고 있자 강유가 어니의 시선 앞에 고개를 들이밀었다.

"헉. 왜 그래?"

갑자기 다가온 그의 얼굴에 어니의 심장이 저절로 당황스럽게 날뛰었다. 강유가 심각한 표정으로 어니를 물끄러미 바라보았다.

"왜? 왜 그렇게 보는데?"

심장에 이어 얼굴까지도 발갛게 달아오를 것 같은 간질간질한 느낌에 어니가 주춤 물러서며 물었다.

"나도 그렇게 보나 궁금해서."

"뭘 어떻게 봐?"

"아주 뜨겁게, 반한 듯, 넋 놓고."

강유가 눈썹을 끌어 올리며 어니에게 속삭였다. 그의 나지막한 목소리가 솜털처럼 어니를 간질였다.

"아, 아니. 내가 언제……."

"괜찮은 남자가 바로 옆에 서 있는데, 같은 여자를 그런 눈빛으로 봐야겠어?"

"그냥 눈동자 색이 예뻐서 봤어. 꼭 안개 낀 마법의 숲 같은 눈동자라서."

"그런 것치곤 좀 많이 뜨거웠어. 질투 나게."

뭐, 뭐가 나? 질투? 거울을 보지 않아도 어니는 자신의 얼굴이 발갛게 달아오르고 있는 게 느껴졌다. 강유의 얼굴이 조금 더 가까워졌다. 그의 숨결이 볼 끝에 닿았다.

"아, 어, 저기. 메, 멜린다는?"

당황한 어니가 주춤 물러서며 말했다. 물러서는 그녀를 물끄러미 보던 강유가 갑자기 자세를 바로 했다. 그러고는 어니에게 가자는 듯 가볍게 고갯짓을 하며 앞장서 계류장을 걸었다.

성큼성큼 걷는 그의 뒷모습을 바라보며 어니는 조용히 한숨을 몰아쉬었다.

불쑥 다가오는 그도 갑작스레 물러서는 그도 어니는 적응하기가 힘들었다. 다가오는 그는 설레면서 난감했고, 물러서는 그는 안심되면서 섭섭했다. 이 모순적인 감정들이라니.

앞서 걷던 강유가 저만치서 어니를 돌아보았다. 먼 바다를 건너온 해풍에 그의 시선이 실려 왔다. 어니의 입술을, 뺨을, 머리카락을 훑으며 지나가는 바람. 온전히 그녀만을 향한 바람.

어니는 바람결을 따라 부풀어 오르는 마음을 삼키며 걸음을 옮겼다. 이 걸음이 잘못된 게 아니길. 어니는 이유도 모른 채 막연히 생각했다.


멜린다는 하얗고 안정적이면서도 날렵했다.

강유의 오토바이에서 보았던 물결무늬가 그려진 요트의 옆면에 한글로 적힌 '멜린다-바다 너머로'라는 글자는 배만큼이나 날렵하게 보였다.

"바다 너머로."

어니는 뱃전의 글자를 물끄러미 바라보았다.

요트에 먼저 오른 강유가 어니에게 손을 내밀었다. 그녀는 잠깐 주저하다 그의 손을 잡았다. 어니의 작은 손이 그의 손안에 폭

안겼다. 배 위로 올라서자마자 그녀가 손을 빼내려 했지만 강유가 손을 더 꽉 잡았다.

"멜린다에 승선한 걸 환영해."

"손, 이제 따뜻하네."

손을 빼려던 어니가 조그맣게 중얼거렸다. 그가 싱긋 웃었다.

"원래 내가 따뜻한 사람이거든."

장난스런 그의 목소리도 그의 손만큼이나 따뜻했다. 어니의 마음이 살랑살랑 춤을 췄다. 흔들리는 배처럼, 찰랑이는 파도처럼.

"여기 잠깐만 앉아 있어. 교체해 줘야 할 것들이 있는데, 금방 끝나. 그러곤 밥 먹으러 가자."

강유가 어니의 손을 다시 한 번 꽉 잡았다 놓으며 말했다. 그러더니 가져왔던 봉투에서 부품을 꺼내 들고 선실로 내려갔다.

어니는 자신의 손을 내려다보았다. 아직도 손안에 그의 온기가 남아 있었다. 그가 건네는 온기들이 자꾸만 어니의 마음에 파문을 만들었다. 뱃전에 부딪히는 자잘한 물결의 소리가 어니의 마음속 파문이 일으키는 소리 같았다. 그 파문을 온전히 받아들여도 되는 걸까? 어니는 난감했다.

강유가 선실에서 공구 몇 개를 들고 올라왔다.

"이거라도 먹고 있어."

그가 배의 후미 의자에 앉아 있는 어니의 손에 젤리 봉지를 쥐여 주고는 배의 마스트 돛 옆으로 올라갔다. 그러고는 돛줄과 연결된 부분의 부품을 갈아 끼우기 시작했다.

어니는 능숙하게 부품을 빼내고, 살펴보고, 새로운 부품으로 갈아 끼우는 강유를 조용히 바라보았다. 그는 편안해 보였다. 마치 자신의 집 마당에서 자전거의 체인을 고치듯 능숙해 보였고,

느긋해 보였다.

"뭐든 잘 고치나 봐."

어니는 뜯지도 않은 젤리 봉지를 만지작거리며 말했다.

"그런 편일걸."

장난스럽게 대답한 강유가 뭔가를 생각하듯 먼 바다에 시선을 던졌다. 계류장을 감싸고 있는 방파제 너머 더 넓은 바다 어딘가.

"바다 너머를 보려니까 직접 고쳐야 할 게 많더라고."

"바다…… 너머?"

어니는 그 말을 막연히 되뇌었다. 강유가 그녀에게로 시선을 돌리더니 조용한 목소리로 말했다.

"그게 내 꿈이거든. 바다 너머를 보는 것."

강유의 목소리와 함께 다시 바람이 불었다. 후텁지근한 열기를 담은 바람.

그는 부품을 바꾼 부분의 상태를 확인하듯 묶어 놓았던 돛을 풀어내고 돛줄을 당겼다. 돛이 천천히 돛대를 타고 올라 넓게 펼쳐졌다. 하얀 날개처럼 펼쳐진 돛 위에 거대한 귀를 펄럭이는 코끼리가 그려져 있었다.

어니는 조금씩 붉은 기가 스며 가는 하늘을 향해 날아오를 듯 귀를 펼친 코끼리를 올려다보았다. 거대한 덩치가 가볍고 자유로워 보였다.

돛을 팽팽히 당겼다가 풀었다가를 반복하던 강유가 다시 돛을 접었다. 그러고는 장비들을 챙겨 어니에게로 다가왔다.

돛은 사라졌지만 어니의 시야 속에는 여전히 코끼리가 푸른 하늘을 펄럭펄럭 날고 있었다. 크게 배 위로 원을 그리며 날던 코끼리가 방향을 바꾸더니 저 멀리 방파제 끝의 등대 너머로 사라졌다.

코끼리가 사라지자 어니가 조용한 목소리로 말했다.

"그래서 멜린다와 떠난다는 거였구나. 바다 너머를 보러."

어니가 천천히 강유에게로 시선을 옮겼다. 그가 담담히 고개를 끄덕였다.

"아주 어릴 때부터의 꿈이었어. 나 혼자만의 힘으로, 바다의 끝까지 가 보는 것."

"바다의 끝?"

강유는 그녀의 맞은편 의자에 편안한 자세로 앉으며 말했다.

"아버지의 방에는 낡은 해도가 하나 있었어. 책상의 유리 판 아래에 깔려 있었는데, 아버지가 출장으로 자리를 비우실 때마다 나는 아무도 없는 그 방에 들어가 지도를 물끄러미 들여다보곤 했어. 바다의 좌표들을 눈으로 연결하면서 막연히 직접 이곳들을 보고 싶다고 생각했던 것 같아."

바닷물이 찰랑이고 있었다. 갈매기 몇 마리가 방파제 주변을 날며 끼룩거렸다. 어니의 어린 시절을 함께한 소리들이었다. 어니는 익숙한 소리가 가득한 배 위에서 배와 함께 흔들리며 그의 이야기를 들었다.

"어머니가 돌아가시기 전에 멜린다 이야기를 한 적이 있어."

"어머니가 쓰셨다던 그 책?"

강유가 그렇다는 뜻으로 가볍게 고개를 끄덕이며 말을 이었다.

"병원에 누워 계신 어머니에게 멜린다에 관해 물었어. 어릴 때 읽었다고, 가끔 그 글이 떠오른다고, 아직도 그 글을 가지고 계시냐고. 어머닌 놀라셨어. 그 글을 누군가 읽었을 거라곤 전혀 생각지 못하셨나 봐. 그러곤 말씀하셨어. 새집으로 이사 와 벽난로에 첫 불을 지폈을 때, 그 공책을 불꽃 위에 던져 넣으셨대. 공책이 새카만 재가 될 때까지 가만히 지켜보셨다고 하셨어."

"왜…… 그러셨대?"

"뒤늦게 깨달으셨나 봐. 본인의 삶이 지극히 평범하다는 걸. 물론 고아로 자라, 대기업 사모님이 된 삶이 평범하다곤 할 순 없었지만, 아버지와 결혼한 후의 삶을 돌아봤더니 평온했대. 평범하고, 무난했대. 그리고 아셨대. 멜린다의 평범한 삶을 꿈꾼 것처럼, 한편으론 멜린다가 속한 낯선 세상을 더 많이 꿈꾸셨다는 걸."

뱃전을 두드리는 파도만큼이나 담담히, 강유가 말했다.

어니가 알기로 강유의 어머니 이양이는 5년 전에 암으로 죽었다. 5년 전이면 강유는 대학생이었을 것이다. 5년은 어머니의 죽음을 담담하게 받아들일 만큼 충분한 시간인 걸까? 어니는 알 수 없었다.

"어릴 때, 아버지의 책상 위 해도를 보면서 막연히 꾸던 꿈이 어머니의 말을 듣는 순간 선명해진 기분이었어. 온전히 내 힘만으로 바다의 끝, 그 낯선 세상을 보고 와야겠다는 생각을 했어. 그 김에 어머니에게도 그 낯선 세상들을 보여 드리고. 그래서 도전하는 거야. 요트로 무기항, 무원조, 무동력으로 세계 일주를 해 보려고."

강유가 멜린다를 의미하듯 배를 휙 둘러보았다.

"단순한 취미가 아니라, 세계 일주구나. 언제…… 떠나?"

"10월 중순쯤. 날씨 봐서."

강유의 대답에 어니는 무슨 말을 해야 할지 알 수가 없었다. 그의 꿈 이야기를 응원해 줘야지. 열렬히. 그래야 하는데 왜 설레던 기분이 스르륵 가라앉는 걸까.

강유가 어니를 바라보았다. 좁은 배의 후미. 다리를 쭉 뻗으면 그의 다리와 닿을 수도 있을 것 같은 거리. 어니는 공간을 건너오는 그의 시선을 피해 멀리 방파제 위를 날고 있는 갈매기를 바라보았다.

"어니야."

강유가 그녀를 불렀다. 평소 부르던 '후배'가 아니라 이름으로. 그의 목소리가 바람이 되어 어니를 휙 흔들고 지나갔다.

어니가 천천히 그를 돌아보았다. 검은 눈동자가 어니를 바라보고 있었다. 진지하고 깊은 눈동자였다.

"대학 때, 너에게 말하고 싶었어. 만나자고. 나와…… 사귀자고."

"대학 때? 어, 어째서?"

어니는 당황했다. 갑자기 왜 대학 때 이야기가 나오는 건지 알 수가 없었다. 게다가 사귀자라니. 고작 설문지와 얽힌, 토끼 탈로 얽힌 사이에 사귄다는 말이 왜 나오는 건지 그것도 알 수가 없었다.

"너에게 관심 있었어. 오며 가며 자주 봤고. 인사를 건네야지 타이밍만 노렸어. 그러다 토끼 탈을 썼던 그날, 드디어 말을 걸었던 거야. 다음에 보면 커피를 사겠다는 네 말에, 어떤 식으로 그 토끼가 나라는 걸 알릴까 설레며 생각했었어."

갈매기가 길게 울음을 흘리며 지나갔다. 어니는 눈 한 번 깜박이지 못하고 그의 말을 듣고 있었다.

"그때, 어머니가…… 쓰러지시지 않았다면, 그렇게 돌아가시지 않았다면 그 토끼가 나라고, 그러니 커피를 사 달라고 했을 거야. 그리고 만나자고, 나와 사귀자고 했을…… 거야."

그때가 그때였구나. 먼 세상 이야기 같던 이양이의 죽음이 갑

246

작스레 어니에게 의미를 가진 이야기가 된 기분이었다.

"항해를 준비하면서 네 생각을 했어. 가끔. 그 애는 바다 너머를 보았을까? 답을 찾았을까? 좀 일찍 말을 걸어 볼걸, 후회도 했고. 그런데 넌 또다시 이런 타이밍에 나타난 거야. 내가 항해를 떠나기 직전에."

희미하게 강유가 웃었다. 그의 뒤로 펼쳐진 하늘의 붉은 기가 조금씩 짙어지고 있었다.

"하지만 더 이상 타이밍을 탓하지 않으려고. 그래서 말인데……."

그가 어니를 흔들림 없이 바라보았다. 그러곤 그녀의 눈동자를 스쳐 가는 작은 감정들을 깊게 들여다보며 천천히 말을 이었다.

"바다 너머에 뭐가 있는지에 대한 답을 찾아올 때까지 기다려 줄래?"

온갖 감정이 소용돌이치던 오전의 눈동자만큼이나 오롯이 그녀를 담고 있는 눈빛이었다. 그 눈에 대답하고 싶었다. 자신만을 향해 있는 눈동자에 진심으로 그렇겠다고 대답하고 싶었다.

하지만…….

어니는 천천히 입술을 깨물었다. 그녀의 난감해하는 표정을 가만히 바라보던 강유가 다정하게 웃으며 말했다.

"지금 대답하지 않아도 돼. 생각만 해 봐."


• 2 •


니아의 펜션은 요트 계류장과 월목 해변의 중간쯤에 위치한 작은 언덕 위에 있었다. 펜션 옥상에 올라가 오른쪽으로 고개를 돌리면 멀리 월목 해변 근처의 놀이공원 대관람차의 불빛이 보였고, 왼쪽으로 고개를 돌리면 계류장을 싸고 있는 방파제 끝, 등대의 불빛이 조그맣게 보였다.

그녀의 말대로 월목 해변 모래밭에 누워 낭만을 씹기보단 옥상에 걸린 해먹에 누워 낭만을 즐기는 게 훨씬 좋아 보이긴 했다.

방을 안내받자마자 어니는 샤워실로 들어갔다. 온몸이 끈끈했다. 차가운 물이 피부에 닿자 멍하던 머리가 조금 개운해지는 것 같았다.

길고 긴 하루였다. 자신의 방에서 잠을 깼던 오늘 아침이 까마득한 옛날 같았다.

어니는 쏟아지는 물을 맞으며 눈을 감았다. 기다렸다는 듯, 강유의 검은 눈동자가 살아났다. 차가운 물 아래 서 있어 봤자 아무 소용이 없었다. 그의 눈동자는 더 끈끈하고 깊었다.

"흠."

짧게 한숨을 뱉으며 후다닥 샤워를 끝내고 방으로 돌아왔다. 활짝 열어 둔 창밖으로 어둠이 짙어지고 있는 하늘이 보였다. 어느새 8시가 넘어가고 있었다.

방을 안내해 주던 니아가 8시에는 저녁을 먹을 수 있게 준비해 둔다고 했었다. 어니는 헐렁한 셔츠에 짧은 청바지 차림으로 1층 식당에 내려갔다.

너무 편한 차림이라 조금 신경이 쓰였지만 달리 선택의 여지가 없었다. 간단하게 준비한 여행인지라 별다른 옷이 없었다.

어니가 펜션 1층 식당으로 내려가자 입구에서부터 먹음직스러운 냄새가 났다. 그러고 보니, 온종일 먹은 거라곤 오전에 먹은 샌드위치 몇 쪽과 커피 두 잔뿐이었다. 배고픈 줄도 몰랐는데 냄새를 맡자 허기가 몰려왔다.

"혹시 해산물 못 먹는 거 아니죠?"

커다란 접시에 쪄 낸 새우를 잔뜩 쌓아 밖으로 나가던 니아가 어니를 발견하고는 물었다.

"잘 먹어요."

"다행이에요. 오늘 해산물 파티를 할까 하고. 여보! 어니 씨예요!"

니아가 식당 안쪽의 주방을 향해 소리를 질렀다. 자그마한 체구에 단단해 보이는 몸집의 남자가 주방 안쪽에서 고개를 내밀었다.

"어서 와요."

시원시원한 목소리로 인사를 건네더니 남자가 앞치마에 손을 닦으며 주방에서 나왔다.

"제 남편이에요. 김창도."

니아가 다가오는 남자, 창도에게 팔을 뻗어 다정하게 어깨동무를 했다.

"안녕하세요?"

"강유가 여자를 데려왔다고 해서 어떤 분인가 했네요. 반가워요. 식사 준비를 해 놨어요. 앉아요."

창도가 인상 좋게 웃으며 창가 자리를 가리켰다. 서글서글한 눈웃음이 어딘지 니아와 닮아 보였다. 어니는 가볍게 묵례를 하며 자리에 가서 앉았다. 식탁 위에 간결한 한정식이 차려져 있었다.

"파티 할 거니까 해산물 먹을 배는 남겨 놔요."

니아가 싱긋 웃으며 말하더니 창도의 뺨에 입을 맞추고는 새우 접시를 들고 마당으로 나갔다. 창도는 빙그레 미소가 어리는 얼굴로 니아의 뒷모습을 바라보았다.

"여전하네."

막 식당으로 들어서던 강유가 창도를 보고는 피식 웃으며 말했다.

"넌 새롭다. 여자랑 같이 여길 다 오고. 앉아. 밥 식겠다."

창도가 강유의 어깨를 툭 두드리고는 주방으로 들어갔다. 강유가 빙그레 웃으며 어니의 맞은편에 와서 앉았다. 물기가 남은 머리카락에 편안하게 풀어진 듯한 얼굴. 샤워를 하고 내려온 그에게서 청량한 한여름 소나기의 냄새가 났다.

"저 형 별명이 매일 아내에게 반하는 남자야."

"매일 다른 여자한테 반하는 것보단 낫지 않냐?"

강유의 말을 들었는지 창도가 밥을 가져오며 말했다. 그러더니 강유의 시선을 보며 덧붙였다.

"너 보니, 네 인생도 나와 크게 다를 것 같진 않다만."

"원하는 바야."

강유의 선선한 대답에 창도는 웃음을 터트렸다. 그러곤 필요한 게 있으면 언제든 부르란 말을 남기곤 자리를 떴다.

단둘이 남자 어니는 괜히 그가 신경이 쓰였다.

"잘 먹겠습니다."

그런 어니의 마음을 아는지 모르는지 강유는 장난스럽게 말했다.

"네네, 많이 드세요. 커피도 곧 사 드릴 테니."

자기만 그를 의식하고 있는 것 같아서 어니는 어쩐지 억울했다. 기다려 달란 말은 강유가 했는데, 왜 신경은 자신이 써야 하는 건지. 강유가 그녀의 말속에 담긴 미묘한 감정을 느낀 건지 물끄러미 그녀를 바라보았다.

"음. 왜 기분이 별로인 것 같지? 나 뭐 잘못한 것 있나?"

대답 없이 어니는 해산물이 잔뜩 들어간 된장국을 휘휘 저었다. 맛있어 보였다. 하지만 어니는 선뜻 국을 뜨지 못한 채 국을 노려보았다.

"왜 그래?"

강유가 조심스럽게 다시 물었다.

"기다리고 나면, 그다음은 뭐야?"

"그다음?"

"그다음엔 어디 안 가? 또 다른 항해, 또 다른 도전, 그래서 또 다른 기다림……이 기다리는 거 아니야?"

어니는 시선을 들어 그를 바라보았다. 흔들림 없이, 그의 마음속을 스쳐 가는 생각들을 놓치지 않을 것처럼.

"생각해 보지 않았어."

그가 덤덤히 대답했다. 이런 대답을 원한 게 아닌데, 생각했지만 어니는 그저 고개를 끄덕였다. 그러곤 휘적거리던 숟가락을 입으로 가져갔다.

"맛있다. 선배가 말한 월목 해변 주변의 맛있는 해산물 식당이 맞네."

아무렇지도 않은 척 어니가 음식을 먹으며 말했다. 강유가 한동안 어니를 바라보더니 조용히 덧붙였다.

"하지만 한 가진 약속할게. 뭘 하든 널 기다리게 하는 건 안 하겠다고."

어니의 숟가락이 허공에서 멈췄다.

"그러니까 이번만 기다려 줘."

그는 단단했다. 목소리도. 눈빛도. 흔들리지도 않았고 망설이지도 않았다.

"생각……해 볼게."

어니가 조용히 대답했다. 그가 다정하게 웃었다.

"그 대답으로 일단 만족."

강유가 커다란 문어숙회 한 점을 어니의 멈춘 숟가락 위에 얹어 주며 말했다. 그러곤 어니를 바라보며 싱글싱글 웃었다. 정말로 그 대답만으로도 만족한다는 듯.

어니는 그의 단순한 대답이 어쩐지 마음에 들었다. 뭔가 복잡하던 마음이 조금 가라앉는 것 같았다.

어니는 숟가락 위에 놓인 문어숙회를 입안에 넣고 꼭꼭 씹었다. 마치 그가 건네는 그의 마음 한 조각을 꼭꼭 씹듯. 그러면서 생각했다. 어쩌면 이번엔 기다려도 되지 않을까? 기다림에 대한 대답을 얻을 수 있지 않을까?

"많이 먹어."

강유가 가볍게 고개를 끄덕이며 말했다. 그 행동이 꼭 그녀의 질문에 대한 대답 같아서 어니는 피식 웃었다. 이 남자는 이상한 데서 타이밍을 잘 맞추는 것 같았다.


강유는 펜션 마당에서 벌어진 작은 파티 테이블 구석에 앉아 조용히 입을 다물고 있었다.

니아가 소속된 요트 클럽 사람들과 창도가 소속된 조기 축구회 사람들이 주축이 된 파티는 술판으로 바뀌어 왁자지껄 시끄러워지는 중이었다.

니아와 같은 요트 클럽 소속인 강유는 평소와 달리 모임이 신나지 않았다. 예전 같으면 바다 이야기를 듣고, 운항 기술에 대한 이야기를 나누며 시간 가는 줄 몰랐을 텐데, 오늘은 전혀 그럴 기분이 아니었다. 그의 신경은 온통 펜션 2층에 가 있었다.

저녁을 먹자마자 어니는 너무 피곤하다며 방으로 올라갔다. 아닌 게 아니라 피곤해 보이긴 했다. 눈 끝에 잠이 맺혀 그녀가 눈을 깜박일 때마다 느릿느릿 잠이 흘러내리는 것 같았다.

"먼저 올라갈게. 하루가 너무 길었어."

헐렁하게 늘어진 티셔츠 사이로 보이는 쇄골, 짧은 반바지 아래로 드러난 맨다리, 졸음에 겨워 살짝 풀어진 얼굴. 피곤하다고 말하는 어니를 바라보며 강유는 괜히 헛기침을 했다.

"데려다준다고 하면…… 좀 웃긴가?"

"어. 웃겨."

어니가 농담처럼 대답하더니 가볍게 손을 흔들며 계단을 올라갔다. 강유는 계단참을 돌아 사라지던 어니를 한동안 바라보았다.

느리게 깜박이던 어니의 눈꺼풀과 가냘픈 목선, 하얀 종아리가 눈앞에 생생했다.

자신이 이렇게 엉큼한 녀석이었나 싶어, 강유는 민망한 표정으로 "쯧." 혀를 찼다.

사람들 사이에 앉아서도 생각나는 건 어니였다. 잘 자고 있으려나, 오전에 겪었던 험한 일이 편함 잠을 방해하거나 하진 않았겠지?

출항일이 두 달 앞으로 다가온 상황이었다. 배의 수리와 개조 작업은 지난번에 다 끝난 상황이었고, 세계 일주 항해에 필요한 서류와 신고서도 오늘 다 마무리 지었다. 이제는 날씨 확인과 출항에 필요한 물품 선적만 남았다. 마음이 바쁠 시기였는데, 멜린다를 생각하면 요트에 앉아 있던 어니의 얼굴만 떠올랐다.

강유는 그녀의 얼굴을 떠올리자마자 '생각해 볼게.' 대답하던 그녀의 목소리가 떠올랐다. 기다리는 건 하지 않는다던 그녀의 대답이었다. 그 정도면 괜찮은 대답이었다. 강유의 입꼬리가 저절로 슬쩍 벌어졌다.

그때 펜션 주차장으로 자동차 한 대가 들어왔다.

"손님인가?"

창도가 빈방이 없다고 말하기 위해 자리에서 일어섰다.

"어? 연호 아냐?"

창도의 목소리에 강유가 고개를 들자 연호가 연하와 함께 차에서 내리는 게 보였다. 강유는 슬쩍 미간을 찡그렸다. 녀석이야 니아와 원래 알고 지낸 사이라 그렇다 치고, 연하까지 데리고 온 이유는 뭘까?

쌍둥이지만 어릴 때부터 둘이 붙어 다니는 경우는 거의 없었다. 연호는 연하보다는 강유의 뒤를 훨씬 더 열심히 쫓아다녔으니까.

니아와 인사를 주고받던 연호가 강유를 보고는 씨익 웃으며 손을 흔들었다.

펜션 옥상에는 바다에서부터 불어오는 바람 냄새가 났다. 강유는 옥상 담장에 기댄 채 깊게 심호흡을 한 후 연호와 연하를 번갈아 바라보았다.

이곳에 처음 와 본 연하는 해먹에 누워 "여기 진짜 마음에 든다."라며 몸을 흔들고 있었고, 연호는 쭉쭉 기지개를 켜다 강유 곁으로 다가왔다.

"웬일이야?"

"어니 씨 기사 하러 왔어."

"둘이 함께?"

강유가 의심스러운 눈길로 연호를 바라보았다.

"그건 핑계고, 사실은 우리 가출했어."

연하가 별자리를 확인하듯 손가락으로 하늘에 그림을 그리며 중얼거렸다.

"가출? 가출할 나이 아니지 않냐? 출가겠지. 왜?"

"다 삼촌 때문이잖아."

연호가 불퉁한 목소리로 강유를 보며 말했다.

"나 뭐?"

"아버지가 날 발령 낼 거래. 평해 해운 홍콩지사로."

"근데?"

"근데? 근데? 삼촌이 회사 팽개치고 바다로 도망갈 궁리만 하니까, 삼촌 대신 날 그 자리에 끼워 넣으려는 거잖아."

"원래부터 네 자리였어. 내 자리가 아니라."

강유가 피식 웃으며 말했다.

"무슨 말이 그래? 아버진 삼촌을 후계자로 점찍었어. 난 삼촌 보조에 삼촌 조력자 정도고. 끽해야 평해 그룹 계열사 중에 작은 거 하나쯤 맡길 생각이셨다니까."

"내가 조력자 해 줄 테니, 그냥 네가 해."

"싫어. 삼촌이 해. 항해 끝내고 돌아와서."

강경한 연호를 강유가 돌아보았다. 연호는 담장에 턱을 괸 채 멀리 등대 불빛을 바라보고 있었다. 어둠이 내린 바다를 배경으로 빛을 밝힌 등대는 작은 촛불처럼 보였다. 그 불빛을 조용히 바라보던 연호가 속삭이듯 말했다.

　"난 출판사 할 거야. 평해 그룹 말고. 아이들의 마음에 상상력의 촛불을 켜 주는 사람이 될 거라고."

　"헉! 완전 오글거려."

　누워 있던 연하가 벌떡 일어나 앉으며 말했다.

　"봐 봐. 제대로 된 동화책을 못 읽고 자라면 저렇게 되거든. 낭만도 없고, 감성도 메마른 인간."

　"낭만도 없고, 감성도 메말랐지만 현실 파악은 잘 하거든. 출판사는 문화재단 산하에 하나 넣어 만들면 되는 거고, 전문 출판인 채용해서 적극 지원하면 촛불이 아니라 LED 등 같은 동화책을 너보다 더 잘 만들 수 있어."

　"그거하고 그거하고 같아? 내 손으로 직접 그런 책들을 찾아내서 출판하고 싶은 거잖아."

　"후계자 수업 받으면서도 할 수 있는 일이야. 전문 경영인 뽑아서 출판사 맡겨 두고도 네가 원하는 걸 찾아냈을 때 충분히 관여할 수 있는 일이라고."

　연하가 연호를 건너다보며 말했다. 그러더니 담장에 기대서 있는 강유와 연호를 번갈아 바라보더니 한숨을 뱉었다.

　"평해 그룹은 선택이 아니라 의무야. 할아버지, 아버지가 어떻게 키운 회사인지 알면서, 그 회사에 얼마나 많은 사람들의 노력이 들어갔는지 알면서, 너도 삼촌도 어쩜 그렇게 자기들만 생각해?"

연하가 해먹에서 일어서더니 화난 듯 "잠이나 자러 갈래."라고 툭 뱉더니 옥상을 내려갔다. 니아가 알려 준 대로 어니의 방을 찾아가는 중일 터였다.

"무슨 일 있어?"

연하가 사라진 유리문을 바라보며 강유가 물었다. 연호가 다시금 멀리 등대에 시선을 옮기며 대답했다.

"아버지가 쟬 갤러리 운영 팀에서 평해 문화재단 운영 팀으로 보낸다고 했거든."

"본사로 안 보내고?"

"문화재단을 재한테 주고, 회사 운영 쪽으론 아예 얼씬도 못하게 할 모양이야."

연호의 대답에 강유는 다시금 연하가 사라진 유리문을 바라보았다. 연하는 늘 회사 운영에 관심이 많았다. 연호가 강유 뒤를 졸졸 따라다녔듯 연하는 강호 뒤를 졸졸 쫓아다녔다.

졸업 후에 본사에 취직하려고 입사 지원서를 작성한 걸 알고 강호는 그녀에게 그룹 문화재단 산하의 문화 후원 사업을 맡겼었다. 그다음엔 장학 사업으로, 그 후엔 갤러리 운영으로.

연하는 불평하지 않았다. 늘 최선을 다했고, 이 모든 경력이 언젠간 자신에게 도움이 될 거라 생각했었다.

그랬는데 이제 그녀를 문화재단 운영 팀으로 보냄과 동시에 회사에 그다지 뜻이 없어 보이는 연호에겐 홍콩 발령을 명령하자 화가 난 것 같았다. 홍콩 지사는 해운업의 중심축이었다. 그곳으로 발령을 낸다는 건, 그룹 계열 전반에 관한 본격적인 훈련을 시키겠다는 의미였다.

"너나 내가 아니라 저 녀석이 후계자감인데."

"동감."

강유의 말에 연호가 고개를 끄덕이며 중얼거렸다. 진평해 회장은 강호에게 거의 모든 결정권을 위임했고, 늘 연하를 예뻐하던 강호는 의외로 연하를 경영 일선에서 배제했다.

강유는 하늘을 올려다보았다. 별을 헤아리기엔 주변이 밝았다. 그럼에도 서울에서보다 별이 훨씬 많았다. 펜션 마당에선 왁자한 웃음소리가 들렸다.

"그래서 언제 올라가려고?"

"봐서. 아버지랑 한바탕 한 참에 할아버지가 어니 씨 기사 노릇좀 하려나 물으시더라고. 그걸 핑계로 어니 씨 일정 따라 움직이며 휴가를 보내는 것도 재밌을 것 같아서 도망 온 중이라."

강유는 떨떠름한 표정으로 연호를 슬쩍 바라보았다. 녀석의 서글서글한 눈매와 자연스럽게 미소가 서리는 입매가 오늘따라 신경 쓰였다.

"어니 씨는 여기서 뭐 하는 거야?"

"자서전 자료 조사 중이래."

"음. 오래 있을 건가?"

"글쎄."

강유는 막연히 대답하며 연호의 시선이 머물고 있는 등대를 바라보았다. 저 등대 근처에 그의 요트가 물결에 흔들리고 있을 터였다.

"오래 있으면 좋겠는데."

지나가듯 중얼거리는 연호의 말에 강유는 곁눈질로 그를 바라보았다.

"관심…… 있어?"

"관심인가? 재밌긴 해. 보고 있으면 심심할 새도 없고."

연호가 빙그레 미소를 지으며 대답했다. 그녀를 떠올리는 녀석의 얼굴이 즐거워 보였다.

"나는 관심 있어."

강유가 담담히 말했다. 연호의 시선이 그를 향했다.

"삼촌이?"

"진심이야."

연호가 강유를 물끄러미 바라보더니 하하, 짧게 웃음을 터트렸다.

"사랑해, 삼촌."

"미쳤냐?"

강유가 찡그린 미간에도 불구하고 연호는 히죽거렸다. 녀석이 왜 웃는지 강유는 알았다.

말이 삼촌과 조카지, 한 살 터울의 둘은 형제이자 친구였다. 강호에 대한 불만부터 사춘기의 고민, 미래에 대한 불안까지 소소하고도 자잘한 일들을 공유하며 자란 둘이었지만 이양이의 죽음 이후로 강유는 자신의 이야기를 하지 않게 되었었다.

딱히 이유는 없었다. 그 즈음의 연호는 막 회사에 입사해 바빴다. 주말엔 강유가 해월항에서 시간을 보냈다. 몇 번쯤 연호는 강유를 따라 해월항에 내려왔었다. 그래 봤자 별달리 나눌 대화거리가 없었다. 강유의 신경은 온통 요트에 쏠려 있었다.

그랬는데, 지금 강유가 자신의 속을 내보이자 연호는 어쩐지 웃음이 났다. 예전의 삼촌을 다시 보는 것도 같았다.

"웃지 마."

강유가 민망한 듯 중얼거렸다.

"삼촌을 위해서 내가 해 줄 게 뭐가 있으려나."

"하지 마. 아무것도."

강유가 경고하듯 연호를 바라보았지만 연호는 싱긋 웃기만 했다. 어쩐지 예전의 둘 사이로 돌아온 것 같은 기분이 들었다.

"괜히 말했어."

강유가 툴툴거렸다. 하지만 어쩐지 마음은 편했다. 자신의 말에 연호가 전혀 동요하지 않아서. 조금씩 멀어지던 녀석이 다시금 가까워진 것 같아서.


"엄마야!"

막 잠에서 깬 어니가 침대에서 내려서다 짧게 비명을 질렀다. 발아래 물컹한 뭔가가 밟혔던 것이다. 소리를 지르고 보니, 얇은 홑이불로 얼굴을 감싼 사람의 다리가 길게 뻗어 있는 게 보였다.

이불이 꿈틀거리더니 이불 사이로 얼굴이 드러났다. 머리를 산발한 여자가 부스스 일어나 앉더니 끔벅끔벅 어니를 바라보았다.

"연……하?"

"안녕?"

눈도 제대로 뜨지 못한 채, 꽉 잠긴 목소리가 인사를 건넸다.

"언제 온 거야?"

"어젯밤에. 넌 누가 들어오는 줄도 모르고 그렇게 자냐?"

아닌 게 아니라 거의 기절하다시피 잠이 들긴 했다. 온갖 일이 가득한 하루를 보내고 났더니 뇌가 일하기를 멈춘 듯 꿈도 없이 잤던 것 같다.

여전히 떠지지 않는 눈을 비비던 연하가 침대 위로 기어 올라왔다.

"바닥에서 잤더니 허리 아파. 나 조금만 더 잘게."

그러고는 베개에 머리를 묻고는 눈을 감았다. 어니는 갈아입을 옷을 챙겨 샤워실로 향하면서 피식 웃었다.

샤워를 마치고 식당으로 내려오자 막 내려놓은 커피와 간단한 빵이 준비되어 있었다. 어니는 커피를 한 잔 따라 마당으로 나갔다.

새벽이 걷히는 시간이었다. 벌써부터 더울 것 같은 열기가 공기 중에 섞여 들고 있었다. 어니는 희미하게 바다의 냄새가 나는 아침 공기를 마시며 마당가의 그네형 벤치에 앉았다.

아기자기하게 꾸며 놓은 정원에서 풀 냄새와 꽃 냄새가 흐드러지게 흐르고 있었다.

어니는 천천히 벤치를 흔들었다. 어쩐지 고향에 돌아온 듯한 기분이 들었다.

'엄마는 어쩌고 있으려나.'

고향 생각이 나자 엄마가 떠올랐다. 어니는 수애의 SNS에 접속해 보았지만, 여전히 새로운 글은 올라와 있지 않았다. 어니는 인터넷 뉴스에 접속해 기사를 훑어보았다.

며칠 전 확인했던 뉴스의 후속 소식이 올라와 있었다. 수애 역시 이 뉴스를 확인했을 것이다. 어니는 수애의 전화번호를 입력하고는 잠깐 망설였다.

전화를 해 봐야 딱히 할 말도 없었다. 통화 버튼 위에서 손가락이 한참을 맴돌았다.

마당을 터벅거리는 소리에 고개를 들자 연하가 커피를 들고 어슬렁거리는 걸음으로 다가오고 있었다.

"더 잔다더니?"

어니는 휴대전화를 다시 호주머니에 밀어 넣었다. 연하가 졸린 표정으로 어니의 곁에 와서 앉았다.

"막상 자려고 하니까, 잠이 안 와."

그러곤 커피를 홀짝이며 어니의 어깨에 머리를 기댔다. 자신보다 한참 작은 어니의 어깨에 기댄 자세가 불편할 텐데도 연하는 그대로 그네를 흔들며 앉아 있었다.

"우리 집 마당보다 더 좋을 것도 없는데, 이상하게 편하네."

연하가 조그맣게 중얼거리더니 허리를 펴고 앉으며 "공기 때문인가?"라고 혼잣말을 했다.

"여긴 어쩐 일이야?"

어니가 커피를 홀짝이며 물었다.

"연호가 너 보러 간다고 해서 따라왔지. 이 바람둥이 놈이 너한테 작업 걸까 봐."

"농담은."

"사실은 아버지가 내가 원하는 걸 못 하게 해서. 속상해서 바람 쐬러 온 거야."

연하는 생각에 잠긴 듯한 표정으로 정원의 화단가에 늘어놓은 작은 화분들을 바라보며 말했다. 화분마다 오종종한 풀꽃들이 가득했다.

"원하는 게 뭔데?"

어니의 물음에 대답을 할 듯하던 연하가 입을 다물었다. 매미가 조용한 아침을 깨우듯 울기 시작했다.

한동안 조용히 생각에 잠겨 있던 연하가 조용히 말했다.

"그렇게 물어보니 갑자기 모르겠네."

자신의 대답이 스스로 생각해도 어이가 없는 듯 연하가 조그맣게 웃었다. 그러더니 어니를 돌아보며 말했다.

"난 한 번도 의심한 적 없었어. 평해 그룹 외식 체인을 키우고 확장시키는 게 내 꿈인 걸. 그런데 진짜 이상하네. 네가 물어보니까 정말 그게 내 꿈이었나 싶다. 뭐지? 나 그럼 왜 속상해한 거야?"

연하는 생각에 잠긴 듯 미간을 모은 채 앉아 있었다. 어니는 그녀의 표정을 보며 수애를 생각했다. 엄마도 그런 걸까? 아빠가 돌아올 거라고 너무나 오랫동안 믿고 있다 보니, 의심 같은 걸 전혀 할 수 없는 상태가 되어 버린 걸까?

"두 사람 다 뭐가 그리 심각해?"

갑작스러운 목소리에 고개를 들자 연호가 다가오고 있었다.

"아, 안녕하세요?"

"이런 곳에서 보니까, 두 배는 더 반갑네요."

연호가 다가오더니 연하의 커피를 가져가 한 모금 마셨다.

"네가 직접 가져다 마셔."

"이상하게 네가 마시는 게 늘 항상 더 맛있더라고."

"죽는다."

연하는 연호가 가져간 컵을 다시 뺏어 오며 말했다. 그러거나 말거나 연호는 히죽 웃더니 어니를 향해 말했다.

"삼촌은 새벽같이 나갔어요. 우리끼리 아침 먹으라던데. 나가서 먹을까요? 현지인만 아는 굉장히 유명한 식당이 있는데 아침 일찍 열어요. 거기 가요."

강유가 나갔다는 말에 어니는 이상하게 섭섭했다. 말도 없이 나갔네. 하긴 말을 하는 것도 웃기긴 했다.

"현지인만 아는 식당을 네가 어떻게 알아?"

"내가 원래 모르는 게 별로 없거든."

"이 동네 아가씨랑 사귄 적 있냐?"

"야!"

연호가 인상을 찡그리자 연하가 킥킥 거렸다. 그러더니 어니를 향해 "가자. 저래 봬도 맛집은 기가 막히게 알아 놓거든."이라고 말했다.

어니는 고개를 끄덕이며 주차장으로 시선을 옮겼다. 그러고 보니 강유의 차가 보이지 않았다. 오늘 볼 수 있긴 하려나. 막연히 생각하던 어니는 그런 자신에게 당황했다. 좋아한다를 넘어 그를 보고 싶어 하고 있는 자신이 낯설었다.

"어?"

넋 나간 듯 주차장을 보고 있던 어니는 갑작스레 자신의 커피 컵을 당기는 느낌에 고개를 돌렸다.

"컵, 내가 갖다 놓을 게. 차에 가서 기다려."

"아, 고마워."

연하가 어니의 컵을 받아 자신의 컵과 함께 펜션 식당으로 가져갔다.

어니는 새벽부터 어디 간 걸까? 궁금해지는 강유를 머릿속에서 지우려 애쓰며 연호의 차로 향했다.

어니의 일정이 어떤지 알 수 없어서, 강유는 새벽부터 서둘렀다. 세계 일주 일정에 맞춰 필요한 일들을 처리하고, 배를 봐 주고 있는 관리인과도 점검해야 할 부분들을 다시 확인했다. 조금이라도 일찍 일을 끝내면 그녀와 시간을 더 보낼 수 있지 않을까 하는 생각에 강유는 부지런히 움직였다.

오전 중에 서둘러 일을 마무리 짓자마자 강유는 곧장 펜션으로 돌아왔다.

차를 세우고 펜션 마당으로 들어서는데 뒤뜰에서 활기찬 웃음 소리가 들렸다. 강유가 펜션을 돌아가자 농구를 하고 있는 니아와 어니가 보였다.

농구장가에서 연호와 연하, 창도가 응원을 하고 있었다.

큰 키에 탄탄한 몸매의 니아는 못하는 스포츠가 거의 없었다. 요트는 물론이고 스키와 권투도 즐겼고 당연히 농구도 뛰어났다. 그런 그녀가 어니와 농구 시합을 하는 중인 것 같았다.

"어! 삼촌. 언제 왔어?"

연호가 강유를 발견하고는 손을 흔들었다.

"무슨 상황이야? 지금."

"점심 내기 시합 중. 근데 와……. 어니 씨 농구 실력이……."

"앗싸! 7대 7 동점. 유어니 화이팅!"

어니의 골이 막 골대를 통과하자 연하가 소리를 질렀다. 어니가 싱긋 웃으며 이쪽을 돌아보다 강유와 시선이 마주쳤다.

그녀의 눈동자에 희미하게 반가움이 스쳐 지나갔다. 그 짧은 순간 강유의 심장이 쿵 날뛰었다. 발갛게 열이 오른 어니의 얼굴에 담긴 미소가, 그녀의 눈길에 담긴 그녀의 감정이 곧장 그에게 달려드는 기분이었다.

재빠르게 니아의 손에서 어니가 공을 채 갔다. 강유의 시선이 저절로 어니의 움직임을 따라 움직였다. 자그마한 체구로 농구장을 누비는 어니의 얼굴 위로 햇살이 쏟아졌다. 온통 햇살이 그녀만을 따라다니는 것 같았다.

"경영학과 날다람쥐."

강유의 고등학교 동창이자, 어니의 과 선배인 녀석에게 '왜 날 다람쥐야?' 물어본 적이 있었다. 그때 '재빨라서. 걔 농구 하는 거 보면 놀랄 거야.'라고 녀석이 말했었다. 체육대회 때 보긴 했지만, 이렇게 보니 그녀는 정말로 재빨랐다.

그리고 자유로워 보였다. 그녀의 얼굴에 가득한 열기가, 햇살을 닮은 미소가, 붉게 타오른 얼굴이 온통 강유를 흔들었다.

강유는 그녀의 작은 움직임 하나에도 눈을 떼지 못하는 스스로가 낯설었다.

"왜 저렇게 예뻐서는."

그걸 느끼면서도 여전히 눈길을 떼지 못하는 자신을 향해 강유는 어이없는 웃음을 흘리며 조그맣게 중얼거렸다.


나무 그늘 아래 모여 앉은 사람들 사이에서 웃음이 쏟아졌다.

"전직 농구 선수야?"

연하가 놀란 얼굴로 어니에게 물었다.

"중학교 2학년 때까지 잠깐."

"진짜?"

"시골 학교라 전교생이 다 선수였어."

어니가 하하 웃으며 말했다.

"이런 모습에 강유가 넘어간 거야?"

창도가 나눠 주는 레모네이드를 어니에게 건네주며 니아가 웃었다.

"아, 아니. 무슨……."

"아니라곤 못하지."

당황한 어니의 말을 끊으며 강유가 빙긋 웃었다.

266

"맙소사. 삼촌."

연하가 놀란 눈으로 강유와 어니를 번갈아 바라보았다. 그러다 주변을 둘러보더니 "뭐야? 나만 몰랐던 거야? 유어니, 너 우리 삼촌이랑 사귀니?" 물었다.

"아, 아냐. 그런 거."

"그건 내 꿈이고."

당황한 어니와 달리 강유는 느긋했다. 그 탓에 연하는 낯선 인간 쳐다보듯 그를 바라보았다.

한낮의 열기가 나무 그늘 아래까지 찾아들고 있었다. 다들 차가운 레모네이드를 홀짝이며 나른하게 이야기를 나눴다. 어니의 농구 실력에 관해서, 니아의 새로운 취미에 관해서, 바닷가의 축제와 낯선 강유에 대해서.

강유는 누가 뭐라던 신경 쓰지 않았다. 미소가 어린 눈빛으로 어니만을 바라보며 온통 어니에게만 집중하고 있었다. 그녀의 농담에 웃었고, 그녀의 이야기에 공감했다.

그러면서 어니에 대한 사소한 것들을 알아가기 시작했다. 그녀가 생각에 잠길 때 습관적으로 왼쪽을 슬쩍 본다든가, 대답하기 난감한 질문을 만나면 윙크하듯 한쪽 눈을 찡그리는 것 같은 것들을.

강유는 그녀에 관해 조금씩 알아 가는 이 순간이 좋았다.

그런 시선을 받아 본 적 없던 어니는 어색하고, 수줍었다. 그럼에도 어니 역시 좋았다. 그의 따뜻한 시선이 온전히 그녀에게만 집중하고 있는 것이라든가, 그녀의 별것 아닌 이야기에 적극적으로 고개를 끄덕이는 것이라든가 그녀가 난감해할 때마다 귀신같이 눈치채고 도움을 주는 것 같은 것들이.

"덥다."

연하가 손부채질을 했다. 바람마저 잦아든 한낮. 끈끈한 열기가 온 마당을 달구고 있었다.

창도가 일어나더니 담장가의 호스를 끌어다 마당에 물을 뿌렸다. 물방울이 반짝이며 쏟아졌다. 니아가 빙긋 웃더니 펜션으로 뛰어 들어갔다.

그러더니 물총을 들고 돌아왔다. 그녀가 씨익 웃더니 나무 그늘에 늘어져 있는 일행을 향해 물총을 쏘기 시작했다.

"앗!"

늘어져 있던 일행들이 일시에 자리를 털고 일어섰다. 니아가 깔깔거리며 도망가는 일행을 쫓아왔다. 연호가 킥킥거리더니 창도에게서 호스를 뺏어 니아에게 물을 뿌렸다.

끈끈하던 몸 위로 시원하게 물이 쏟아졌다. 자신이 원하는 것이 뭔지 정확히 모르겠다던 연하도, 출판사의 꿈을 간직한 채 회사 일에 치여 사는 연호도 웃음을 터트렸다.

어니 역시 자신을 바라보는 강유의 눈을 보며 활짝 웃었다. 그냥 즐거웠다. 이 순간이.

햇살은 뜨거웠고, 하늘은 파랬다. 세상이 온통 짙은 녹음으로 우거져 생기가 넘치고 있었다.

어니는 햇살 아래서 여우비처럼 떨어지는 물방울을 바라보며 불쑥 자야 씨를 떠올렸다. 그녀의 눈을 바라보던 진평해 회장의 눈동자도 저랬을까? 강유의 검고 깊은 눈동자가 어니를 향해 반짝이고 있었다.

'기다릴게. 기다릴 수 있어. 그런 눈으로 날 계속 본다면. 기다릴 수 있을 것 같아.'

그의 눈동자를 보며 어니는 생각했다. 물이 하얗게 쏟아졌고, 어니는 즐거움으로 터지는 비명을 삼키며 강유의 눈을 바라보았다.

❋ ❋ ❋

샤워를 하고 나오는데 협탁에 내려놓은 휴대전화가 울리고 있었다. 어니는 급한 걸음으로 전화기를 집어 들었다. 모르는 번호가 화면 위에 찍혀 있었다. 광고 전화인가? 생각하는데 전화가 끊어졌다.

부재중 전화가 세 번. 같은 번호였다. 어쩐지 불안한 기분이 들었다. 어니는 곧장 통화 버튼을 눌렀다.

– 여보세요? 어니니?

통화음이 한 번도 채 울리기 전에 저쪽에서 목소리가 날아왔다.

"네. 누구세요?"

– 나 봉숭아 이모.

어니가 어릴 때 곧잘 손톱에 봉숭아 꽃물을 들여 줬던 고향 동네 아주머니였다.

"안녕하세요?"

– 엄마가 쓰러지셨어.

"네?"

어니는 순간적으로 그 말의 의미를 파악하지 못했다.

– 햇볕 밑에서 쉬지도 않고 일하셨나 봐. 지금 병원이야.

"엄마는 어떠세요?"

269

뒤늦게 그 말의 의미가 어니를 흔들었다. 자신의 목소리가 자신의 입이 아닌 멀리 다른 곳에서 들리는 것 같았다.

　－ 걱정할 정도는 아니야. 2~3일은 병원에 있어야 한다는데, 내가 내일은 울 딸네 애기를 봐 주러 가야 하거든. 병원에 혼자 있게 하기가……. 그래서 혹시 내려올 수 없나 해서 전화했어.

　"갈 수 있어요. 갈게요."

　－ 어딘지 문자 보내 줄게. 그냥 일사병이래. 쉬면 괜찮다니까 너무 걱정 말고, 천천히 조심해서 내려와.

　"빨리 갈게요."

　전화를 끊자 곧장 병원 이름이 적힌 문자 메시지가 들어왔다.

　어니는 문자 메시지를 멍하니 들여다보았다. 병원이라는 단어가 외계어라도 되는 것처럼 낯설었다.


　어니는 짐을 챙겨 아래층으로 내려왔다.

　이곳에서 어니의 고향 마을까지는 멀지 않았다. 해월 터미널에서 고향까지는 1시간 남짓 걸리는 직통버스도 있었다. 병원 역시 고향 터미널에서 멀지 않았다.

　"혹시 택시를 부를 수 있을까요?"

　음악을 틀어 놓고 현관 청소를 하고 있던 니아가 고개를 들었다.

　"왜? 어디 가요?"

　"터미널이요."

　어니의 대답에 니아가 갸웃한 표정으로 어니를 바라보더니, 식당을 향해 소리를 질렀다.

　"강유! 진강유!"

우렁찬 그녀의 목소리가 펜션 전체를 쩌렁쩌렁 울렸다. 식당에서 창도와 대화를 나누고 있던 강유가 고개를 내밀었다. 강유의 시선이 가방을 메고 내려온 어니에게 닿았다.

"어디 가?"

"터미널 간대. 데려다줘."

니아의 말에 강유가 불만스럽게 한숨을 뱉었다.

"말도 없이? 터미널엔 왜?"

"개인적인 일이야. 터미널까지만 가면 돼."

"기다려. 곧 내려올게."

어쩐지 화가 난 것 같은 그의 말에 어니는 입술을 깨물었다. 강유는 곧장 위층으로 뛰어 올라가더니, 이내 짐을 챙겨 내려왔다. 그의 뒤를 연호가 놀란 눈으로 따라 내려왔다.

"갑자기 어디 가는 건데?"

"나 대신 할아버지 비서 노릇 좀 하고 있어. 부탁할게."

강유의 말에 연호가 "뭐?" 묻다 어니를 발견하곤 알겠다는 듯 고개를 끄덕였다.

"뭐 그쯤이야. 어니 씨 기사 노릇을 특별히 삼촌에게 양보할 순 있는데…… . 어니 씨 무슨 일이에요?"

어두운 어니의 표정을 읽었는지 연호가 조심스럽게 물었다.

"그냥, 개인적인 일이에요. 먼저 가서 미안해요. 연하에게 말 좀 전해 주세요."

어니는 연호와 니아 모두에게 인사를 건넨 후 강유를 쳐다보았다. 어니의 시선을 읽은 듯 강유가 앞장서 주차장으로 향했다.

"어디로 가면 돼?"

"터미널."

조수석 문을 열어 주며 어니가 타기를 기다리던 강유가 갑자기 어니에게로 고개를 기울였다.

"뭐든 혼자 하려는 거 아는데, 이번만 좀 기대 봐."

화난 듯한 표정과 달리 목소리는 다정했다. 무슨 문제든 다 해결해 줄 것 같은 목소리였고, 그의 말대로 기대고 싶어지는 목소리였다.

"**시 **병원."

강유가 고개를 끄덕였다.

차가 출발하자 어니는 입을 다문 채 창밖만 내다보고 있었다. 무슨 일인지 궁금할 텐데도 강유는 아무것도 묻지 않았다. 그는 창턱에 한 팔을 괸 채 말없이 운전에만 집중하고 있었다.

침묵이 내린 차 안에 편안함이 고였다.

그 편안함에 어니의 무겁던 마음이 조금씩 가라앉는 것 같았다.

"엄마가 쓰러지셨대. 이 더위에 햇볕 밑에서 일을 하셨나 봐."

묻지 않았지만 어니가 조용히 말했다. 강유의 시선이 어니에게 잠깐 머물다 사라졌다.

"아침에 전화를 드릴 생각이었어. 요즘 엄마의 기분이 좋지 않다는 걸 알고 있었으니까. 하지만…… 하기 싫었어."

그녀는 무의미하게 차창에 그림을 그렸다.

"그때 전화를 드렸다면, 엄마가 햇볕 아래에서 무리하다 쓰러지는 일은 없었을 거야."

"네 탓이 아냐. 햇볕 탓이지."

담담히 그가 말했다. 어니가 그를 돌아보았다. 그가 슬쩍 어니를 보며 고개를 끄덕였다.

"네 탓이 아니라고. 네 전화를 받았어도 어머니는 일을 하러 가셨을 거야. 혹시 일을 하러 가지 않으셨어도 해는 어디든 있어. 어디든 햇볕 아래라고. 더운 날이야. 그러니 모두 햇볕 탓이지, 네 탓 아니야."

"순 억지."

어니가 중얼거리자 강유가 피식 웃었다.

"억지 좀 부리면 어때? 햇볕이 너한테 뭐라고 할 것도 아니고."

"그게 뭐야?"

"달라질 것도 없는데, 스스로를 괴롭힐 필요 없단 말이야."

빙그레 어니를 향해 웃어 보이는 얼굴이 단단해 보였다. 그녀가 외로울 때마다 온기를 나눠 주던 바위처럼. 그녀를 늘 다독여 주던 든든한 바위처럼.

"그 말이 맞나 봐."

"어떤 말?"

"날 돕기 위해 태어났다던 선배 말."

"맞다니까. 그러니까 날 계속 옆에 둬."

그가 유혹하듯 다정히 웃었다. 심장이 파르르 간지럽게 떨렸다. 엄마의 병원에 가는 와중에 이렇게 설레도 되는 건지. 어니는 설렘과 죄책감이 뒤섞이는 묘한 감정을 숨기려 창밖으로 시선을 돌렸다.

도로 위로도, 달리는 차량들 위로도 온통 이글거리는 태양이 가득했다.

그래, 다 햇볕 때문이야. 엄마가 병원에 간 것도, 이 남자 때문에 설레는 것도, 모두 햇볕 때문이야. 너무 더워서, 세상 모든 게 더위 아래서 일렁이니까. 그래서 내 마음도 갈피를 잡지 못하고 일렁이는 거야. 그러니까…… 이 모든 게 다 햇볕 탓이야.

억지라는 건 알았지만 어니는 그냥 억지를 부려 보기로 했다. 그의 말처럼 햇볕이 어니에게 뭐라 할 것도 아니니까.

달라진 건 아무것도 없었지만 마음만은 조금 진정되는 것도 같았다.


"데려다줘서 고마워."

어니가 차에서 내리며 말했다. 따라 내리려던 강유가 주춤 어니를 바라보았다.

"기대는 건 여기까지란 의미?"

더 기댔다간, 더 많은 걸 원하게 될 테니까. 하지만 어니는 그저 생긋 웃으며 고개를 끄덕여 보였다.

"흠. 그래 일단은 이만큼에서 만족하는 걸로 하고. 병원에서 밤새울 거야?"

"아마도."

"그래. 어서 들어가 봐."

"조심해서 돌아가."

어니는 강유에게 인사를 건넨 후, 병원으로 걸음을 옮겼다. 다음번엔 서울에서 보게 되려나, 생각하니 어쩐지 섭섭한 것도 같았다.

병원 앞에서 살짝 돌아보자 운전석의 그가 턱을 괸 채 이쪽을 보고 있었다. 그러다 어니와 시선이 마주치자 가볍게 손을 들어 보였다. 그녀를 격려해 주는 것 같은 작은 손짓이었다.

어니는 그 손을 향해 고개를 숙여 보이고는 병원으로 들어갔다.

수애는 자고 있었다.

의자에 앉아 꾸벅꾸벅 졸고 있던 봉숭아 아주머니는 예상보다 빨리 온 어니를 보고는 반색을 했다.

"어떻게 이렇게 빨리 왔어? 한밤이나 돼야 도착하려나 했는데."

"엄마는 좀 어떠세요?"

어니가 침대 위의 수애를 보며 물었다. 그녀는 얼굴색이 칙칙하게 가라앉아서 어니가 알던 수애의 모습과는 다르게 보였다. 좀 더 작고, 좀 더 약해 보인 달까.

"쉬면 괜찮대. 이 더위에 아침부터 과수원에서 제초 작업을 한 모양이야."

"감사합니다."

봉숭아 아주머니가 떠나자 어니는 간이 의자에 앉아 수애를 물끄러미 바라보았다.

"매번 이렇게 흔들릴 거면서. 이제 그만 포기하고 받아들이면 안 돼요?"

조금은 화난 것처럼, 어떻게 들으면 원망하는 것처럼 어니가 속삭였다. 그러다 그대로 침대에 엎드렸다. 어차피 수애의 대답은 뻔했다.


'돌아온다고 했어. 난 기다린다고 했고.'


"알아요. 수천 번도 더 들었으니까."

어니의 목소리는 침대에 묻혀서 웅얼거리는 것처럼 들렸다. 상관없었다. 수애 역시 어니의 저 대답을 수천 번은 더 들었을

275

테니까.

어니는 입술을 짓씹으며 수애의 손을 잡았다. 농사일로 거칠고 단단하게 다져진 손. 마음이나 좀 다져질 것이지. 어니는 수애의 손을 꼭 쥐었다 놓으며 생각했다.

"언제 왔니?"

수애의 목소리에 고개를 들었다.

"좀 전에. 괜찮아요?"

"문단속을 안 하고 나왔어."

눈을 천천히 깜박이며 수애가 말했다. 바람 소리처럼 가늘고 힘없는 목소리였다.

"문?"

"문을 열어 놓은 것 같아. 가서 문단속 좀 하고 와."

"누가 들어온다고. 훔쳐 갈 것도 없잖아요."

"갔다 와. 신경 쓰여."

"병원은?"

"혼자 있을 수 있어. 간 김에 텃밭에 물도 주고."

눈을 뜨고 있는 것도 힘들어 보이는데, 고집을 부리는 수애를 보며 어니는 짧게 한숨을 뱉었다. 그녀는 어니가 문단속을 하고 올 때까지 계속해서 닦달을 할 터였다.

"알았어요. 뭐 필요한 건 없어요? 간 김에 챙겨 올게."

"없어. 빨리 갔다 와."

어니는 걱정스런 표정으로 수애를 보다 자리에서 일어섰다. 그녀는 어니가 일어서자 억지로 뜨고 있던 눈을 다시 감았다.

집까지는 택시를 탔다.

너른 마당에 아담한 단층집은 뜨거운 햇살 아래 조용히 서 있었다. 어니는 오랜만에 오는 집이었지만, 반갑지도 정겹지도 않았다. 여전하구나, 싶기만 했을 뿐.

마당가의 텃밭은 이 뜨거운 열기에도 싱싱했다. 수애가 요 며칠간 얼마나 열심히 움직였는지 알 것 같았다. 어니는 집 안으로 들어가기 전에 먼저 텃밭에 물을 주었다. 그러곤 문을 확인했다. 문은 닫혀 있었지만 잠겨 있진 않았다.

집 안으로 들어서자 열기가 고여 후끈했다. 어니는 창문을 활짝 열어 환기를 시키며 집 안을 한 바퀴 돌아보았다. 뭐 하나 흐트러진 것 없이 정갈하고 깔끔했다. 그리고 어니가 떠날 때와 달라진 것도 없었다.

"시간이 박제된 공간."

어니는 자신이 자란 집이었지만, 이곳에 있으면 늘 진공관 속에 들어 앉아 있는 것 같은 기분이 들었다. 변화라곤 손톱만큼도 없는 공간. 수애는 그 무엇도 버리지 않았고, 그 무엇도 정리하지 않았다.

어니는 수애의 방에서 그녀가 갈아입을 옷을 챙기며 문갑 위에 놓인 아빠의 사진을 바라보았다. 햇살 좋은 마당에서 양팔을 활짝 펼친 채 웃고 있는 모습이었다. 달려오는 어니를 안아 주려던 순간이라고 수애는 말했었다.

어니가 기억하는 아빠의 모습은 이 사진 속 모습이었다. 그 외에도 희미하게 남은 이미지가 몇 개쯤 있었지만, 그건 어쩌면 수애의 이야기를 듣고 만들어 낸 어니의 환상일지도 몰랐다.

아빠는 어니가 네 살 때 죽었다. 수애는 고작 스물일곱 살이었다.

"아빠가 돌아가신 것도, 엄마가 남겨진 것도 모두 지금 내 나이

277

였어."

어니는 아빠의 사진을 들여다보며 생각했다. 자신은 아직도 어른이 되지 못했는데, 엄마는 이 나이에 너무 많은 걸 겪었구나 싶었다. 어릴 때는 막연하기만 했던 스물일곱이 갑자기 얼마나 어린 나이인가 하는 생각이 들었다.

어니는 아빠의 사진을 물끄러미 바라보다 수애의 옷을 챙겨 방을 나왔다.

현관 신발장 위에 걸린 수애의 트럭 열쇠를 발견한 어니는 문단속을 한 후, 트럭을 몰고 병원으로 향했다.

할머니가 살아 계실 때 어니는 할머니에게 트럭 운전법을 직접 배웠다. 어니가 곧잘 운전을 하게 된 어느 날 할머니는 시장에서 반주를 한잔한 후 고등학교 1학년밖에 안 된 어니에게 운전대를 맡겼다.


'면허증도 없는 미성년자한테 운전대를 맡기는 거, 불법이거든요!'
'음주 운전은 미성년자가 운전하는 것보다 더 나쁜 거야.'


어니가 꽥 소리를 지르자 할머니는 싱글싱글 웃으며 말씀하셨다.


'안 돼요, 어쨌거나. 그냥 걸어가요. 내후년에 면허를 따면 그땐 제가 모셔다 드릴게요.'
'고지식하긴.'

그날 할머니는 어니와 앞서거니 뒤서거니 장난을 치며 걸어서 집으로 돌아 왔다.

　할머니는 어니가 모는 트럭을 타 보지 못하고 그해 돌아가셨다. 2년 후 어니는 혼자 면허시험장을 찾아서 시험을 봤다.

　'이제 언제든 술 마셔도 돼요.'

　면허증을 받은 날 어니는 할머니를 모신 목련나무를 찾아가 말했었다.

　수애는 여전히 자고 있었다. 어니는 챙겨 온 수애의 짐을 정리하고는 간병인용 간이침대에 앉아 노트를 꺼냈다.

　어제 들었던 자야의 삶을 정리해 둘 생각이었다. 그때 휴대전화가 울렸다. 강유로부터 온 문자 메시지였다.

　[어머니는 어떠셔?]

　[괜찮으셔. 잘 돌아갔어?]

　[별로. 옆자리가 허전해서.]

　옆자리. 어니는 휴대전화 화면 속의 '옆자리'라는 단어를 물끄러미 바라보았다. 그 옆자리가 어니만을 위한 옆자리인 걸까?

　[딴 사람 앉히란 말, 안 통한다. 거긴 원래 네 자리니까.]

　그녀의 질문을 듣기라도 한 것처럼 그에게서 다시 문자가 왔다. 어니는 자신도 모르게 피식 웃었다. 그가 툭툭 던져 대는 말들이 자꾸만 그녀의 마음속에 돌멩이를 던지는 것 같았다. 돌멩이가 떨어져 생긴 파문들이 그녀의 마음을 흔들고 흔들어 자꾸만 간지럽게 만들었다.

　휴대전화를 들여다보던 어니가 망설이다 메시지를 보냈다.

[햇볕이 너무 뜨거워서, 햇볕을 핑계로 말하는 건데……. 좋아해. 옆자리.]

보내자마자 어니는 고민했다. 괜히 보냈나?

그에게서 답장이 없었다. 어니는 휴대전화를 두 손으로 쥔 채화면을 노려보았다. 그냥 보낸 거야. 오해하지 마. 그냥 운전석보다 조수석이 좋다는 것뿐이야. 말도 안 되는 온갖 변명거리들을 떠올리는데, 불쑥 답장이 왔다.

[거기 햇볕보다 여기의 햇볕이 더 강한가 봐. 더 강한 햇볕을 핑계로 말하는 건데.]

"강한 햇볕?"

어니가 무의식적으로 중얼거리는데 연달아 문자가 도착했다.

[난 사랑해. 내 옆자리의 유어니를.]

어니는 화면 속 문자 메시지를 읽고 또 읽었다. 이 글자의 의미가 자신이 알던 그 의미가 맞는 걸까? 심장 안의 파문이 찰랑 물결쳤다. 뒤늦게 그 파동이 온몸으로 퍼지기 시작했다.


다음 날 수애는 퇴원을 했다.

병원에서는 하루 더 있기를 권했지만, 수애는 집에서 쉬겠다며 어니에게 퇴원 수속을 하게 했다.

"더 있어 봐야 쉬기밖에 더 하니?"

하루 사이 수애의 목소리는 평소처럼 카랑해져 있었다.

집으로 돌아오자 어니는 환기부터 했다. 어디나 열기가 가득한 시기라 환기를 시킨다고 딱히 더 시원해질 것도 없었다. 하지만 마당에 물을 뿌리고 앞뒤 문을 활짝 열어 환기를 시키자 실내에 무겁게 고여 있던 공기가 조금은 가벼워진 것도 같았다.

"더우면 문 닫고 에어컨 틀어."

어지러운지, 소파에 앉아 눈을 감고 있던 수애가 말했다.

"방에 자리 펴 드려요?"

에어컨을 켜기 위해 열었던 문을 다시 닫으며 어니가 물었다.

"내가 해. 그보다 누구니?"

"누구라니?"

"어제 문자 주고받던 사람. 애인이니?"

주무시는 줄 알았는데, 일어나 계셨던 건가? 어니는 수애의 얼굴로 시선을 돌리다 자신을 바라보고 있는 그녀의 시선과 마주쳤다.

"애인은 아니고……. 그냥 아는 선배예요."

조심스러운 어니의 대답에도 수애는 별다른 반응이 없었다. 대신 할머니 기일까지 있을 건지를 물었다.

할머니 기일까지는 아직 3주 정도 더 있어야 했다.

"일을 마무리해야 해요."

"출퇴근한다던 그 일?"

"네."

"언제 올라갈 거니?"

"엄마가 괜찮아지면."

어니의 말에 수애는 약하게 고개를 끄덕였다.

에어컨을 켜자 후텁지근하던 실내가 순식간에 시원해졌다.

"좀 이따 텃밭에 물 좀 줘."

수애는 에어컨 바람이 들게 문을 열어 놓고 방으로 들어갔다. 어니가 따라 들어가자, 수애가 나가라는 듯 손짓을 했다.

"내가 해. 가서 밥 먹어. 냉장고에 콩물 있을 거야. 국수 삶아

281

먹든가. 나 좀 쉴게."

어니는 수애가 꺼내는 이불을 받아 후다닥 펴 드린 후, 방을 나왔다. 그러곤 거실에 앉아 어제 정리하다 만 자야의 이야기를 정리하기 위해 노트를 펼쳤다. 어제는 강유의 문자 메시지 때문에 정리를 제대로 끝내질 못했다.

"쯧."

노트를 펼친 어니가 짧게 혀를 찼다. 정리하다 만 글자들 아래 낙서가 가득했던 것이다. 어제 강유의 문자 메시지를 받고 자신도 모르게 휘갈겨 놓은 것들이었다.

햇볕, 기다림, 세계 일주, 1년? 얼마나, 그리고 동그라미 안에 적힌 사랑이란 단어들.

자연스럽게 어제의 문자 메시지가 떠올랐다.


[난 사랑해. 내 옆자리의 유어니를.]


그 문자 메시지에 어니는 답장을 하지 못했다. 뭐라고 해야 할지 알 수가 없었다. 그녀의 답장이 없어서인지, 그에게서도 더 이상의 메시지는 없었다. 어쩌면 그 역시, 문자 메시지를 보내 놓고 어제의 어니처럼 변명거리를 찾고 있을지도 몰랐다.

'변명거리를 찾을 시간이 필요한 거라면 시간을 줄게.'

어니는 노트 위에 제멋대로 흩어져 있는 단어 중에서 사랑이란 단어에 밑줄을 죽죽 그으며 막연히 생각했다.

어니는 결국 노트를 접어 버리고, 집 청소를 시작했다. 복잡한 머리로 일을 하느니, 차라리 몸을 움직이며 하루를 보내기로 했다.

땀에 젖은 옷을 빨고, 집 청소를 하고, 텃밭에 물을 주고 국수를 삶았다. 수애를 깨우러 갔더니 그녀는 일어나 남편의 사진을 들여다보고 있었다.

"쉬라니까."

"쉬는 중이야."

"국수 삶아 놨어요. 드세요."

"이따가."

어니는 조용히 방을 나와 혼자 콩국수를 먹었다. 설거지를 끝내고, 미뤄 뒀던 자료 정리를 했다. 오전에 널었던 빨래를 걷고, 저녁 준비를 했다.

서툴게 밥상을 차려 놓고 수애의 방으로 들어갔다. 수애는 여전히 사진을 보고 있었다.

"저녁 드세요."

"뒤. 나중에 먹을게."

어니는 말없이 방으로 들어가 사진을 뺏었다. 수애가 어니를 화난 표정으로 올려다보았다. 어니는 뺏은 사진을 문갑 위에 탁, 소리 나게 엎어 놓았다. 그러곤 밖으로 나와 버렸다.

늘 저랬다. 어니는 어디에도 없는 것처럼, 늘 수애를 바라보고 있는 어니의 시선 따위는 보이지도 않는 것처럼 사진 속의 남편에게만 수애의 시선은 고정되어 있었다.

막상 마당으로 나오자 더웠다. 저녁 시간, 햇살은 붉게 저물고 있었지만 날씨는 여전히 따갑게 더웠다.

어니는 마당을 나와 시골길을 걸었다. 텅 빈 길에 어니의 그림자만이 그녀를 따라왔다. 딱히 어딜 가야겠다 생각한 건 아니었지만 어느새 발은 해안절벽으로 향했다. 절벽 사이로 난 길을 내려가자 언제나 어니를 달래 주던 바위가 보였다.

"나 왔어."

어니는 바위를 향해 조그맣게 속삭였다. 검고 거대한 바위는 대답 없이 어니를 물끄러미 바라보았다.

어니는 바위로 올라갔다. 온종일 햇살에 달궈진 바위는 뜨거웠다. 바위 위에 서서 주변을 둘러보았지만 저 멀리 고속도로로 이어진 해안도로를 달려가는 자동차 몇 대 외에는 인적이라곤 없었다.

어니는 바위 위에 앉아 다리를 팔로 끌어안았다. 붉게 물든 바다는 황금색으로 일렁이고 있었다. 후텁지근한 바람이 어니의 머리를 가볍게 쓰다듬고 지나갔다. 바람 속에 강유의 냄새가 떠다녔다. 붉은 햇살을 가득 담은 그의 냄새.

그가 떠오르는 순간 마음이 멋대로 흐르기 시작했다. 그에게 전화를 걸고 싶었다. 그에게 그냥 아무 말이나 하고 싶었다. 그의 목소리가 듣고 싶었다. 그가…… 보고 싶었다.

멀리 파도가 계속되는 바다를 바라보며 마음이 흐르는 대로 내버려 두자 마음의 끝에 그가 있었다.

그에게 당장 전화를 걸고 싶었지만 휴대전화기는 집에 있었다.

"보고 싶어."

그녀의 머리카락을 흩어 놓고 있는 바람을 향해 어니가 속삭였다. 그녀의 속삭임이 바람에 실려 먼 바다를 떠돌았다.

"그게 나면 좋겠는데."

등 뒤의 나직한 목소리에 어니가 고개를 돌렸다. 강유가 서 있었다. 환상인건가? 그녀의 망상이 또다시 그를 불러온 건가?

어니는 천천히 눈을 감았다 떴다. 강유가 다가오더니 싱긋 웃으며 어니의 뺨을 손가락으로 살짝 눌렀다. 따뜻하고 보드라운 감촉이 선명했다.

"꿈 아니야."

"왜 여기 있어?"

어니가 놀라서 활짝 커진 눈으로 그를 올려다보며 물었다.

"널 보려고. 보고 싶었거든."

"나 여기 있는 거 어떻게 알았어?"

"보였어."

강유가 저 위, 고속도로로 이어진 도로를 가리키며 말했다.

"저기서?"

"내가 시력이 좀 좋아."

"설마."

"서울 가는 길에 병원에 들를까 하고 지나가던 중이었어. 그런데 보이더라. 네가."

그가 허리를 숙여 어니의 눈을 들여다보며 말했다. 그의 시선 속에 어니가 있었다. 그 흔들림 없는 시선을 바라보며 어니는 어쩐지 눈물이 날 것 같은 기분이 들었다.

"그나저나 사랑한다는 고백은 내가 했는데, 누구한테 보고 싶다는 고백을 하고 있는 거야?"

그가 조금은 장난스러운 표정으로 어니를 바라보며 물었다.

"아, 아니……."

당황하는 어니를 강유가 물끄러미 바라보았다. 대답을 듣고 말겠다는 듯. 바다의 붉은 노을이 그의 검은 눈동자를 신비한 색으로 물들이고 있었다.

어니는 자신을 홀리듯 쏟아져 내리는 강유의 시선을 향해 조그맣게 속삭이듯 말했다.

"선배한테 말한 거야."

"뭐?"

자신이 잘못 들은 건가 의심하듯 그가 한쪽 눈썹을 슬쩍 끌어올리며 물었다.

"선배에게 말한 거라고. 보고 싶다는 고백. 보고 싶었어, 진강유 씨."

어니가 그의 눈을 바라보며 말했다. 그가 천천히 눈을 깜박였다. 이게 꿈인 걸까? 그가 스스로에게 묻는 게 느껴졌다. 어니는 이번엔 어쩐지 웃음이 날 것 같았다.

그의 눈가에 웃음이 어리더니 입가가 천천히 벌어졌다.

"다시 말해 봐."

"싫어."

어니의 대답에 강유가 하하, 웃음을 터트렸다. 그의 웃음소리가 바닷바람에 날려 유쾌하게 퍼졌다. 싫다고 말했는데 그가 웃자 어니도 웃음이 났다.

그와 함께 있으면 뭐든 쉬운 것 같았다. 그의 질문에 대답을 회피해도, 그의 요청에 싫다고 대답해도, 그는 별것 아니라는 듯 웃었고, 한결같이 어니를 바라보았다. 그리고 어니에게 누군가 필요할 때면 항상 그곳에 나타났다.

"고마워. 선배."

어니가 그를 향해 말했다.

"뭐가?"

"있어. 그런 게."

강유가 미소가 어린 표정으로 어니 곁에 앉았다.

"그런 게 뭔진 모르겠지만 고마우면 내 소원 한 가지만 들어 줘."

"음……. 들어 보고."

"쓸데없이 신중해서는."

"뭔데?"

어니가 조심스럽게 물었다.

"선배 말고, 강유 씨라고 다시 해 봐."

"뭐?"

어니가 어이없다는 듯 웃었다. 강유는 그러거나 말거나 어니를 향해 살짝 고개를 기울인 채 빨리 말해 보라는 듯 눈을 깜박였다.

"진짜 알면 알수록 모르겠다니까, 강유 씨는."

마지막 '강유 씨는'는 조그맣게 속삭이듯 후다닥 어니가 말했지만, 강유는 그걸로 만족한다는 듯 씨익 미소를 지었다. 그 미소가, 입술 끝에 즐거움이 서린 그 미소가 어니를 설레게 했다.

"여기서 뭐 하고 있었어? 어머니는?"

"퇴원하셨어."

"괜찮아?"

"괜찮으셔."

"어머니 말고 너."

어니는 멈칫 강유를 돌아보았다. 그가 어니를 가만히 바라보고 있었다.

"나?"

바위에 오도카니 앉아 있던 어니의 뒷모습이 바다에 홀로 떠 있는 섬 같더라고, 외롭고 슬퍼 보이더라고 강유는 말하지 않았다. 그냥 고개를 끄덕여 보였을 뿐.

여태껏 그 누구도 어니에게 괜찮냐고 물어본 사람이 없었다. 누가 봐도 어니는 괜찮아 보였으니까. 어니 역시 자신의 마음을 드러낸 적이 없었다. 공상의 세계로 도망쳐 현실을 외면하면 그럭저럭 괜찮기도 했고.

하지만 지금 강유가 그녀의 얼굴을 물끄러미 바라보며 괜찮아? 묻고 있었다. 진심으로 그녀의 마음을 물어보는 그의 시선에 어니의 심장이 물결쳤다.

"안…… 괜찮아."

처음으로 어니는 자신의 마음을 입 밖으로 뱉었다. 막상 뱉고 나니, 자신이 지금까지 단 한 번도 괜찮은 적이 없었다는 게 절절이 느껴졌다.

엄마가 아빠를 기다리느라 어니를 봐 주지 않았던 날들이, 언젠간 엄마가 자신을 봐 줄 거라고 믿으며 착실하게 생활했던 날들이, 그렇게 착실하게 기다리던 그 시간들이 결국은 절망으로 바뀌던 나날들이 사실은 하나도 괜찮지 않았다.

그럭저럭 괜찮다 생각했던 지난 시간들이 사실은 즐거운 상상 속에 숨어서 괜찮은 척한 시간들이었다는 걸, 어니는 '안 괜찮아.'라고 말하는 순간 알 수 있었다.

강유가 조심스러운 손길로 어니의 어깨를 토닥였다. 카페 앞에서 울음을 터트렸던 그날처럼.

그의 담담한 듯, 느리게 토닥거리는 손이 눈물조차 나지 않는 어니의 시간들을 다독거렸다.

파도가 하얗게 밀려왔다 바위틈을 쓸고 나가는 시간, 해풍이 바다 너머 저 먼 곳의 냄새를 실어 와 그들을 따뜻하게 감싸 안는 시간.

길고도 짧은 그 시간, 강유는 어니를 도닥였고 어니는 강유의 어깨에 머리를 기댔다.

그의 품에서 온기가 느껴졌다. 여름의 뜨거운 열기와 다른 따뜻하고 편안한 온기였다. 어니는 그 온기를 음미하며 입을 열었다.

"내가 네 살 때, 아빠가 돌아가셨어."

어니의 어깨를 토닥이던 강유의 손이 멈췄다.

"아빠는 산악인이었는데, 히말라야 14좌 등반이랑, 새로운 등반 루트를 개척하는 게 꿈이었대. 하지만 네 번째 도전에서 돌아오지 못하셨어."

어니는 그 모든 이야길 엄마나 할머니가 아닌 인터넷 기사로 읽었다.

할머니는 아빠에 관해서는 입도 뻥긋 못 하게 했다. 할머니라고 불렀지만 사실은 엄마의 엄마, 외할머니였다. 아빠와의 결혼을 반대했던 할머니는 돌아오지 않는 사위를 용서하지 못했다.

수애에게 아빠에 관해 물어보면 그녀는 한결같이 '곧 돌아오실 거야.'라고만 대답했다. 어린 시절 어니는 그 말을 믿었었다. 하지만 아빠는 어니가 학교에 입학하고, 사춘기를 보내는 내내 돌아오지 않았다.

뒤늦게 어니는 인터넷 기사로 아빠가 히말라야 등반의 새 루트를 개척하다 눈사태에 파묻혀 돌아가셨다는 걸 알게 되었다. 그제야 신문기사나 뉴스에서 산악인들의 소식이나, 자연에 도전하다 사고를 당한 사람 소식이 나올 때마다 수애가 보이던 이상 행동이 이해되기 시작했다.

그녀는 그런 소식을 볼 때마다 미친 듯 일에 몰두하거나 아니면 며칠씩 넋이 나가 있었다. 바로 지금처럼.

"아빠는 아직도 히말라야에 계셔. 곧 돌아오겠다고, 조금만 기다리라고 말씀하셨대, 등반 가시기 전에. 그래서 엄마는 아직도 아빠를 기다리고 계셔."

어니의 목소리는 담담했다. 울컥할 줄 알았는데, 괜찮았다. 그의 어깨에 기대서인지, 아니면 그녀의 어깨에 둘러진 그의 손 때문인지 알 순 없었다. 어느 쪽이든 그의 온기 덕인 건 확실했다.

"돌아오겠다고 약속했지만, 결국 약속을 지키지 못한 아빠도, 그 약속을 기다리느라 바로 옆에서 엄마의 손길을 기다리고 있는 날 쳐다보지 않는 엄마도 난 싫어. 그래서 난 기다리지 않아. 기다리는 게 싫어."

싫어. 단호하고도 딱 부러졌다. 강유는 심장이 뜨끔하니 아렸지만 천천히 고개를 끄덕였다.

기다리는 건 하지 않는다던 그녀. 강유는 그녀의 말속에 얼마나 많은 아픔이 담겨 있었는지 알 것 같았다. 바위 위에 앉아 있던 어니의 뒷모습이 왜 그렇게 외로워 보였는지, 왜 그렇게 슬퍼 보였는지도 알 것 같았다.

그녀 대신 아파 줄 수도, 그 시간을 함께해 줄 수도 없었던 그는 고작 지금의 그녀를 다독거려 주는 것밖에는 해 줄 수 있는 게 없었다.

어니의 어깨에 놓인 강유의 손에 꾸욱 힘이 들어갔다. 따뜻하고 강하게, 아늑하고 든든하게. 그녀의 외로웠던 과거를 따뜻하게 안아 주듯, 그녀의 슬펐던 어린 날을 든든하게 감싸 주듯.

"기다리지 않는다고 해도 괜찮아."

담담히, 그러나 진심을 담아 강유가 말했다.

어니는 그에게 기댔던 몸을 바로 했다. 그러곤 그를 바라보았다. 강유의 검은 시선이 그녀를 흔들림 없이 바라보고 있었다.

"기다리는 게 싫다면 기다리지 않아도 돼. 그래도 난 돌아와. 너에게."

그의 눈이 온통 어니를 향해 활짝 열려 있었다. 오직 어니만, 어니를 향해서만 그의 모든 시신경이 열려 있었다.

"기다리는 거, 정말로 싫어."

그 눈을 바라보며 어니가 입을 열었다.

"하지만……. 기다릴게. 선배가 돌아올 때까지. 이번 한 번만. 기다려 볼게."

그녀의 목소리가 강유의 심장으로 천천히 흘러들었다. 아릿하고 쓰리던 그의 심장이 철렁 물결쳤다. 강유가 와락 어니를 끌어안았다. 자신도 모르게, 그녀의 시선에 반응하듯 무의식적으로 그녀를 왈칵 끌어안았다.

"어, 저기……."

당황한 어니의 목소리에 강유가 화들짝 손을 풀었다.

"아, 미안. 미안."

그러고는 이내 하하 웃음을 터트렸다. 그녀의 고독에 공감하며 담담히 가라앉아 있던 그의 눈동자가 어느새 짙어진 저녁노을의 검붉은 기운으로 이글거리고 있었다.

"약속할게. 꼭 돌아온다고. 기다리는 건, 이번이 끝이라고."

어니는 대답 없이 고개를 끄덕였다.

"고맙다. 유어니."

그녀가 얼마나 힘들게 기다림을 선택했는지 강유는 느낄 수 있었다. 그래서 미안했고, 그래서 진심으로 고마웠다.

"고마우면 내 소원 하나 들어줘."

그를 향해 고개를 끄덕이던 어니가 희미하게 미소를 지으며 말했다.

"소원? 뭐든지. 뭔데?"

"왜 이렇게 안 신중해? 내가 뭘 요구할 줄 알고?"

"신의 영역만 아니라면 뭐였든 들어줄 준비가 되어 있으니까."

강유가 자신만만하게 웃었다. 어니는 그런 그를 가만히 바라보았다. 노을을 밀어내며 천천히 찾아드는 어둠이 그의 얼굴에 음영을 만들고 있었다. 그 선명한 얼굴의 윤곽선을 바라보며 어니는 용기를 냈다.

"선배 옆자리, 다른 사람 앉히지 마."

강유가 웃음을 터트렸다.

"이미 거긴 네 자리야. 물리적이든, 심리적이든."

"심리적?"

"다시 말해 줘?"

"뭘?"

"사랑해. 내 옆자리의 유어니."

심장 안으로 단어들이 쏟아졌다. 심장이 제 할 일을 잊은 듯 순간 멍해진 것 같았다.

"미리 말하지만, 이건 요트를 사랑하고, 바다를 사랑하고, 바람을 사랑하는 거랑은 다른 거야. 그러니까 사랑하는 게 뭐, 라고 하지 마."

어둠으로 넘어가는 바다의 남청색 여린 빛이 그의 눈동자에 가득했다. 그 검고 깊은 눈동자가 어니를 향해 활짝 열린 채 말했다.

"사랑해. 유어니."

멈춰 있던 심장이 갑작스레 제 할 일을 떠올렸는지 미친 듯이 날뛰기 시작했다. 그의 목소리가, 그의 눈동자가, 그의 마음이 온통 어니를 집어삼켰다.

• 3 •

"들어가."

강유가 아쉬운 듯 조수석에 앉아 있는 어니를 바라보며 말했다. 어니는 고개를 끄덕였다.

"이제 서울에서 보겠네."

"언제 올라와?"

"글쎄. 아직 미정."

"회장님과 요트 후원에 관한 이야기를 끝내는 대로 내려올게."

"됐거든. 가서 비서 일이나 잘하세요."

어니가 빙그레 웃으며 말하자 강유가 피식 웃었다.

"혼자 올라가려면 허전하겠네, 또."

강유는 과장되게 한숨을 뱉으며 어니를 바라보았다.

"조심해서 가."

어니는 그 한숨을 모른 척 웃으며 대답했다. 그러곤 차에서 내렸다.

"안 통하네."

강유가 어니를 따라 내리더니 차 너머로 어니를 바라보며 말했다.

"그럼 직접 말하지 뭐."

"뭘?"

"보고 싶을 땐 언제든 연락해. 도움이 필요할 때도 연락해. 생각나면 연락하고. 그리고 아무 이유 없이도 연락해. 네 연락을 기다리면 좀 덜 허전할 것 같으니까."

어니는 대답 없이 웃었다. 언제든 연락하란 그의 말이 좋았다. 필요할 때 자신의 편이 되어 줄 목소리가 있다는 게 든든하게 느껴지기도 했다.

"대답!"

"알았어. 전화할게. 언제든."

어니의 대답이 마음에 든 듯 강유가 씨익 웃었다.

"갈게."

아쉬운 듯 어니를 하염없이 바라보던 강유가 긴 한숨과 함께 차에 올랐다.

강유의 차가 좁은 골목을 돌아 사라졌다.

집으로 들어가자 불이 꺼져 있었다. 식탁에 차려진 음식은 그대로 차게 식어 굳어 가고 있었다. 열린 수애의 방을 들여다보자 그녀는 자고 있는 것 같았다. 아빠의 사진은 어니가 엎어 놓은 그대로 놓여 있었다.

어니는 여전히 윙윙 돌아가고 있는 에어컨을 끄고는 창문을 열었다. 한낮의 열기가 희미하게 남은 밤공기가 집 안으로 들어왔다. 공기에서 희미하게 바다의 냄새가 났다. 강유를 생각나게 하는 그 바람이 고여 있던 시간들을 천천히 밀어냈다.

아침에 일어나자 식탁 위에 아침밥이 차려져 있을 뿐 집 안은 텅 비어 있었다.

"아침부터 어딜 간 거야?"

어니는 차려 놓은 밥을 먹고 상을 치웠다. 그사이에도 수애는 들어오지 않았다. 어니는 혹시나 하는 마음으로 과수원으로 향했다.

집 뒤의 너른 과수밭에는 사과가 맺혀 익어 가는 중이었다. 어니는 나무 사이사이를 돌아 과수밭 끝으로 향했다. 바다가 한눈에 내려다보이는 과수밭 끝에는 할머니를 모신 목련나무가 서 있었다.

수애는 그 목련나무를 바라보며 사과나무 아래 앉아 있었다. 어니는 한숨을 뱉으며 수애의 곁에 앉았다.

"할머니한테 일러 줘야지. 엄마 햇볕 밑에서 무리하게 일하다 쓰러졌다고."

"혼났어, 이미."

어니의 말에 수애가 조용히 대답했다.

"쌤통이네."

어니가 무릎을 끌어안으며 말했다. 수애는 막연히 고개를 끄덕였다.

멀리서 새가 재재거리는 소리가 들렸다. 그 소리를 듣고 있는데 수애가 물었다.

"어니야. 혹시 그 사람, 사랑하니?"

"그 사람?"

"선배라던 그 사람."

어니는 대답하지 못했다. 사랑한다고 생각한 적이 없었는데, 사랑하지 않는다고 말하려니 강유의 눈빛이 떠올랐다. 언제나 어니를 바라보고 있는 그 깊은 눈빛.

대답 없는 어니에게서 대답을 읽은 듯 수애가 조용히 말했다.

"그 사람, 혹시 기다려야 하는 사람이니?"

"엄마."

"기다리게 하는 사람은 안 돼."

뜻밖의 말에 어니가 수애를 돌아보았다.

"지나치게 사랑하는 사람도 안 돼. 기다리게 하지 않으면서 마음이 버틸 수 있을 만큼만 좋은 사람을 만나."

"그게 무슨 말이에요?"

"네 아빠를 처음 봤을 때, 난 세상이 멈춘 줄 알았어."

수애의 입에서 아빠와의 만남에 대한 이야기가 나오는 건 처음이었다. 어니는 입을 꽉 닫은 채 수애를 바라보았다.

"대학 등산 동아리에서 처음 봤는데, 그날이 지금도 생각나. 마치 정지된 세상 속에 네 아빠만 살아 있는 것처럼 보였거든. 네아빠를 만나기 이전의 삶은 존재한 적도 없었던 것 같았어."

그녀의 시선이 목련나무를 지나쳐 저 먼 하늘로 향했다. 새파랗던 하늘이 조금씩 열기를 더하느라 엷은 하늘색으로 변해 가고 있었다.

"하지만 그런 사랑은 너무 힘들어. 네 아빠가 가져간 마음이 너무 커서, 네 아빠 없이 버티는 게 나는 너무 힘들어. 그래서 기다리는 거야. 기다리는 거 외에는 할 수 있는 게 없어서."

"그럼 나는? 오지 않는 아빠와 아빠만 기다리는 엄마 때문에 나에게는 엄마도 아빠도 없었어요. 엄마의 시선을 기다리고 있던 난 안 보였어요?"

어니의 목소리가 가늘게 떨렸다. 그녀는 이런 말을 수애 앞에

서 직접 하는 날이 올 거라고 생각한 적이 없었다. 그런데 저절로 단어들이, 그녀의 마음이 흘러나왔다.

수애가 어니를 돌아보더니 혼란스러운 듯 미간을 일그러뜨렸다.

"넌, 넌 괜찮았잖아."

"안 괜찮았어. 단 한 번도 괜찮은 적 없었어요."

"난 엄마로서 할 일을 소홀히 한 적 한 번도 없었어."

"밥 차려 주고, 옷을 빨아 주고, 내 숙제를 챙겨 주는 걸 말하는 거예요? 맞아요. 엄마는 완벽했어. 그런 면에선. 하지만 내가 원한 건 엄마의 시선이었어. 엄마는 한 번도 날 제대로 봐 준 적 없었어요. 내 앞에 반찬을 놓아 주면서도, 내 숙제를 확인하면서도 엄마는 늘 다른 곳을 보고 있었어. 내 곁이 아니라 아빠의 곁에 가 있었다고요."

어니의 목소리는 여전히 바르르 떨리고 있었지만, 그럼에도 마음은 조금씩 안정이 되어 가고 있었다. 자신의 지난 마음을 수애 앞에서 모조리 드러낸 것만으로도 어니는 어쩐지 괜찮아지는 것 같았다.

이것 역시도 강유 덕분인 걸까? 그의 손길이 닿았던 어깨에 여전히 그의 손이 닿아 있는 것 같은 기분이었다.

"넌 나보다 할머니와 보내는 시간을 더 좋아했잖아. 나와 시간을 보내기보다 바닷가에서 혼자 거니는 걸 더 좋아했고."

"할머니를 좋아했지만, 할머니는 엄마가 아니잖아요. 바닷가를 거니는 걸 좋아했지만, 엄마가 나를 보지 않아서 거길 가 있었던 것뿐이에요. 거긴 기대할 만한 게 아무것도 없으니까. 그래서 실망할 일도 없으니까."

수애는 충격을 받은 것 같았다. 어니는 목련나무를 향해 시선을 옮겼다. 충격을 받은 엄마의 얼굴을 보고 싶지 않았다. 어니의 시선을 받은 목련나무가 넓적한 이파리를 가볍게 흔들며 어니와 시선을 맞추는 것 같았다.

"엄마. 그 사람, 기다려야 해요. 기다리겠다고 했어. 그 사람은 내 마음이 버틸 수 있을 만큼만 좋은 사람이 아니라, 내 마음이 어떤 상황에서도 버틸 수 있게 해 주는 사람이야. 그래서 기다려 보려고요."

담담히 어니가 말했다. 떨리던 목소리가 어느새 진정되어 있었다. 수애의 시선이 어니를 향해 있다는 걸 어니는 느꼈다.

그렇게 기다리던 엄마의 시선인데, 어니는 수애를 마주 보지 않았다. 대신 자리를 털고 일어섰다.

"먼저 내려갈게요. 더 뜨거워지기 전에 내려오세요."

어니는 좀 전에 수애의 시선이 머물던 하늘을 잠깐 올려다보곤 나무 사이로 걸음을 옮겼다. 하늘 어딘가에 분명 수애가 남긴 시선이 있을 터였다.

그 시선만으로도 이제는 괜찮았다. 정말로 괜찮았다.


그날, 어니는 정리해 놓은 자야 씨의 이야기를 어떤 식으로 자서전에 넣을 건지를 연구하며 보냈다.

자야 씨의 남은 이야기는 어디서 뒷이야기를 찾아야 할지 갈피를 잡을 수가 없었다. 자야 씨의 정확한 이름부터 알아봐야 할 것 같았다. 그래야 전출입 신고서를 보든, 수소문을 하든 할 수 있을 터였다.

"미용실 할머니가 '순자인지 선자인지'라고 했으니, 그 비슷한 이름일 텐데."

어니는 노트에 '권순자', '권선자'라고 적으며 중얼거렸다. 해월 여고를 찾아가 봐야 하나, 생각하던 어니는 노크 소리에 고개를 들었다.

방문이 열리더니 수애가 들어왔다. 그녀는 말없이 어니를 바라 보더니 낡은 노트 한 권을 내밀었다.

"뭐예요?"

"네 할머니 일기장."

어니가 의아한 눈길로 수애를 바라보았다.

"이걸 너에게 보여 줄 생각은 아니었지만, 내가 하고 싶은 말이 거기에 있어."

"그게 뭔데요?"

"읽어 봐. 그러고 나서 내일 이야기해."

그 말을 남긴 채 수애는 방을 나갔다. 이미 밤이었다. 어니는 두툼하고 낡은 노트를 앞뒤로 뒤집어 보다 첫 페이지를 넘겼다.

정갈하고 단정한 글씨체였다. 달력에 휘갈겨 적어 놓던 일정 외에 할머니의 글씨를 본 건 처음인 것 같았다.

"할머니한테 이런 면이 있었네."

어니가 아는 할머니는 술도 좋아하고, 노래도 좋아하고, 움직 이는 것도 좋아하는, 활동적인 분이었다. 달력에 쓱쓱 활달하게 적어 놓는 글씨처럼 호탕하고 씩씩한 분이었다. 하지만 일기장에 남겨진 글씨체는 조용조용한 소녀를 연상시켰다.

어니는 호기심 어린 눈으로 빙그레 웃으며 일기를 훑어보았다.

매일 쓴 일기가 아니라, 생각날 때마다 몇 줄씩 평생에 걸쳐 적 어 놓은 일기였다. 처음 몇 장을 넘겨 보던 어니가 멈칫 손을 멈쳤다.

"맙소사."

어니가 짧게 중얼거렸다. 그녀는 일기를 덮어 들고는 곧장 수애의 방으로 향했다.

수애는 남편의 사진을 들여다보고 있다가 어니가 들어오자 의식이 된 듯 사진을 내려놓았다. 어니는 그 모습을 못 본 척 일기장을 들어 보였다.

"이거 어디서 찾았어요?"

"네 할머니 돌아가시고, 그 방 정리하면서."

"엄만 알았어요? 할머니가……."

"다 읽었니?"

"아직."

"다 읽고 얘기해. 내일."

과수밭에서의 대화 이후 어니를 의식하는 것 같던 수애였지만, 말투는 여전히 단정적이고 간결했다.

어니는 주춤거리다 다시 방으로 돌아왔다. 그러곤 본격적으로 자세를 잡고 일기를 읽기 시작했다.


"막연히 알고 있었어. 내가 입양됐다는 거."

얼음을 띄운 식혜를 쭉 들이켠 수애가 빈 그릇을 식탁에 내려놓으며 말했다. 그녀의 맞은편에 앉아 식혜를 홀짝거리던 어니가 고개를 들었다. 두 사람 사이 테이블에는 일기장이 놓여 있었다.

"너무 어릴 때라 기억은 안 나지만, 알고 있었던 것 같긴 해. 일기장을 보고 놀라지 않았던 걸 보면."

그러더니 머뭇거리듯 말했다.

"미안하다."

어색하고 투박한 말투였다. 수애가 할머니의 친딸이 아니라 입양된 딸이란 이야기를 하다 뜬금없이 건네는 사과에 어니는 그녀를 멀거니 바라보았다.

"널 외롭게 해서."

어제 아침 과수밭에서 나눴던 대화의 연장이란 걸, 어니는 뒤늦게 깨달았다.

"네 마음이 뭔지, 나도 알아. 네 할머니도 누군가를 기다리고 있었으니까. 늘 나에게 최선을 다하셨지만, 가끔 외로웠어. 네 할머니의 시선이 다른 곳에 가 있다는 걸 알았거든."

주저하듯 말하던 수애가 자리에서 일어섰다. 그러곤 빈 식혜 잔을 개수통으로 가져가더니 설거지를 했다.

"난 그러지 말아야지, 했었는데……. 미안하다, 어니야."

수돗물 소리 사이로 수애가 말했다. 이런 말이 익숙하지 않아서 괜히 일거리를 만들고 있다는 걸, 차마 어니의 눈을 보지도 못한 채 사과를 하고 있다는 걸 어니는 알았다.

찻잔 하나를 씻는 건 순식간이었다. 수애는 개수대에 등을 기댄 채 어니를 바라보았다. 그 시선을 받으면 어니가 조용히 말했다.

"고마워, 엄마."

어니 역시 이런 말이 어색했다. 그녀 역시 공연히 할머니의 일기장을 만지작거렸다. 수애가 그런 어니를 가만히 바라보더니 다시 어니 맞은편에 와서 앉았다. 그러더니 진지한 눈으로 어니를 바라보며 천천히 말했다.

"네 할머니나 나나 일생 누군가를 기다리는 걸 보면, 그래서 그

딸에게 상처를 준 걸 보면, 난 네 할머니를 닮았나 봐. 원래부터 네 할머니는 내 엄마가 될 운명이었던 거지."

어니가 수애의 눈을 쳐다보았다. 처음으로 두 사람의 시선이 정확히 서로를 바라보았다.

"하지만 어니야. 넌 안 돼. 네 할머니나 나처럼 평생 누군가를 기다리는 삶 같은 건 살지 마. 그건 너무 힘들어. 넌 기다리는 삶 말고 함께하는 삶을 살아."

수애의 눈동자에 처음으로 어니가 선명히 맺혔다. 어니는 그 눈동자를 오래오래 바라보았다.

✳ ✳ ✳

다음 날, 어니는 일기장을 챙겨 서울로 향했다.

고속버스를 타고 서울로 올라가며 어니는 강유를 생각했다. 그를 떠올릴 때마다 기다리는 삶을 살지 말라던 수애의 말이 자꾸만 귓가에서 맴돌았다.

그때 휴대전화가 울렸다. 강유였다. 망설이고 있던 자신이 우습게도 반가움과 설렘이 동시에 찾아들었다.

"여보세요?"

– 궁금한 게 있는데.

인사도 없이 다짜고짜 강유의 목소리가 달려들었다.

– 왜 전화 안 해?

"아……."

– 생각을 해 봤거든.

"뭘?"

– 내 말들에 대해서.

"무슨 말?"

– 쯧. 나만 애달지.

강유가 불퉁하니 중얼거렸다.

"무슨 말을 말하는 건데?"

– 보고 싶을 때, 도움이 필요할 때, 생각나면, 그리고 아무 이유 없이 연락하라고 했던 내 말.

"아아."

– 흠. 우리 후배님. 일부러 그러는 거지?

"뭘 일부러?"

– 내 말 못 알아듣는 척. 내 말 무시하는 척. 그래서 자꾸만 내 관심을 끌려는 거지.

"뭐래."

– 어쨌든! 보고 싶지 않아서 연락 안 하나? 도움이 필요한 일이 없어 연락 안 하나? 내 생각이 안 날 수도 있지. 그래서 연락 안 하나 보다, 생각했어. 그런데 아무 이유 없이도 연락하란 말에는 핑계가 없는 거야. 왜 전화 안 해?

어니는 어쩐지 웃음이 났다. 혼자 있으면 고민이던 모든 것들이 그와 함께 있으면 아무것도 아닌 것처럼 느껴졌다. 그래, 뭐 기다리는 게 대수라고. 이번만 기다리면 다시는 기다리게 안 한댔잖아.

– 웃네. 우습나?

"전화 말고, 직접 보러 가려고."

저절로 스며 나오는 웃음을 참으며 어니가 말했다. 전화기 너머로 강유가 멈칫하는 게 느껴졌다.

303

"나 1시간 후에 서울 도착해."

– 1시간 후? 이것 봐. 이런 전화하기 좋은 이유를 두고 전화를 안 해?

"하하. 선배 은근 집요하다."

– 은근 아니야. 대놓고 집요하지. 그래서 뭐 타고 와?

"버스. 회장님 일정 어떠셔? 회장님 뵈러 가야 하는데."

– 나 아니고?

"회장님 뵈러 가면 선배도 있는 거 아냐?"

– 날 보러 왔다가 회장님을 봬야지. 순서가 바뀌었다.

강유가 웃음이 어린 목소리로 말했다. 농담인 듯 진담처럼, 진담인 듯 농담 같은 강유의 어투에 어니는 점점 적응이 되고 있었다.

– 회장님 오후 3시 이후에 시간 괜찮아. 일정 없어.

"3시 이후, 알았어. 그때 봐."

어니는 웃으며 전화를 끊었다. 전화를 받기 전과는 달리 홀가분했다. 그러면서 설레었다.

버스 전면에 붙어 있는 전자시계가 오전 11시를 지나고 있었다. 4시간쯤 후엔 그를 볼 수 있었다.

4시간. 평소라면 순식간에 지나가 버릴 시간인데 이상하게 더뎠다. 어니는 제 할 일을 잊은 듯한 초침을 노려보았다. 그러면 시간이 더 빨리 가기라도 할 것처럼. 그러다 그런 자신에게 당황했다.

맙소사. 강유와 만날 시간만 하염없이 생각하고 있다니.

그 순간 깨달았다. 자신이 강유를 보고 싶어 한다는 걸. 엄마가 말하던 함께하는 삶의 대상으로 당연하게 강유를 생각하고 있다는 걸.

그리고 진심으로 그를…… 사랑한다는 걸.


터미널 버스 하차장에 버스가 멈추자 어니는 가방을 챙겨 버스에서 내렸다. 내리자마자 그가 보였다.

강유가 빙그레 웃으며 하차장에 서 있었다.

수많은 사람들이 들고 나는 그 공간에 혼자만이 선명한 색으로 존재하는 것처럼. 어니의 눈에는 그만 보였다. 그 역시 뭇 사람들의 시선을 끌면서도 그런 건 의식조차 못 하는 듯 어니만을 향해 웃었다.

버스에서 깨달았던 감정을 미처 수습하지도 못했는데, 이렇게 불쑥 그를 보게 되자 어니의 심장이 미친 듯 날뛰기 시작했다. 그를 어떻게 봐야 하지? 의식되고 뻣뻣해지는 기분과 달리 입꼬리는 저절로 배시시 벌어졌다.

바쁘게 흩어지는 사람들 사이를 천천히 걸어 그에게 다가갔다.

"왜 이렇게 예쁘게 웃어? 참기 어렵게."

강유가 팔짱을 낀 채 어니를 내려다보며 말했다.

"뭘 참아?"

"진짜 궁금해?"

그의 눈동자가 짓궂게 어니를 바라보며 웃었다.

"아, 아니. 안 궁금해. 안 궁금해하는 게 나을 것 같은 눈빛이야."

"아깝네. 그렇지만 늦었어."

그가 삐딱한 표정으로 웃더니 불쑥 고개를 숙여 어니의 입꼬리 끝에 살짝 입을 맞추고 물러났다. 그 가벼운 스침에 어니의 눈동자가 휘둥그레 벌어졌다.

"보고 싶었다, 유어니. 기다릴 수가 없어서 왔어. 전화 안 한 거 이걸로 봐줄게."

강유가 어니의 머리를 가볍게 쓱쓱 쓸어 넘기며 빙그레 웃었다.

자신의 마음을 깨닫자마자 그가 너무 가까이 와 있었다. 어니의 심장이 그를 향해 달리기라도 하듯 미친 듯 뛰는 중이었다. 이러다 자신의 몸 안에서 탈출해 그의 몸속으로 들어가 버리는 게 아닐까, 어니는 멍하니 생각했다.

강유는 자신을 올려다보는 어니의 시선에 갸웃 고개를 기울였다.

"이건 무슨 표정이지? 꼭 나한테 반한 것 같은 시선인데."

"아, 아니거든."

당황한 어니의 목소리에 강유가 싱긋 웃었다.

"반해도 돼. 반할 만하지 않나?"

"멋대로 갑자기 다가오니까 놀란 거야."

어니가 황급히 하차장을 나서며 후다닥 말했다. 강유가 히죽 웃더니 긴 다리로 성큼성큼 그녀를 따라잡았다.

"어머닌 괜찮으셔?"

"괜찮으셔."

"자료 찾던 건 다 찾았고?"

"응."

"그럼 이제 서울에 있을 거야?"

"아마도."

"음……."

어니의 대답에 강유가 생각에 잠긴 듯 숨을 뱉었다.

"왜?"

"아니야. 아무것도. 그보다 밥 아직 안 먹었지? 밥 먹자. 저기 그늘에서 기다려. 차 갖고 올게."

강유는 어니를 향해 싱긋 웃더니 길가 나무 그늘에 어니를 세워 놓고 급히 주차장으로 뛰어갔다.

8월 초순을 넘어선 시기, 더위는 막바지 열기를 토하는 중이었다. 어니는 나무 그늘에 서서 강유가 돌아오길 기다렸다.

그러다 문득 지금 벌써 기다리고 있네, 라는 생각을 했다. 어쩐지 우스웠다. 어니는 그의 입술이 닿았던 입가를 손끝으로 문지르며 그가 돌아오길 기다렸다.


들를 곳이 있다며 어니를 저택 철문 앞에 내려 준 강유는 '끝나면 전화해. 꼭!'이란 다짐을 남기고 떠났다. 어니는 빙그레 미소를 짓고는 초인종을 눌렀다.

철문을 통과하자 거대한 감나무가 어니를 반겼다.

"안녕?"

꼭 일주일 만에 만난 감나무는 그사이 맺힌 감들이 제법 묵직해져 있었다.

"이쪽입니다."

강설우 비서가 현관 옆 2층으로 통하는 계단 앞에 서 있었다. 어딘지 전보다 좀 더 편안한 인상이 되어 있었다.

"안녕하세요? 돌아오셨네요."

"어제 왔습니다."

"푹 쉬셨어요?"

"가족들 등쌀에 쉬지는 못했지만, 즐겁긴 했습니다."

어니는 조금 웃었다.

"저 없는 동안 회장님과 잘 지내 주셔서 감사합니다."

"하하. 잘 지낸 건가 모르겠네요."

강 비서의 입 끝에 슬쩍 미소가 맺혔다 사라졌다. 그러더니 몸을 돌려 2층 테라스로 연결된 계단을 가리켰다.

"가시죠. 회장님이 기다리십니다."

어니는 강 비서에게 가볍게 고개를 숙여 보이곤 2층으로 올라갔다. 우거질 대로 우거진 등나무 아래 진 회장이 앉아 있었다.

어니는 세 번째 테스트를 보러 이곳에 처음 왔던 날이 떠올랐다. 그때도 진 회장은 등나무 아래에 놓인 흔들의자에 앉아 어니를 기다리고 있었다. 그때는 많이 긴장했었는데, 지금은 편했다. 이곳이 어느새 익숙해져 있었다.

"다녀왔습니다."

"생각보다 일찍 돌아왔군."

진 회장이 맞은편 의자를 가리키며 대답했다.

"차 마시겠나?"

"보리차로 주세요."

어니의 대답에 강 비서가 빙그레 웃더니 물을 가지러 2층 유리문을 열고 나갔다.

"이야기를 완성해 왔나?"

진 회장이 어니를 물끄러미 바라보며 물었다.

"이야기의 완성을 위해 몇 가지 여쭐 게 있어요."

"물어보게."

"쪽지 기억하세요? 자야 씨를 만난 해 겨울에 자야 씨의 부모님 때문에 두 분이 전혀 만날 수 없었던 그때, 그 집 앞에 서 있던 회장님께 일하는 아주머니가 건네준 쪽지요."

진 회장이 흔들의자에 깊이 몸을 묻었다.

"상상력만 뛰어난 게 아니었군. 그래, 기억하네."

"그 쪽지 이야기를 좀 해 주세요. 그 쪽지를 받고 무슨 일이 있었는지. 그 일 이후로 회장님은 자야 씨에게 '젊은 베르테르의 슬픔'을 보내셨으니까요."

어니의 말에 진 회장이 천천히 의자를 흔들었다. 그의 표정이 생각에 잠긴 듯 깊어졌다.

그때 강 비서가 보리차를 들고 돌아왔다. 어니는 강 비서에게 감사를 표하며 차를 마셨다. 강 비서는 진 회장의 표정을 보더니 조용히 자리를 떴다.

강 비서가 사라지자 진 회장이 천천히 입을 열었다.

"마을 회관에서 누군가의 취임식이 있었어. 은행장이었나? 아마 그랬을 거야. 자야는 거기서 만나자고 했고. 나는…… 용기를 낼 생각이었어. 정식으로 자야 씨의 부모님께 인사를 드릴 생각이었어. 자신이 있었어. 난 학벌도, 재산도 아무것도 없었지만 필요하다면 그 모든 걸 그녀의 수준에 맞출 각오가 되어 있었거든."

진 회장의 목소리가 아득하게 깊어졌다.


지금이라도 학교에 갈 생각이었다. 악착같이 일해 재산을 모을 자신도 있었다. 그녀를 위해서라면, 그녀의 부모님께 허락을 받기 위해서라면 무슨 일이든 할 자신이 있었다.

평해는 양장점에 가서 양복과 코트를 맞췄다. 새 구두도 샀고, 이발소에 가서 단정하게 머리 모양도 다듬었다.

취임식은 마을의 작은 잔치였다. 추운 겨울밤이었지만 마을 회관은 뜨거운 열기로 가득했다.

평해는 설레는 마음을 다잡으며 마을 회관으로 향했다. 막 회관으로 들어서자 취임식이 끝나고 취임 축하연이 한창이었다. 사람들은 준비된 음식을 먹고, 이야기를 나누고, 웃고 떠들고 있었다.

사람들 사이에서 주변을 두리번거리고 있는 자야가 보였다.

평해는 오랜만에 보는 자야의 얼굴에 심장이 쿵쿵거렸다. 옷깃을 다시 한 번 단정히 추리고 머리카락이 흐트러진 건 아닌지 확인했다.

평해가 그녀에게로 막 걸음을 옮기는 데, 그녀의 아버지가 은행장과 함께 나타났다.

은행장의 곁에는 그의 아들이 서 있었다. 태어난 순간부터 모든 것을 갖고 있었던 사람 특유의 여유와 자신감이 그의 얼굴에 가득했다. 그 반듯한 얼굴이 자야를 향해 미소 지었다.

그 곁에서 그녀의 어머니가 은행장의 부인과 담소를 나누고 있었다. 우아함과 자애로움이 넘치는 두 여자의 얼굴에는 생활의 그늘이라곤 찾아볼 수 없었다.

주변 사람들의 시선이 그곳으로 쏟아졌다. 존경과 흠모와 부러움이 담긴 시선들. 마을 회관의 모든 조명이 그곳에만 비치고 있는 것처럼 보였다. 따뜻하고 환한 세상이었다.

평해의 걸음이 그 자리에서 굳어졌다. 더 이상 그녀에게 다가갈 수가 없었다.

그곳이 자야가 사는 세상이었다. 따뜻하고 환한 세상.

평해는 그곳에 서 있는 그녀를 보며 깨달았다. 그녀와 그는 같아질 수 없는 존재라는 걸. 그녀가 속한 세상과 자신이 속한 세상은 전혀 다르다는 걸.

자신이 사랑하는 그녀는 저 세상에 속해 있는 자야라는 걸.

그녀가 자신의 세상으로 들어오는 순간, 자야는 빛을 잃을 터였다. 감나무를 기어오르던 반짝임은 흐려지고, 낯선 세상에 적응하기 위해 발버둥 치는 낯선 여자만 남을 터였다.

평해는 그렇게 생각했다.

그래서 자신을 찾느라 주변을 두리번거리고 있는 자야를 외면한 채 그곳을 떠났다.


"그녀를 위한 일이었어. 나를 위한 일이기도 했고. 애틋함이 서로에 대한 증오보단 나으니까."

할 말이 끝난 듯 진 회장이 입을 다물고 천천히 흔들의자를 끄덕거렸다. 돌바닥에 의자 바닥이 닿으며 규칙적으로 끼걱거리는 소리를 냈다.

어니는 그 소리를 들으며 진 회장을 바라보았다. 한동안 침묵하던 진 회장이 어니를 향해 물었다.

"이제 이야기를 완성할 수 있나?"

"네. 언제든. 다만……."

어니가 말꼬리를 끌며 진 회장을 가만히 바라보았다. 진 회장은 그녀의 대답을 기다리며 앉아 있었다.

"다만, 뭔가?"

어니가 대답 없이 생각에 잠겨 있자 진 회장이 결국 되물었다. 어니가 천천히 심호흡을 하며 입을 열었다.

"회장님께서 어떤 이야기를 원하시는지 모르겠어요."

"진실. 내가 원하는 건 진실이야."

"아니에요. 회장님이 원하는 건 진실이 아니에요. 단순히 진실이 필요했다면 사람을 사서 조사를 하셨겠죠."

어니의 차분한 대답에 진 회장의 흔들의자가 멈췄다. 어니는 천천히 보리차 잔으로 시선을 내리며 생각에 잠긴 듯 대답했다.

"저에게 이 일을 제안하시면서 회장님은 전문가가 아닌, 상상력이 있는 사람이 필요하다고 하셨어요. 회장님이 원하는 건 이야기니까요."

진 회장은 꼼짝 않고 어니의 이야기를 듣고 있었다.

"회장님이 자야 씨를 떠난 이유를 듣게 되면, 이 이야기를 완성시킬 수 있을 줄 알았어요. 그런데 갑자기 모르겠어요. 제가 어떤 이야기를 써야 할지."

"그렇다면 포기인가?"

"아니요. 생각을 좀 해 봐야겠어요."

진 회장이 미간을 모았다.

"어떤 이야기를 들려 드려야 할지 정해지면, 그래서 이야기를 완성하게 되면 연락드릴게요."

"그게 언젠데?"

"글쎄요."

대답하며 어니는 진 회장이 줬던 신용카드를 테이블 위에 올려놓았다.

"다시 연락드리겠습니다."

어니는 진 회장에게 인사를 하고 자리에서 일어섰다.


집에 돌아온 어니는 휴대전화를 꺼냈다.

끝나면 전화를 하라던 강유의 말이 뒤늦게 생각났다. 어니의 마음 많은 부분에 그가 있었지만, 혼자 다니던 버릇은 쉽게 고쳐지지 않았다.

"툴툴거리겠네."

어니는 그의 툴툴거림이 싫지 않았다. 오히려 그녀의 관심을 바라며 툴툴거리는 그가 좋았다. 하지만 계속 툴툴거리게 만드는 건 미안한 일이었다.

그의 번호를 누르자 곧장 그가 전화를 받았다.

– 끝났어?

"어. 그런데…… 집이야. 집에 왔어."

휴대전화 너머에서 웃음소리가 들렸다.

– 못 말린다. 정말.

"선배 때문에 편한 거에 익숙해질 것 같아."

– 평생 편하게 해 줄게. 익숙해져 봐.

어니는 할 말을 잃고 입을 다물었다. 자연스럽게 평생을 이야기하는 그 때문에 설레었다.

– 저녁 먹지 말고 기다려. 갈게.

"어? 어어? 왜?"

– 왜일 것 같은데? 생각해 봐. 내가 갈 때까지 계속 내 생각만 하고 있어.

그가 장난스럽게 말하더니 전화를 끊었다.

"하!"

어니는 끊어진 전화기를 든 채 어이없다는 듯 웃었다. 그래 놓고도 어니는 시간을 확인했다. 저녁 먹을 시간이 언제지? 언제 온다는 거지? 지금 바로 오려나? 얼마나 기다리면 되는 거야?

어니는 미처 알지 못했지만, 강유의 말대로 어니는 계속해서

313

그를 생각했다. 그가 저녁을 먹으러 올 때까지.


"해월항으로 내려가야 해."

저녁을 먹고 근처 카페에서 차를 마시며 강유가 말했다.

"아……."

"요트 세계 일주가 평해 그룹 해운 산업 홍보에 도움이 될 거야. 요 며칠 형을 설득했어. 그걸로 이번 항해에 관한 명목을 얻었고, 형의 후원도 얻었어. 그래서 돛 작업과 요트 옆면 이름 작업도 새로 해야 하고, 베이스캠프 선정이랑 물품 선적도 본격적으로 준비해야 해."

어니가 묻지도 않은 것들을 강유는 일일이 설명했다.

"강 이사님 오시면 시작하려고 미뤄 뒀던 일이거든."

마치 변명하는 것 같은 그의 이야기를 어니는 가만히 고개를 끄덕이며 들었다. 그가 어니의 눈치를 보듯 입을 다물자 어니가 빙긋 웃었다.

"그러니까 내가 서울에 있는데, 날 두고 해월항에 내려가야 한단 거잖아."

강유가 미안한 듯 천천히 고개를 끄덕였다.

"알았어."

어니가 아무렇지도 않은 것처럼 무덤덤하게 대답하자 강유가 인상을 찌그렸다.

"후배님, 너무 선선히 대답하는 거 아냐?"

"그럼 뭐라고 해?"

"안 섭섭해?"

"섭섭해."

어니의 대답에 강유가 멀뚱히 입을 다물었다.

"섭섭하지만 뭐, 가야 하는 거잖아. 내가 가지 말라고 하면 안 갈 것도 아니고."

"가지 말라고 하면…… 진심으로 생각해 볼게."

강유가 진지하게 말했다. 단순히 해월항 이야기가 아닌 걸, 어니는 눈치챘다. 그를 물끄러미 바라보자 강유가 천천히 고개를 끄덕였다.

"네가, 가지 말라고 하면, 안 갈 수도 있어."

"몇 년을 준비한 거잖아. 어릴 때부터의 꿈이고. 형도 설득했다며?"

"그래. 맞아. 하지만 그 모든 것보다 네가 우선이야. 그 모든 것의 위에 네가 있어."

그는 진지했다. 그의 눈빛이 진심으로 그럴 수 있다고, 네가 원한다면 그 모든 걸 그만둘 수 있다고, 평생의 꿈조차도 접을 수 있다고 말하고 있었다.

어니는 그 눈빛을 가만히 바라보았다. 그 마음만으로도 됐어. 충분해. 어니는 어쩐지 울컥해지는 기분을 꿀꺽 삼키며 천천히 미소를 지었다.

"기다린댔잖아."

어니의 대답에 강유의 눈빛이 더 깊어졌다. 그녀의 말속에 담긴 다른 의도를 생각해 보듯 어니의 마음 깊이까지도 들여다볼 것 같은 눈빛이었다.

"가끔은 올라올 거지?"

어니가 조용히 웃으며 묻자 그가 고개를 끄덕였다. 뭔가 생각이 많은 표정이었다. 그 모습을 가만히 바라보던 어니가 장난스럽게 물었다.

"기왕 내려가야 하는 거, 나 남자 친구 만들어 주고 가면 안 되나?"

"뭐?"

강유가 어이없는 눈으로 어니를 바라보았다.

"차라리 가지 말라고 해!"

"아냐. 가. 가도 돼. 가기 전에 내가 마음 놓고 생각하고, 마음 놓고 전화하고, 마음 놓고 보고 싶다 말할 수 있는 남자 친구 하나만 만들어 주고 가라고."

강유의 일그러졌던 미간이 미묘하게 풀어졌다. 생긋, 귀엽게 웃으며 강유를 물끄러미 바라보는 어니의 표정이 말하는 게 뭘까? 그가 의심스럽게 어니를 바라보았다.

"날다람쥐가 아니고 구미호였어?"

"뭐래."

능청스럽게 웃는 어니를 보며 강유의 입꼬리가 천천히 길어졌다. 그러더니 웃음기가 어린 목소리로 그가 말했다.

"남자 친구 소개해 줄 테니까 원하는 스타일을 말해 봐."

"음. 스타일이라……. 잠자는 숲속의 왕자 같은 스타일이면 좋겠어. 날 돕기 위해 태어난 스타일이면 더 좋고. 자신의 옆자리를 나만을 위해 비워 두는 스타일이면 정말로 좋겠어."

"잠자는 숲속의 왕자는 또 뭐냐?"

어니는 대답 대신 웃었다. 강유를 처음 봤을 때를 굳이 설명하고 싶지 않았다.

"하긴. 좀 왕자 같은 데가 있지, 내가."

"못 말려, 진짜."

어니가 웃음을 터트리자 강유가 빙그레 웃었다.

"어니야."

그가 진지하지만 다정하게 그녀를 불렀다. 눈가에 웃음이 방울방울 맺힌 채 어니가 그를 바라보았다.

"시간 날 때마다 올게. 시간이 없어도 네가 부르면 올게. 언제든. 그러니까 마음 놓고 연락해. 마음 놓고 불러."

어니가 천천히 고개를 끄덕였다. 그가 삐딱하게 피식 웃더니 상체를 숙여 어니 가까이 얼굴을 가져갔다.

"그러니까 어지간하면 엉뚱한 데서 남친 찾지 말고 눈앞에 있는 날 옆에 둬."

그가 유혹하듯 은근한 목소리로 말했다. 어니의 심장 언저리를 간질거리게 하는 목소리였다. 어니는 웃음이 어린 그의 눈을 가만히 바라보다 그처럼 상체를 숙여 그의 가까이 얼굴을 가져갔다. 닿을 듯 가까워진 그의 눈동자를 말갛게 들여다보며 어니가 속삭였다.

"옆에 둘 테니까, 내 옆에 있어 줘. 항상."

그러곤 그대로 그의 입술에 살짝 입술을 붙였다 뗐다.

놀란 듯 강유의 눈동자가 커다랗게 벌어졌다.

"야……."

"날 두고 해월항에 내려가는 거 이걸로 봐줄게."

재빨리 말한 어니가 자리에서 일어섰다. 저지를 때는 아무렇지도 않았는데, 정작 그의 놀란 눈을 보자 뒤늦게 수줍음이 밀려들었다.

"가자. 늦었다."

그러곤 앞장서 카페를 나섰다. 강유가 후다닥 일어서더니 성큼

성큼 어니를 쫓아왔다. 금방 따라잡은 강유가 어니의 손을 잡았다.

"구미호 맞네. 날다람쥐 아니고."

어니를 당겨 그녀와 시선을 맞추며 강유가 말했다. 그러더니 어니의 손을 더 꽉 잡으며 빙긋 웃었다.

"옆에 있을 게. 항상. 이렇게 손잡고."

그가 어니와 맞잡은 손을 가볍게 흔들었다. 가벼운 파도처럼 그와 맞잡은 손이 춤을 추는 것 같았다. 어니는 그의 손을 통해 전해지는 단단함에 편안함을 느꼈다.

그의 손을 꼭 맞잡으며 고개를 끄덕였다. 그가 어니의 눈을 들여다보며 활짝 웃었다.


해월항으로 내려간 강유는 많이 바쁜 것 같았다.

평해 해운이 후원 업체로 참여하자 본격적으로 홍보 작업이 시작되었다. 기자 간담회와 후원의 밤이 준비되었고, 멜린다의 돛과 선체에는 평해 해운의 마크가 추가로 표기 되었다.

강유는 평해그룹의 도전정신을 상징하는 인물이 되고 있었다.

그 와중에도 강유는 짬 날 때마다 어니에게 연락을 했다. 한가한 어니보다 바쁜 그가 더 자주 연락을 하는 것 같았다.

어니는 좁은 방에 앉아 진평해 회장의 자서전을 어떤 식으로 이어 가야 할지 고민했다.

진 회장이 원하는 이야기는 자신의 선택이 옳았음을 확인받는 이야기일 터였다. 어니는 그 사실을 느낄 수 있었다. 하지만 현실은 그렇지 않았다.

어니는 할머니의 일기장을 펼쳐 놓고 가만히 들여다보았다. 한

동안 일기장을 들여다보던 어니는 가방을 꺼내 짐을 챙기기 시작
했다.

간단한 옷가지와 노트북, 자서전 자료와 일기장. 물건을 챙긴
어니는 문을 잠그고 버스 터미널로 향했다.

터미널에서 아주 잠깐 고민을 했다. 행선지는 두 곳이었다.

"뭘 고민해?"

어쩐지 마음이 부풀어 오르는 기분이었다. 어니는 망설임 없이
해월항으로 향하는 표를 끊었다.


항해 준비를 하는 내내 니아의 펜션에 있을 거라고 강유는 말
했었다. 어니는 해월항에 도착하자마자 곧장 택시를 타고 니아의
펜션으로 향했다.

펜션은 어수선했다. 강유의 항해가 구체화되면서 이곳은 요트
클럽 사람들이 수시로 드나드는 공간이 된 것 같았다.

"어서 오세요. 어? 어니 씨?"

어니가 펜션의 문을 밀고 들어가자 식단표를 정리하고 있던 창
도가 놀란 듯 어니를 바라보았다.

"안녕하세요?"

"어서 와요."

"네. 저기…… 선배, 아니 강유 씨, 어디 있는 줄 아세요?"

"아마 요트 계류장에 있을 거예요. 전화해 볼까요?"

창도가 시계를 흘끗 보며 말했다.

"아, 아니에요. 놀래 주고 싶어서요."

어니의 말에 창도가 빙그레 웃었다.

"있어 봐요."

그러더니 창도가 어딘가로 전화를 걸었다.

"어디냐? ……어. 강유도 같이 있어? ……아, 알았어. 아냐. 저녁 준비 때문에 그러지. 수고해."

전화를 끊은 창도가 어니를 돌아보았다.

"조금 전에 펜션으로 출발했답니다. 옥상에 가 있을래요? 올려보내 줄게요."

언제 봐도 인상 좋은 웃음이었다.

옥상으로 올라가자 후텁지근한 바람이 불어왔다. 여전히 더운 날씨였지만, 공기 중에서 여름이 끝나 가고 있는 게 느껴졌다.

작은 해먹과 벤치, 화분들이 가득한 앙증맞은 공간에 서서 어니는 펜션으로 이어진 도로를 내려다보았다. 그가 오는 걸 보고 싶었다. 못 본 지 한 주나 되었나? 그런데 그 시간이 까마득하게 느껴졌다.

자동차 소리가 났다. 잠시 후, 펜션으로 들어오는 강유의 차가 보였다. 그의 차를 봤을 뿐인데, 심장이 쿵쿵거리기 시작했다.

주차장에 차가 멈추더니 그가 차에서 내렸다. 멀었지만 그가 보였다. 선명하게. 며칠 새 햇볕에 더 탄 것 같았다. 그 미묘한 차이조차도 선명했다.

갑자기 휴대전화 진동이 울렸다. 주차장을 빠져나오며 전화를 걸고 있는 강유가 보였다. 어니는 전화를 받는 대신 벤치에 앉아 그가 옥상으로 올라오길 기다렸다.

"왜 전화를 안 받지?"

유리문이 열리더니 강유가 휴대전화를 들여다보며 옥상으로 들어왔다. 어니는 벤치에 앉아 강유를 물끄러미 바라보았다. 심장은 이미 그를 향해 달려가고 있는데, 몸은 그 자리에서 꼼짝할 수가 없었다.

"바쁜가?"

중얼거리며 고개를 들던 강유가 자신을 조용히 바라보고 있는 어니를 발견했다. 순간 그의 동작이 멈췄다. 일시에. 정지 화면처럼. 그가 멍하니 어니를 바라보았다. 뒤늦게 그가 눈을 꾹 감았다 뜨는 게 보였다.

어니가 빙그레 미소를 지으며 자리에서 일어섰다.

"나 왔어."

그녀의 목소리에 강유가 성큼성큼 어니에게로 다가왔다. 그러곤 어니를 물끄러미 내려다보다 조심스럽게 그녀의 뺨을 살짝 꼬집었다.

"아!"

어니가 인상을 찡그렸다. 강유의 입꼬리가 활짝 벌어지며, 그녀를 와락 끌어안았다.

"신기루를 보나 했는데."

그가 믿기지 않는 듯 고개를 숙여 어니를 바라보았다. 주저주저 그의 허리에 팔을 두르며 어니도 그를 올려다보았다.

"보고 싶은데, 전화로는 더 보고 싶기만 해서 왔어. 직접. 나 잘했어?"

"순진한 줄로만 알았더니, 왜 이렇게 여우지?"

"내 이름이 어니잖아. 어니언의 어니. 양파처럼 내가 좀 새록새록 새로운 면이 많아."

어니가 활짝 웃었다. 온종일 바다를 가득 품고 있었던 그의 품에서 따뜻한 바다의 냄새가 났다. 그를 보지 못한 며칠이 순식간에 사라지고 온통 그로 가득해지는 기분이었다.

그녀를 내려다보는 그의 눈이 깊어졌다. 그의 웃음이 짙어졌다.

"보고 싶었어, 진강유 씨."

어니가 속삭였다.

강유가 갑자기 웃음을 터트렸다.

"진짜 한계를 시험하지, 유어니."

"뭐?"

그가 웃음이 뚝뚝 떨어지는 얼굴로 고개를 숙였다. 어니의 눈이 화들짝 커지는데 그의 입술이 어니의 입술에 닿았다.

따뜻한 열기가 입술을 타고 밀려들었다. 그의 입술이 어니의 입술을 깊이 품어 그의 향기와 그의 온기가 온통 그녀에게로 밀려들었다. 밀물처럼, 파도처럼, 해일처럼. 어니의 눈이 저절로 감기고 그의 숨이 더 깊어졌다.

입술로 전해지는 그의 마음에 어니의 심장이 미친 듯이 날뛰었다. 그의 입꼬리가 느른하게 당겨졌고, 어니를 감싼 팔에 힘이 들어갔다. 입맞춤이 짙어지고 깊어졌다.

바다 너머, 저 먼 세계에서부터 불어오는 바람이 둘을 쓰다듬고 지나갔다. 아득히 먼 곳에서 갈매기의 울음소리가 흘러갔다.

푸른 하늘이, 하얀 구름이 온통 둘 사이로 쏟아졌다.


"나 여기서 글 쓰려고."

어니의 말에 마주 앉아 저녁을 먹던 강유가 고개를 들었다.

"진짜?"

고개를 끄덕이는 어니를 보는 강유의 얼굴이 환하게 밝아졌다.

"혹시 여기 장기 투숙도 가능한가? 안 되면 다른 숙소 찾아야 하는데."

"내 방, 같이 쓸래?"

강유가 은근하게 웃으며 물었다.

"다른 데 알아봐야겠다."

"뭘 또 그렇게 단호해?"

강유의 말에 어니는 싱긋 웃었다.

"나, 내일은 엄마한테 갔다 와야 할 것 같아."

"내일? 아……."

강유가 뭔가 생각하는 표정으로 미간을 모았다.

"지금 나 데려다주려고 궁리하는 거지? 그러지 마."

"아니, 오전에 일을 서두르면……."

"정말로 도움이 필요한 일이 생기면 부탁할게. 그러니까 일일이 내 일정 신경 쓰지 말고 선배는 선배 일을 해."

강유가 물끄러미 어니를 바라보았다.

"왜 이렇게 예쁘냐? 유어니."

"그러게."

장난스럽게 어니가 중얼거리자 강유가 히죽 웃었다.

"매일 애인한테 반하는 남자. 그거 하자, 네 별명."

부엌으로 들어가던 창도가 강유를 향해 중얼거리며 지나갔다.

"맘에 든다, 그 별명."

강유가 부엌을 향해 능청스럽게 외쳤다. 어니는 빙그레 웃으며 강유를 바라보았다.

'나도 매일 반해. 선배에게.'

강유가 어니의 시선을 느낀 듯 "왜?" 물었다.

"그냥."

"그냥?"

"그냥. 그냥 좋아서."

"하! 자꾸만 시험에 들게 한다, 유어니."

강유가 장난스럽게 눈썹을 끌어 올리며 말했다. 어니는 그의 시선을 피해 후다닥 밥을 먹기 시작했다. 고개 한 번 들지 않고 밥을 먹는 어니를 보며 강유가 피식 웃었다.

"천천히 먹어. 안 잡아먹을 테니까."

그의 농담에 어니가 밉지 않게 그를 흘겨보았다.


다음 날, 강유가 펜션을 나서자 어니는 버스를 타고 엄마의 집으로 향했다.

집은 비어 있었다. 수애의 SNS에 접속해 보자 새로운 사진이 올라와 있었다. 봉숭아 아주머니와 뒤늦게 손톱에 봉숭아 꽃물을 들이는 사진이었다.

수애가 사진을 찍고 올리는 걸 보니, 어느 정도 마음을 추스른 모양이었다.

어니는 과수원 끝, 할머니의 목련나무로 향했다. 낮 시간이어서인지 과수원은 조용했다. 수애는 아무래도 동네 아주머니들을 만나러 나간 모양이었다.

바다가 한눈에 내려다보이는 절벽 끝, 할머니의 목련나무는 멀리 바다를 바라보며 서 있었다.

"할머니. 저 또 왔어요."

어니가 나무를 향해 인사를 건넸다. 목련나무의 넓은 이파리가 어니를 향해 손을 흔들었다. 물끄러미 나무를 바라보던 어니가 나무 곁으로 다가가 둥치에 손을 올렸다.

세월을 이고 선 목련나무는 투박하고 거칠었다. 마치 할머니의 손처럼.

"나에게 할머니는 그냥 할머니였는데, 할머니가 남긴 일기장엔 내가 모르는 여자가 있었어요."

어니의 말을 듣고 있기라도 하듯, 해풍에 까딱거리던 나뭇잎의 움직임이 잦아들었다.

"난 왜 한 번도 할아버지의 존재에 대해 궁금해한 적이 없었을까? 그냥 할머니는 할머니여서 그랬던 걸까요?"

높게 뻗은 목련나무를 어니는 조용히 올려다보았다.

진 회장이 찾던 자야 씨가 어니의 할머니라는 걸, 어니는 할머니의 일기장을 통해 알게 되었다. 권순자인지 선자인지로 착각했던 할머니의 이름은 권수자였다.

집을 나와 다른 도시의 의상실에서 일을 하던 수자는 서른 살에 괜찮은 의상실을 열 정도로 손재주가 좋았다. 그즈음 동네 고아원의 꼬마 수애를 처음 만났다.

네다섯 살쯤 되었던 수애는 돌도 되지 않아 고아원에 버려져 그곳에서 자랐다고 했다.

어느 날 고아원 앞을 지나가던 수자를 본 수애는 고아원을 빠져나와 그녀의 뒤를 쫓아다녔다. 다시 고아원에 데려다 놓아도 어김없이 양장점으로 찾아오는 꼬마에게 수애는 물었다.

'왜 와? 자꾸만?'

매일 벙어리처럼 입을 꾹 닫고 수자 뒤만 쫓아다니던 수애가 그녀를 가리켰다. 그러곤 서툰 발음으로 말했다.

'엄마.'

수자는 꼬마의 똘망한 눈을 한참이나 들여다보았다. 엄마에 대한 기억 따위 전혀 없으면서도 아이는 단호했다. 서른, 수자는 결혼도 하지 않았고, 아이를 입양할 만한 여건도 되지 않았지만, 그 아이의 눈을 외면할 수가 없었다

까맣게 자신을 향한 채 반짝이는 눈동자가 그녀의 심장 속에 박혀 버린 것 같았다. 수자는 수애를 결국 입양했다.

"엄마 말대로 할머니는 원래부터 엄마의 엄마가 될 운명이었나 봐요. 엄마는 그걸 한눈에 알아봤던 거야. 그래서 매일 할머니를 찾아갔던 거겠죠. 할머니도 그렇게 생각하시죠?"

어니가 목련나무 둥치에 기대앉아 나무를 올려다보며 말했다.

등을 따라 할머니의 온기가 전해지는 것 같았다.

부모님이 돌아가시고 재산을 정리한 수자는 이곳으로 이사 와 과수원을 사서 농사를 지었다. 그녀는 타고난 디자이너였고, 재능 있는 농부였으며, 머리 좋은 사업가였다. 재산을 불리고 늘려, 과수원을 더 넓혔고, 한편으론 장학 사업을 시작해, 고아들을 후원했다.

어니 역시 알고 있었다. 할머니가 상당한 자산가였다는 걸. 하지만 그건 어디까지나 할머니의 재산이었다. 어니는 어릴 때부터 직접 용돈을 벌며 자랐다.

과수원에서 사과를 땄고, 할머니의 잡심부름을 도맡아 했다.

할머니는 그 누구와도 결혼하지 않았고, 다른 누구를 마음에 담지도 않았다.

하지만 할머니는 강한 분이었다. 진 회장이 생각하듯 여리고

맑고 순수하기만 한 사람이 아니었다. 그녀에겐 가족이 있었고 사업이 있었다. 외롭고 슬프게, 기다림에 목메며 사는 사람이 아니었다.

진 회장은 자야와 자신이 다른 세상에 살고 있다고 했지만, 아니었다. 자야는 진 회장이 속한 세상의 사람이었다. 그녀는 온실의 사람이 아닌 들판의 사람이었다.

어니가 아는 할머니는 호탕했고, 겁도 없었으며, 도전하길 즐기는 사람이었다.

"할머니는 할머니의 그분이 어떻게 살고 있는지 알고 계셨죠?"

어니의 머리 위, 짙푸른 목련 이파리가 팔랑거렸다.

"진평해 회장님 기사를 할머니도 분명 봤을 거야. 그죠? 그런데 왜 기다렸을까? 진 회장님이 결혼한 거 알았을 텐데."

어니는 조용히 물었다. 대답 없는 바람이 목련 가지 사이를 휘돌아 어니의 머리카락을 휘젓고 지나갔다.

"할머니가 나에게 해 줬던 코끼리 이야기나 태국의 색깔 이야기나 바다 너머의 이야기는 다 진평해 회장님이 해 준 거죠?"

이곳에 어니와 나란히 앉아 끝 간 데 없이 펼쳐진 바다를 바라보며 그 너머의 이야기를 들려주던 할머니. 마치 꿈꾸듯 파도를 바라보던 할머니의 시선. 어니는 그때의 할머니가 지금 자신의 곁에 앉아 있는 것 같은 느낌이었다.

"할머니, 궁금한 게 있는데. 할머니가 정말로 기다린 게 뭐예요?"

그걸 알면 진 회장에게 어떤 이야기를 들려줘야 할지 알 수 있을 것 같았다.

어니는 그곳에 앉아 등으로 목련나무의 온기를 느끼며 눈을 감았다. 절벽 아래, 파도가 부서지는 소리가 들렸다. 파도 소리를 듣자 강유가 떠올랐다. 할머니가 사랑했던 남자의 아들을 사랑하게 된 건, 운명인 걸까?

어니는 흠, 길게 한숨을 뱉으며 자리를 털고 일어섰다. 목련나무 이파리가 어니를 향해 끝없이 까딱거리고 있었다.

그 끝없는 까딱거림. 어니는 문득 감나무를 기어올라 진 회장에게 감을 던져 줬던 어린 수자의 모습이 떠올랐다. 마치 본 것처럼 선명히.

그 이미지를 물끄러미 바라보던 어니가 목련나무를 올려다보며 고개를 끄덕였다. 그러곤 가지를 잡고 목련나무를 오르기 시작했다.

거대한 목련나무를 어니는 조심스럽게 기어올랐다. 큰 가지를 잡고 옹이에 발을 디디며 천천히 몸을 끌어 올렸다. 저 먼 바다가 어니의 시야 안으로 성큼 들어왔다. 나무의 가장 큰 줄기를 지나 갈라진 줄기 사이에 몸을 걸치고는 주변을 둘러보았다.

세상이 한 움큼 멀어지고 작아지고 넓어졌다. 절벽을 때리는 파도 소리는 선명해지고 바닷바람은 더 크게 어니를 흔들었다.

저절로 기분이 가벼워졌다. 자유로워진 기분이었다. 마치 그녀가 바닷바람을 맞고 선 나무가 된 것 같았다. 그대로 날개가 돋아 수평선을 따라 펄럭이며 날아오를 수도 있을 것 같았다. 어쩐지 즐거워진 어니는 히죽이 미소를 지었다.

이 기분을 강유에게 전하고 싶었다. 이 즐거움을, 이 자유로움을 그에게도 알려 주고 싶었다.

어니는 휴대전화를 꺼내 강유에게 전화를 걸었다. 곧장 그가 전화를 받았다.

"강유 씨!"

– 그 호칭, 마음에 들어.

강유의 목소리에 미소가 잔뜩 담겨 있었다.

"진강유 씨!"

– 왜? 유어니 씨.

"사랑해."

전화기 너머에서 뭔가가 와당탕 부딪치는 소리가 들렸다. 어니가 미간을 슬쩍 모으며 휴대전화를 바라보았다. 아직 통화가 연결된 상태였다.

"괜찮아? 선배?"

– 예고도 없이.

"뭐?"

– 녹음을 못 했어.

그의 말에 어니가 어이가 없다는 하하 웃음을 터트렸다.

– 다시 말해 봐.

"사랑해."

– 왜 또 이렇게 순순하지?

"녹음하라고."

어니의 말에 이번엔 강유가 웃음을 터트렸다.

– 무슨 일 있는 건 아니지?

"아무 일 없어. 그냥 사랑한다고 말하고 싶었을 뿐."

– 하아. 정말 매일매일 한계에 도전하게 하는구나.

"이따 봐. 끊을게."

– 사랑한다, 유어니. 이따 봐.

전화를 끊고도 그의 목소리가 바람결에 들리는 것 같았다.

휴대전화를 호주머니에 밀어 넣는데, 어니가 붙들고 있는 가지 아래쪽에 작은 나무 구멍이 보였다. 어니는 조심스럽게 나무 구멍을 들여다보았다. 손이 아슬아슬하게 들어가는 구멍 속에 뭔가가 있었다.

어니는 나뭇가지를 단단히 잡고 다른 손으로 구멍 속의 물건을 꺼냈다.

"이건……."

손가락만 한 작은 조각상이었다. 때가 타고 칙칙해져 있었지만 상아를 깎아 만든 코끼리였다. 분명.

어니의 머릿속에 진 회장의 사진 자료집 사이에 들어 있던 세장의 흑백 사진이 떠올랐다. 거대한 원양어선 사진과 감나무가 늘어진 벽돌집의 사진. 그리고 상아로 깎아 만든 손가락만 한 코끼리상 사진. 그 사진 속의 코끼리 조각상이었다.

어니는 상아 조각을 가만히 들여다보다 목련나무를 다시금 바라보았다.

"이게 할머니의 대답인가요? 해석이 너무 어려워. 그치만 노력해 볼게요."

목련나무가 어니를 격려하듯 팔랑팔랑 잎새를 흔들었다.


❋ ❋ ❋


'사랑해.'


어니의 목소리가 떠오르자 강유의 입가가 또다시 실룩거렸다. 웃음이 나오려는 걸 억지로 참느라 입가에 경련이라도 날 것 같았다.

"야. 너 가!"

육상 베이스캠프의 총책임을 맡은 동재 아빠가 강유를 향해 종이를 뭉쳐 던졌다.

미용실 사장의 남편인 동재 아빠는 요트 항해 경험이 많은 베테랑이었다. 강유와 함께 바람과 해류를 분석해서 항로를 설정하고, 최근의 날씨 데이터와 위험 지역에 대한 정보를 확인하던 중이었다.

"집중 중입니다."

강유가 웃음기 어린 목소리로 대답했다.

"집중 같은 소리 하네. 좀 전부터 헤 풀어진 미역 줄거리처럼 얼굴이 팔랑팔랑하는 놈이."

"그렇다고 제 할 일을 못 하고 있진 않았습니다만."

"네 녀석 실실거리는 꼴을 보니 내가 일이 안 된다고."

"형님이 왜?"

"질투 나서."

동재 아빠의 말에 강유가 킥킥거렸다.

"언제는 형님밖에 없다고, 형님처럼 되고 싶다고, 내 꽁무니만 쫓아다니더니 이거 봐 봐. 다른 사랑 생겼다고 날 찬밥 취급하는 거."

"제가 또 언제 찬밥 취급을……."

"지금! 바로 지금!"

"하하. 그보다 평해 해운 홍보팀에서 항해 기간 동안 받는 영상 자료를 주기적으로 업데이트 시킬 방법에 대해서 묻던데요. 아예 동영상 공유 서비스 채널을 개설하는 건에 대해서 의논을 하고 싶다고 하더라고요."

강유는 동재 아빠의 주의를 일로 다시 돌리며 빙그레 웃었다. 누가 뭐라고 하든 지금은 아무렇지도 않았다. 심장이 평소 자신의 속도를 잊은 듯 끝없이 두근거리고 있었다.

어니는 늘 예상을 깨는 행동을 했다. 조심스럽게 한 발을 내밀었구나 싶으면 훌쩍 자신의 곁으로 다가와 있었고, 기분이 상할까 걱정하며 손을 내밀면 성큼 품 안으로 들어왔다.

제자리걸음을 하는 것 같다가도 어느새 자신의 심장을 휙 채가는 그녀 때문에 강유는 정신을 차리기가 어려웠다.

"구미호였어."

"뭐?"

"아, 아닙니다."

강유의 말에 동재 아빠가 머리를 내저으며 "쯧, 쯧." 혀를 찼다.

"그냥 들어가. 항로는 이미 정해진 거고, 넌 체력 관리나 열심히 해. 좀 전에 말한 동영상은 내가 그쪽 담당이랑 직접 이야기할 테니까, 연락처 주고."

동재 아빠가 팔짱을 끼며 말했다. 강유가 그를 바라보자 가볍게 고개를 끄덕이며 덧붙였다.

"빨리 가 봐. 혼자 두고 떠날 거잖아. 최소 7~8개월이야. 있을 때라도 잘해 줘."

강유가 민망한 표정으로 싱긋 웃었다.

"감사합니다."

"됐다. 연락만 되게 휴대전화 꼭 들고 다녀."

그의 말에 강유는 장난스럽게 "옙!" 경례를 붙이며 베이스캠프로 쓰고 있는 마리나 센터의 사무실을 나섰다.

'아직 고향집에서 출발 전이겠지?'

강유는 바쁘게 주차장으로 향하며 어니에게 전화를 걸었다. 신호가 가는 그 잠깐의 시간에도 강유의 마음은 그녀를 향해 달리고 있었다. 그녀가 옆에 없는 모든 시간이 아쉬웠다.

– 여보세요?

"어디야? 데리러 갈게."

– 나 버스 탔어.

"벌써?"

– 벌써인가? 아침에 터미널에서 헤어진 후 천만 년쯤 흐른 것 같은데.

어니의 능청스러운 대꾸에 강유는 웃음이 터졌다.

"유어니 씨. 오늘 무슨 일 있어?"

이번엔 어니가 웃음을 터트렸다. 그러더니 가벼운 목소리로 말했다.

– 보고 싶어. 30분 후 도착하니까 터미널로 데리러 와.

"마음에 든다, 데리러 오란 말. 좀 이따 봐."

강유는 전화를 끊고 터미널로 차를 몰았다. 입가에서 웃음이 가라앉질 않았다.

❋ ❋ ❋

8월이 흘러가고 있었다.

열기로 들끓던 한낮의 더위는 조금씩 무뎌지고, 바다에서 불어오는 바람에도 아침저녁 서늘함이 어리기 시작했다.

어니와 강유는 짬짬이 둘만의 시간을 즐겼다.

관광객이 줄어 한산해진 바닷가 모래밭을 나란히 걸으며 실없이 깔깔거리고, 모래 속에 발을 묻고 서서 달려드는 파도의 간지러움을 함께 즐겼다.

니아의 배를 타고 나가 낚시를 즐기기도 했다. 어니는 낚시는 서툴렀지만 잡아 놓은 물고기를 들여다보며 혼자 상상의 나래를 펼치는 건 좋아했다. 강유는 그런 어니를 바라보며 혼자 히죽거리기 일쑤였다.

"진강유가 저럴 줄은 몰랐지. 사람이 저렇게 변해도 되는 거야?"

니아가 기가 막힌다는 표정으로 강유를 바라보면, "변해도 될걸. 창도 형 보니까 변하니까 더 행복해 보이더라고." 강유는 능글능글 대답하며 어니를 바라보곤 했다.

8월 말로 접어들자 항해 준비는 거의 마무리 단계로 들어섰다. 나머지 일들은 대부분 평해 해운 홍보팀에서 알아서 움직였다.

8월의 끝자락, 어니와 강유는 옥상 해먹에 나란히 누워 많지 않은 별을 보며 별자리를 헤아렸다. 강유는 별자리에 대해서 해박했다. 그는 손으로 별을 짚으며 별자리에 얽힌 이야기를 들려주었다.

어니는 그의 팔을 베고 누워 그의 목소리를 듣는 게 좋았다. 그의 목소리는 따뜻했고, 편안했다. 늘 언제든 토닥토닥 어니를 안아 줄 것 같은 목소리였다.

"북극성도 시간이 지나면 바뀐다는 거 알아?"

"정말?"

"지금 북극성은 저기 저거. 작은곰자리 알파별. 하지만 기원전 천 년쯤 전엔 작은곰자리의 베타별이 북극성이었어. 앞으로 만이천 년쯤 지나면 직녀성이 북극성이 될 거야."

강유는 손끝으로 별의 위치를 가리키며 말했다.

"북극성은 변하지 않는 건 줄 알았어."

어니가 그의 손이 가리키는 별들을 눈으로 좇으며 말했다.

"이 세상에 변하지 않는 건 없어."

"선배 마음도?"

"내 마음도."

"흠……."

어니가 그를 바라보았다. 그가 장난스럽게 그녀와 시선을 맞췄다.

"나도 변하지. 그제보다 어제, 어제보다 오늘, 매일 조금씩 더 많이 널 사랑하는 방향으로."

강유가 어니의 손을 끌어다 자신의 심장 위에 내려놓으며 말했다. 쿵쿵 생생히 살아 날뛰는 그의 심장이 그녀의 손을 통해 느껴졌다.

어니는 풋 조그맣게 웃음을 터트렸다.

"그건 변화가 아니고, 진화야. 바람직한 진화."

"진화, 좋네. 우리 사이도 좀 더 진화해 볼까?"

강유가 그녀를 품 안으로 끌어당기며 이마에 입을 맞췄다. 어니가 간지러운 듯 싱긋이 미소를 지었다. 그의 손이 어니의 허리께로 내려가는데 어니가 그를 초롱초롱한 눈으로 바라보며 입을 열었다.

"아, 참. 나 내일은 할머니 기일이라, 집에 갔다 와야 해."

"내일? 내일은 요트 시험 운항이 있는데……."

그가 일정을 생각해 보는 듯 말꼬리를 끌면서도 어니의 셔츠

자락 사이로 손을 밀어 넣었다.

"아하하. 간지러워."

어니가 그의 손을 잡아 자신의 손가락에 깍지를 꼈다. 강유가 어니와 눈을 맞추며 아쉽다는 듯 한숨 어린 웃음을 웃었다.

"진화는 서서히 이뤄지는 법이지요."

어니가 그의 턱에 가볍게 입을 맞추며 장난스럽게 말했다.

"그럼 인사부터 드리는 걸로 진화의 방향을 바꿔야겠네. 시험 운항 두세 시면 끝날 거야."

"나도 오전에 갔다 올 거야. 제사 지내고 그런 거 아니거든."

"아, 그럼……. 운항 시간을 바꿔 볼게. 같이 가자."

어니가 그를 가만히 올려다보다 싱긋 웃었다.

"괜찮아. 혼자 갔다 올게. 선배는 선배 일을, 나는 내 일을. 각자 열심히 하고 오후에 만나."

강유가 어니를 마주 바라보더니 조심스럽게 입을 열었다.

"아직은 할머니께도 어머니께도 인사시키기 별로인 건가?"

그의 말에 어니가 살짝 고개를 끄덕였다.

"아니라곤 말 못 해."

강유의 표정이 심각해졌다. 자신의 팔을 베고 누운 어니의 표정을 한 번 보고, 다시 혼자 심각해졌다가 다시 어니의 표정을 살폈다.

어니가 피식 웃더니 깍지 낀 그의 손을 풀어 슬며시 그의 입술 선을 따라 그렸다.

"선배가 요트 여행을 갔다 오면, 그때 인사해. 지금은 가 봤자 선배 혼날 거야."

"흠. 혼나는 것쯤, 상관없는데."

"당장 지금부터 여행에서 돌아올 때까지 만남을 금지시키면?"

"아…… 그건…….."

강유가 난감한 표정으로 어니를 바라보았다. 어니가 빙그레 미소를 지었다.

"내년 기일엔 같이 갈 수 있겠다."

아무렇지도 않은 표정으로 내년을 이야기하는 어니를 강유가 물끄러미 바라보았다. 밤바다에 펼쳐진 별만큼이나 무수한 이야기가 담긴 눈동자였다.

그의 손이 그녀의 뺨을 가볍게 쓸었다. 그녀의 눈동자에 담긴 이야기들이 찰랑거렸다. 수면 가득 떠다니던 별 조각들이 뱃전에 부딪혀 찰랑이듯, 자잘하게 일렁이는 그녀의 눈동자 속 이야기들.

강유의 고개가 그녀에게로 기울어졌다. 그녀가 느리게 눈을 감았다. 별이 사라지고, 그곳에 그녀의 향이 떠돌았다. 어둠이 깊은 밤, 은빛으로 길을 밝히는 달빛에서 흘러내리는 은은하면서도 달콤한 냄새였다.

그녀의 입술에 그의 입술이 닿았다. 그의 입술로 그녀의 달빛이 흘러들었다. 깊이를 알 수 없는 달콤함으로 그를 흔들어 대는 향.

"약속할게. 꼭. 같이 가겠다고."

그의 입술이 어니의 입술 위에 약속을 새겼다. 어니의 입술이 미소를 머금고 벌어졌다. 그가 그 틈을 비집고 더 깊이 입을 맞췄다. 어니의 미소가 행복으로 더 활짝 벌어졌다.

### 3장.
## 코끼리 열차가 바다를 달린다

• 1 •

어니는 목련나무 아래 수애와 나란히 앉아 포도를 먹었다. 작은 밀폐용기에 담아 온 포도는 시고 달고 차가웠다.

"나 어릴 때부터 궁금했는데, 할머니는 포도를 좋아하시면서 왜 과수원에 포도는 심을 생각을 안 하셨을까?"

어니가 포도 씨를 후 불어, 사과밭에 뱉으며 물었다.

"태국 가서 드시려고 안 심으셨대."

"태국?"

"언제였더라, 내가 네 할머니 생신에 포도를 사 가지고 온 적이 있었어. 그때 네 할머니랑 포도를 나눠 먹으며 물었지. 엄마, 우리 포도나무 한 그루만 심을까? 하고. 그랬더니 네 할머니가 그러시더라. 태국에 가면 유명한 포도 농장이 있는데 거기서 포도를 사서 코끼리를 타고 가며 코끼리랑 나눠 먹을 거라고. 그러고 나면 그때 심을 거라고."

"그럼 진작 가시면 되지. 왜 안 가셨대요?"

"기다리셨을 거야. 함께 포도를 나눠 먹으며 코끼리를 타기로 한 사람을."

엄마의 말에 어니는 고개를 들고 목련나무를 올려다보았다.

"이해가 안 돼. 그분이 못 오실 걸 알았을 텐데……."

그녀의 말에 수애가 깊은 심호흡을 했다. 그러곤 어니처럼 목련나무를 올려다보며 입을 열었다.

"알지만 모르는 척하는 거야. 그걸 인정하고 나면 버티기가 힘드니까."

수애의 목소리는 담담했다. 어니는 수애에게로 시선을 옮겼다. 그녀는 여전히 입안에 포도를 머금은 채 목련나무를 올려다보고 있었다.

"그런데 어쩌면 네 할머니는 기다리는 그분이 오지 않기를 바란 게 아닐까 하는 생각이 들어."

"왜 그렇게 생각하는데?"

어니의 시선을 느낀 듯 수애가 그녀에게로 시선을 맞춰 왔다.

"돌아가시기 전에 할머니랑 코끼리 이야길 한 적이 있거든."

"코끼리?"

"봄이었나? 막 사과 꽃이 흐드러지게 필 때였는데, 할머니가 여기 앉아 멀리 바다를 보고 계시더라고. 읍내 나갈 일이 있어 뭐 필요한 거 없으시냐고 물으러 왔더니, 할머니가 그러시는 거야. '코끼리를 실제로 보면 이상할 것 같아.'라고."

포도를 집어 들며 수애는 느리게 말을 이었다.

"그건 네 할머니가 기다리던 그분에 대한 이야기이기도 했던 것 같아. 막연히 기다리고 있지만, 정말로 기다리던 분이 나타나면 이상할 것 같은 거. 나도, 기다리는 대상도, 흐른 세월만큼 낯설어졌을 테니까.

수애의 말을 들으며 어니는 말없이 그녀를 바라보았다. 이건, 엄마에게도 해당되는 이야기일까?

"낯설어 어색하게 만나는 것보다 그냥 추억을 되새김질하며 오지 않을 사람을 기다리는 것. 할머니는 그걸로 행복하셨지 않았나 싶어."

수애는 목련나무를 올려다보며 조금 웃었다. 그러더니 지나가는 말처럼 덧붙였다.

"그나저나 네 할머니 보고 싶네."

"엄마, 우리 포도나무 심을까요?"

어니의 말에 수애가 그녀를 돌아보았다.

"그러지 뭐. 내년에 한 그루쯤."

수애가 중얼거리더니 어니를 가볍게 흘겨보며 말했다.

"근데, 우리 아니지 않아? 나겠지. 심는 것도 키우는 것도. 넌 먹기만 하겠지."

"하하. 아니야. 심을 때는 같이 심어요. 키우는 건 엄마 전문이니까. 엄마가 하고."

수애는 말없이 웃으며 어니에게 포도를 건넸다. 손으로 받으려던 어니가 입을 내밀어 직접 받아먹었다. 수애가 피식 웃더니 하늘을 올려다보았다.

"여름도 다 갔나 보다. 하늘에 가을이 들었네."

어니는 막연히 고개를 끄덕이며 포도를 씹었다. 포도즙이 주르륵 터지며 입안 가득 새콤한 향이 퍼졌다.

＊ ＊ ＊

바다의 가을은 색으로 찾아왔다.

물색은 깊어졌고, 하늘은 짙어졌다. 햇살 아래서 노곤노곤 녹아 가던 색들이 선명한 제 색을 찾아가는 느낌이었다.

시간은 빠르게 흘렀다.

어니는 강유가 바쁠 때면 진 회장의 이야기를 쓰며 보냈다. 할머니의 기일에 수애로부터 코끼리 이야기를 듣자 고민으로 머뭇거리던 이야기를 어떤 식으로 써야 할지 마음을 정할 수 있었다.

여름 내내 비라곤 구경도 못 했는데, 9월로 접어들자 비가 잦았다. 두어 번 태풍이 먼 바다를 스쳐 지나가더니 바닷가 마을은 바람이 불었다, 비가 왔다, 안개가 꼈다 하며 가을이 깊어졌다.

어니와 강유는 그 모든 시간을 즐겼다. 요트를 타고 나가 비가 내리는 바다를 구경하기도 하고, 펜션 창가에 나란히 서서 거친 바람에 흘러가는 구름을 구경하기도 했다.

바다 위에서 함께 별을 보기도 하고, 베이스캠프에서 위성 지도를 들여다보며 항로를 짚어 보기도 했다.

함께 시선을 맞추고, 보폭을 맞추고, 손을 맞잡는 시간들. 서로의 호흡을 맞추며 이야기를 나누는 시간들. 온전히 둘만이 가득한 시간들이 그들 사이에 차곡차곡 쌓여 갔다.

10월로 접어들면서 항해는 본격적인 일정들로 채워졌다. 매일 날씨를 분석했고, 최적의 날짜로 9일이 정해졌다. 출항일이 정해지자 갑자기 바빠졌다.

막연하던 날이 실체를 가진 날이 되었다.

안전한 항해, 무사 귀환을 기원하는 기원제까지 끝내고 나자 출항일이 사흘 앞으로 다가왔다.

"집에 갔다 오려고. 인사는 드리고 가야지."

"같이 가."

어니는 짐을 싸서 함께 서울로 올라왔다. 강유가 가족을 만나는 동안 어니는 오랜만에 집에 돌아왔다.

고작 한 달 반쯤 비워 둔 집이었는데, 낯설었다. 이렇게 좁고 답답했나 싶을 정도로.

어니는 막상 집에 들어왔지만 멍한 상태로 바닥에 누워 있었다. 강유가 이틀 후에 떠난다는 게 믿기지가 않았다. 어니는 천장을 올려다보며 가만히 누워 있었다. 이틀 후가 영원히 오지 않았으면 싶었다.


"여기서 인사 해."

집에 들렀다 어니를 만나러 온 강유가 놀란 듯 그녀를 바라보았다. 어니는 생긋 웃으며 다시 말했다.

"해월항엔 안 갈래. 그냥 여기서 인사 해."

"아……. 그래. 어차피 출항 일엔 정신없을 거야. 온갖 곳에서 다 나올 예정이라. 하지만……."

강유가 말꼬리를 끌더니 조금 웃으며 말했다.

"마음의 준비가 안 된 것 같아."

"나도. 나도 마음의 준비는 안 됐어."

어니의 말에 강유가 눈썹을 삐딱하게 끌어올리더니 어니의 머리를 쓱쓱 쓰다듬었다.

"그럼 지금부터 함께 마음의 준비를 할까?"

그의 말에 어니가 웃으며 고개를 끄덕였다.

마음의 준비라는 게 한다고 되는 걸까? 의심스러웠지만, 둘은 그런 건 무시하기로 했다. 함께할 수 있는 시간이 지금뿐이라면 그 시간을 의심하기보다 최선을 다해 즐겨야 했다.

"좋아. 지금부터 꼭 하고 싶은 거 한 가지씩을 해."

"꼭 하고 싶은 거라면…….."

강유가 장난기가 어린 눈으로 어니에게 고개를 숙였다. 어니는 다가오는 그의 입술에 가볍게 입을 맞추고는 싱긋 웃었다.

"이건 너무 소박하잖아."

"소박? 하! 안 소박한 걸 원해?"

"됐거든."

"그럼 네가 원하는 걸 먼저 해. 넌 뭘 하고 싶은데?"

강유가 싱긋 웃더니 진지한 목소리로 물었다.

"자동차 키 좀 빌려줘."

강유가 당황한 표정으로 자동차 열쇠를 내밀었다. 어니가 그 열쇠를 받더니 강유에게 조수석에 타라는 손짓을 하며 운전석에 앉았다.

"운전도 해?"

어니는 대답 없이 그에게로 몸을 기울였다. 조수석에 앉은 그에게 바짝 얼굴을 들이밀자 강유의 입술이 싱긋 길어졌다.

"이거 해 보고 싶었어."

"나 눈 감아야 돼?"

강유의 장난스럽게 묻자, 어니가 싱긋 웃더니 그의 안전벨트를 당겼다.

"이거. 조수석에 앉은 애인 벨트 채워 주기."

달칵, 안전벨트가 끼워지는 소리에 강유가 삐딱한 표정으로 눈썹을 끌어 올리더니 놀리듯 빙그레 웃는 어니의 목을 살짝 당겼다.

"난 이게 해 보고 싶던데."

그가 어니의 목을 당겨 그녀의 입술에 입술을 겹쳤다. 어니가 그 깊은 입맞춤을 잠깐 음미하다 깊은 한숨과 함께 그의 몸을 밀었다.

"하아. 정말. 기회만 되면 이러지?"

"기회만 되면 이러고 싶게 만드는 게 누굴까?"

강유가 어니의 입술을 슬쩍 쓸어 주며 말했다. 어니가 흠, 길게 한숨을 뱉으며 그를 슬쩍 노려보았다.

"얌전히 있어. 안전하게 배를 타고 싶으면."

"어디 갈 건데?"

어니는 대답 없이 자동차의 시동을 걸었다.

"가 보면 알아."

강유가 빙긋 웃으며 느긋하게 조수석 의자에 몸을 묻었다. 어니가 그를 흘긋 백미러로 보며 싱긋 미소를 지었다.

어니가 강유를 데려간 곳은 코끼리 숲 공원이었다. 강유가 어니를 갸웃한 표정으로 바라보자 어니가 강유의 손을 잡으며 말했다.

"원래는 선배와 코끼리 열차를 타고 이 공원을 한 바퀴 돌고 싶었어."

강유가 흘긋 시계를 보았다. 이미 코끼리 열차는 운행을 멈춘 시간이었다.

"선배와 탄 코끼리 열차가 무사히 공원을 한 바퀴 돌고 나면, 코끼리 돛이 달린 선배의 멜린다도 무사히 이 지구를 한 바퀴 돌고 올 수 있을 것 같았거든. 그래서 나와 함께 미리 이곳을 한 바퀴 돌자고 할 생각이었어."

가을이 절정으로 달려가는 공원을 둘러보며 말하던 어니가 다시 강유를 바라보았다.

"뭐, 코끼리 열차는 못 타게 됐으니, 대신 선배랑 코끼리 열차의 궤적을 따라서 걸어 볼까? 안전하고 무사히 선배가 나에게 돌아올 수 있게."

강유가 어니를 물끄러미 바라보았다. 그의 진지한 눈빛에 미소가 어려 있었다.

"그게 소원이야?"

"미신이래도 상관없어. 그냥 그러면 안심이 될 것 같아."

어니가 조금은 민망한 표정으로 중얼거렸다.

"승강장에서 조금만 기다려."

"뭐?"

"금방 올게."

강유가 어니의 눈을 들여다보며 말하더니 승강장을 가리키고는 급하게 공원 안으로 달려갔다.

승강장에 멀뚱히 선 채 강유가 돌아오길 기다리는데, 빠앙! 경쾌한 경적 소리가 들렸다. 승강장으로 코끼리 열차가 들어오고 있었다. 어니는 눈을 비볐다. 꿈꾸나?

열차가 어니 앞에 멈춰 섰다.

"안 타?"

운전석의 강유가 그녀를 향해 활짝 웃었다. 믿을 수 없다는 듯 눈을 깜박이던 어니의 입이 천천히 벌어졌다.

"와!"

"하하. 타."

어니가 운전석으로 올라가 강유의 옆에 앉았다.

"출발합니다."

"이렇게 멋대로 끌고 나와도 되는 거야?"

"음…… . 잘 모르는 것 같아서 굳이 설명하는 건데, 이 열차 주인이 나거든."

"진짜?"

"어머니가 돌아가시면서 이 공원을 나에게 맡겼어."

강유가 무심히 말했다. 어니는 그렇구나, 고개를 끄덕이며 새삼스럽게 강유를 바라보았다. 그가 재벌 2세라는 사실을 어니는 거의 의식한 적이 없었다.

"그래 봤자, 공원 관리팀에서 다 관리하는 거고, 나는 명의만."

열차를 출발시키며 강유가 덧붙였다.

코끼리 열차가 천천히 공원을 따라 달렸다. 저물녘의 공원이 가을과 노을로 온통 붉었다. 붉은 세상 속으로 어니와 강유의 열차는 펄럭펄럭 귀를 펼친 코끼리처럼 공원을 달렸다.

강유의 얼굴 위로 붉은 노을이, 붉은 단풍이 내렸다. 그 옆모습을 햇살이 어려 붉어진 어니의 눈동자가 훑고 더듬었다.

"너무 보는 거 아냐?"

강유가 조금 잠긴 목소리로 말했다.

"저축 중이야."

"저축이 필요한 건 난데."

"운전이나 해. 지금은 내 시간이야. 그러니까 보는 것도 나만."

그녀에게로 시선을 맞춰 오는 강유의 얼굴을 어니가 다시 정면으로 돌려놓았다. 노을에 물든 그의 시선을 정면으로 보는 순간 불쑥 눈물이 날 것 같았던 것이다.

뭐든 혼자 하던 버릇이 어느새 그와 함께하는 버릇으로 바뀌어 있었다. 강유와 함께하는 하루하루가 온통 익숙해져 있었다.

이럴 줄 알았어. 이런 건 금방 익숙해진다고. 어니는 그의 얼굴을 눈으로 쓰다듬으며 입술을 깨물었다.

넓은 공원이 짧았다.

빠앙!

마지막 경적을 울리며 코끼리 열차가 정문 앞 승강장으로 돌아왔다.

"도착했습니다."

강유가 어니를 돌아보며 말했다. 어니는 고개를 끄덕이며 강유와 시선을 맞췄다. 음영 진 그의 얼굴은 무슨 생각을 하는지 알기가 어려웠다. 그럼에도 어니는 알았다. 그의 눈은 언제나처럼 어니만을 향해 있다는 걸.

그녀는 천천히 자리에서 일어서 승강장에 내려섰다. 그러곤 코끼리 열차의 거대한 귀를 톡톡 두드렸다.

'세상을 한 바퀴 돌고 안전하게 돌아와. 넓은 세상을 보고 무사히 돌아와. 내 심장을 반드시 나에게 다시 데려와. 알겠지?'

코끼리에게 그녀는 간절한 마음으로 부탁했다.

"잠깐만 기다려."

강유가 코끼리 열차를 제자리에 가져다 두기 위해 방향을 돌렸다. 어니는 멀어져 가는 코끼리 열차의 뒷모습을 보며 두 주먹을 움켜쥐었다.

"아자! 아자!"

그녀의 기합이 코끼리 열차를 통해 저 멀리 멜린다에게 전달되길. 그래서 그의 항해가 안전해지길. 그 말에 응답하듯 경적 소리가 멀리서 들렸다.


"선배가 하고 싶은 건 뭐야?"

운전석을 다시 강유에게 넘겨주며 어니가 물었다. 강유는 대답 없이 어니의 집 앞으로 돌아왔다. 차를 주차한 강유가 가만히 어니를 바라보았다.

"하고 싶은 거 없어?"

어니가 물었다. 강유가 자동차의 글러브 박스를 열었다. 박스 안에 작은 상자가 들어 있었다.

"사실은 해월항에 내려가서 주려고 했어."

그가 상자를 들고 잠깐 망설이다 어니에게 내밀었다. 어니가 상자를 열자 손톱만 한 나침반이 붙어 있는 목걸이가 들어 있었다. 작은 보석들이 촘촘히 박힌 나침반은 세공이 아름다웠지만 그 속의 작은 바늘은 정확히 남북을 가리키고 있었다.

"정확히 북쪽. 매일 그곳을 보며 널 생각할게. 내가 어디 있든, 북극성이 위치를 바꾸든, 내가 남반구에 있어서 북극성을 볼 수 없게 되든 상관없이 항상 북쪽을 향해 내 마음을 남길게."

어니는 그를 보지 못한 채 나침반의 바늘을 바라보았다. 작은 바늘이 저 먼 북쪽 어딘가를 가리키고 있었다. 어니가 바늘이 가리키는 방향으로 고개를 들었다.

"그래. 거기. 어디에 있든 내 마음을 볼 수 있을 거야."

강유의 목소리는 담담하고 조용했다. 먼 북쪽 어딘가를 바라보던 어니의 시선이 천천히 그를 향했다. 강유가 싱긋 웃더니 조용히 덧붙였다.

"굳이, 힘들면 기다리지 않아도 돼. 그냥 지내, 즐겁게. 그래도 난 돌아와. 그러니까 너무 힘들지 말고, 너무 외롭지 말고, 그렇게 있어."

어니는 기다리지 않아도 된다는 말이 어쩐지 섭섭했다. 그럼에도 고개를 끄덕였다. 그가 그렇게 말한 이유를 알고 있으니까.

"이제 마음의 준비가 됐어?"

강유가 물었다. 어니는 고개를 저으며 목걸이를 내밀었다.

"이거 걸어 줘야지."

강유가 싱긋 웃더니 목걸이를 집어 들었다. 어니가 고개를 조금 숙이자 강유가 어니의 목 뒤로 손을 돌려 목걸이를 걸어 주었다. 어니는 목걸이를 걸어 주고 물러나는 강유를 꼭 끌어안았다.

"마음의 준비 같은 건 영원히 될 것 같지 않아. 그래도 이제 잘다녀와, 라고 말할 수 있을 것 같아. 잘 다녀와."

강유가 어니를 마주 꽉 안았다 놓더니 어니의 눈을 들여다보았다.

"갔다 올게."

흔들리지 않는 그의 눈동자. 한결같이 어니만을 향한 그의 눈동자.

보내기 싫었지만 어니는 웃었다.

그래 아주 잠깐, 떨어져 있는 것뿐이야. 기다린다 생각할 것도 없이, 잠깐만 서 있으면 그는 금방 올 거야. 자동차를 가지러 갔을 때처럼, 코끼리 열차를 가지러 갔을 때처럼.

어니는 그의 검고 깊은 눈동자를 들여다보며 고개를 끄덕였다. 그러면서 더 활짝 예쁘게 웃었다.

그날 밤, 강유는 해월항으로 내려갔다.

다음 날 어니는 대청소를 시작했다. 멀쩡히 잘 있는 식탁의 위치를 바꾸고 책장의 책을 모조리 뽑아 칸칸이 새로 정리했다. 옷장도 다 헤집어 계절별로 다시 정리를 했고, 뜬금없이 침대보를 걷어 세탁을 했다.

욕실 바닥을 솔로 문지르고 창틀을 박박 닦았다. 현관 바닥까지 걸레질을 하다 보니 한밤중이었다. 어니는 샤워를 한 후 머리를 말리며 반질반질 윤이 나는 집 안을 둘러보았다.

낯설었다. 단지 청소를 해서가 아니라 그냥 낯설고, 이상했다. 이곳이 자신의 집이 아닌 것 같았다. 그러다 깨달았다. 이곳엔 아무 냄새도 나지 않는다는 걸. 무색무취.

햇살의 냄새도, 바다의 냄새도 없는 공간. 갑자기 집 안이 텅 빈 것 같았다.

온종일 바쁘게 움직이던 몸이 퓨즈가 나간 인형처럼 멈춰 섰다. 갑자기 뭘 해야 할지 알 수가 없었다.

어니는 멍한 손길로 목걸이 나침반을 찾아 쥐었다.

"북쪽."

바늘이 가리키는 북쪽을 향해 고개를 들자 벽 위에 걸린 선반이 보였다. 어니가 좋아하는 물건들을 올려두는 곳이었다. 온 집 안을 헤집으면서 정작 그곳은 깜박했다.

어니는 그 선반을 물끄러미 바라보다 손을 뻗었다. 반창고가 있었다. 새 구두를 신고 세 번째 테스트를 받으러 갔을 때 강유가 장난스럽게 던져 주고 갔던 반창고였다.

자신을 내려다보며 싱긋 웃던 그때의 그가 떠올랐다.

"정말로 항상 도와주고 있었잖아."

발뒤꿈치에 붙이라고 준 반창고도, 그 직전 더위에 허덕일 때 준 아이스크림도, 그보다 더 전, 코끼리 열차에서 지나가듯 태국의 색깔 이야기를 한 것도 모두 어니를 도와준 거였다. 해월항에서 처음으로 어니를 도와준 게 아니었다.

어니는 반창고를 천천히 움켜쥐었다. 그러고는 홑이불을 돌돌말 채 침대에 웅크리고 누웠다. 손안에 든 반창고가 강유의 온기라도 되는 듯, 어니를 토닥거리는 것 같았다.

어느 순간 강유가 그녀를 마주 보며 누워 있었다. 그녀의 상상이 만들어 낸 그를 어니가 물끄러미 바라보았다.

"보고 싶어."

그녀가 속삭이듯 조그맣게 중얼거렸다. 상상 속 강유가 어니의 입가를 가로지른 머리카락을 슬쩍 떼어 넘겨 주었다.

'푹 자고 일어나. 곧 돌아올게.'

그의 입 모양을 보며 어니가 고개를 끄덕이다 스르르 잠이 들었다.


• 2 •


그의 항해가 시작되었다.

한국의 영해를 벗어나기 전에 보낸 그의 문자 메시지가 어니에게 도착했다.

[지금 부는 바람이 거기 도착할 때쯤이면 난 더 멀리 가 있을 거야. 그건 너에게 더 가까이 가 있단 의미기도 해. 사랑해.]

어니는 그 문자를 보자 울컥 눈물이 날 것 같았다. 하지만 울 만한 핑계가 없었다. 이젠 덥지 않았고, 그래서 땀이라고 우길 수도 없었다.

어니는 입술을 꼭 깨문 채 창문을 열었다.

흐린 바람이 불었다. 바닷가에서 느끼던 바람에 비해 너무도 순한 바람이었다.

어니는 그 바람을 음미하다 나침반이 가리키는 북쪽을 바라보았다. 대낮이었고, 별은 전혀 보이지 않았지만, 그럼에도 어니는 나침반이 가리키는 하늘을 향해 속삭였다.

"사랑해. 조심해서 돌아와."

그녀의 목소리가 바람에 실려 좁은 방을 휘돌더니 창밖으로 빠져나갔다.


며칠 후, 어니는 진 회장에게 연락해 만날 날짜를 잡았다.

정말 오랜만에 진 회장의 집을 찾는 것 같았다. 햇살 아래 일렁거리던 오르막길은 이제 깊어진 가을로 선선해져 있었다. 어니는 오르막을 천천히 오르다 편의점에 들렀다.

아르바이트생이 바뀌어 있었다. 늘 그곳에서 강유를 기다리던 아르바이트생 대신 팍팍한 인상의 중년 아주머니가 일을 하고 있었다. 어니는 생수를 한 병 사서 다시 오르막을 올랐다.

깊어진 가을, 감나무 가득 주황빛으로 물든 감이 진 회장의 저택 마당을 환하게 밝히고 있었다. 그 거대한 나무를 바라보자 어니의 얼굴에 저절로 미소가 번졌다.

"참고 기다리면 감은 열려. 참고 기다리면."

진 회장이 떠나고 남겨진 자야 씨가 기다리던 감을 어니가 대신 보고 있는 기분이었다. 주황빛 등불 같은 감. 어니는 어쩐지 가벼워진 마음으로 회장의 집무실로 향했다.

"안녕하세요?"

어니가 집무실로 들어서며 고개를 숙였다. 진 회장이 물끄러미 어니를 바라보더니 고개를 끄덕였다.

어니는 가방을 열어 원고를 진 회장의 책상 위에 올려놓았다.

"완성본입니다."

어니가 씩씩한 목소리로 말했다. 진 회장은 선뜻 손을 대지 못한 채 원고를 바라보고만 있었다. 어니는 조용히 몸을 돌렸다. 진 회장에겐 혼자서 이야기를 읽어 볼 시간이 필요해 보였다.

"행복했나?"

막 문을 열려던 어니가 돌아보았다. 진 회장이 원고를 바라보던 시선을 들어 어니를 바라보았다.

"이야기와 상관없이."

"이야기와 상관없는 진실이 궁금하신 건가요?"

진 회장은 정작 자신이 먼저 물었으면서 어니의 되물음에 대답을 들어도 되는 건지, 고민하는 표정이었다.

"자야 씨는 행복했어요. 진심으로."

어니가 그 고민을 덜어 주듯 담담히 대답했다.

"회장님은 옳은 선택을 하신 거예요."

"옳은 선택……."

진 회장이 천천히 입안에서 그 단어를 되뇌었다. 세상 모든 일에 확신이 넘치던 여든 노인에게도 그날의 선택에는 확신이 없었던 걸까. 어니는 진 회장을 바라보다 그녀가 자주 앉던 소파에 가서 앉았다.

"원래는 회장님이 원하는 이야길 쓸 생각이었어요. 회장님이 자야 씨를 포기했기 때문에 자야 씨가 행복해졌다는 이야기요."

"그런데?"

진 회장이 양손을 모으며 어니를 바라보았다.

"그런데 그럴 필요가 없었어요. 자야 씨는 평생 회장님을 기다리셨지만, 행복하셨거든요."

"평생 기다렸다고?"

"그분은 스스로 행복을 만들 줄 아는 분이셨어요. 회장님이 자야 씨를 놔줘서가 아니라 그분 자체가 어떤 상황에서도 행복할 줄 아는 분이셨던 거죠. 아마 회장님과 함께했어도 행복했을 거예요. 그렇지 않았어도 충분히 행복하셨고요."

"그런데 옳은 선택이었다고?"

진 회장은 어니의 말이 이해되지 않는 듯 슬쩍 미간을 모았다. 그 모습이 얼핏 강유를 생각나게 했다. 어니는 그를 생각나게 하는 진 회장의 미간을 물끄러미 바라보며 고개를 끄덕였다.

"자야 씨를 포기한 덕분에 회장님이 사모님을 만날 수 있었던 거니까요."

진 회장이 천천히 허리를 펴고 곧게 앉으며 어니를 바라보았다.

"회장님은 이양이 씨를 많이 사랑하셨어요. 사모님이 원하는 건 뭐든 해 주고 싶어 하셨고, 사모님의 지나는 말 한마디도 허투루 넘긴 적 없을 만큼 많이 사랑하셨죠. 언제든 회장님을 믿고 의지하시는 분이 옆에 계셔서 회장님은 더 열심히, 적극적으로 사셨어요. 그래서 회장님은 행복하셨고요."

어니는 차분한 말투로 이야기를 이어 갔다.

"사모님 역시, 회장님을 만나 행복했어요. 회장님 덕에 늘 꿈꾸던 평범한 삶을 살 수 있었고, 한편으론 자신을 낯선 세상으로 데려다줄 아이들도 얻었으니까요."

진 회장의 시선이 어니가 뱉는 단어 하나하나를 보고 있었다.

"회장님은 회장님과 이양이 여사님을 위한 가장 옳은 선택을 하신 거예요."

진 회장이 천천히 의자에 몸을 묻었다. 그의 시선이 어니를 오래 붙들고 있었다. 어느 순간 진 회장의 눈가에 아주 옅게 미소가 스쳤다.

"좋은 작가야. 유 작가는."

들릴 듯 말 듯 작은 목소리였지만 그 말속에는 진심이 담겨 있었다. 차분하게 자신이 담아 온 이야기를 하던 어니는 진 회장의 말에 민망한 듯 얼굴을 붉혔다. 그 모습을 가만히 바라보던 진 회장이 조용한 말투로 입을 열었다.

"멜린다 호가 사이판 가까이까지 갔다더군. 들었나?"

"네?"

갑작스럽게 바뀐 화제에 어니는 당황해 되물었다. 멜린다 호라니. 왜 갑자기.

"아직까진 순풍이니 별문제 없을 거야. 문제라면 조만간 지나야 하는 무풍지대겠지."

의식적으로 강유의 소식을 찾지 않던 어니였다. 매일 올라오는 평해 해운의 동영상 채널 소식과 육상 베이스캠프에서 올려놓는 항해 소식도 어니는 찾아보지 않았다. 그걸 보기 시작하면 그녀의 생활은 엉망이 될 게 틀림없었다.

온종일 그의 항해 궤적 주변을 따라 지나가는 태풍의 소식, 비의 소식, 바람의 소식을 살피며 그를 걱정하고, 그가 보내오는 짧은 소식들을 들여다보며 영상 속 그의 얼굴을 보고 또 보고 지낼 게 뻔했던 것이다.

어니는 머릿속으로 막연히 지구본 위의 사이판을 떠올렸다. 저 아래 적도 가까이 어디쯤. 그가 거기 어디쯤 있겠구나. 어니의 손이 무의식적으로 나침반 목걸이를 만지작거렸다.

"타고난 녀석이야. 뭐든 목표를 정하면 무조건 돌진하지. 지구 한 바퀴쯤 거뜬하게 돌고 올 거야."

"왜 그런 말씀을……."

"그 녀석이랑 만나는 거, 안다."

어니는 무슨 말을 해야 할지 알 수가 없었다.

"그 녀석이 목표로 한 게 지구 한 바퀴만이 아닌 것도 알고."

진 회장이 어니를 가만히 바라보며 말했다. 마치 강유의 다음 목표가 유어니라는 걸 말하는 것 같은 시선이었다.

"목표를 정했으니, 목표를 향해 돌진하기 위해서라도 곧 돌아올 거야."

그러니, 걱정하지 않아도 돼. 그냥 기다리기만 하면 돼. 감나무의 감이 익기를 기다리는 것처럼.

아마도 진 회장이 하고 싶은 말은 이게 아닐까, 어니는 생각했다.

"그럴 거예요. 분명."

어니의 대답에 진 회장이 가볍게 고개를 끄덕였다. 긴 세월이 담겨 있는 진 회장의 눈동자 속에 다양한 감정이 지나고 있었다.

한동안 물끄러미 어니를 바라보던 진 회장이 책상에 놓인 원고를 톡톡 두드렸다.

"재미있게 읽겠네."

어니는 가볍게 인사를 건네고는 방을 나왔다.


"다음 주에 감을 딸 예정입니다. 심심하면 놀러 오십시오."

현관까지 따라 나오며 강설우 비서가 말했다. 어니가 강 비서를 향해 잠깐 웃었다.

"그보다, 지금 하나만 따서 가도 될까요?"

"물론입니다."

어니는 빙그레 웃으며 감나무로 달려갔다. 거대한 나뭇가지가 감의 무게에 사방으로 휘어 있었다. 어니는 평상 위에 올라가 잘 익은 감 하나를 땄다. 그러곤 강 비서에게 고개를 숙여 보인 후 감을 들고 진 회장의 집을 나왔다.

집으로 돌아온 어니는 책상 위의 놓아둔 상아 코끼리 앞에 감을 내려놓았다.

그러곤 노트북을 켜서 세계지도를 띄웠다.

"사이판."

어니는 손으로 사이판을 짚었다. 강유가 여기 어딘가를 지나가고 있을 터였다. 마우스를 만지작거리던 어니의 손이 결국 참지 못하고 육상 베이스캠프 홈페이지를 찾아 들어갔다. 화면 구석에 실시간 소식이 올라오고 있었다.

오늘 소식을 누르자, 해양 지도 사진 위에 멜린다의 위치가 표시되어 있었다. 예상보다 조금 빠른 일정으로 항해가 진행되고 있다고 적혀 있었다.

어니는 화면 위 점으로 표시된 멜린다의 위치를 손끝으로 쓰다 듬었다.

"보고 싶어."

어니는 오래 그 화면을 바라보다 화면을 닫았다. 더 이상 보다 간 그의 소식을 모조리 찾아보게 될 것 같았다.

그는 지금도 열심히 어니를 향해 항해를 하고 있을 터였다. 어니는 그걸 알았다.

화면을 닫고 멍하니 앉아 있던 어니의 눈에 책상에 붙여 놓은 종이가 눈에 들어왔다.

「바다 너머에는 뭐가 있는지 궁금했어. 그때 바다가 속삭였지. 이리 와. 내 품으로. 그러면 그 너머를 보여 줄게.」

「날다람쥐 양. 그래서 바다 너머엔 뭐가 있는데?」

어니가 흘려 적어 놓은 글과 강유가 적어 놓은 글귀가 어니의 눈에 선명하게 들어왔다.

"바다 너머."

무의식적으로 나침반을 만지작거리던 어니가 다시 노트북을 켰다.

저 이야기가 아직도 노트북 어딘가에 들어 있을 터였다. 그녀가 써 온 모든 이야기가 들어 있는 파일을 열자, '소금 인형과 분홍 토끼'라는 제목이 보였다.

어니는 그 이야기를 불러와 다시 읽어 보았다. 이야기가 마음에 들었다. 대학교 때 투고했다 출판사에서 거절당한 글이었지만, 지금 다시 읽어 보니 이 이야기가 지금 준비 중인 이야기보다 훨씬 마음에 들었다.

물론 지금 보니 문장이 거칠고, 서툰 곳도 있었다. 이야기의 뼈대를 남겨 놓고 전반적으로 다듬고 고쳐야 할 것 같긴 했다. 하지만 그래도 마음에 들었다. 이 이야기를 쓰고 싶었다.

어니는 나침반 바늘이 가리키는 북쪽을 향해 시선을 들었다. 그러곤 눈을 감았다. 꽉 막혔던 북쪽 벽이 사라지고, 어니의 시야 앞으로 광활한 밤하늘이 펼쳐졌다. 북극성이 반짝이는 넓고 거대한 하늘.

어니는 그 하늘을 향해 속삭였다.

"나도 함께 가. 우린 같은 곳을 보고, 같은 여행을 하는 거야."

바다 너머에 뭐가 있는지 찾으러 간 강유처럼, 소금 인형과 분통 토끼도 바다 너머에 뭐가 있는지 찾으러 떠날 터였다.

이야기의 흐름을 다듬는 동안 어니의 심장 속으로 햇살의 냄새가 가득 차기 시작했다. 정말로 강유가 그녀와 함께 이야기 속으로 여행을 떠난 듯한 기분이었다. 어니의 심장이 가벼운 흥분으로 두근거리기 시작했다.


강유는 예전에 어니가 앉아 있던 배의 후미를 바라보았다. 그녀가 그곳에 앉아 있는 것 같았다. 오늘따라 그 감각이 너무나도 선명했다.

순간 심장이 두근거렸다. 달빛을 닮은 그녀의 향이 배 안에 가득한 것 같았다. 강유는 움직일 수가 없었다. 혹시라도 움직이면 이 감각이 사라져 버릴까 봐 두려웠다.

"신기루라도 좋으니까, 거기 있어."

작은 숨소리조차도 조심하며 강유가 거의 입속말로 속삭였다.

그 순간에 바람이 불었다. 배의 후미를 휘저은 바람이 강유를 살금살금 쓰다듬고 지나갔다. 그녀의 손길마냥 부드러운 바람.

"조금만 기다려. 곧 갈게."

강유는 그 바람을 향해 속삭였다. 바람이 그의 말을 이해한 듯 배 안을 조용히 맴돌며 강유를 토닥거렸다.


감을 따느라 분주한 마당을 바라보며 진 회장은 등나무 아래 놓인 흔들의자에 앉아 있었다. 공기는 차가웠지만 햇살은 따뜻했다.

"감이 작년보다 더 좋습니다."

강 비서가 무릎담요를 챙겨 와 진 회장의 다리를 덮어 주며 말했다.

"올해는 여름 내내 인사를 받았으니, 저 노인네도 기분이 좋은 게지."

어니가 드나들면서 감나무에게 인사를 하는 걸, 창문을 통해 몇 번 본 진 회장이 말했다. 말을 하다 보니 며칠 전, 원고를 가지고 온 날 평상에 올라가 감을 따던 그녀의 모습이 떠올랐다. 이상하게 그날따라 어니는 자야를 떠올리게 했다.

높은 가지를 향해 손을 뻗으며 활짝 웃던 어니의 모습에 자야의 모습이 겹쳐 보였던 것이다. 자야에 비하면 체구도 작고, 생긴 것도 전혀 달랐지만 진 회장은 젊은 날의 자야를 다시 본 것 같은 착각을 느꼈다.

"묘한 데가 있어."

진 회장이 흔들의자를 가볍게 건들거리며 중얼거렸다.

"글은 다 읽으셨습니까?"

"재밌더군. 재능 있는 친구야."

"읽어 보고 싶어지네요."

"책 읽을 시간도 없다더니. 요즘 한가한가 보구먼."

"설마요."

강 비서가 싱긋 웃으며 대답했다.

"자네가 올해 몇이지?"

"쉰다섯입니다."

"내가 그 나이쯤에 자네를 만난 것 같은데. 어느새 자네가 그 나이가 됐군."

진 회장이 지나간 세월을 되짚어 보듯 희미하게 웃으며 말했다.

"날 만나지 않았다면 자넨, 지금 뭘 하고 있었을 것 같나?"

"글쎄요. 별로 생각해 본 적이 없습니다."

"재미없다니깐 하여간."

"하시고 싶은 말씀이 있으신가 봅니다."

강 비서의 말에 진 회장이 클클거리며 웃었다.

"재미는 없는데 눈치는 또 빨라."

"말씀하십시오. 듣는 시늉은 해 드리겠습니다."

진 회장은 감나무를 향해 시선을 옮겼다. 높은 가지 위의 감을 따느라 긴 장대가 허공을 휘젓고 있었다.

진 회장은 살면서 수많은 선택의 순간을 만났다. 하지만 단 한 순간도 후회를 한 적이 없었다. 자신이 선택하지 않은 순간들을 뒤돌아본 적도 없었고, 되새김질한 적도 없었다. 늘 자신의 선택이 최선이었다고, 최고의 선택이었다고 믿어 의심치 않았다. 단 한 번을 빼고는.

그 한 번이 자야를 보냈을 때였다.

'영원히 기다리겠어요'라는 책 뒤의 편지를 본 이후, 진평해는
처음으로 자신의 선택이 잘못된 것은 아닐까 의심했다.

그게 잘한 일이었을까? 그녀가 행복하기를 바라며 한 자신의
선택이 과연 옳은 일이었을까? 그녀가 그 이후, 행복했을까…….

사람을 사서 알아볼 수도 있는 문제였다. 하지만 그러고 싶지
가 않았다. 감나무를 기어오르던 그 해맑음이 세월을 어떻게 살
아냈는지 몇 줄로 요약된 보고서로 확인하고 싶지 않았다.

그래서 어니에게 부탁했다. 그녀가 제대로 된 조사를 할 수 있
을 거라고 생각하진 않았지만 전문가보다는 훨씬 나은 이야기를
가져 오지 않을까 하는 막연한 기대가 있었다.

"예상외의 이야기였어."

진 회장이 느린 목소리로 중얼거렸다. 자야를 위한 일이라고
생각했던 그날의 선택이 알고 보니 자신을 위한 선택이었다니.
뜻밖이었다. 충격이기도 했고. 다행인 건, 그럼에도 자야가 행복
했다는 것 정도일까.

"어쩌면 말이야. 처음부터 선택이란 건 없었던 건지도 몰라. 모
든 게 그렇게 돌아가게 되어 있었던 거지."

"흠. 운명에 대해 말씀하시는 겁니까?"

강 비서가 진 회장의 의중을 이해해 보려는 듯 조심스럽게 물
었다.

"운명이라. 그래. 운명에 대한 이야기야."

진 회장이 느리게 고개를 끄덕이며 대답했다. 그러더니 생각난
듯 덧붙였다.

"갈림길이 늘 있었고, 그때마다 나는 최선의 선택을 했다고 믿

363

었는데, 그 모든 게 운명이었던 거지. 그래. 그런 이야기야."

"갑자기 운명론자가 되신 겁니까?"

강 비서의 말에 진 회장이 클클 웃었다.

"좋은 이야기에 대한 대가가 너무 약한 것 같아. 최상급 감으로 한 상자 보내게. 곶감 만들면 그때 또 보내고."

"그러겠습니다."

그때 긴 장대가 놓친 감 하나가 펼쳐 놓은 그물 망 위로 떨어졌다. 짙은 주황빛이 허공에 긴 궤적을 그렸다. 그 옛날 자야가 던져 줬던 감이 그리던 궤적처럼. 진 회장은 의자를 흔들거리며 "운명인거지."라고 조그맣게 중얼거렸다.


어둠이 깊어진 밤, 별이 사방에서 물결쳤다. 그러나 강유의 시선은 오직 북쪽 하늘을 향하고 있었다. 남반구에선 북극성이 보이지 않았지만 그의 시선이 머문 곳이 곧 어니의 시선이 머문 곳이었다.

한 해가 저물고 있었다. 조금 있으면 새해였다.

"새해 복 많이 받아, 유어니."

그녀가 보고 싶었다. 세상 모든 곳이 그녀를 떠올리게 했다. 잔잔한 물결도, 거친 물결도, 뛰어오르는 물고기 떼와 요트 옆을 스쳐 가는 돌고래도. 온통 그녀만으로 가득했다.

멜린다는 베이스캠프와 위성으로 연결되어 있어 날씨와 해류, 풍향에 변화가 있을 때마다 항로에 관해 의논이 가능했다. 강유는 동재 아빠와 항해에 관해 가끔은 의견을 주고받았고, 가끔은 바다와 배의 영상을 찍어 보내기도 했다. 이 항해는 혼자만의 항해지만 그렇다고 온전히 혼자만의 항해는 아니었다. 그럼에도 강유는 여전히 혼자였다.

펼쳐 놓은 돛 위에 새겨진 코끼리가 바람에 펄럭이는 소릴 냈다.

"어니 보여?"

강유가 코끼리를 향해 물었다. 바람이 지나가고 나자 코끼리는 조용히 입을 다물고 있었다.

"어니에 대해 묻기만 하면 입을 다무는구나."

강유는 그대로 뱃전에 몸을 뉘었다. 어니의 눈 속에 가득하던 별들이 하늘에서 그를 내려다보고 있었다. 그녀에게서 멀어짐과 동시에 가까워지는 시간들. 강유의 모든 항해는 날씨와 바람과 해류가 아니라 어니의 눈빛과 향기와 목소리에 맞춰져 있었다.

"보고 싶다."

강유의 목소리가 해풍을 타고 북쪽 하늘을 수놓은 별들을 향해 날아갔다.


"진강유 씨. 새해 복 많이 받아."

어니는 할머니의 목련나무 아래 서서 바다를 향해 속삭였다. 겨울 바다의 차가운 바람이 어니를 온통 흔들며 지나갔다. 절벽을 향해 달려드는 파도가 하얀 거품이 되어 흩날렸다.

그가 어디에 있든 이 바다와 연결되어 있을 터였다.

어니는 바다의 푸른 물결을 향해, 하얗게 반복되는 포말을 향해, 바다 향으로 짭짤한 대기를 향해 마음을 실었다.

그녀의 시선 속에 망망대해를 달리고 있는 코끼리에게 어니의 마음이 물결을 타고 흘러가는 게 보이는 것 같았다. 그의 배를 밀고 당겨, 어니의 곁으로 데리고 오는 물결.

"보고 싶어."

어니의 목소리가 절벽을 타고 솟구치는 파도에 실려 그에게로 달려갔다.


해무가 짙었다. 손을 뻗으면 손끝이 흐릿하게 보일 정도로 짙은 해무였다.

"하아……."

입김이 하얗게 퍼졌다. 며칠간 유빙 사이를 항해하느라 잠을 거의 자지 못한 탓에 눈꺼풀이 무거웠다.

강유는 피곤한 눈을 비비며 주변을 둘러보았다. 온통 하얗고 뿌옜다. 해무가 소리조차 집어삼킨 듯, 물결 소리조차 아득하게 들렸다. 마치 낯선 세계에 혼자 표류하는 듯한 느낌이 들었다.

그 짙은 안개 속에서 불쑥 어니가 나타났다.


스물두 살, 대학생의 모습인 그녀는 호연못 벤치에 앉아 눈을 감고 햇살을 음미하고 있었다. 강유는 빙그레 웃으며 그녀에게 다가갔다. 그의 발소리를 들은 듯 어니가 눈을 떴다.

"무슨 생각 중이야?"

강유가 그녀의 곁에 가서 앉으며 물었다.

"가을은 참 멋진 것 같단 생각."

어니가 수줍게 웃으며 대답했다.

"가을을 좋아해?"

"봄도."

"여름과 겨울은?"

"여름은 너무 덥고, 겨울은 너무 추워."

"난 다 좋아. 다 나름의 개성이 있으니까."

강유의 대답에 어니가 그렇구나, 하는 표정으로 고개를 끄덕였다. 그 모습을 물끄러미 바라보던 강유가 조그맣게 덧붙였다.

"그 모든 계절보다 넌 더 좋고."

당황한 듯 어니가 눈을 깜박였다. 뭐라고 대답해야 할지 몰라 난감해하는 모습이었다.

"그럴 땐 나도 좋아해, 라고 말하면 돼."

"뭐래?"

황당해하는 어니의 표정에 강유가 빙그레 웃었다.

"자전거를 타고 내리막을 빠르게 내려오는 것, 평상에 누워 감나무 사이로 흘러내리는 햇살을 즐기는 것, 주전자에서 물이 보글보글 끓어오르는 걸 들여다보는 것, 코끼리 열차 창으로 불어오는 바람을 느끼는 것, 분홍 토끼와 대화를 나누는 것."

강유는 어니의 동그란 눈동자를 들여다보며 나지막하게 속삭였다. 까맣고 커다란 눈동자가 강유를 가만히 응시하고 있었다.

"네가 좋아하는 이 모든 것들처럼, 그냥 나도 그렇게 좋은 거라고 생각할게. 그러니까 그냥 좋아한다고 말해도 돼."

강유가 부드럽게 웃었다. 어니가 느리게 눈을 깜박였다. 그러더니 조금은 붉어진 얼굴로 속삭이듯 말했다.

"그 모든 것들처럼 선배를 좋아해."

강유의 심장에 간지럽게 웃음이 퍼졌다.

"아니, 그 모든 것들보다 더 선배를 좋아해."

어니가 강유를 향해 손을 내밀었다.

"아니, 그 모든 것들과는 비교할 수 없을 만큼 선배를 사랑해. 그러니까…… 빨리 와."

그녀의 목소리가 아득하게 들렸다.


어니가 내민 손을 향해 손을 뻗던 강유가 눈을 떴다. 잠깐 사이에 잠이 들었던 모양이었다. 온통 뿌연 해무 속에서 여전히 어니가 자신을 향해 수줍게 속삭이고 있는 것 같은 기분이었다.

"유어니."

강유가 조용히 그녀의 이름을 불렀다.

주변을 눅눅하게 흘러다니는 해무 속에서 자신의 목소리만 선명히 들렸다.

그녀와 대학 때 만났다면 어땠을까?

강유는 꿈을 되뇌며 생각했다. 그녀의 수줍은 듯한 미소가, 까맣고 동그란 눈동자가, 자신을 향해 내밀던 손이 자꾸만 심장을 두드렸다

그녀가 보고 싶었다. 온통 해무로 가득한 바다 한가운데서 생각나는 거라곤 오직 어니 하나였다.

"어니야."

강유의 속삭임이 해무를 흩트리며 퍼졌다.

그 순간 그의 뺨 위로 차가운 기운이 느껴졌다. 눈이었다. 해무 사이로 하얀 눈송이가 떨어지고 있었다. 너무 차가워서 오히려 화끈하게 느껴지는 눈송이.

강유는 그 차가운 느낌을 음미하다 천천히 눈송이를 혀끝으로 받아먹었다.

눈송이는 혀끝에 닿자마자 조용히 녹아 사라졌다.

"사라락."

강유가 조그맣게 속삭였다. 팥빙수를 떠먹던 어니의 모습이 떠

올랐다.

"정말 온통 너구나."

강유가 북쪽을 향해 하하, 조그맣게 웃었다.

"온통 너라고. 유어니."

그의 목소리가 짙은 해무 사이를 뚫고 먼 북쪽으로 날아갔다.


봄이 다가오는 3월 초, 어니는 출판사로부터 연락을 받았다.

어니가 쓴 동화 '소금 인형과 분홍 토끼'가 공모전에서 당선되었다는 연락이었다.

"감사합니다."

어니는 전화를 끊고 나서 한동안 멍하니 앉아 있었다.

분명 기뻤다. 그런데 그 기쁨이 실감 나지 않았다. 대신 강유만 떠올랐다. 그가 환하게 웃으며 '잘했어, 유어니'라고 말해 줘야 이 기쁨이 실감 날 것 같았다.

정말로 그가 보고 싶었다. 그의 부재가 절절히 느껴졌다.

기다린다는 건 그냥 참고 버티는 게 아니었다. 기쁠 때, 슬플 때, 행복할 때, 서러울 때, 온통 그의 부재를 확인해야 하는 일이었다. 바람이 불 때, 해가 날 때, 비가 오거나 구름이 흘러갈 때, 그 모든 순간에 그에게 전화를 할 수 없다는 걸 깨닫는 일이었다.

어니는 수애와 수자가 보낸 긴 기다림의 시간들이 얼마나 힘들었을까 생각했다. 그럼에도 기다림을 선택한 두 사람의 마음이 이해되기도 했다. 어니 역시 어떤 상황에서도 그를 기다렸을 것 같았다. 그럴 수밖에 없었다. 이미 그녀의 마음속에 그가 가득했으니까.

"빨리 와. 나 자랑할 것 생겼어."

369

어니가 나침반을 꼭 움켜쥔 채 중얼거렸다. 나침반의 바늘은 언제나와 같은 방향을 가리켰고, 어니의 마음 역시 바늘이 가리키는 방향을 따라 그에게 흘러가고 있었다.

6월로 접어들자 어니는 매일 달력을 들여다보았다.

그가 한국으로 돌아올 날이 멀지 않았다. 1년을 기약하고 떠났지만 그보다 훨씬 빨리 그가 돌아올 예정이었다.

니아로부터 어쩌면 무동력 최단기간 세계일주 기록을 세울지도 모른다는 연락을 받은 이후로 어니는 항해 기록을 매일이다시피 확인하기 시작했다.

그가 지도 위에 그려 놓은 선이 지구를 한 바퀴 돌아 다시 제자리로 돌아오고 있었다.

지도 위에서 남은 거리를 손가락으로 재 보면 한 마디도 되지 않았다.

"빨리 와."

어니가 멜린다 호를 나타내는 작은 점을 손끝으로 톡 두드리며 말했다. 그러다 문득 점 아래쪽에 표시된 작은 회오리 모양 두 개가 어니의 시선을 끌었다. 태풍이었다.

화면 아래 설명 글에는, 태풍의 진로를 피해 항로를 수정했고, 어쩌면 바람을 타고 더 빨리 돌아올 수도 있다는 내용이 적혀 있었다.

어니의 미간이 슬쩍 찌푸려졌다. 태풍 두 개의 모습이 꼭 멜린다를 찍어 누르는 모습처럼 보였다.

"조심해. 제발."

구름이 빠르게 흘러가고 있었다.

강유는 하늘을 한 번 보고는 돛이 바람을 비스듬히 받을 수 있도록 위치를 조정했다.

어니 곁을 떠난 지 8개월. 강유는 어니에게로 돌아가고 있었다. 예상보다 훨씬 빠른 항해였다. 1년을 말했지만 10개월을 예상한 일정이었는데, 바람도 해류도 강유를 도와주고 있었다.

강유는 빙그레 웃으며 날씨를 확인하고는 기상 시스템에 잡힌 태풍의 항로를 확인했다. 먼 바다에 형성된 두 개의 태풍은 강유가 설정한 항로 뒤쪽에서 지그재그 제멋대로 춤추듯 움직이고 있었다.

태풍을 피하면서 바람만 잘 타면 일정을 더 당길 수도 있을 터였다.

"조금만 기다려. 곧이야."

강유가 바람을 받아 팽팽해진 돛을 올려다보며 중얼거렸다. 코끼리가 큰 귀를 펄럭이며 배를 이끌었다. 빗방울이 간간이 흩뿌렸다. 강유는 빠르게 질주하는 멜린다의 키를 잡고 어니를 향해 달렸다. 망망대해, 수평선 끝에 그녀가 있었다.

어니가 보이는 것 같았다. 그녀의 목소리가, 숨소리가, 향기가 손에 잡힐 듯 가까워져 있었다.

"이번이 끝이야. 다시는 안 떠나. 네 곁에서 절대로 안 떠나. 유어니."

강유의 목소리가 배와 함께 달렸다. 그녀를 향해. 곧장.

물이 솟구쳤다.

태풍의 영향을 비켜 갈 수 있게 항로를 바꾸고 수정했지만, 태풍들끼리 밀고 당겨 경로가 제멋대로 바뀌고 있었다. 뜨거워진 바다에서 끝없이 열기와 수증기를 보급받은 태풍은 덩치가 점점 더 커졌고, 속도도 빨라졌다. 이러다 두 개의 태풍이 합쳐지기라도 한다면 아무리 항로를 수정해도 태풍의 영향권에서 벗어날 수 없을 터였다.

합쳐지지 않아도 위험한 상황이긴 했다. 태풍을 따돌릴 수도 없었고, 벗어날 수도 없었다.

쏟아지는 비를 맞으며 강유는 배의 방향을 틀었다. 일렁이는 물결 속으로 멜린다가 질주했다. 바람이 점점 거칠어졌다. 물마루를 넘고, 솟구치는 파도를 피했다. 바람이 수시로 바뀌어 멜린다를 뒤집어 채고, 당기고 흔들었다.

강유는 이를 악문 채 바다를 노려보았다. 어디가 바다인지, 어디가 하늘인지 구분조차 되지 않았다.

"젠장."

이 사이로 짧게 욕설이 터졌다. 아침만 해도 바람이 멜린다를 도와주고 있었다. 하지만 지금은 그 바람이 멜린다를 미친 듯이 괴롭히는 중이었다.

두 개의 태풍이 서로를 향해 으르렁거리며 달려드는 사이에서 멜린다는 나뭇잎처럼 흔들렸다. 긴 항해 동안 이런 파도를 처음 만난 건 아니었다. 하지만 이런 바람은 처음이었다. 갈피 없이 휘몰아치는 바람이 강유를 배와 함께 물구덩이 속으로 밀어 넣었다.

온통 물로 이뤄진 세상이었다. 너울과 마루와 계곡이 교차하고

372

하얀 포말과 시커먼 물기둥이 사방에서 몰아쳤다. 강유는 이를 악물고 돛을 당기고 줄을 감았다.

몇 시간째 파도와 싸우면서도 강유는 포기하지 않았다. 목구멍으로 바닷물이 쓰게 넘어갔다. 온몸이 비와 파도에 젖어 번들거렸다.

파도를 넘고 물결을 넘고 밀려들어 간 물구덩이 속에서 또 다른 파도를 넘는데 사방에서 하얗게 일어선 물기둥이 멜린다를 밀어붙였다. 때맞춰 바람의 거대한 손이 멜린다를 집어 올려 절벽 같은 물의 장막을 향해 집어 던졌다.

시커먼 파도가 강유를 집어삼키기 직전 강유는 생각했다.

'어니를 더 이상 기다리게 할 순 없는데.'

그의 의식 깊숙이에서 바다 위 외로운 섬처럼 앉아 있던 어니의 뒷모습이 떠올랐다.

'어니야.'

그 외로운 뒷모습을 향해 손을 뻗는데 파도가 강유를 덮쳤다. 물의 심연이 강유를 더 깊은 파도 속으로 끌고 들어갔다.

❉ ❉ ❉

"헉!"

어니가 화들짝 놀라 일어났다. 책상에 엎드려 깜박 졸았던 모양이다.

시계를 보니 고작 10분. 그 잠깐 사이 꿈을 꾸었다.

어니는 바닷가에 앉아 있었다. 나침반을 꼭 움켜쥔 채 먼 바다를 바라보고 있었다. 강유를 기다리고 있다는 걸, 꿈속이었지만 어니는 알았다.

바다 저 끝에서 신기루처럼 그가 나타났다. 강유는 어니를 향해 빙그레 미소를 띤 채 바다 위를 뚜벅뚜벅 걸어 그녀에게 다가오고 있었다.

어니는 반가움에 활짝 웃으며 자리를 털고 일어섰다. 그 순간 그의 뒤로 거대한 파도가 일어섰다. 파도는 괴물의 아가리가 되어 날카로운 송곳니를 번쩍이며 달려들었다. 두 개의 송곳니가 강유의 목덜미를 물어 비틀었다.

'선배!'

어니는 아직도 꿈속에서 자신이 내지르던 비명 소리가 들리는 것 같았다.

심장이 불길하게 두근거렸다. 어니는 습관처럼 나침반을 움켜쥐었다. 손안에 닿는 나침반이 차가웠다.

급한 손길로 노트북을 켰다. 그리고 베이스캠프 홈페이지를 찾아 들어갔다.

아직 오늘자 소식이 올라와 있지 않았다. 늘 규칙적으로 비슷한 시간에 올라오던 소식이 이틀째 감감무소식이었다. 불길함이 자꾸만 어니의 목덜미 안에서 깔짝거렸다. 입술을 잘근잘근 깨물다 니아에게 전화를 했다.

긴 통화음만 계속될 뿐 전화를 받지 않았다.

"왜 안 받아. 받아, 제발."

어니가 한 손으론 끝없이 나침반을 만지작거리며 자리에서 일어섰다. 가만히 앉아 있을 수가 없었다. 고객의 부재를 알리는 안내음을 세 번쯤 듣고 어니는 휴대전화 속 전화번호부를 뒤졌다.

"누구한테 전화를 하면 되는 거지?"

바쁘게 목록을 훑던 어니가 강 비서의 번호를 발견하고는 통화 버튼을 눌렀다.

이번에도 전화를 받지 않는 건가, 싶게 긴 통화 대기음 끝에 강 비서의 목소리가 들렸다.

– 유어니 씨?

"네. 강 비서님. 저…… 좀, 여쭤 볼게 있는데요. 혹시, 강유 씨 항해 소식 듣고 계신가요?"

어니의 질문에 강 비서가 잠깐 침묵했다. 어니의 불안함이 심장을 비집고 나올 듯 커졌다.

"강 비서님?"

– 어디서 무슨 말씀 들으셨습니까?

강 비서의 목소리는 침착했지만, 그 아래 미묘하게 그늘이 드리워져 있었다.

"아니요. 그걸 왜 물으시죠?"

– 아직은 말씀드릴 게 없습니다.

"네? 아직은 이라니요? 무슨…… 뜻이에요?"

– 알려 드릴 만한 소식이 있으면 전화 드리겠습니다.

"잠깐만요. 강 비서님!"

어니가 휴대전화기에 대고 그를 불렀지만 전화는 이미 끊어졌다. 어니는 끊어진 전화기를 붙든 채 망연히 서 있었다. 뭔가 있었다. 좋지 않은 뭔가.

어니는 입술을 잘근잘근 깨물다 옷을 챙겨 집을 나왔다.

택시를 타고는 곧장 진 회장의 집으로 향했다. 그곳에 간다고 뾰족한 답이 있는 건 아니었지만, 어니는 가만히 앉아서 강 비서의 전화를 기다릴 수가 없었다.

무슨 일인지 알아야 했다. 잘근잘근 깨물던 입술이 터져 피가 배어 나오고 있었다. 입안에서 찝찔한 피 맛이 느껴졌다. 피의 향을 맡자 꿈이 선명히 되살아났다.

강유의 뒤에서 솟아올라 그의 목덜미를 물어뜯던 날카로운 송곳니들. 항해 기록 속에서 멜린다를 찍어 누르고 있는 것처럼 보였던 태풍과 닮아 있던 송곳니들.

"아니야. 아닐 거야."

진 회장의 집에 도착하자마자 어니는 바쁘게 벨을 눌렀다. 꽉 닫힌 문 앞에 서서 어니는 자신을 확인하고 있을 CCTV를 말없이 노려보았다. 망설임이 느껴지는 침묵이 이어지더니 문이 열리는 소리가 들렸다.

집으로 들어서자 강 비서가 어니를 맞았다.

"아직 드릴 말씀이 없습니다."

"뭔데요? 무슨 일인데요? 무슨 소식을 기다리는 건데요?"

어니가 강 비서를 보자마자 다급히 물었다. 물을 곳이 여기밖에 없었다. 강 비서가 난감한 표정으로 어니를 바라보았다.

"삼촌, 지금 병원으로 옮겨지는 중이야."

언제 온 건지 퀭한 몰골의 연하가 문가에 서 있었다.

"병원?"

불안함으로 꽉 막혔던 어니의 심장 안으로 바위가 쿵 떨어지는 것 같았다.

## 4장.
### 코끼리 열차가 여행을 마무리하다

• 1 •

반쯤 파손되고 전복된 요트에서 강유를 발견한 건 기적이었다. 항로를 한참이나 이탈한 배를 찾아 주변 해역을 이 잡듯 뒤진 끝에 배의 잔해에서 강유를 발견할 수 있었다.

강유는 가까운 마닐라를 경유해 곧장 서울의 병원으로 옮겨졌다.

탈수증상과 자잘한 찰과상은 큰 문제가 되지 않았다. 부러진 갈비뼈 역시 시간이 지나면 붙을 터였다. 하지만 머리를 심하게 찧은 것 때문인지 의식을 찾지 못하고 있었다.

"의식만 돌아오면 아무 문제 없을 겁니다."

진 회장은 고집스럽게 병원 대기실에서 버티는 어니에게 의사의 말을 전해 주었다.

"그러니 돌아가서 기다리게. 깨어나면 연락 주지."

어니는 고개를 흔들었다. 그가 병원에 도착해 검사를 하고, 치료를 하고, 병실로 옮겨지는 긴 시간 동안 어니는 그를 전혀 볼 수가 없었다. 그가 무사한 걸 눈으로 확인하기 전까지 어니는 이곳에서 물러날 생각이 없었다.

"어차피 가족 면회도 제한적으로밖에 안 돼."

"알고 있어요."

어니는 담담히 대답했다. 작고 여린 얼굴에 꺾을 수 없는 고집이 서려 있었다. 그 흔들리지 않는 의지가 담긴 표정이 자야가 남긴 글귀를 떠올리게 했다.

「기다리겠어요. 영원히. 자야.」

그가 편지를 남긴 책 뒷장에 답장을 남기던 자야의 표정이 이렇지 않았을까. 진 회장은 어니를 물끄러미 바라보며 생각했다.

닮은 구석이라곤 조금도 없는데, 자꾸만 자야를 떠올리게 하는 건 그녀가 강유를 기다리고 있기 때문인가 싶었다.

"강 비서야. 유 작가, 병실에서 기다릴 수 있게 알아봐."

진 회장의 말에 어니의 눈이 활짝 커졌다.

"필요한 거 있으면 강 비서에게 연락하고."

"감사합니다."

"너무 걱정 말게. 그렇게 약해 빠진 놈은 아니니까."

"저도 알고 있어요."

어니의 대답에 진 회장이 희미하게 웃으며 고개를 끄덕였다.

병실로 들어가자 강유가 보였다. 그가 병원에 온 지 만 이틀 만이었다.

살이 빠지고 검게 탄 얼굴이 하얀 침대 위에서 깊게 잠들어 있었다. 그의 얼굴을 보자 어니는 왈칵 울음이 솟았다. 맺히는 눈물을, 입술을 짓씹으며 참았다. 울고 싶지 않았다.

찢어졌다 다시 아물어 가던 입술이 다시 찢어졌다. 씹힌 입술이 쓰라렸지만, 입술보다 심장 안쪽이 더 쓰라렸다.

어니는 주춤거리며 그의 곁으로 다가갔다. 그의 숨소리가 들렸다. 고르고 안정적인 숨소리를 듣자 어니의 목구멍 안에서 그녀를 괴롭히고 있던 불안감이 조금 옅어지는 것도 같았다.

"선배."

어니의 목소리가 힘겹게 입 밖으로 비어져 나왔다. 그 울음이 섞인 듯한 작은 소리가 마음에 들지 않아 어니는 짧게 헛기침을 했다.

또다시 울먹이는 목소리를 낼까 봐 어니는 입을 꾹 다문 채 그의 손을 잡았다. 햇볕에 타고 바다에 단련된 그의 손 안에서 어니의 손은 더 작고 더 하얗게 보였다.

어니는 그 자리에 정말로 그가 있다는 걸 확인하는 의식이라도 되는 것처럼 그의 손가락 하나하나를 꼭꼭 쥐었다 놓았다. 따뜻했다. 언제나 어니의 손을 잡아 주던 그의 온기가 느껴졌다.

그 온기를 붙든 채 어니가 속삭였다.

"돌아온다는 약속 지키려고 애쓰고 있는 거 맞지?"

대답 없는 그를 어니는 물끄러미 바라보았다. 심장이 울컥울컥 소리를 지르는 기분이었다. 하지만 담담한 척 그녀는 심장을 흔들어 대는 눈물을 꾹꾹 다져 밟으며 그의 곁 의자에 앉았다.

"조금 더 부지런해져 봐. 이렇게 몸만 먼저 보내는 건 반칙이니까. 부지런히 와야 할 거야."

어니는 의자에 앉아 강유의 얼굴을 하염없이 바라보며 한 손으론 강유의 손을, 다른 손으론 나침반을 만졌다. 어쩌면 그는 지금 방향을 모르고 있는 건지도 몰랐다. 어니는 자신이 꼭 움켜쥔 그의 손을 통해 제대로 된 방향이 전달되길 간절히 빌었다.

밤이 되자 강 비서가 어니의 식사를 챙겨 왔다.

"들어가서 쉬라고 해도 안 들어가실 거라고. 회장님께서 보내셨습니다."

"고맙습니다."

"너무 무리하지 마세요. 필요한 게 있으면 언제든 연락 주시고요."

어니는 강 비서를 향해 고개를 숙였다.

강 비서가 돌아가고 어니는 시계를 흘긋 보았다. 그가 병원에 온 지 곧 만 사흘째가 될 터였다.

"흠."

강유의 미동 없는 모습을 바라보던 어니는 시트 위에 놓인 그의 손 위에 뺨을 대며 엎드렸다. 굳은살이 박인 손바닥은 거칠었다. 어니는 그 거친 손 위에 뺨을 얹고 그의 온기를 느꼈다. 그는 가까이 있어. 분명. 아주 가까이.

"선배가 느껴져."

그의 손 위에 얹힌 뺨이 눌려 목소리가 미묘하게 흩어져 들렸다.

"선배, 혹시 지금 남은 항해를 하고 있는 거야? 그럼…… 내가

380

얼마나 더 기다리면 되는 걸까?"

기다린다는 말을 하는데 목소리가 떨렸다. 그를 영원히라도 기다릴 수 있을 것 같았다.

기다림 따위 절대로 하고 싶지 않았지만, 딱 이번 한 번뿐이라고 그와 약속했지만, 그 한 번이 영원이라면…… 그래도 어쩔 수 없다고 생각했다.

"우리 집안에는 기다림의 유전자 같은 게 있나 봐."

어니가 조그맣게 속삭였다.

"엄마도 할머니도 어쩔 수 없었던 거야. 그냥, 기다리는 것 외에는 아무것도 생각할 수 없었던 거지. 그걸 알 것 같아. 그래서 기다렸을 거야. 두 분 다. 나도…… 그래."

목구멍으로 눈물이 울컥 지나갔다. 어니는 잠깐 입술을 꼭 다물었다. 쏟아질 것 같던 울음을 억지로 삼키며 어니가 덧붙였다.

"기다릴게. 항해를 끝내고 와. 여기서 기다리고 있을 테니까."

느리게 흐르는 시간 사이, 강호 부부가 다녀가고, 강희가 다녀가고, 연호가 다녀가고, 연하가 다녀갔다. 연하는 어니에게 갈아입을 옷을 챙겨다 주었고, 그녀의 어깨에 기대 말없이 같이 앉아 있다 돌아갔다.

진 회장의 지시가 있었는지 강 비서가 수시로 드나들며 어니의 하루를 챙겼다.

어니는 강유의 곁에서 강유를 기다렸다. 그의 항해가 끝나길. 그래서 그녀의 곁으로 돌아오길.

새벽녘 침대가의 소파에 웅크린 채 깜박 잠이 든 어니는 짧은 꿈을 꾸었다.

아빠가 해안가에 서 있었다. 그녀를 향해 언제나처럼 팔을 벌린 채.

'아빠.'

어니가 부르자 사진 속 모습 그대로인 아빠가 어니를 향해 활짝 웃었다. 어니가 성큼 그에게로 다가갔다. 어니는 더 이상 작지 않았다. 이제는 아빠보다 더 나이가 많아진 스물여덟의 어니 자신이었다.

어니는 스물일곱에 머물러 있는 아빠를 향해 입을 열었다.

'언제 와요?'

'네 엄마가 준비가 되었을 때.'

'엄마는 늘 아빠를 기다리고 있어요.'

'알아. 하지만 준비가 안 됐어.'

'무슨 준비요?'

어니가 물었지만 아빠는 그저 빙그레 웃기만 했다. 따뜻한 미소였다. 아빠가 저렇게 웃는 사람이었구나. 아빠의 미소라곤 사진 속 모습밖에 몰랐던 그녀는 아빠의 웃는 얼굴을 보자, 자신이 꿈을 꾸고 있구나 깨달았다.

꿈이라도 좋았다. 아빠의 웃는 얼굴을 이렇게 가까이 볼 수 있어서.

'아빠, 부탁이 있어요.'

어니가 조용한 목소리로 말했다. 아빠는 대답 없이 어니를 물끄러미 바라보았다.

'강유 씨 좀 보내 주세요.'

어니의 말에 아빠는 빙그레 웃기만 했다.

'아빠가 내 곁에서 엄마를 데려갔으니까, 강유 씨는 아빠가 책임지고 저에게 보내 주셔야 해요.'

다부진 척 말하는 어니의 목소리에 간절함이 묻어났다. 꿈속이었지만 어니의 마음이 아프게 목소리에 담겨 있었다.

'강유 씨의 웃는 모습이, 나를 향한 그의 눈동자가, 어니야, 부르는 그의 목소리가 그리워요. 그 사람이 정말로…… 보고 싶어요.'

목소리 끝이 가늘게 떨렸다. 어니는 눈물이 떨어질 것 같은 눈을 내려뜨며 울음이 섞여 드는 목소리로 속삭였다.

'강유 씨가…… 정말로 보고 싶……어요.'

대답 없이 어니를 바라보던 아빠의 커다란 손이 어니의 머리를 토닥였다.

어니가 눈을 떴을 땐 눈가에 옅게 눈물이 맺혀 있었다. 어니는 눈물을 지우며 강유를 바라보았다. 그는 여전히 잠이 든 채였다. 하지만 그는 돌아올 터였다. 분명코.


해가 뜨자, 병실 창밖으로 제법 따가워진 6월의 햇살이 가득했다. 그와 기차에서 처음 만났던 날이 떠오르는 날씨였다. 그러고 보니 정말로 이맘때였다.

코끼리 열차에서 자고 있던 그를 잠자는 숲속의 왕자로 상상했던 그때. 어니는 그날처럼 강유의 얼굴을 물끄러미 들여다보았다.

"자?"

그녀의 목소리는 속삭이는 것처럼 들렸다.

"선배. 아직 자?"

어니의 손이 그의 뺨을 살짝 눌렀다. 부드러웠다. 어니는 그를 물끄러미 바라보다 조용히 그의 귓가에 속삭였다.

"그거 취소할게. 잠자는 숲속의 왕자가 내 스타일이라고 한 거. 그러니까 진강유 씨, 그만 자고 일어나."

그의 얼굴 가까이 숙인 어니의 볼에 그의 온기가 느껴졌다. 그리고 흐릿하게 그의 냄새도 났다. 열기로 뜨거운 햇살의 냄새가 아닌 구름 사이로 힘겹게 내민 햇살의 냄새였다.

심장 안쪽 어딘가가 뜨끔하게 쓰렸다.

"…… 깨우려면……."

바람 같은 목소리가 들렸다. 놀란 어니가 천천히 눈을 깜박였다. 꿈인가? 착각인가? 이 상황에 망상인가?

"선…… 배?"

어니가 조심스럽게 그를 불렀다.

"그거…… 말고……."

강유의 입술 사이로 희미하게 목소리가 흘러나왔다. 힘없이 갈라지는 목소리였지만, 분명 그의 목소리였다.

"강유 씨?"

어니가 조심스럽게 그를 다시 불렀다. 큰 소리를 냈다간 그의 목소리가 사라져 버릴 것 같았다. 그는 힘겹게 입술을 달싹였다.

"……너. ……필요……."

그의 숨소리가 다시 가라앉았다. 잠에 빠져드는 것 같았다. 어니가 천천히 그의 손을 찾아 쥐었다. 잠결인 듯 싶었던 그가 어니의 손을 조금 힘줘 잡았다.

울컥 눈물이 솟았다. 이제는 울어도 될 것 같았다. 어니의 볼을 타고 투두둑 눈물이 떨어졌다.

"어서 와, 강유 씨. 돌아온 걸 환영해."

그녀의 목소리가 잠든 그의 마음속으로 스며들었다.


## • 2 •


어니가 병실로 들어오자 강유는 자고 있었다.

그의 정신이 돌아오고 이틀이 지났다. 그는 눈을 떴고, 어니를 찾았고, 그녀를 발견하자 활짝 웃었다. 그 미소가 어니를 웃게 만들었다.

어니는 그의 얼굴을 가만히 바라보다 그의 뺨을 살짝 눌렀다.

"일어난 거 다 알거든. 왜 자는 척이야?"

강유의 입 끝이 살짝 당겨졌다.

"잠을 깨우는 방법이 있잖아. 우리가 다 아는 거."

어니가 그를 가만 바라보다 갑자기 웃음을 터트렸다.

"혹시 이틀 전에 처음 정신이 들자 나한테 하고 싶었던 말이 이거였어?"

강유는 눈을 꼭 감은 채 빙그레 웃기만 했다.

어니는 그를 가만히 바라보다 못 말린다는 듯 고개를 저었다. 그러곤 침대에 바짝 몸을 기댄 채 그의 입에 살짝 입을 맞췄다. 강유가 몸을 일으키는 어니를 바싹 끌어당겼다.

갑작스런 그의 힘에 어니의 체중이 그의 몸 위로 기울었다.

"윽."

그가 짧게 숨을 들이켜는 소리에 어니가 화다닥 몸을 뺐다. 그가 옆구리를 손으로 슬쩍 문지르며 아쉽다는 듯 인상을 찡그렸다.

"진짜. 갈비뼈 도로 부러뜨리고 싶어서 그러는 거지?"

"얼마든지 키스랑 바꿀 수 있어. 갈비뼈 정도는."

어니가 그를 슬쩍 노려보자 강유가 싱긋 미소를 지으며 말했다. 그 미소 때문에 어니는 화를 낼 수가 없었다. 이 미소가 얼마나 그리웠는지.

"내일 퇴원하라는 말 들었어?"

"어."

어니는 가만히 그를 바라보았다. 그의 검은 눈동자도 어니를 마주 바라보았다. 다행이야. 이 눈을 다시 볼 수 있어서.

그 눈동자를 바라보며 어니는 계속 마음속에 걸리던 걸 물어봐야 하나 말아야 하나, 고민했다.

"왜? 말해. 할 말 있는 표정인데."

강유가 어니의 손을 살짝 끌어다 잡으며 물었다.

"바다 말이야. 다시 갈 거야?"

"무슨 바다?"

"요트 세계 일주, 실패했잖아. 다시 도전할 건가 해서."

어니의 말에 강유가 어니를 바라보며 싱긋 웃었다.

"실패하지 않았어."

"하지만……."

"내가 요트 세계 일주를 시도한 건, 바다 너머에 뭐가 있는지 알고 싶어서였어. 무기한 세계 일주 기록 도전이 아니라."

그러다 생각난 듯 장난스럽게 덧붙였다.

"물론, 기록 도전까지 성공했으면 더 좋았겠지만. 실패한다고 해도 아쉬울 건 없어."

"그럼 바다 너머에 뭐가 있는지는 찾았어?"

어니의 질문에 강유가 고개를 끄떡였다.

"뭐가 있었는데?"

"너."

"나?"

강유의 대답에 어니가 의아한 표정으로 그를 바라보았다. 강유가 싱긋 웃더니 자신의 손안에 폭 들어와 있는 어니의 손을 꼭 움켜쥐었다.

"너. 유어니. 바다 너머엔 네가 있었어. 내가 닿고 싶었던 저 먼 어딘가 결국 너야. 별이 흘러내리는 밤의 바다도, 해가 이글거리는 열기의 바다도, 유빙이 무너져 내리는 얼음의 바다도. 모든 바다가 너였어."

어니는 그의 말을 가만히 듣고 있었다. 강유의 검은 눈동자가 어니의 눈동자 깊은 곳을 들여다보고 있었다.

"그러니까 난 아무 데도 안가. 내 바다가 너니까. 내 세상이 모두 너니까."

어쩐지 눈물이 날 것 같았다. 어니는 뜬금없이 핑 도는 눈물을 억지로 참으려 입술을 깨물었다.

"사랑해, 유어니."

참았던 눈물이 투둑 볼을 따라 흘렀다. 강유가 어니를 말갛게 바라보더니 빙그레 웃으며 눈물을 닦아 주었다.

"설마 이것도 땀이야?"

"당연하지. 벌써 여름이 오고 있잖아."

어니가 괜히 민망해져 강유를 살짝 흘겨보며 툴툴거렸다. 강유가 못 말린다는 듯 피식 웃었다. 그러더니 눈물 얼룩이 남은 볼을 엄지로 살짝 쓸었다.

"어니야."

어니가 그를 바라보았다.

"항상 옆에 있을게."

어니가 고개를 끄덕였다.

"기다리게도 하지 않을게."

또다시 어니가 고개를 끄덕였다.

"기다려 줘서 정말로 고맙다."

어니가 그를 바라보다 배시시 웃었다. 그러더니 속삭이는 목소리로 말했다.

"고마우면 내 소원 하나만 들어줘."

"뭐든지."

"퇴원하고 건강해지면 우리 엄마, 우리 할머니 만나러 가."

강유가 빙그레 미소를 지었다.

"그건 내 소원인데."

그의 대답에 어니가 활짝 웃었다. 그녀의 미소에 강유가 멈칫 미간을 모으더니 짧게 한숨을 뱉었다.

"왜? 어디 아파?"

"그 미소를 다시 볼 수 있어서 다행이야. 인내심을 시험하게 하는 미소긴 하지만."

"으이그."

"사랑해."

"나도 사랑해."

어니가 피식 웃었다. 강유도 따라서 웃었다. 둘의 웃음이 병실을 가득 채웠다.

뜨거운 여름의 바다 위로 쏟아져 내리는 햇살의 냄새가, 깊은 밤바다를 은색으로 물들이는 달빛의 냄새가 소독약을 밀어내며 병실 가득 은은하게 퍼졌다.

The End

## 에필로그

　뜨거운 열기가 사방에 넘치고 있었다. 여름이 선명한 색으로 쏟아져 내리는 계절이었다.

　어니와 강유는 손을 잡고 사과밭으로 들어갔다. 파랗게 익어 가는 사과 사이를 돌아서자 목련나무가 보였다.

　"우리 할머니."

　어니가 목련나무를 가리키며 말했다. 강유가 주춤 그 자리에 선 채 나무를 올려다보았다. 그사이 어니는 목련나무로 다가가 둥치에 손을 얹었다. 거친 나무의 감촉이 손바닥으로 전해졌다.

　"내 남자 친구예요."

　어니가 속삭이자 강유가 씩씩한 목소리로 인사를 했다.

　"처음 뵙겠습니다."

　어니는 싱긋 웃으며 나무를 올려다보았다. 뜨거운 열기에도 나무는 활기차고 생생해 보였다.

'할머니. 누군지 알겠어요? 할머니의 그분, 아들. 닮았나요?'

그녀의 마음속 목소리를 들었는지 나뭇잎이 팔랑팔랑 흔들렸다. 어니는 강유를 흘긋 돌아보았다. 그 역시 할머니에게 말을 거는 건지 나무를 향해 묵념하듯 고개를 숙이고 있었다.

어니는 싱긋 웃으며 깊게 숨을 쉬었다. 바다의 냄새와 나무의 냄새와 여름의 냄새가 사방에서 물결치고 있었다.

강유가 진지한 얼굴로 눈을 뜨더니 나무를 올려다보았다.

"뭐라고 했어?"

"너 이제 내 거라고."

"뭐?"

"내 거니까 죄송하지만 앞으로 나랑 항상 함께 올 거라고. 그러니 자주 뵙게 될 것 같다고."

그가 능청스럽게 웃으며 말했다.

"하하. 할머니 살아 계셨으면 그러셨을 거야. 웃기고 있네. 누구 맘대로! 라고."

"그런다고 물러서지 않아. 널 얻는 일인데 그 정도로 물러 설거라 생각 마."

그가 어니의 어깨에 팔을 두르며 말했다. 그의 품이 주는 아늑함에 어니는 싱긋 미소를 지었다.

절벽에 부딪히는 파도의 소리가 부드러웠다. 그 소리 사이로 멀리 갈매기의 울음소리가 들렸다.

"아. 맞다. 나 잠깐 나무 위에 좀."

"뭐?"

어니가 목련나무 위를 가리켰다.

"나 저기 잠깐만 올라갔다 올게."

"왜?"

"가져다 놓을 게 있어서."

강유가 어니를 멀뚱하니 바라보다 나무둥치가 가지로 갈라져 나가는 곳의 높이를 확인하듯 고개를 들었다. 그러더니 어니 앞에 쪼그리고 앉았다.

"뭐 해? 엄마야!"

어니가 당황한 사이에 강유는 어니를 가볍게 목에 태워 일어섰다. 그의 큰 키 위에 올라앉아 손을 뻗자 목련나무 가지의 작은 구멍에 어렵지 않게 손이 닿았다.

어니는 호주머니에서 작은 상아 코끼리 상을 꺼냈다. 그러곤 원래 코끼리 상이 있던 구멍에 돌려놓았다.

"됐어."

강유가 어니를 내려놓았다. 어니는 그의 품에 몸을 기대며 나무 위를 올려다보았다. 목련나무 넓은 이파리 사이로 가닥가닥 쏟아져 내리는 햇살이 눈부셨다.

"뭐 한 거야?"

강유가 자신에게 기대는 어니를 뒤에서 살짝 끌어안으며 물었다.

"할머니 거. 돌려드린 거야."

"그게 뭔데?"

"나중에. 나중에 알려 줄게. 아주 나중에."

어니가 나무를 올려다보던 그 시선을 더 높이 들어 뒤에서 자신을 안고 있는 그를 올려다보며 말했다. 강유가 그런 어니를 내려다보다가 흠, 짧게 한숨을 뱉었다.

"한숨 쉬어도 안 알려 줄 거야."

"그거 아니거든."

"그럼?"

"왜 이렇게 예뻐서. 사람 곤란하게."

"뭐?"

"할머니 보시잖아."

그가 한쪽 눈썹을 끌어 올리며 삐딱하게 중얼거렸다. 그의 말에 어니가 피식 웃더니 몸을 돌려 그의 허리를 끌어안았다.

"내가 할머니 이겨. 걱정 마."

어니가 발끝을 들고 장난기 어린 표정으로 속삭였다. 그녀가 뱉는 숨이 강유의 턱 끝을 간질였다.

"너만 믿지 뭐."

강유가 빙그레 웃더니 어니의 입술에 입술을 포갰다. 그의 열기가 어니의 입술을 타고 흘러내렸다. 뜨거운 태양보다도 더 뜨거운 열기. 한여름을 닮은 그의 열기. 어니는 그의 열기를 깊이 음미했다.

그의 손이 어니의 허리를 쓸며 자신의 품으로 그녀를 당겼다. 그대로 그의 심장 속에 그녀를 새기고 또 새기며 강유는 어니의 입술 위에 그의 열기를 퍼부었다. 어니는 가쁜 숨을 뱉으며 그의 입술을 살짝 깨물었다. 강유가 실눈을 뜨며 어니를 내려다보았다.

어니가 열에 들뜬 눈으로 자신을 바라보았다.

"하아. 진짜."

강유가 길게 숨을 뱉으며 어니의 입술 위에 꾹 입을 맞추고는 고개를 들었다.

"한계를 시험한다니까. 정말로."

그가 잠긴 목소리로 중얼거리며 어니의 입술에 남은 그의 흔적을 슬쩍 쓸었다.

"이상하게 그 말을 들으면 도전 정신이 생겨. 그 한계가 어딘지."

어니가 그 손끝에 슬쩍 입을 맞추고는 빙그레 웃으며 말했다.

"할머니께는 죄송하지만, 그만 가야겠다, 유어니."

강유가 이 사이로 으르렁거리듯 중얼거렸다.

"어딜?"

"어딜 것 같은데?"

어니가 웃음을 터트렸다. 그러곤 그의 품에서 살짝 빠져나왔다.

"음. 어둡고, 캄캄하고, 으슥한 곳?"

"잘 아네."

강유의 말에 어니가 또다시 웃음을 터트렸다.

"위험한 곳인데, 안 무서워하네."

"진강유랑 함께잖아. 믿을 수 있는 늑대인간."

"하아. 그 믿음을 지켜 줘야 하는 거야, 깨 줘야 하는 거야?"

강유가 길게 한숨을 뱉으며 중얼거렸다. 어니가 빙그레 웃으며 그의 손을 잡았다.

"항상 믿어. 지켜 준다고 해도 믿고, 깬다고 해도 믿어. 사랑해. 진강유 씨."

어니의 말에 강유가 어니를 천천히 당겼다. 다시 그의 품으로 돌아가며 어니가 생긋 웃었다.

절벽으로 달려드는 파도가 하얗게 포말을 만들고, 짙푸른 하늘이 끝없이 펼쳐진 여름. 저 먼 바다 너머에서부터 불어온 바람이 두 사람의 머리카락을 쓰다듬으며 다시 바다를 향해 달려갔다.

강유가 바람이 흩어 놓고 지나간 어니의 머리카락을 슬쩍 쓸어 넘겨 주었다.

"나야말로 사랑해, 유어니."

낮고 따뜻한 그의 목소리에 진지한 미소가 어려 있었다.

"언제나. 항상. 그리고 영원히."

"그래. 영원히."

어니가 조그맣게 되뇌었다.

강유가 어니의 입술에 살짝 입을 맞췄다. 담백하게. 따뜻하게. 그러나 마음을 담아 뜨겁게.

## 작가 후기

가끔 그런 인물이 있습니다. 잠깐 등장시키기 위해 만든 인물
인데, 저절로 서사가 눈앞에 환히 그려져서 그 자체로 하나의 이
야기를 만드는 인물.

진평해 회장이 그런 경우인데, 이 인물은 《담벼락 헌책방》에서
중절모를 쓰고 매일같이 헌책방을 드나드는 노인의 이미지로 처
음 만들어졌습니다. 이후에 헌책에 얽힌 사연을 쓰기 시작하자
마치 사진을 본 것처럼 노인의 젊은 시절 모습이 눈앞에 그려지
기 시작하더군요.

가난하지만 내일에 대한 희망으로 반짝이는 눈동자, 휘파람을
휘휘 불며 느리게 항구를 걷는 걸음, 낯선 세상으로 향하는 배에
기꺼이 몸을 맡기는 모습.

외모가 떠오르자 그가 마음에 묻고 있는 첫사랑의 사연도 보이
기 시작했습니다. 온전한 진평해라는 인물이 만들어져 머릿속에

서 뚜벅뚜벅 걸어 다녔습니다.

《담벼락 헌책방》을 완결하고 나서도 이 이미지는 사라지지 않고 계속 머릿속에서 뱅뱅 맴돌았고, 그래서 쓰기 시작한 이야기가 《바다 위 코끼리 열차》입니다.

이 이야기를 쓰는 데 꽤 오랜 시간이 걸렸어요.

출간이라는 경험을 한 번 하고 나자, 멋모르고 혼자 글을 쓰던 시절에는 생각지도 못했던 것들이 발목을 잡기 시작하더군요. 이런 글을 사람들도 좋아할까? 이게 사람들이 보고 싶어 하는 이야기가 맞는 걸까? 계속 나 아닌 다른 사람의 시선을 의식하기 시작했고, 그러다 보니 어느 순간 머릿속에 선명하던 이미지도 흐려지기 시작했습니다.

그즈음 늘 나에게 삐딱한 조언을 아끼지 않는 삐딱선 씨가 말했습니다.

"좀 편하게 써. 편하게. 나는 지금 로맨스 나부랭이를 쓴다, 생각하고 쓰라고."

로맨스 나부랭이. 절대 비하의 의미가 아니라, 좀 가벼운 마음으로, 어깨에 힘을 빼고 쓰라는 그의 조언에 나는 웃었던 것 같습니다.

언제나 삐딱한 소리만 하지만, 내가 길을 잃을 때마다 그의 삐딱한 조언이 내 앞을 밝혀 주는 기분입니다. 그래서 늘 고맙고, 늘 사랑합니다. 덕분에 이 글을 완성할 수 있었습니다.

이 글을 쓰는 내내 스스로의 한계를 보는 것 같았습니다. 이 글을 완성하고 나면 제가 조금 더 성장하지 않을까 하는 막연한 기대도 했고요. 정작 완성을 하고 나서는 모르겠네요. 성장을 하긴 했을까요?

글을 쓰는 내내 저의 미래를 응원해 준 똘기와 용용이, 미안하고 고맙고 사랑합니다. 두 사람 덕에 늘 조금이라도 의미 있는 글을 쓰기 위해 노력하게 됩니다.

《담벼락 헌책방》이후에 로맨틱 살롱이었던 카페 이름이 로나 살롱으로 변경되었습니다. 바뀐 이름 속에서도 늘 서로를 다독이며 함께해 준 우리 작가님들 고맙습니다. 늘 응원을 아끼지 않는 우리 로나님들도 항상 감사합니다. 앞으로도 오래 함께할 수 있으면 좋겠습니다.

마지막으로, 촉박한 날짜에도 예쁜 책을 만들어 주시기 위해 노력하는 로크미디어 이은정 편집자님, 늘 고맙습니다.

이 책이 잠깐이나마 여러분에게 즐거움을 드렸으면 좋겠습니다.